MIRA®

Der Preis dieses Bandes versteht sich einschließlich der gesetzlichen Mehrwertsteuer.

Umwelthinweis:
Dieses Buch wurde auf chlor- und säurefreiem Papier gedruckt.

Sommerfrische

MIRA®

MIRA® TASCHENBUCH
Band 25463
1. Auflage: September 2010

MIRA® TASCHENBÜCHER
erscheinen in der Cora Verlag GmbH & Co. KG,
Valentinskamp 24, 20350 Hamburg
Deutsche Taschenbucherstausgabe

Titel der nordamerikanischen Originalausgaben:
Betrayed And Betrothed

The Chaperon Bride

erschienen bei: Mills and Boon, London
Published by arrangement with
HARLEQUIN ENTERPRISES II B.V./S.àr.l.

Konzeption/Reihengestaltung: fredebold&partner gmbh, Köln
Umschlaggestaltung: pecher und soiron, Köln
Redaktion: Ilse Bröhl
Titelabbildung: Harlequin Books S.A.
Satz: Buch-Werkstatt GmbH, Bad Aibling
Druck und Bindearbeiten: CPI – Ebner & Spiegel, Ulm
Printed in Germany
Dieses Buch wurde auf FSC-zertifiziertem Papier gedruckt.
ISBN 978-3-89941-754-8

www.mira-taschenbuch.de

Anne Ashley

Ein Gentleman wagt – und gewinnt

Roman

Aus dem Amerikanischen von
Vera Möbius

MIRA®

PROLOG

1812

Major Barton Cavanagh stand bei seinem Pferd und überprüfte ein letztes Mal den Sitz seiner Satteltaschen, als seine Aufmerksamkeit von einem Trupp Soldaten abgelenkt wurde, der sich soeben anschickte, das Camp zu verlassen. Cavanagh blickte ihnen mit unbewegter Miene hinterher. Er war ein Mann, der selten zu lächeln pflegte, und es fiel seinen Mitmenschen oft schwer, seine Stimmung einzuschätzen. Trotzdem wunderte Captain Fergusson sich, als er auf den Freund zutrat und nicht einmal den Anflug einer Gefühlsregung in dem markanten Gesicht entdeckte.

„Großer Gott, Barton!“, rief er. „Fast könnte man annehmen, du würdest zu einem Scharmützel aufbrechen, statt nach London zurückzukehren und deinen überfälligen Urlaub zu genießen.“

Nun zeigten Bartons dunkle Augen wenigstens sekundenlang eine gewisse Belustigung. „Vorsicht, Giles!“, mahnte er und wandte sich zu dem jüngeren Offizier, dessen Kavallerieuniform in diesem Teil des Lagers ziemlich auffällig wirkte. „Wie du sehr wohl weißt, missfällt es deinen Kameraden, wenn du dich mit minderwertigen Infanteristen abgibst.“

„Wann immer ich dich sehen will, muss ich mich notgedrungen in die Niederungen des Pöbels wagen.“ Gutmütig akzeptierte Giles die Hänselei des Majors, mit dem er seit seiner Kindheit befreundet war. „Indes werde ich nie begreifen, warum ein so hervorragender Reiter wie du die Laufbahn eines Fußsoldaten gewählt hat.“ Auf diesen Kommentar erhielt er keine Antwort, und er war klug genug, das Thema nicht weiterzuverfolgen. „Hast du Neuigkeiten über deinen Vater gehört?“

Barton schüttelte den Kopf. „Wenn ich die Intelligenz meiner Stiefmutter auch eher durchschnittlich finde, eins muss ich Eugenie zugestehen – sie neigt nicht zu Übertreibungen. Deshalb gehe ich davon aus, dass ihre Mitteilung über den besorgniserregenden Gesundheitszustand meines Vaters ernst zu nehmen ist. Doch selbst wenn es nicht so wäre, würde ich diesen Urlaub daheim verbringen. Höchste Zeit, dass ich mit meiner Familie Frieden schließe …" Bevor er weitersprach, beobachtete er wieder die Soldaten, die nun auf einen Höhenzug in ein paar Meilen Entfernung zumarschierten. „Diese letzten Jahre in Spanien haben meine Anschauungen entscheidend geändert. Was ich früher wichtig fand, spielt inzwischen kaum mehr eine Rolle für mich. Ich glaube, auf diese oder jene Weise beeinflussen Kriegserlebnisse die meisten Männer. In manchen bringen sie die besten Wesenszüge zum Vorschein, in anderen die schlimmsten."

Zustimmend nickte Giles und folgte dem Blick seines Freundes. „Wellesley meint es offenbar ernst. Wie ich sehe, hat er den Profoss mit der Kolonne losgeschickt."

„Nach den Verlusten in den letzten Monaten kann er nicht untätig bleiben. Die Leute desertieren scharenweise. Angeblich verstecken sich etwa hundert in dem unwegsamen Gelände dort droben. Wenn sie genug zu essen finden, können sie noch eine Weile durchhalten. Aber sobald der Winter beginnt, werden sie in Schwierigkeiten geraten."

„Ich habe gehört, Wellesley wäre bereit, Nachsicht zu üben, wenn sich jemand freiwillig stellt. Indes würde er nicht zögern, alle anderen zu hängen."

Mit schmalen Augen fixierte Barton die Bergkette. „Ehrlich gesagt, da draußen treibt sich jemand herum, den ich gern am Galgen sehen würde. Wellesley bezeichnet die gemeinen Soldaten als Abschaum. Und damit hat er völlig recht, was Septimus Searle betrifft. Einen niederträchtigeren Schurken wirst du kaum finden. Unglücklicherweise gehört er meiner Kompanie an. Ich bedauere es, dass ich nicht hier bin, wenn er seine gerechte Strafe erhält. Und das wird geschehen, denn es ist ausgeschlossen, dass er sich ergibt und sich erneut meinem Kommando unterstellt. Ich würde ihm das Leben zur Hölle machen. Das weiß er."

Verblüfft hob Captain Fergusson die Brauen, denn sein Freund genoss den Ruf, seine Untergebenen besonnen und gerecht zu behandeln. Deshalb respektierten ihn seine Männer. „Diese Rachsucht passt nicht zu dir."

Ohne die geringste Reue zu zeigen, stieg Barton auf sein Pferd. „Zwischen Vergewaltigung und Mord gibt es so gut wie kein Verbrechen, das Searle nicht begangen hätte. Mein Mitleid gilt den Opfern. Aber in den nächsten Wochen will ich die Erfahrungen vergessen, die ich auf der Halbinsel gesammelt habe, und angenehmeren Interessen nachgehen, während ich mich mit meiner Familie versöhne."

1. KAPITEL

1816

Nur das stetige Ticken der Uhr auf dem Kaminsims war im Salon von Foxhunter Grange zu hören. Miss Abigail Graham starrte entschlossen aus dem Fenster und vermied es sorgsam, zu dem Teil des Gartens hinter den Büschen hinüberzuschauen, den sie nicht mehr betrat. Endlich hatte sie ihre Entscheidung getroffen – so konnte und wollte sie nicht weiterleben.

„Nun, mein Kind? Hast du nichts zu sagen?", brach der ältere Herr, der auf einem Sessel in der Nähe des Kamins saß, das Schweigen. Seine Stimme klang merklich schärfer als zuvor bei der Mitteilung, er habe Arrangements für Abigails nächste Zukunft getroffen. „Verdiene ich kein einziges Dankeswort, nachdem ich dafür gesorgt habe, dass du während meiner Abwesenheit angemessen betreut wirst?"

„Ich soll dir danken?" Abbie wandte ihren Blick von der Blütenpracht draußen ab und drehte sich um.

Die Ähnlichkeit zwischen ihr und dem weißhaarigen Gentleman konnte niemandem entgehen. Ein gütiges Schicksal hatte Miss Graham die Hakennase erspart, die schon seit mehreren Generationen fast alle männlichen und ein paar bedauernswerte weibliche Familienmitglieder charakterisierte, doch sie hatte die blauvioletten Augen und das seidige schwarze Haar der Grahams geerbt und war von der Natur mit einer eleganten Haltung und einer schlanken Figur bedacht worden. Nicht einmal das unscheinbare graue Kleid, eher für eine Gouvernante geeignet, konnte ihre wohlgeformte Gestalt verbergen. Ebenso wenig vermochte ihre schlichte Frisur einen Betrachter von ihren fein gezeichneten, perfekt symmetrischen Zügen und dem makellosen Teint abzulenken.

„Würde ich glauben, dass du mich nach Bath schickst, damit ich die Gesellschaft meiner Patentante genieße, die ich fast sechzehn Jahre nicht gesehen habe – ja, dann wäre ich dir dankbar.“ Nur die pochende Ader an Abigails Schläfe verriet den Zorn, der sich so lange in ihr angestaut hatte. Zum ersten Mal war sie nahe daran, die Beherrschung zu verlieren. „Aber ich kenne dich zu gut. Du willst aus einem anderen Grund verhindern, dass ich in deiner Abwesenheit hierbleibe. Damit ich keine engere Freundschaft mit unserem neuen Arzt schließe!“

Sekundenlang verriet Colonel Augustus Grahams Mienenspiel ein gewisses Missbehagen, als er seine empörte Enkelin musterte. „Du redest Unsinn, Kind“, protestierte er dann und griff mit unmerklich zitternder Hand nach dem Brandyglas auf dem Tisch neben sich. „Ich fürchte, du leidest an einer kleinen Unpässlichkeit. Vielleicht sollten wir deine Reise um ein paar Tage verschieben, bis du dich besser fühlst.“

„Oh nein, Großvater. Morgen früh werde ich wie geplant aufbrechen. Wenn die Zofe, die meine Patentante mir freundlicherweise schickt, heute eintrifft, müsste sie sich über Nacht ausreichend erholen können.“

Abigails entschiedener Tonfall überraschte den Colonel. Bisher war sie ihm stets mit untadeligem Respekt begegnet. Er stand auf und lehnte sich gegen den Kamin, dann schaute er sie wieder an. „Offenbar bist du pikiert, weil ich dich eben erst über meine Vereinbarung mit Lady Penrose informiert habe.“

„Gewiss, ich wäre gern nach meinen Wünschen gefragt worden“, bestätigte Abbie. Irgendwie schaffte sie es, ihre bewundernswerte Selbstkontrolle zu wahren. „Aber obwohl kaum davon auszugehen ist, dass du es beabsichtigst – du tust mir einen Gefallen. Während ich bei meiner Patentante wohne, möchte ich entscheiden, wie ich meinen Lebensunterhalt verdiene, bis ich an meinem fünfundzwanzigsten Geburtstag über das Geld verfügen kann, das mir meine Mutter vermacht hat.“

„Um Himmels willen, was redest du da, Kind?“, rief der Colonel und gab sich keine Mühe, seinen wachsenden Unmut zu verhehlen. „Selbstverständlich wirst du nach Foxhunter Grange zurückkehren. Das Erbe deiner Mutter ist ein Almosen verglichen mit dem Vermögen, das du von mir erhalten wirst. Nach meinem Tod kannst du ein komfortables Leben führen – vorausgesetzt, du gibst mir keinen Grund, mein Testament zu ändern.“

Diese überflüssige, taktlose Drohung war der Tropfen, der das Fass zum Überlaufen brachte. Noch länger vermochte Abigail ihre Wut nicht zu zügeln. „Verdammt, dann ändere es eben!“

Nur wenige Männer, geschweige denn eine Frau, würden es wagen, so mit einem älteren Mitglied ihrer Familie zu sprechen. Das wusste sie. Doch davon ließ sie sich nicht beirren. Der unheilvolle Glanz in den Augen ihres Großvaters und seine verkniffenen Lippen schüchterten sie nicht ein. Nun würde er endlich erfahren, wie sehr sie unter seiner kalten Gleichgültigkeit litt – nachdem er ihr in ihrer Kindheit so viel Liebe und Güte bewiesen hatte.

„Du bist nicht mehr der Mann, der mich vor fünfzehn Jahren hierherbrachte, Großvater. Damals warst du freundlich und rücksichtsvoll …“ Täuschte sie sich, oder zuckte ein Muskel an seinem Kinn, bevor er ihr den Rücken kehrte und zum Porträt seiner verstorbenen Frau aufblickte, das an einem Ehrenplatz über dem Kamin hing. „Indes änderte sich das abrupt, als ich mich weigerte, deinen kostbaren Patensohn zu heiraten, nicht wahr?“

„Zweifellos war die Art und Weise deiner Ablehnung unverzeihlich“, erwiderte er mit rauer Stimme und wandte sich wieder zu ihr um.

„Gewiss, ich habe mich unhöflich benommen“, gab sie zu. „Aber ich war gerade erst siebzehn. Und du hattest mir vorher keine Gelegenheit gegeben, mit dir darüber zu sprechen – allein, unter vier Augen ..."

Abigail bekam keine Antwort, und wie sie seiner ablehnenden Miene entnahm, würde er ihren Standpunkt wohl niemals akzeptieren.

„Was in der Vergangenheit geschehen ist, kann ich nicht ändern, Großvater", fuhr sie fort. „Und offen gestanden – ich würde es auch gar nicht versuchen, selbst wenn es möglich wäre. Niemals könnte ich mich mit einem Mann vermählen, den ich weder liebe noch achte."

Wieder einmal traf sie jener kalte, harte Blick, an den sie sich im Lauf der Jahre gewöhnt hatte. „Wieso sagst du das? Als kleines Mädchen mochtest du ihn."

„Ja, vielleicht – ein wenig", seufzte sie, nachdem sie kurz nachgedacht hatte. „Doch Kinder werden erwachsen, Großvater. Wir hätten nicht zueinander gepasst."

Ungeduldig winkte er ab. „Und wie kannst du einen Gentleman nicht achten, der seinem Vaterland im Krieg gegen Frankreich so hervorragende Dienste erwiesen hat? Seine Tapferkeit wurde sogar vom Prinzregenten gewürdigt. Also wirklich, deine Ansichten übersteigen mein Begriffsvermögen."

„Hier geht es nicht um Bartons Heldentaten auf dem Schlachtfeld", betonte Abigail, „sondern um seine Prinzipien."

„Prinzipien!", stieß der Colonel hervor. „Sei versichert, mein Mädchen, Bartons Grundsätze sind über jeden Verdacht erhaben. Wäre er an jenem Tag nicht dazwischengetreten, hätte ich dir eine wohlverdiente Tracht Prügel verabreicht."

Falls er erwartete, dieses Geständnis würde Abigail für seinen Patensohn einnehmen, den er stets bewundert hatte, belehrte sie ihn eines Besseren. „Damit tat er mir keinen Gefallen. Viel lieber hätte ich Schläge ertragen als dein liebloses Verhalten." Als der alte Mann den Mund öffnete und protestieren wollte, ließ sie ihn nicht zu Wort kommen. „Nach meiner Großjährigkeit überlegte ich, ob ich dieses Haus verlassen sollte, in dem ich wie ein besserer Dienstbote behandelt werde. Sicher wäre ich fähig gewesen, mich selbst zu ernähren. Wenn du glaubst, davor hätte ich mich gefürchtet, irrst du dich ganz gewaltig. Nein, ich blieb hier, weil ich hoffte, eines Tages würdest du mir verzeihen und unsere frühere innige Verbundenheit könnte wieder aufleben. Doch dieser Illusion gebe ich mich nicht länger hin."

Seiner verächtlich gerunzelten Stirn merkte sie an, dass er ihre Ankündigung, sie würde von jetzt an für sich sorgen, nicht ernst nahm. Dann herrschte er sie an: „Mach dich nicht lächerlich, Kind! Wie willst du denn deinen Lebensunterhalt verdienen?"

Sie ließ sich von seinem geringschätzigen Ton nicht entmutigen. Herausfordernd hielt sie seinem frostigen Blick stand. „Nun, ich würde die Stellung einer Wirtschafterin antreten. Immerhin führe ich dir seit fast sechs Jahren den Haushalt. Oder ich arbeite als Gouvernante. Ich hatte Zeit im Übermaß, meine Kenntnisse zu schulen, während ich von dir ignoriert wurde."

Voller Genugtuung beobachtete Abigail, wie die Arroganz in seinen Augen einer gewissen Unsicherheit wich.

„Außerdem", fügte sie hinzu und schaute zu dem Porträt über dem Kamin hinauf, „könnte ich das künstlerische Talent nutzen, das ich von Großmutter geerbt habe. Was im Übrigen niemandem außer dir entgangen ist ... Und ich schließe eine Heirat nicht völlig aus. Aber falls ich jemals eine Ehe erwäge, werde ich mich nicht für unseren Hausarzt entscheiden, obwohl ich seine Freundschaft schätze. Und keinesfalls für deinen großartigen Patensohn, der mich abstößt."

Wütend schlug Augustus Graham mit der Faust auf den Kaminsims. Mehrere Ziergegenstände fielen herunter. „Was, zum Teufel, hat er dir getan? Warum hasst du ihn so sehr?"

„Danach erkundigst du dich etwas zu spät, Großvater,

und ich möchte ihn nicht anschwärzen. Wenn du herausfinden willst, was mich an Barton Cavanagh stört, frag ihn selbst. Vielleicht erzählt er dir, was vor sechs Jahren im Sommerhaus geschah. Kurz bevor er um meine Hand anhielt ...“ Da sie jenen Zwischenfall, den sie lieber vergessen würde, nicht weiter erörtern mochte, wandte sie sich zum Gehen. „Heute Abend werde ich nicht mit dir dinieren. Ich muss das Personal beaufsichtigen, das meine Sachen packt. Deshalb verabschiede ich mich schon jetzt von dir, und ich wünsche dir einen angenehmen Aufenthalt bei deinem Freund in Schottland.“

Abigail schloss die Tür hinter sich, ohne einen Blick zurückzuwerfen, und so entging ihr der nachdenkliche Ausdruck in den Augen ihres Großvaters. Nachdem sie den Raum verlassen hatte, trat Colonel Augustus Graham ans Fenster und betrachtete das kleine Holzhaus am Ende der ausgedehnten Rasenfläche, das Bäume und Büsche fast verdeckten. Diesen Pavillon hatte seine Enkelin früher sehr gern aufgesucht, ebenso wie er selbst vor vielen Jahren mit seiner Frau und seinem Sohn. Ja, es stimmte – Abbie schien ihn zu meiden. Warum war ihm das niemals aufgefallen?

Aber dann schüttelte er den Kopf und verdrängte den beunruhigenden Gedanken.

Drei Tage später traf die gemietete Postkutsche am frühen Nachmittag in Bath ein. Abigail und die Zofe ihrer Patentante hatten sich auf der Reise Zeit genommen, öfter Station gemacht und das milde Wetter genossen.

Für Abbie war die Fahrt ein besonderes Erlebnis gewesen. Jahrelang hatte sie den Landsitz ihres Großvaters im berühmten Jagdgebiet von Leicestershire nicht verlassen. Nun machte sie zahlreiche interessante Entdeckungen, während die Chaise südwärts rollte, und sie fand die Gesellschaft der Zofe sehr unterhaltsam.

Miss Evelina Felcham unterschied sich von allen Dienstboten, die Abigail kannte. Auf Foxhunter Grange fürchtete das Personal das unberechenbare Temperament des Colonels und begegnete ihm mit unterwürfigem Respekt.

So bedingungslos war Miss Felcham ihrer Herrin nicht ergeben. Und sie zögerte auch niemals, ihre Meinung zu äußern – gleichgültig, ob sie danach gefragt wurde oder nicht.

„Hoffentlich ist meine Patentante nicht beunruhigt, weil wir erst jetzt eintreffen. Aber ich wollte möglichst viel von der Gegend sehen, durch die wir gefahren sind." Fasziniert spähte Abigail durch das Kutschenfenster auf die belebten Straßen von Bath.

„Machen Sie sich deshalb keine Gedanken, Miss", erwiderte die Zofe. „Lady Penrose sorgt sich um gar nichts. Zumindest merkt man nichts davon. Seit dem Tod ihres Gatten ist ihr alles egal. Vielleicht würde sie sich anders verhalten, wäre sie mit Kindern gesegnet worden. Doch das sollte wohl nicht sein. Sicher wird ihr der Besuch ihrer Patentochter guttun."

Die Stirn gerunzelt, wandte sich Abbie zu Miss Felcham. „Womöglich ist sie gekränkt, wenn ich sie nicht erkenne … Auch *Sie* waren mir fremd."

„Kein Wunder, Miss. Als Ihre Eltern Sie damals zu uns brachten, waren Sie erst sieben oder acht Jahre alt. Dennoch hätte ich überall und jederzeit gewusst, dass Sie es sind. Mit Ihren blauen Augen und den dunklen Haaren gleichen Sie Ihrem Vater. Und Ihrer Mutter ebenfalls."

„Tatsächlich?", fragte Abigail erfreut. Im Lauf der Jahre hatte sie immer wieder das einzige Porträt ihrer Mutter studiert, das sie besaß, ein kleines Aquarell in einem Silberrahmen. Mitunter hatte sie geglaubt, eine gewisse Ähnlichkeit zu entdecken, war jedoch zu der Ansicht gelangt, dass sie eher nach den Grahams geraten sei. „Leider erinnere ich mich nur ganz vage an meine Eltern, Miss Felcham", gestand sie und seufzte leise.

„Kurz nach unserem Besuch in Lord und Lady Penroses Haus in Surrey reisten sie nach Italien."

„Ja, Miss Abigail, das weiß ich", erwiderte die Zofe wehmütig. „Welch eine Tragödie – beide sind dem Typhus erlegen. Prüfend schaute sie Abbie an. „Aber Sie müssen sich glücklich schätzen, weil Ihr Großvater so gut für Sie gesorgt hat. Wie mir meine Herrin erzählt hat, waren Ihre Briefe stets so optimistisch, voller Lebensfreude."

„Gewiss …" Schnell schaute Abigail wieder aus dem Fenster, doch die nachdenkliche Miene der Zofe war ihr nicht entgangen.

Zu ihrer Erleichterung musste sie den forschenden Blick aus Miss Felchams dunklen Augen nicht mehr allzu lange ertragen. Wenige Minuten später hielt die Kutsche vor einem stattlichen Haus am Upper Camden Place. Eine ältere Haushälterin empfing sie und führte sie zu einem eleganten Salon im ersten Stock.

Eine Bonbonniere in der Hand, wandte sich die Hausherrin um, als die Tür aufging. Erfreut setzte sie das Gefäß ab und eilte ihrem Gast trotz ihrer rundlichen Figur erstaunlich schnell entgegen.

„Lass dich anschauen!", rief Lady Penrose, nachdem sie Abigail zärtlich umarmt hatte. Aufmerksam musterte sie das lächelnde Gesicht unter dem schlichten altmodischen Hut. „Ja, du bist es! Überall hätte ich dich erkannt."

Abigail, die eine so liebevolle Zuwendung jahrelang entbehrt hatte, war gerührt über den freundlichen Empfang und gleichzeitig ein wenig verlegen. Im Grunde stand eine völlig fremde Frau vor ihr.

„Vielen Dank für die Einladung, Tante Henrietta." Sie ließ sich zu einem Sessel führen und nahm Platz, nachdem Lady Penrose wieder in die Sofapolster gesunken war. „Morgen werde ich anfangen, die Stadt zu erforschen. Darauf freue ich mich schon sehr."

„Ich hoffe, du wirst die Zerstreuungen genießen, die Bath zu bieten hat.“ Kritisch inspizierte Lady Penrose die unscheinbare Kleidung ihres Patenkinds. „Was das betrifft, können wir natürlich nicht mit der Hauptstadt konkurrieren. Aber du wirst dich auch hier gut unterhalten.“

Wie Abigail vermutete, schätzte ihre Patentante den gemächlichen Lebensstil in der einst so fashionablen Kurstadt. Lady Penrose strahlte träge Zufriedenheit aus. Offenbar hatte Miss Felcham recht, wenn sie behauptete, ihre Herrin sei in letzter Zeit immer gleichgültiger geworden. Andererseits gewann Abbie den Eindruck, dass Ihre Ladyschaft zwar körperliche Aktivitäten scheute, indes einen hellwachen Geist besaß.

„Sicher werde ich meinen Aufenthalt in Bath genießen, Tante Henrietta. Doch du solltest dich nicht um mein Amüsement bemühen. Ich bin an ein ruhiges, beschauliches Leben gewöhnt.“

Erstaunt hob Lady Penrose die Brauen. „Also hat die Jagdleidenschaft nachgelassen? Das überrascht mich. Eigentlich dachte ich, Leicestershire würde scharenweise junge Gentlemen anlocken, die diesem Sport huldigen.“

„Oh, daran hat sich nichts geändert“, erklärte Abbie. „Großvater lädt oft begeisterte Jäger nach Foxhunter Grange ein.“

„Ach, wirklich? Dann müsstest du dich auf dem gesellschaftlichen Parkett heimisch fühlen.“ Erneut musterte Lady Penrose die altmodische Aufmachung ihrer Patentochter. Dann wandte sie sich dem Tablett mit Erfrischungen zu, das sie geordert hatte, und schenkte den Tee ein. „Ich muss sagen, der Colonel hat mich mit der Ankündigung deines Besuches ebenso überrascht wie erfreut“, fuhr sie fort.

Der forschende Blick, mit dem Abigail diese Bemerkung quittierte, blieb Ihrer Ladyschaft nicht verborgen, doch sie lenkte das Gespräch auf die Unternehmungen, die sie für Abbies Aufenthalt geplant hatte. Als nach einer knappen Stunde das Dienstmädchen kam, um abzuräumen, wies sie es an, der jungen Dame ihr Zimmer zu zeigen und Miss Felcham unverzüglich in den Salon zu schicken.

Sobald Abigail den Raum verlassen hatte, erhob sich Ihre Ladyschaft, ging zu ihrem Schreibtisch und nahm einen Brief aus einem Schubfach. Während sie ihn überflog, erschien die Zofe.

„Nun, was meinen Sie, Felchie?“, wollte Lady Penrose ohne Umschweife wissen.

Falls die Bedienstete über die unverblümte Frage staunte, ließ sie sich nichts dergleichen anmerken. Leise schloss sie die Tür hinter sich. „Ein Rätsel, Mylady. Finden Sie nicht auch?“

„Allerdings. Warum eine so schöne, charmante und gut erzogene junge Frau mit dreiundzwanzig Jahren noch immer unverheiratet ist, begreife ich nicht.“

„Nun, vielleicht fühlt sie sich wohl bei ihrem Großvater.“ Miss Felcham klang unsicher, sodass ihre Herrin sofort nachhakte.

„Aber diesen Eindruck haben Sie nicht gewonnen.“

„Nein, Mylady“, gab die Zofe zu. „Ich glaube, Miss Graham und ihr Großvater verstehen sich nicht allzu gut. Am Morgen unserer Abreise verließ der Colonel zeitig das Haus. Miss Abbie wollte seine Rückkehr nicht abwarten, um sich von ihm zu verabschieden.“

„Könnte es sein, dass sie nicht herkommen wollte?“

„Ganz im Gegenteil“, versicherte die Zofe.

„Das glaube ich auch. Sie war ganz begeistert von den Aktivitäten, die ich ihr vorschlug und die wir zusammen unternehmen werden. Und doch …“ Nachdenklich hielt Lady Penrose den Brief hoch. „Der Colonel schreibt mir, falls es nötig sei, soll ich ein paar Kleider für seine Enkelin anfertigen lassen und ihm die Rechnungen schicken.“ Seufzend verdrehte sie die Augen. „In der Tat, ihre schäbige Aufmachung würde eher zu einer Küchenmagd passen. Besitzt sie nichts anderes zum Anziehen? Lediglich dieses altmodische Zeug? Wenn ja, muss ihr Großvater nicht bloß zwei oder drei neue Gewänder, sondern eine komplette Garderobe bezahlen."

Die Zofe nickte verständnisvoll. Obwohl sich ihre Herrin bereits in mittleren Jahren befand und ihre Figur bedauerlicherweise immer fülliger wurde, zeigte sie ein lebhaftes Interesse an allen Belangen der Mode. „Abgesehen von zwei tauglichen Abendroben enthält Miss Abigails Truhe nichts, was Ihren Ansprüchen genügen würde, Mylady. Aber wie ich betonen muss – ihre Wäsche ist von erster Güte."

„Immerhin etwas ..." Lady Penrose strich sich mit Colonel Grahams Brief über das Doppelkinn. „Trotzdem werden wir morgen Vormittag die Geschäfte in der Milsom Street aufsuchen."

Nicht nur das Wetter, das sich plötzlich verschlechterte, sondern auch Abbies erstaunlicher Mangel an Begeisterung bewogen ihre Patentante, den Einkaufsbummel zu verschieben. Natürlich war sie ein wenig enttäuscht, als die junge Dame betonte, sie interessiere sich nicht für die Mode und die Ausstattung, die sie mitgebracht habe, würde für den Aufenthalt in Bath genügen.

Doch als sie sich an diesem Abend in der Halle trafen, um zu einer Gesellschaft zu fahren, fand Lady Penrose nichts an der äußeren Erscheinung ihrer Patentochter auszusetzen. Offensichtlich war das schlichte nachtblaue Seidenkleid von einer erstklassigen Schneiderin angefertigt worden. Miss Felcham hatte die dunklen Locken des Mädchens kunstvoll frisiert, eine Perlenkette schmückte den schlanken Hals. Dazu trug Abbie passende Ohrringe.

Obwohl Ihre Ladyschaft Abigails zurückhaltend elegante Aufmachung mit Wohlwollen zur Kenntnis nahm, gab sie ihren Plan, ihren Hausgast neu einzukleiden, keineswegs auf. Inständig wünschte sie, man würde ihre Patentochter zur fashionabelsten jungen Dame von Bath erklären.

„Dem Himmel sei Dank, es hat zu regnen aufgehört", bemerkte Lady Penrose, während sie in die wartende Kutsche stiegen. „Wenn wir Glück haben, können wir morgen die Trinkhalle besuchen. Dort möchte ich dich meinen Freunden vorstellen. Allerdings nehme ich an, den meisten werden wir bereits heute Abend auf Agnes Fergussons kleiner Soiree begegnen."

Abigail hob belustigt die Brauen. Anscheinend war Lady Penrose eine Gesellschaftslöwin, die alles kannte, was in Bath Rang und Namen hatte. „Meinetwegen brauchst du in dieser Hinsicht keine Mühen auf dich zu nehmen. Ich langweile mich nicht, und ich kann mich sehr gut allein beschäftigen." Wieder einmal wurde sie mit jenem prüfenden Blick bedacht, der ihr seit der Ankunft in Bath schon öfter ein gewisses Unbehagen bereitet hatte. Noch während sie sich fragte, was im Kopf ihrer Patentante vorgehen mochte, erhielt sie die Antwort.

„Irgendwie habe ich das Gefühl, du führst ein sehr zurückgezogenes Leben. Hast du keinen Bekanntenkreis?"

„Darauf musste ich in den letzten Jahren verzichten", gab Abbie zu, weil sie keinen Grund sah, die Wahrheit zu verheimlichen. „Meine gleichaltrigen Freundinnen haben geheiratet oder sind woandershin gezogen. Aber ich verstehe mich recht gut mit den Ehefrauen von Großvaters Nachbarn."

„Sicher bist du viel jünger als sie."

„Ja, Tante Henrietta. Wie ich gestehen muss, bevorzuge ich die Gesellschaft älterer Damen."

„Vermutlich weil dir nichts anderes übrig bleibt …" Eine Zeit lang schwieg Lady Penrose, bevor sie sich erkundigte: „Gibt es heutzutage keine netten jungen Gentlemen mehr in Leicestershire?"

Abbie ahnte, worauf ihre Patentante hinauswollte, und unterdrückte ein Lächeln. Seltsamerweise fand sie die Frage nicht unangenehm. Es hätte sie eher verwundert, wäre das Thema ihres nach wie vor ledigen Standes nicht angeschnitten worden.

Nun wollte sie klarstellen, wie sie darüber dachte, um künftige Missverständnisse zu vermeiden. „Während der Jagdsaison kommen viele Junggesellen in unsere Gegend, und einige leben auch in der Nähe von Foxhunter Grange – zum Beispiel ein Arzt, mit dem ich Freundschaft geschlossen habe. Aber ich bin bislang keinem Mann begegnet, den ich heiraten möchte."

„Dazu hattest du nicht allzu viele Gelegenheiten, meine Liebe, oder?" Verwirrt schüttelte Lady Penrose den Kopf. „Ich verstehe nicht, wieso dein Großvater dich erst jetzt zu mir geschickt hat. Seit deinem siebzehnten Geburtstag schrieb ich ihm mehrmals und schlug vor, du solltest mich in Bath besuchen."

„Davon wusste ich nichts. In deinen Briefen an mich hast du es nie erwähnt."

„Nein, natürlich nicht, Kindchen. Bevor ich dich einlud, wollte ich der Erlaubnis des Colonels sicher sein – das erschien mir nur recht und billig. Leider hatte ich keinen Erfolg."

„Was mich nicht überrascht. Großvater würde es nicht riskieren, dass ich nähere Bekanntschaft mit einem Gentleman schließe."

Empört runzelte Ihre Ladyschaft die Stirn. „Wie meinst du das? Ist er selbstsüchtig genug, dich auf Foxhunter Grange festzuhalten, damit du ihm in seinen letzten Lebensjahren Gesellschaft leistest?"

„Keineswegs, Tante Henrietta", versicherte Abigail. „Doch er will mich immer noch mit dem Gentleman verheiraten, den er mir von Anfang an zugedacht hat. An diesem Entschluss hält er hartnäckig fest. Und deshalb finde ich es erstaunlich, dass ich deine freundliche Einladung diesmal annehmen durfte."

„Oh nein, Liebes, nicht ich habe dem Colonel geschrieben", erklärte Lady Penrose hastig. „Er war es, der mich bat, dich für einige Wochen aufzunehmen. Wie ich bereits erwähnte, habe ich mich über seinen Brief gewundert …" Als sie die Bestürzung ihrer Patentochter bemerkte, fügte sie rasch hinzu: „Selbstverständlich habe ich seinen Wunsch nur zu gern erfüllt. Er nahm an, du würdest es vorziehen, hierherzukommen, statt ihn ins schottische Hochland zu begleiten."

Da hatte er recht, dachte Abbie. Und dann versuchte sie mit wachsender Besorgnis herauszufinden, warum sich ihr Großvater die Mühe gemacht hatte, ihre Reise nach Bath zu arrangieren. Wenn er verhindern wollte, dass sich eine tiefere Freundschaft zwischen seiner Enkelin und dem jungen Doktor entwickelte, hätte er sie einfach nach Schottland mitnehmen können. Es musste mehr hinter seinem Verhalten stecken. Aber was? Führte er irgendetwas im Schilde?

Die Chaise hielt vor einem imposanten Gebäude am Stadtrand. Nun war keine Zeit mehr, um über ihr Problem nachzudenken, und sie verdrängte es in den Hintergrund ihres Bewusstseins, während sie ihrer Patentante ins Haus folgte. Die Gastgeberin stand am Eingang eines großen, exquisit eingerichteten Salons und begrüßte die beiden Damen so herzlich, dass Abigails anfängliche Befangenheit sofort verflog.

„Wie nett und liebenswürdig deine Freundin ist, Tante Henrietta!", bemerkte sie, als sie weitergingen. „Sie erinnert mich an eine Nachbarin meines Großvaters."

„Ja, Agnes Fergusson ist eine gute Seele. Wir sind schon seit Jahren befreundet. Sei bloß nicht pikiert, wenn sie dich im Lauf des Abends mit sämtlichen vielversprechenden Junggesellen bekannt macht, die hier anwesend sind!", warnte Lady Penrose. „Sie spielt für ihr Leben gern die Kupplerin, und das mit beträchtlichem Erfolg. Ihre fünf Töchter hat sie mühelos unter die Haube gebracht."

„Keine Bange, ich werde mich nicht gekränkt fühlen“, beteuerte Abigail. Inzwischen hatten sie zwei leere Stühle an der Wand gefunden, und Abigail nahm auf einem von ihnen Platz, nachdem Ihre Ladyschaft sich gesetzt hatte. „Indes hoffe ich, ich beleidige sie nicht, wenn ich ihren ersten Fehlschlag heraufbeschwöre.“ Da sie sich neugierig das Gedränge anschaute, das den Raum erfüllte, entging ihr, dass die Tante bei ihrer Bemerkung die Stirn runzelte. „Deine Freundin ist anscheinend eine sehr beliebte Gastgeberin. Wenn das eine *kleine* Soiree ist, würde mich interessieren ...“

Lady Penrose wollte ihre Patentochter eben fragen, was sie so abrupt hatte verstummen lassen, als ihr Blick auf einen hochgewachsenen Gentleman in Begleitung einer älteren Dame und eines etwa siebzehnjährigen Mädchens fiel, der sich gerade vor der Hausherrin verneigte. Als sie daraufhin Abigail wieder ansah, gewahrte sie deren aschfahle Wangen und erschrak. „Was bedrückt dich denn, Liebes? Du bist ja ganz blass.“

Mit bebenden Fingern umklammerte Abigail ihren filigranen Fächer aus Elfenbein. „Oh, zur Hölle mit ihm!“

2. *KAPITEL*

Nur die sichtliche Besorgnis der Patentante hinderte Abigail daran, aus dem Salon zu stürmen. Mit einiger Mühe zügelte sie ihren Zorn. Aber es dauerte eine Weile, bis sie den Blick von der Ursache ihrer Entrüstung losreißen konnte und ihr die Stimme wieder gehorchte. „Kennst du den Gentleman, der gerade mit unserer Gastgeberin spricht?"

Lady Penrose spähte erneut zur Tür hinüber. „Nein. Weißt du, wer er ist?"

Aufgrund der prompten Entgegnung war Abbie sicher, dass Ihre Ladyschaft die Wahrheit sagte, und verwarf den Verdacht, die Tante könnte in Colonel Augustus Grahams infamen Machenschaften die Rolle einer Komplizin spielen. „Ja, allerdings", gab sie zu und beobachtete, wie der Gegenstand ihres Unmuts seine beiden Begleiterinnen zu einem rotblonden Gentleman geleitete, der ihm fröhlich zugewunken hatte.

„Das ist niemand anderer als der Patensohn meines Großvaters, den ich unbedingt heiraten soll."

Nun musterte Lady Penrose den Mann etwas genauer und registrierte den geschmeidigen Gang, die breiten Schultern, das aristokratische Profil. „Und dein Wunsch ist es nicht, Liebes?", fragte sie leise und betrachtete verblüfft den entschlossenen Ausdruck, den Abigails fein gezeichnete Züge annahmen.

„Eher würde die Sonne im Westen aufgehen, bevor ich mich bereit erkläre, Barton Cavanagh zu ehelichen."

Nach einem kurzen Schweigen nickte Ihre Ladyschaft. „Oh – ich verstehe …"

Ihre gemurmelten Worte bewogen Abigail zu einem ironischen Lächeln. „Und ich beginne zu verstehen, warum Großvater so großen Wert darauf legte, mich ausgerechnet jetzt nach Bath zu schicken. Offenbar wusste er, dass Cavanagh sich hier aufhält, und er erwartet natürlich, dass wir uns über den Weg laufen."

In Lady Penroses Augen erlosch der sanfte Glanz, der sie normalerweise erhellte. „Hoffentlich glaubst du nicht, der Colonel hätte mich ins Vertrauen gezogen und über seine tückischen Absichten informiert."

„Oh nein", versicherte Abbie. „Indes musst du meine unerfreuliche Situation begreifen ... Leider werde ich eine Begegnung mit Cavanagh nicht vermeiden können."

„Und deshalb möchtest du gehen, nehme ich an", erwiderte Lady Penrose, ohne zu protestieren. Sie wollte einen Lakaien zu sich winken und ihre Kutsche vorfahren lassen. Doch da spürte sie eine Hand auf ihrem Arm, die sie zurückhielt.

Wann immer Abigail später an diesen Abend zurückdenken sollte, erkannte sie unweigerlich, dass ihre Entscheidung – innerhalb eines Sekundenbruchteils getroffen – ihre Zukunft bestimmt hatte. Zum Glück wusste sie in diesem Moment nichts davon ... Zu sehr erfüllte sie ein Gefühl tiefer Scham.

Lady Penrose mochte vermuten, dass ihre Patentochter nur den Wunsch hatte, die Gesellschaft zu verlassen, Abbie hingegen wäre am liebsten aus der Stadt geflohen. Aber das würde sie nicht tun. Nein, sie durfte nicht wie ein verängstigtes Kind weglaufen, weder aus diesem Haus noch aus Bath. Und sie würde ihrem Großvater nicht länger erlauben, ihr Vorschriften zu machen.

„Bemüh dich nicht, Tante, ich möchte hierbleiben. Mr. Cavanaghs Anwesenheit wird mein Verhalten nicht beeinflussen. Seinetwegen will ich ganz sicher nicht auf all die Vergnügungen verzichten, die Bath zu bieten hat."

„So ist's recht, Kindchen." Lady Penrose seufzte erleichtert und strahlte vor Freude. Dann runzelte sie nachdenklich die Stirn. „Meinst du, dein Großvater hat seinem Patensohn mitgeteilt, dass du hier anzutreffen bist? Und dass Mr. Cavanagh sich lediglich deshalb hierherbegeben hat?"

Bisher hatte Abbie diese Möglichkeit nicht in Betracht gezogen. „Das kann ich nicht sagen. Ich nehme jedoch an, Großvater hat von Bartons Absicht, nach Bath zu reisen, gewusst. Aus diesem Grund schrieb er dir. Sechs Jahre lang habe ich diesen Mann nicht gesehen – das letzte Mal bei seinem Besuch in Foxhunter Grange, kurz vor seinem Eintritt in die Armee. Wir haben niemals korrespondiert. Indes bekam Großvater hin und wieder einen Brief von ihm."

Gedankenverloren schwieg Lady Penrose und richtete ihre Aufmerksamkeit erneut auf Mr. Cavanagh. Dabei gelangte sie zu der Überzeugung, dass der Gentleman nicht den Eindruck erweckte, an einer Begegnung mit der Enkelin seines Patenonkels interessiert zu sein. Zumindest schien er nicht nach ihr Ausschau zu halten. Schließlich richtete sie das Wort an Abigail. „Natürlich hätte er dich während seines Kriegsdienstes nur selten treffen können. Doch es gab nichts, was ihn gehindert hätte, dir zu schreiben. Vielleicht hat sich seine Einstellung zu dieser Heirat geändert, und du machst dir überflüssige Sorgen."

Abigails unwillkürliches Gelächter lenkte die Blicke mehrerer Gäste in ihre Richtung. „Oh nein, Tante Henrietta, ich glaube kaum, dass er so empfindsam ist. Lediglich seinem Patenonkel zuliebe hätte er mich zur Frau genommen."

Daran schien Ihre Ladyschaft zu zweifeln. „Nun, vielleicht hast du recht. Andererseits erweckt er nicht den Anschein, er würde sich zu Entschlüssen drängen lassen, die er missbilligt. Übrigens, wer sind die Frauen in seiner Begleitung?"

Das hatte sich Abbie auch schon gefragt. „Heute Abend sehe ich sie zum ersten Mal, also bin ich mir nicht ganz sicher. Da das Mädchen ihm gleicht, könnte es seine Halbschwester sein. Und die ältere Dame ist vermutlich seine Stiefmutter."

„Falls das stimmt, kam er wohl lediglich als Eskorte der beiden hierher und keineswegs, um dich aufzuspüren. Außerdem ist der Gentleman, mit dem er sich gerade unterhält, Agnes Fergussons Sohn. Giles diente ebenfalls in der Armee und wurde bei Waterloo verwundet. Seither hinkt der arme Junge. Offensichtlich sind die zwei Männer befreundet, also ist anzunehmen, dass Mr. Cavanagh von Giles zu dieser Gesellschaft eingeladen wurde."

Ehe Abigail diese einleuchtende Erklärung kommentieren konnte, begann die Kapelle zu spielen.

Einige Augenblicke später erschien ein junger Mann und bat sie um den ersten Tanz des Abends. Sie wollte höflich ablehnen, doch da flüsterte die Patentante ihr zu, dies sei ein Sohn einer ihrer besten Freundinnen. Da Abbie niemanden beleidigen mochte, besann sie sich eines Besseren und stand auf – trotz der Gefahr, ins Blickfeld eines gewissen hochgewachsenen Gentleman zu geraten.

Wie sich herausstellte, war diese Befürchtung nur allzu begründet. Die Schrittfolgen führten Abigail und ihren Partner an der Ecke vorbei, wo Barton Cavanagh und seine Begleiterinnen immer noch mit Giles Fergusson plauderten. Sofort fühlte Abigail, dass sie interessiert beobachtet wurde. Sie konzentrierte sich auf die Musik, bis ihre Neugier über die Vernunft siegte. Als sie den Kopf zur Seite wandte, schaute sie direkt in Bartons ausdrucksvolle dunkle Augen, die sein attraktives, markantes Gesicht beherrschten.

Von einer mutwilligen Regung getrieben, begrüßte sie ihn, indem sie ihm kaum merklich zunickte. Erst jetzt schien er sie zu erkennen. Sichtlich verwirrt hob er die Brauen, womit er bekundete, dass er nicht erwartet hatte, sie hier in Bath anzutreffen.

Nach dem Tanz geleitete ihr Partner sie zu Lady Penrose, und Abbie war nicht sonderlich überrascht, als Barton zielstrebig auf sie zukam und vor ihr stehen blieb. „Welch eine erstaunliche Begegnung, Miss Graham …"

„Ja, wie ich zugeben muss – Ihre Ankunft in diesem Salon hat mich ebenfalls überrascht, Mr. Cavanagh", erwiderte sie. Dann machte sie ihn mit ihrer Patentante bekannt, die sich, sofern ihre funkelnden Augen diese Deutung gestatteten, köstlich über die eklatante Untertreibung amüsierte.

Inständig wünschte Abigail, sie könne die Situation ebenso komisch finden. Doch es war ihr in tiefster Seele zuwider, mit einem Mann reden zu müssen, den sie seit über einem Jahrzehnt verachtete, und sie hoffte, das würde er ihr nicht anmerken.

„Vor zwei Wochen erst schrieb mir der Colonel, ohne jedoch Ihren Aufenthalt in Bath zu erwähnen, Abbie." Als er sie derart freimütig mit ihrem Vornamen ansprach, zuckte sie leicht zusammen, was ihm offenbar nicht entging, denn seine Augen verengten sich.

„Da Sie gerade davon sprechen, Mr. Cavanagh", erwiderte sie kühl, „auch mir verriet er nicht, dass ich Sie hier wiedersehen könnte."

„Tatsächlich nicht? Wie seltsam … Ich teilte ihm nämlich mit, es sei mir unmöglich, ihn in Schottland zu treffen, da ich meine Schwester und meine Mutter dieses Frühjahr nach Bath begleiten wolle." Eine Zeit lang musterte er Abigail schweigend, mit einem durchdringenden Blick, der ihre Gedanken zu erforschen schien. „Darf ich Sie mit den Damen bekannt machen, Miss Graham? Die beiden würden Sie gern kennenlernen, nachdem ich so oft von Ihnen gesprochen habe."

Diese Bitte durfte sie ihm nicht abschlagen. Es wäre zu unfreundlich gewesen. Und sie musste ihren Entschluss nicht bereuen, denn Kitty Cavanagh erwies sich als ein liebenswertes, lebhaftes Mädchen. Abbie fand die unbefangene Art der jungen Dame erfrischend, einige ihrer Bemerkungen allerdings etwas verwirrend.

„In Ihrem Alter haben Sie sicher schon viele Saisons genossen, Miss Graham“, meinte Kitty, als Abbie neben ihr stand. Höflich hatte sie Mrs. Cavanagh ihren Stuhl angeboten.

„Damit deutest du an, Miss Graham stünde kurz vor der Letzten Ölung, du freches kleines Ding“, schimpfte ihr Bruder und handelte sich einen vernichtenden Blick aus Kittys dunklen Augen ein, die seinen glichen. „Wann wirst du endlich lernen, deine dreiste Zunge zu hüten?“ Zu Abbie gewandt, die ihren Lachreiz nur mühsam bezähmte, fuhr er fort: „Darf ich mich im Namen meiner taktlosen Schwester entschuldigen? Leider gehört es zu ihren zahlreichen Fehlern, erst zu reden und dann zu denken.“

„Natürlich wollte ich Miss Graham nicht beleidigen“, verteidigte sich Kitty. „Ich finde sie sehr hübsch. Gefällt sie dir auch, Barton?“

Nun wusste Abigail nicht mehr, wohin sie schauen sollte. Sie spürte, wie heiße Röte in ihre Wangen stieg, und fürchtete, ihre Verlegenheit würde den Gentleman an ihrer Seite belustigen.

„Sogar sehr.“ Seine Mundwinkel zuckten. „Doch das dachte ich schon immer.“ Lächelnd schaute er in Abigails blauviolette Augen, die ihn teils misstrauisch, teils erstaunt musterten. „Und wie ich mich entsinne, waren Miss Grahams Manieren stets über jeden Tadel erhaben. Was für *dich* bedauerlicherweise nicht gilt.“

Mühsam riss sich Abigail zusammen und beschloss einzugreifen, bevor Miss Cavanagh von ihrem strengen Bruder zu grausam gemaßregelt wurde. „Zu meinem Leidwesen durfte ich keine einzige Saison in der Hauptstadt genießen, Miss Cavanagh. Jetzt habe ich zum ersten Mal seit langer Zeit den Landsitz meines Großvaters verlassen.“

„War das Ihr Wunsch, Miss Graham?“, erkundigte sich Barton.

Seine unverblümte Frage irritierte Abigail. Was sollte sie darauf antworten?

Gewiss, ihr Großvater hatte sie niemals zu längeren Reisen oder intensiveren gesellschaftlichen Kontakten ermutigt – vor lauter Angst, sie würde einem Gentleman begegnen, mit dem sie sich womöglich vermählen wollte. Natürlich durfte sie Barton nicht erzählen, der Colonel habe sie von jungen Männern ferngehalten, weil er wollte, dass sie mit seinem Patensohn vor den Traualtar trat.

Eine solche Bemerkung konnte Barton nur missverstehen. Womöglich glaubte er dann, sie würde bereuen, dass sie ihn vor sechs Jahren abgewiesen hatte, und einen neuerlichen Heiratsantrag erhoffen.

„Nun, ich war stets zufrieden, Sir." Da sie seine Skepsis spürte, bekräftigte sie: „Und da ich den Ehestand niemals erstrebenswert fand, wäre eine kostspielige Londoner Saison sinnlos gewesen. Jetzt, wo die erste Jugendblüte hinter mir liegt, werde ich wohl kaum das Interesse irgendwelcher an Heirat interessierter Junggesellen erregen. Deshalb genieße ich den Aufenthalt in Bath, ohne unwillkommene Bewerber abwehren zu müssen."

„Wenn Sie das ernst meinen, sind Sie nicht ganz richtig im Kopf, Miss Graham", entgegnete Barton unverblümt.

Sein sichtlicher Ärger überraschte Abigail ebenso wie seine Schwester. Nachdenklich starrte Kitty ihn an, bevor sie sich wieder zu Abbie wandte, um das Wort an sie zu richten. Aber was immer sie sagen wollte – sie fand es offenbar ratsam, es für sich zu behalten.

Glücklicherweise musste Abigail die forschenden Blicke der Geschwister nicht mehr allzu lange ertragen, denn Mrs. Cavanagh holte ihre Tochter ab, um sich mit ihr unter die anderen Gäste zu mischen.

Zu Abbies Erleichterung blieb Barton nichts anderes übrig, als den beiden zu folgen, und von da an konnte sie die Soiree unbeschwert genießen.

Am nächsten Morgen frühstückte sie mit ihrer Patentante. Wieder einmal zürnte sie ihrem Großvater, der vor keiner Hinterhältigkeit zurückschreckte, um sein Ziel schließlich doch zu erreichen. Allerdings durfte sie Barton Cavanagh keine Mitschuld an dieser Intrige geben. Sie mochte ihn noch so sehr verachten – und sie bezweifelte, dass dies jemals anders würde –, gleichwohl musste sie ihm zugutehalten, dass er sich nicht verstellen konnte. Zweifellos war seine Verblüffung über das Wiedersehen auf Agnes Fergussons Gesellschaft echt gewesen. Außerdem hatte sein Verhalten nicht den Eindruck erweckt, dass er den Wunsch seines Patenonkels zu erfüllen suchte. Kein einziges Mal hatte er sie zum Tanz aufgefordert.

Während Lady Penrose ihr drittes gebuttertes Brötchen verzehrte, warf sie ihrer schweigsamen Tischgenossin einen verstohlenen Blick zu. Obwohl sie Abbie bislang nicht allzu gut kannte, hätte sie nicht vermutet, dass die junge Dame zur Übellaunigkeit neigte. Aber heute Morgen wirkte sie melancholisch und in sich gekehrt. Was mochte sie bedrücken? Mr. Cavanaghs Anwesenheit auf der Soiree?

Um das herauszufinden, gab es nur eine Möglichkeit. Sie musste das heikle Thema anschneiden. „Also wirklich, mein Liebes, du solltest dir keine unnötigen Sorgen machen. Immerhin bist du dreiundzwanzig Jahre alt. Niemand kann dich zwingen, einen Mann zu heiraten, der dir missfällt."

„Ja, das stimmt. Trotzdem hofft Großvater unverdrossen, er könne es bewerkstelligen, und wir haben uns nicht im besten Einvernehmen getrennt." In Abigails Stimme klang leise Wehmut mit. „Übrigens hat er angekündigt, er würde mich enterben, wenn ich mich mit dem *falschen* Mann vermähle."

Bestürzt starrte ihre Patentante sie an. Allem Anschein nach war Colonel Graham ein kaltherziger alter Hagestolz, der keinerlei Rücksicht auf die Gefühle seiner Enkelin nahm. Diese Erkenntnis bewog Lady Penrose zu dem Entschluss, seine Pläne zu durchkreuzen. Gleichzeitig empfand sie Scham und tiefe Reue, weil sie sich niemals die Mühe gemacht hatte, die Tochter ihrer verstorbenen Freundin zu besuchen. Indes hatte sie geglaubt, ihr Patenkind sei bei seinem Großvater in den besten Händen. Offensichtlich war dies ein Irrtum gewesen. Und jetzt wollte sie wiedergutmachen, was sie in der Vergangenheit versäumt hatte.

Doch zuerst musste sie herausfinden, warum es der jungen Dame so sehr widerstrebte, sich mit Barton Cavanagh zu verehelichen. Auf sie hatte der Gentleman einen ausgezeichneten Eindruck gemacht.

„Wirst du dich in irgendeiner Weise von deinem Großvater beeinflussen lassen?", fragte sie in sanftem Ton.

„Ganz sicher nicht!", erwiderte Abigail entschieden. „Falls ich je vor den Traualtar trete, dann mit einem Mann, den ich mir selber aussuche."

Erfreut über die Willenskraft ihrer Patentochter, bot Lady Penrose ihr Hilfe an. Abigail akzeptierte sie dankbar.

„Schon vor meiner Abreise aus Leicestershire erkannte ich, welch ein Fehler es wäre, nach Foxhunter Grange zurückzukehren", gestand sie. „Dazu wäre ich bereit, falls ich hoffen dürfte, mein Großvater würde nachgeben und nicht mehr auf meiner Eheschließung mit seinem Patensohn bestehen …" Traurig schüttelte sie den Kopf. „Aber dieses Ziel verfolgt er nach wie vor. Sonst hätte er mich nicht gerade jetzt hierhergeschickt, wo sich auch Barton in Bath aufhält – ein unwiderlegbarer Beweis."

Lady Penrose griff über den Tisch hinweg nach Abbies Hand. „Warst du sehr unglücklich, Kindchen?"

„Zumindest war ich in den letzen Jahren nicht sehr froh."

„Allmählich entwickle ich eine heftige Abneigung gegen deinen Großvater."

„Oh, bitte nicht, Tante!" Zu ihrer eigenen Überraschung

verteidigte Abigail den Colonel. „Glaub mir, als er mich damals bei sich aufnahm, war er die Güte in Person." Mit einem träumerischen Lächeln beschwor sie Bilder aus der Vergangenheit herauf. „Obwohl er viel Zeit mit mir verbrachte, stellte er zusätzlich eine Gouvernante ein, bei der ich einen ausgezeichneten Unterricht genoss. Er ging mit mir reiten und angeln. Und er lehrte mich sogar, eine Pistole zu benutzen. So viele glückliche Stunden erlebte ich in seiner Gesellschaft ... Erst nachdem ich mich geweigert hatte, Barton zu heiraten, begegnete er mir kühl und unnahbar. Bis zu einem gewissen Grad verstehe ich sein Verhalten." Diese Worte bekundeten eine Toleranz, die Ihre Ladyschaft bewundernswert fand.

„Barton besitzt viele der Eigenschaften, die Großvater an einem Mann schätzt", fuhr Abigail fort. „Allein seine Reitkunst und seine hervorragenden Leistungen im Krieg hätten dem Colonel genügt, um seinen Patensohn auf ein Podest zu stellen. Doch er vergötterte ihn schon vor dem Feldzug. In seinen Augen kann Barton gar nichts falsch machen."

„Aber du, mein Liebes, respektierst ihn nicht?", fragte Lady Penrose vorsichtig.

Sofort verschloss sich die Miene ihrer Patentochter. Abbie stand auf und trat ans Fenster. „Nein, Tante, gewiss nicht." Nur zu deutlich bekundete ihre kalte, harte Stimme, welch ein Fehler es wäre, nach den Gründen dieser Abneigung zu forschen.

Trotzdem konnte Lady Penrose ihre Neugier nicht bezähmen. „Gab es irgendeine Vereinbarung, die eure Vermählung betraf?"

„Von meiner Seite aus nicht", antwortete Abigail nach einer Pause. „Indes nehme ich an, mein Großvater fasste diesen Entschluss bereits, als wir noch Kinder waren."

„Mochtest du Mr. Cavanagh damals besser leiden?"

Darüber dachte Abigail eine Zeit lang nach. „Ich glaube schon – ich ärgerte mich allerdings, dass der Colonel mir weniger Aufmerksamkeit schenkte, wann immer Barton uns besuchte. Natürlich hatte ich wegen des Altersunterschiedes von sieben Jahren nicht viel mit dem Jungen gemein. Daher kannst du dir sicher vorstellen, dass der Wunsch meines Großvaters, seinen Patensohn zu ehelichen, mich schockierte."

„Oh ja", murmelte Lady Penrose. Mit schmalen Augen starrte sie vor sich hin. Der Altersunterschied war sicher nicht der Grund, warum das Mädchen Mr. Cavanaghs Antrag abgelehnt hat, dachte sie. Ausnahmsweise zügelte sie ihre Neugier und bemerkte lediglich: „Wie auch immer, dies alles gehört der Vergangenheit an. Nun sollten wir uns mit deiner Zukunft befassen."

„Sehr gern", stimmte Abbie bereitwillig zu und verdrängte die Schatten unangenehmer Erinnerungen. „Vielleicht würdest du mir zur Stellung einer Gouvernante oder Gesellschafterin verhelfen. Bis ich an meinem fünfundzwanzigsten Geburtstag über das Erbe verfügen kann, das mir meine Mutter hinterließ, möchte ich meinen Lebensunterhalt selbst verdienen."

In sprachloser Verblüffung beobachtete Lady Penrose, wie ihre Patentochter zum Tisch zurückkehrte. Sie brauchte eine ganze Weile, um sich von ihrem Schrecken zu erholen. „Hast du den Verstand verloren, Kindchen? Ich verstehe, warum du nicht mehr bei deinem Großvater leben willst. Doch die Lösung deines Problems ist ganz einfach – du bleibst bei mir."

„Oh … ich …", begann Abbie.

„Keine Widerrede!", fiel Lady Penrose ihr ins Wort und verriet eine Entschiedenheit, die ihre übliche sanfte, fast träge Haltung Lügen strafte. „Diese wundervolle Gelegenheit, mein Versäumnis wiedergutzumachen, darfst du mir nicht nehmen. In all den Jahren habe ich dich sträflich vernachlässigt. Dafür schäme ich mich, und ich werde … Nein, nein!", betonte sie, als Abbie erneut protestieren wollte. „Mein Entschluss steht fest. Unter meinen Fittichen wirst du zur elegantesten, schönsten und beliebtesten jungen Dame von Bath avancieren. Oh, wie ich mich darauf freue!"

Obwohl Abbie ihrer Verwandlung in eine Modepuppe eher skeptisch entgegenblickte, nahm sie den Enthusiasmus ihrer Patentante schicksalsergeben hin. Fügsam folgte sie ihr am späteren Vormittag in den vornehmsten Schneidersalon der Stadt.

Madame Dupont, eigentlich Molly Blunt, hatte ihr Geschäft in Bath eröffnet, weil sie hier keine so erbarmungslose Konkurrenz fürchten musste wie in London. Mit dieser Entscheidung behielt sie recht, denn sie hatte schon nach kurzer Zeit einen ausgezeichneten Ruf erworben.

Lady Penrose war eine ihrer ersten Kundinnen gewesen und ihr seither treu geblieben. Und darum stellte Madame nur zu gern andere Aufträge zurück, um die Wünsche einer so hoch geschätzten Aristokratin zu erfüllen. Sie tat es umso bereitwilliger, nachdem sie die perfekte Figur der hübschen jungen Frau gemustert hatte, die sie stilvoll ausstatten sollte … Sie ging sogar so weit, ihr ein Ausgeh-Ensemble anzubieten, das sie für eine andere Kundin angefertigt hatte. Bedauerlicherweise versäumte es diese Dame immer wieder, ihre Rechnungen pünktlich zu begleichen.

Während Madames Assistentinnen kleinere Änderungen an dem Kleid vornahmen, damit die Kundin es gleich anziehen konnte, studierten Abbie und ihre Patentante ein paar Modezeichnungen, wählten Stoffe aus und bestellten mehrere Modelle. Dann verließen sie den Laden.

Zum ersten Mal in ihrem Leben war Abbie nach der neuesten Mode gekleidet.

„Auf Mollys Geschmack kann man sich stets verlassen", bemerkte Lady Penrose, nachdem sie den Kutscher zum Upper Camden Place zurückgeschickt hatte, weil sie zu Fuß zur

Trinkhalle gehen wollte. „Wie gut dir diese Kreation steht! Und die Farbe – genau richtig für dich!“

Auch Abigail freute sich über ihre Neuerwerbung, obwohl sie niemals großen Wert auf ihre Garderobe gelegt hatte. Allerdings konnte sie sich einen Kommentar über den enormen Preis nicht verkneifen.

„Mach dir über die Ausgaben keine Gedanken, Kindchen“, beruhigte Lady Penrose sie. „Ich jedenfalls tue es nicht. Außerdem werde ich die Rechnungen ohnehin an deinen Großvater schicken. Leider bleibt mir die Genugtuung versagt, sein Gesicht zu sehen, wenn er ordentlich tief in die Tasche greifen muss, um deine komplette Garderobe zu bezahlen. Nicht nur die paar Kleider, die er in seinem Brief erwähnt hat … Geschieht ihm recht, dem alten Knauser!“

Amüsiert über die Bosheit ihrer Patentante, vermochte Abigail ihren Lachreiz nicht zu bezähmen.

Wenig später betraten sie die Trinkhalle. Sogleich richtete sich die Aufmerksamkeit etlicher Herrschaften auf Abigail. Manch bewundernder, manch neidischer Blick traf die junge Dame. Auch einer aus wachsamen braunen Augen, die, wie Lady Penrose am Abend zuvor festgestellt hatte, während der Soiree mehrmals in die Richtung ihrer Patentochter geschweift waren.

Abbie dagegen nahm Bartons Anwesenheit ebenso wenig wahr wie sein Interesse ihr gegenüber – bis sie ihren ersten Schluck von dem berühmten Wasser nahm. Als sie schaudernd eine Grimasse schnitt, erklang eine tiefe Stimme an ihrer Seite.

„Eigentlich dachte ich, Sie wären zu vernünftig, um dieses grässliche Zeug zu trinken, Miss Graham.“

„Also wirklich, Mr. Cavanagh, Sie tauchen immer gerade da auf, wo man Sie am allerwenigsten erwartet“, erwiderte sie und hoffte, ihre Verwirrung zu überspielen. „Warum galoppieren Sie nicht über die Downs, statt diese Halle zu besuchen, in der sich angeblich alle Klatschmäuler der Stadt tummeln?“

„Natürlich wäre ich lieber woanders. Hier in Bath treibe ich mich nur notgedrungen herum."

Unauffällig musterte sie ihn. An seiner äußeren Erscheinung gab es nichts auszusetzen. Offenbar bevorzugte er bequeme Kleidung, keine modischen Extravaganzen. Manche Gentlemen würden den Knoten seines Krawattentuchs zu schlicht und die Weste zu fantasielos finden. Und der Gehrock saß zu locker, um seine breiten Schultern vorteilhaft zu betonen. Aber mit der leicht gebräunten Haut und der kraftvollen Gestalt wirkte er auf sympathische Weise wie ein Mann, der sich lieber an der frischen Luft bewegte, als in vornehmen Salons Konversation zu machen.

Was, um alles in der Welt, hatte ihn nach Bath geführt, wo die Leute ihre Zeit am liebsten mit geruhsamen Spaziergängen, höflichem Geplauder und beschaulichen Dinnerpartys verbrachten? Was amüsierte einen Gentleman, der halsbrecherische Ritte und andere Arten körperlicher Ertüchtigungen liebte, in dieser Stadt?

„Sicher war es nicht die Sorge um Ihre Gesundheit, die Sie bewogen hat, nach Bath zu reisen." Mit diesem Kommentar lenkte Abigail seine Aufmerksamkeit von dem blauen Band ab, das sie unter ihrem Kinn zu einer koketten Schleife gebunden hatte. „Welcher Not mussten Sie gehorchen?"

Seine Miene, die bis zu diesem Augenblick diskrete Bewunderung bezeugt hatte, wechselte zu unverhohlenem Ärger über, als er kurz über seine rechte Schulter blickte. „Bedauerlicherweise entschied mein Vater, ich müsste die Verantwortung für meine ungebärdige junge Schwester mit Eugenie teilen, die ihre Tochter viel zu nachsichtig behandelt."

„Oh ..." Abigail lächelte boshaft. „Also fällt sie Ihnen zur Last, Sir?"

„Das würde ich ihr nicht raten."

„Armes Mädchen ..." Durch halb gesenkte Wimpern, die

ihm ungewöhnlich lang erschienen, schaute sie zu ihm auf. „Welch ein Glück, dass Sie nicht mein Bruder sind …“

„Glauben Sie mir, Miss Graham, diese Tatsache gefällt mir noch viel besser als Ihnen.“ Ein unvermitteltes Lächeln milderte seine prägnanten Züge und trieb Abigail die Hitze in die Wangen. Zu ihrer Erleichterung blieb ihr eine Antwort erspart, denn in diesem Moment trat Kitty Cavanagh zu ihnen und erklärte ihrem Bruder, Giles Fergusson sei mit seiner Mutter eingetroffen und wolle mit ihm reden. Barton schien das Gespräch, das Abigail immer peinlicher gefunden hatte, nur ungern zu beenden – im Gegensatz zu ihr. Mit einem strahlenden Lächeln wandte sie sich zu ihrer ahnungslosen Retterin.

„Wie schön, Sie wiederzusehen, Miss Graham!“, freute sich Kitty. „Ich brauche nämlich dringend Unterstützung, und ich weiß nicht, wen ich sonst darum bitten soll. Den ganzen Morgen habe ich überlegt, wie ich Sie unter vier Augen sprechen könnte.“

Für dieses Vorhaben erschien ihr die überfüllte Trinkhalle kaum der geeignete Ort. Aber Abigails Neugier war erwacht, und daher folgte sie der jungen Dame zur Fensterfront, wo sich weniger Leute aufhielten. „Was kann ich für Sie tun, Miss Cavanagh?“

„Wollen wir Freundschaft schließen?“, schlug Kitty vor. „Oh, ich hasse überflüssige Formalitäten! Darf ich Sie mit dem Vornamen anreden?“ In ihren Augen lag ein so bittender, hoffnungsvoller Ausdruck, dass Abbie ohne Zögern nickte. „Oh, vielen Dank!“, fuhr das Mädchen hastig fort. „Wenn Sie es nicht gestattet hätten, würde es mir sehr schwer fallen, meinen Wunsch zu äußern.“

Allmählich empfand Abbie ein leichtes Unbehagen. „Kitty – wenn Sie ein ernsthaftes Problem haben, wäre es da nicht vielleicht besser, Sie würden sich Ihrer Mutter oder Ihrem Bruder anvertrauen?“

„Um Himmels willen, nein!“ Allein der Gedanke schien der jungen Dame kaltes Entsetzen einzujagen. „In fast allen Belangen verlässt Mama sich auf Bartons Urteil. Und da meine Sorge *ihn* betrifft, kann ich ihm wohl kaum davon erzählen, nicht wahr?“

Das musste Abigail wohl oder übel bestätigen. Gleichwohl war sie zu weiteren Zugeständnissen nicht bereit, bevor sie nicht genauere Informationen erhielt.

Lange blieb sie nicht im Ungewissen. Kitty holte tief Atem. „Helfen Sie mir, Barton zu verheiraten.“

Abbie traute ihren Ohren nicht. „Wie bitte?“

Offenbar schwang in ihrer Frage ein Unterton mit, der Kitty auf den drohenden Verlust einer wertvollen Verbündeten hinwies. Ihre Miene änderte sich dramatisch, der erwartungsvolle Eifer wich schmerzlicher Verzweiflung. „Sie werden mir doch helfen, Abbie?“

„Ganz sicher *nicht.*“ Ungerührt hielt Abigail dem beschwörenden Blick ihrer neuen Freundin stand. „Niemals würde ich eine Geschlechtsgenossin Ihrem Bruder ausliefern.“ Im nächsten Moment hätte sie sich am liebsten auf die Zunge gebissen. Oh Gott, warum war ihr das herausgerutscht?

„Hegen Sie eine Abneigung gegen Barton?“, fragte Kitty prompt.

„Nein, natürlich nicht …“ Zu ihrem Leidwesen klang ihre hastige Antwort nicht besonders überzeugend, und so fügte Abbie hinzu: „Aber wir sind keine engen Freunde.“

„Obwohl Sie ihn schon seit Jahren kennen? Barton schätzt Sie sehr, das weiß ich.“

Diese Enthüllung schockierte Abbie, indes fasste sie sich sofort wieder. „Wie auch immer, er würde es gewiss missbilligen, wenn ich mich in eine derart heikle private Angelegenheit einmische. Außerdem ist er durchaus fähig, selber auf Brautschau zu gehen.“

„Das tut er bereits“, verkündete Kitty zu ihrem Erstaunen. „Zumindest ist er bis über beide Ohren verknallt.“

„Dann begreife ich nicht, warum Sie meine Hilfe brauchen“, entgegnete Abigail, ein wenig irritiert von der taktlosen Wortwahl des Mädchens.

„Weil er der jungen Dame endlich einen Antrag machen soll. Wir bleiben nur bis Mitte Juli hier. Danach dürfte es eine Weile dauern, bis er sie wiedersieht. Und in der Zwischenzeit könnte alles Mögliche passieren. Vielleicht lernt sie jemand anderen kennen.“

„Sind Sie sicher, dass sie Bartons Gefühle erwidert? Übrigens, wer ist die Unglückli… Ich meine, wer ist die Frau, die das Wohlgefallen Ihres Bruders erregt hat?“

Eine Zeit lang musterte Kitty die Spitzen ihrer Slipper, als gäbe es nichts Interessanteres auf der Welt. Als sie den Kopf hob, wirkte ihre Miene einfältig und beinahe ein wenig verlegen. Dann jedoch leuchteten ihre Augen auf, als sei ihr soeben eine brillante Idee gekommen. „Ah, da ist sie … Sehen Sie doch, Barton eilt ihr entgegen!“

Abbie schaute über die Schulter und beobachtete, wie Cavanagh sich über die Hand einer elegant gekleideten jungen Frau beugte. Sie wandte sich wieder zu Kitty um. „Wurde ich mit der Dame bekannt gemacht? Gestern Abend auf der Gesellschaft?“

„Ja, wahrscheinlich – sie war dort. Sie heißt Caroline Whitham, und der Gentleman, der sie begleitet, ist ihr Bruder Stephen. Wenn sie bloß nicht so schrecklich schüchtern wäre! Ich wette, in diesem Moment errötet sie bis unter die Haarwurzeln. Armes Ding …“ Kitty warf Abbie einen flehentlichen Blick zu. „Bitte, helfen Sie mir! Treffen wir uns heute Nachmittag in den Sydney Gardens. Da werden wir in aller Ruhe überlegen, wie wir die beiden zusammenbringen können. Sicher fällt uns etwas ein. Ich glaube, Miss Whitham erwähnte, dass sie täglich im Park spazieren geht, wenn es das Wetter erlaubt. Sobald wir einen Plan geschmiedet haben, reden wir mit ihr." Als sie keine Antwort erhielt, fuhr sie unbeirrt fort: „Oh, Sie ahnen nicht, wie es ist, einen Bruder ertragen zu müssen, der immer alles besser weiß. Ich liebe ihn von ganzem Herzen. Aber er benimmt sich wirklich zu anmaßend. Dauernd schimpft er und macht mir Vorschriften. Wenn er heiratet, wird mein Martyrium ein Ende finden. Dann muss er sich um seine Gattin kümmern und wird mich in Ruhe lassen."

Blicklos starrte Abigail durch das Fenster. *Auch mein Problem wäre gelöst, wenn Barton diese Miss Whitham ehelicht …*

3. KAPITEL

Ein hübsches kleines Ding, Whithams Schwester …“, bemerkte Giles Fergusson, als sein Freund zu ihm kam.

Zustimmend nickte Barton und beobachtete, wie der junge Offizier, der im Krieg in Spanien unter ihm gedient hatte, seine Schwester zu der Stelle führte, wo das berühmte Heilquellenwasser ausgeschenkt wurde. „Ja, er ist zu beneiden. Miss Whitham benimmt sich untadelig.“ Seufzend schaute er zu den Fenstern hinüber. „Was ich von meiner Schwester nicht behaupten kann.“

Giles folgte dem Blick seines Gefährten und lächelte nachsichtig. „Kitty ist einfach nur lebhaft. In ein oder zwei Jahren hat sie sich beruhigt.“

„Vielleicht“, erwiderte Barton, nicht sonderlich getröstet. „Aber bis dahin wird sie für eine ganze Menge Aufregung sorgen. Allerdings – gegen diese Freundschaft, die sie gerade schließt, habe ich nichts einzuwenden.“

Giles musterte Kittys Gesprächspartnerin. „Ach ja, gestern Abend erwähntest du, dass du Miss Graham kennst. Ich habe mich sogar kurz mit ihr unterhalten. Eine sehr vernünftige junge Frau. Und eine ausgesprochen erfreuliche Erscheinung. Wenn sie in Bath ist, um eine gute Partie zu machen, müsste sie Erfolg haben.“ Da er keine Antwort bekam, wandte er sich wieder zu seinem Freund und sah eine düster gerunzelte Stirn. „Offenbar bist du anderer Meinung.“

„Keineswegs. Ich frage mich nur, warum sie immer noch ledig ist.“

„Vielleicht schreckt sie vor einer Heirat zurück.“

„Meinen Antrag hat sie jedenfalls abgewiesen.“

„Großer Gott!“ Giles bemühte sich nicht, seine Überraschung zu verhehlen. „Und ich dachte, ich wüsste alles über dich, alter Junge. Dass du beinahe unters Ehejoch geraten wärst – davon hatte ich keine Ahnung."

„Diese Verbindung schlug mein Patenonkel vor, Miss Grahams Großvater. Zum Glück ging Abbie nicht darauf ein. Wir waren beide viel zu jung."

„Und jetzt?", fragte Giles, als Barton in nachdenklichem Schweigen versank.

„Jetzt? Sagen wir mal, ich habe mir die Hörner abgestoßen und wäre bereit, eine Familie zu gründen."

Giles stieß einen leisen Pfiff aus. „Also daher weht der Wind."

Dazu gab Barton keinen Kommentar ab. Stattdessen beobachtete er seine Schwester, die auf ihn zusteuerte. Angesichts ihres selbstzufriedenen Lächelns war er sofort auf der Hut. „Welchen Unfug brütest du nun schon wieder aus, du Göre?", stöhnte er, sobald sie vor ihm stand. „Diese Miene kenne ich nur zu gut."

Ärgerlich presste Kitty die Lippen zusammen, bevor sie sich bei seinem Freund beschwerte, den sie seit ihrer Kindheit vergötterte. „Ich begreife wirklich nicht, warum Barton ständig glaubt, ich würde alberne Streiche aushecken. Als wäre ich sieben Jahre alt!"

„Ich wünschte, das wärst du – dann wüsste ich, wie ich dich behandeln muss", murmelte ihr Bruder, worauf sie ihm einen vernichtenden Blick zuwarf.

„Oh, ich wette, Giles geht mit seiner Schwester nie so garstig um wie du mit mir."

Klugerweise verfolgte Barton das Thema nicht weiter. „Ich habe einige Briefe zu schreiben. Suchen wir deine Mutter, dann gehen wir nach Hause."

Zu seiner Verblüffung protestierte Kitty nicht. Sie war sehr gesellig, und sie hasste es, allein daheim zu sitzen. Was hatte diese erstaunliche Fügsamkeit zu bedeuten? Führte sie irgendetwas im Schilde?

„Du bist heute ungewöhnlich gut gelaunt“, bemerkte er, als sie auf dem Weg zu der Residenz, die er für die Dauer des Aufenthalts in Bath gemietet hatte, eine populäre Melodie vor sich hin summte.

„Nun, ich fühle mich wohl hier. Eine Zeit lang war ich dir böse, weil ich eine Saison in London wollte und du mir den Wunsch auf deine übliche schroffe Art abgeschlagen hast. Aber Bath ist gar nicht so langweilig, wie ich dachte. Dauernd lerne ich interessante Leute kennen.“

„Ja, vorhin sah ich dich mit Miss Graham plaudern, Kitty“, warf ihre Mutter ein. „Eine charmante junge Dame ... Meinst du, Barton, es ist zu spät, um Lady Penrose und ihrer Patentochter eine Einladung zu der Gesellschaft zu schicken, die wir nächste Woche geben? Oder hättest du etwas dagegen?“

„Warum sollte ich?“, erwiderte er und hoffte sogleich, dass er nicht allzu brüsk geklungen hatte. Eugenies plötzlich niedergeschlagen wirkende Miene indes sprach eine andere Sprache.

Er blieb ein paar Schritte zurück, ließ Mutter und Tochter vorausgehen und fragte sich nach dem Grund für seine Schroffheit. Gewiss, die Neigung seiner Stiefmutter, in den trivialsten Dingen seine Zustimmung zu erbitten, irritierte ihn. Doch wie er sich eingestehen musste, trug sein Verhalten in den letzten Jahren die Schuld daran.

Seiner eigenen Mutter hatte er sehr nahegestanden, und ihr Tod in seinem zwölften Lebensjahr war ein schwerer Schicksalsschlag gewesen. Er hatte lange gebraucht, um darüber hinwegzukommen. Mit seinem Vater verstand er sich recht gut, bis dieser Eugenie, die älteste Tochter des Vikars, heiratete. Kittys Geburt, nur ein Jahr später, machte die Dinge nicht besser. Nun musste er die Zuneigung des Vaters mit zwei Eindringlingen teilen. Und deshalb verbrachte er die Schulferien zumeist bei seinem Patenonkel, der ihm die so schmerzlich vermisste Aufmerksamkeit schenkte.

Vor seinem Kriegsdienst, zu dem ihn der Colonel ermutigt hatte, war er ein eher selbstsüchtiger junger Mann gewesen, hauptsächlich an seinen Amüsements interessiert. Deshalb hatte er nach dem Studium in Cambridge den Großteil seiner Zeit in London verbracht, um sich in oberflächliche Vergnügungen zu stürzen. Erst bei der Armee war er verantwortungsbewusster geworden und hatte gelernt, Rücksicht auf die Gefühle anderer zu nehmen.

Bedrückt beobachtete er die ältere Frau, die vor ihm ging. Jetzt war es vermutlich zu spät, um eine engere Beziehung zu seiner Stiefmutter anzubahnen. Was das betraf, hatte sie im Lauf der Jahre wahrlich ihr Bestes getan und ein Verständnis für ihn gezeigt, das er nicht verdiente. Wenn er sie auch niemals lieben würde, sollte er wenigstens anerkennen, wie untadelig sie seinen Haushalt führte, und sie spüren lassen, dass ihre Anwesenheit unter seinem Dach kein Ärgernis für ihn war.

Sobald sie die Halle betreten hatten, versicherte er: „Ich freue mich auf unsere Soiree in der nächsten Woche, Eugenie. Da du eine ausgezeichnete Gastgeberin bist, wird der Abend zweifellos ein großer Erfolg."

Beglückt über das unerwartete Lob, errötete seine Stiefmutter, und Kitty blinzelte erstaunt.

Barton zog sich in die Bibliothek zurück und begann seine Korrespondenz zu erledigen. Schon nach wenigen Minuten musste er diese Tätigkeit unterbrechen, weil seine Schwester eintrat.

Ausnahmsweise senkte sie schüchtern die Wimpern, als sie vor dem Schreibtisch stehen blieb. „Verzeih die Störung, Barton. Darf ich dich um einen Gefallen bitten?"

Ihre ungewohnte Scheu erregte umgehend seinen Argwohn. „Das darfst du jederzeit, Kitty."

„Nun, ich dachte mir … Wenn du nicht anderweitig beschäftigt bist – würdest du mich nach dem Lunch auf einem Spaziergang begleiten?“

Wäre sie seinem Blick nicht ausgewichen, hätte er ihr Anliegen nicht verwunderlich gefunden. „Warum sehnst du dich plötzlich nach meiner Gesellschaft, kleine Hexe? Wieso willst du nicht mit deiner Mutter ausgehen?“

„Oh Barton, du weißt doch – Mama hält nichts von solchen Wanderungen. Nachmittags ruht sie sich am liebsten aus. Aber das Wetter ist einfach wunderbar. Wollen wir uns die Sydney Gardens ansehen? Da soll es sehr schön sein, das haben mir mehrere Leute erzählt. Und meine Zofe will ich nicht mitnehmen, weil sie so schrecklich trödelt.“

„Also gut“, gab er wider besseres Wissen nach. „Vorausgesetzt, du lässt mich bis dahin in Ruhe.“

Für diese Zustimmung wurde er mit einem schwesterlichen Kuss auf die Wange und einer unerwarteten Umarmung belohnt. Mit schmalen Augen sah Barton ihr nach, wie sie, sichtlich zufrieden mit sich selbst, aus der Bibliothek tänzelte. Ja, in der Tat, irgendetwas heckt sie aus, entschied er und bereute bereits, dass er versprochen hatte, ihren Wunsch zu erfüllen.

Von ähnlichen Bedenken erfüllt, betrat Abbie am Nachmittag den gut besuchten Park. Bisher war sie nie auf den Gedanken gekommen, eine Heirat Bartons mit einer anderen Frau könnte ihr Problem lösen. Andererseits ließ sie sich nur ungern in Kitty Cavanaghs Intrige hineinziehen. Doch sie wollte das Wort nicht brechen, das sie dem Mädchen gegeben hatte, und daher war sie in Begleitung einer Bediensteten ihrer Patentante zu den Sydney Gardens aufgebrochen.

Allzu gut kannte sie Barton nicht. Aber sie ging davon aus, dass er es keineswegs schätzte, wenn man sich in sein Privatleben einmischte. Außerdem – konnte sie es mit ihrem Gewissen vereinbaren, ein armes, unglückliches Mädchen diesem zügellosen Wüstling auszuliefern, wenn sie Kitty half, deren Bruder vor den Traualtar zu dirigieren?

„Oh, was für eine angenehme Überraschung, Miss Graham!"

Wie erstarrt blieb sie stehen, als die vertraute, tiefe Stimme sie aus ihren beklemmenden Gedanken riss. Hätte sie Barton und seine Schwester etwas früher entdeckt, wäre sie sofort umgekehrt, um eine Begegnung zu vermeiden. Doch nun musste sie wohl oder übel Freude über diesen „Zufall" heucheln. Was Kitty anging, fiel ihr das nicht schwer, obwohl sie so gut wie sicher war, dass sie sich nicht in die kupplerischen Machenschaften des Mädchens verwickeln lassen wollte.

„Tatsächlich, eine Überraschung, Sir." Sie musste nicht einmal lügen, denn sie hatte nicht erwartet, dass Barton seine Schwester begleiten würde. „Natürlich weiß ich um Ihre Vorliebe für körperliche Aktivitäten an der frischen Luft. Indes hätte ich nicht gedacht, dass auch Spaziergänge im Park dazugehören."

In seinen Augen erschien ein herausfordernder Glanz. „So gut kennen Sie mich nicht, Miss Graham – *noch* nicht. Aber das lässt sich mühelos ändern. Eugenie wird Ihnen und Ihrer Patentante eine etwas verspätete Einladung zu unserer Soiree nächste Woche schicken. Hoffentlich machen Sie uns die Freude und nehmen daran teil."

„Oh ja, bitte!", meldete sich Kitty zu Wort, als Abbie zögerte. „Sicher werden Sie sich großartig amüsieren."

„Daran zweifle ich nicht", beteuerte Abigail. „Doch ich kann keine Zusage geben, ohne mit Lady Penrose darüber zu sprechen. Vielleicht hat sie andere Pläne."

„Gewiss, das müssen Sie berücksichtigen", bestätigte Barton, bevor seine Schwester die arme Miss Graham erneut bedrängen konnte. „Und es wäre wundervoll, wenn Sie uns heute Nachmittag in dieser idyllischen Umgebung mit Ihrer Gesellschaft beglücken würden."

Unschlüssig wandte Abigail sich zu ihrer Dienerin um, die

ein paar Schritte entfernt wartete. Sollte sie die Anwesenheit des Mädchens zum Vorwand nehmen und erklären, sie müsse leider heimkehren, da die junge Frau im Haushalt gebraucht würde?

Offenbar konnte Barton ihre Gedanken lesen. „Meine Schwester und ich werden Sie wohlbehalten zu Lady Penrose bringen. Also brauchen Sie keine Begleitung mehr."

Schon wieder musterte er sie herausfordernd, als wolle er sie zu einem Widerspruch veranlassen. Indes mochte sie nicht den Eindruck erwecken, dass er sie in irgendeiner Weise beunruhigen konnte. Wenn sich seine und ihre Wege in den nächsten Wochen kreuzten, würde sie stets höfliche Gleichgültigkeit an den Tag legen. Zudem war seine Anwesenheit sogar ein Segen, denn sie verhinderte, dass seine Schwester das Thema seiner Heirat anschnitt. Und so würde Abbie Zeit gewinnen, um zu entscheiden, ob sie Kitty bei ihrem Vorhaben helfen sollte.

Wie sich herausstellte, hatte sie den Einfallsreichtum ihrer neuen Freundin unterschätzt. Sobald Abigail das Dienstmädchen nach Hause geschickt hatte und neben den Geschwistern dahinschlenderte, schlug Kitty vor: „Wäre es nicht großartig, ein Picknick zu arrangieren?" Unschuldig lächelte sie ihren Bruder an. „Dazu könnten wir einige unserer Freunde einladen. Werden Sie auch kommen, Abbie?"

Von einem forschenden braunen Augenpaar beobachtet, suchte Abigail verwirrt nach Worten. „Nun, ich weiß nicht ..."

„Vielleicht glaubt Miss Graham, für einen solchen Zeitvertreib sei sie zu alt, Kitty", bemerkte Barton. Erbost starrte Abbie ihn an und bemerkte, wie er seinen Lachreiz bekämpfte. „Nach meiner Erfahrung halten sich Damen, die in die Jahre gekommen sind, nicht mehr gern im Freien auf. Stattdessen bevorzugen sie Beschäftigungen in ihren vier Wänden – Nähen, Lesen, Marmelade einkochen ... Dergleichen strengt sie weniger an."

„Um Gottes willen, so alt ist Abbie doch gar nicht!", rief

Kitty. Anscheinend war sie überzeugt, dass ihr Bruder diesen Unsinn ernst meinte.

„Nein, wirklich nicht“, bekräftigte Abbie, bevor Barton den Protest seiner Schwester mit weiteren schlechten Scherzen beantworten konnte. „Und ein Picknick wäre eine angenehme Abwechslung – nach all den Häubchen, die ich in letzter Zeit genäht habe.“

Im Gegensatz zu ihrem Bruder, dessen Mundwinkel verräterisch zuckten, hielt Kitty entsetzt den Atem an. „Sie tragen Häubchen, Abbie?“

„Nur wenn ich mein Mittagsschläfchen halte, Liebes.“

„Keine Bange, Kitty, sie will uns nur hänseln“, versicherte Barton, um dem Geplänkel ein Ende zu machen. „Aber wenn du ein Picknick organisieren möchtest, wäre es am besten, wenn du einen Vormittag wählen würdest. Nachmittags werden sich Lady Penrose und deine Mutter lieber ausruhen, und die beiden sollten uns Gesellschaft leisten. Obwohl Miss Graham kein Schulmädchen mehr ist, braucht sie eine Anstandsdame.“

Verblüfft starrte Abigail ihn an. Verschwendete ein so unmoralischer Mann tatsächlich einen Gedanken daran, was schicklich war und was nicht? Gegen ihren Willen erinnerte sie sich an die schändliche Episode, die sie im Pavillon ihres Großvaters beobachtet hatte. Und sie hoffte inständig, dass Barton die Röte, die an ihrem Hals emporkroch, dem warmen Sonnenschein zuschrieb.

Zum Glück bemerkte Kitty das Unbehagen ihrer neuen Freundin nicht. Plötzlich blieb sie stehen und stieß einen Freudenschrei aus. „Schau doch, Barton! Da drüben sitzen Stephen und seine Schwester! Soll ich sie zu unserem Picknick einladen?“

Ohne eine Antwort abzuwarten, eilte sie davon. Teils ärgerlich, teils neidisch blieb Abbie zurück. Wie unangenehm, mit einem Gentleman allein zu sein, den sie nicht mochte – wenn auch nur für ein paar Minuten … Gleichzeitig musste sie

Kittys schauspielerisches Talent bewundern. Zweifellos könnte das Mädchen auf der Bühne des Drury Lane Theatre triumphale Erfolge feiern. Niemand würde glauben, der Anblick der Whithams hätte sie *nicht* überrascht. Obwohl sie Abbie erst an diesem Morgen erklärt hatte, dass die Geschwister jeden Nachmittag im Park spazieren gingen …

„Fühlen Sie sich nicht verpflichtet, die dummen Streiche meiner unverbesserlichen Schwester zu unterstützen, Miss Graham. Es sei denn, es wäre Ihr Wunsch."

Erschrocken betrachtete Abbie sein prägnantes Profil. Hatte er erraten, was Kitty plante? „Tut mir leid, Sir, ich verstehe nicht, was Sie meinen."

„Das Picknick, Miss Graham. Bitte, fühlen Sie sich nicht gezwungen, daran teilzunehmen, wenn es Ihnen missfällt."

Unwissentlich bot er ihr eine günstige Gelegenheit, sich aus der Affäre zu ziehen. Aber das wollte sie gar nicht, zu ihrer eignen Verblüffung. Bisher hatte sie nichts unternommen, um seiner Schwester beizustehen. Und daher konnte Barton ihr keine Schuld geben, wenn er herausfand, was Kitty beabsichtigte. Zudem wäre es erfreulich, in einer schönen Umgebung zu picknicken. Solche Amüsements waren ihr in den letzten Jahren nicht vergönnt gewesen. „Warum sollte ich eine Mahlzeit im Grünen nicht schätzen, Mr. Cavanagh? Ich finde die Idee Ihrer Schwester fabelhaft."

Immer noch skeptisch, runzelte er die Stirn, dann lächelte er. „Oh, Sie ahnen gar nicht, wie ich mich freue, dass Sie das sagen, Miss Graham! Natürlich bedarf es der vereinten Mühe zweier gesetzter Persönlichkeiten in fortgeschrittenem Alter, um zu verhindern, dass dieses Picknick in Jux und Tollerei ausartet."

„Oh, ich werde eines meiner kleidsamsten Spitzenhäubchen aufsetzen, damit ich diese Aufgabe erfolgreich erfüllen kann, Sir", konterte sie belustigt.

„Wagen Sie es bloß nicht!", erwiderte er leise, nur für ihre

Ohren bestimmt, denn jetzt näherten sie sich der Bank, auf der seine Schwester neben Miss Whitham saß.

Vielleicht kam Kitty ihrem Ziel, die Schwägerin der schüchternen jungen Dame zu werden, einen Schritt näher. Die Whithams nahmen die Einladung zu dem Picknick entzückt an. In zwei Tagen sollte es stattfinden, an einem Ort, für den man sich später entscheiden würde.

„Macht es dir etwas aus, wenn Caroline und Stephen mich heimeskortieren, Barton?", fragte Kitty. „Unser Haus liegt auf ihrem Weg, also hätten sie keine Unannehmlichkeiten. Dabei könnten wir besprechen, wo wir picknicken sollen. Da die beiden in Bath wohnen, kennen sie die schönsten Plätze."

Sichtlich angetan, stimmten die Whithams dem Vorschlag zu, und daher erhob Barton keine Einwände. Abbie dagegen war keineswegs begeistert, denn nun würde Kittys Bruder sie ohne Anstandsperson zum Upper Camden Place bringen.

Nachdem sie ihr Ziel erreicht hatten, musste sie ihre Meinung über ihren Begleiter revidieren. Natürlich würde sie seine mangelhaften Moralbegriffe niemals dulden. Doch konnte sie nicht umhin, ihm zuzugestehen, dass er intelligent und gebildet war und ein angenehmer Gesprächspartner.

„Möchten Sie hereinkommen und eine Erfrischung zu sich nehmen, Mr. Cavanagh?" Die Gesetze der Höflichkeit erforderten ein solches Angebot, auch wenn sie es nur zögernd aussprach. Hoffnungsvoll vermutete sie, dass er es vorzog, den restlichen Nachmittag im Freien zu verbringen, statt in einem Salon Tee zu trinken.

Er überraschte sie, indem er nickte und erklärte, diese Gelegenheit wolle er nutzen, um Lady Penrose persönlich zu seiner Gesellschaft einzuladen.

Als sie indes das Empfangszimmer betraten, trafen sie die sichtlich aufgeregte Hausherrin an, in eine ernsthafte Diskussion mit ihrem Stallmeister vertieft.

„Gott sei Dank, dass du wieder da bist, mein Liebes!", rief Ihre Ladyschaft erleichtert. „Etwas Schreckliches ist geschehen …" Dann unterbrach sie sich, weil sie die hochgewachsene Gestalt hinter Abigail entdeckte. „Oh, du hast Mr. Cavanagh mitgebracht. Wie nett!"

„Was bedrückt dich, Tante?", fragte Abbie, nachdem Lady Penrose den unerwarteten Besucher liebenswürdig begrüßt hatte.

„Ach, es ist furchtbar! Unser Pferdeknecht hatte einen Unfall. Darüber hat mich Jenkins soeben informiert. Wie ungelegen das kommt! Ausgerechnet jetzt musste sich der Junge das Bein brechen."

„Das hat er wohl kaum absichtlich getan", betonte Abbie und wandte sich zu dem Bediensteten. „Haben Sie den Arzt gerufen?"

„Aye, Miss, aber das war überflüssig. Jemand hatte das Bein schon geschient, und der Doktor meinte, das hätte er selber nicht besser machen können."

„Am besten erzählen Sie noch einmal, was passiert ist, Jenkins", seufzte Ihre Ladyschaft.

„Also, ich hab den Jungen in die Schmiede geschickt. Er sollte ein Pferd beschlagen lassen. Die Prozedur dauerte 'ne Weile, also lief er unterdessen ein bisschen draußen herum. Dann, behauptet er, wär er gestoßen worden – was ich nicht glaube. Das sagt er bloß, weil er Angst hat, ich würde mit ihm schimpfen. Unser Jem ist ein kleiner Träumer, und ich nehme an, er ist direkt vor die Kutsche gestolpert. Der Schmied und ein Bursche, der gerade bei ihm war, um nach Arbeit zu fragen, rannten raus, um zu sehen, was der Aufruhr zu bedeuten hatte. Da sahen sie Jem am Boden liegen, trugen ihn in die Werkstatt, und der Fremde schiente das Bein. Dann brachte der Schmied unseren Stallknecht in seinem Fuhrwerk hierher, und dieser andere junge Mann kümmerte sich um das Pferd."

Bittend schaute der Reitknecht seine Herrin an. „Würden Sie ihn einstellen, Mylady? Für die nächsten Wochen fällt Jem aus, und ich kann nicht alles allein erledigen. Soweit ich festgestellt habe, ist er ein tüchtiger Arbeiter. Indes steht es mir nicht zu, ihn in unsere Dienste zu nehmen."

„Verstehst du jetzt mein Problem, Abbie?", klagte Lady Penrose. „Wie soll ich beurteilen, ob der Mann seinen Lohn wert ist? Das Stallpersonal oblag stets meinem lieben Gemahl, und ich war für die Dienstboten im Haus zuständig. Natürlich braucht Jenkins jemanden, der ihm zur Hand geht. Ich kann ihm nicht zumuten, mich durch die Stadt zu fahren und auch noch dich zu begleiten, wenn du ausreitest."

„Meinetwegen musst du dir keine Gedanken machen, Tante", versuchte Abigail Ihre Ladyschaft zu beruhigen. „Allzu oft werde ich nicht in den Sattel steigen."

„Oh doch, darauf bestehe ich. Ich habe Jenkins bereits gebeten, ein geeignetes Pferd für dich zu kaufen. Und in den nächsten Tagen wird dein neues Reitkostüm geliefert. Wie gern du reitest, weiß ich. Und ich will nicht, dass du meinetwegen auf deinen liebsten Zeitvertreib verzichtest – schon gar nicht, da du wahrscheinlich für immer bei mir bleiben wirst."

Abbie konnte den forschenden Blick brauner Augen regelrecht spüren. Aber sie drehte sich nicht zu Barton um.

Ehe sie zu Wort kam, mischte er sich ein. „Wenn ich Ihnen behilflich sein dürfte, Ma'am – ich bin es gewöhnt, Stallpersonal einzustellen. Allerdings müsste Miss Graham dabei sein, wenn ich mit dem Burschen rede, weil er hauptsächlich ihr zur Verfügung stehen würde."

„Oh, das ist sehr freundlich von Ihnen, Mr. Cavanagh", antwortete Lady Penrose erfreut. „Wenn Sie den Mann im unteren Salon empfangen, lasse ich inzwischen hier oben Erfrischungen servieren, und sobald Sie mit meiner Patentochter zurückkommen, trinken wir Tee."

Abigail wusste sein Hilfsangebot zu schätzen, hätte es indes vorgezogen, wenn die Möglichkeit, sie könnte ihren Wohnsitz nach Bath verlegen, nicht erwähnt worden wäre. Das hatte ihn anscheinend verwirrt, vielleicht sogar erschreckt.

Allerdings schnitt er das Thema nicht an. Im Erdgeschoss führte sie ihn in den Salon, wo er ans Fenster trat und erklärte, er finde seinen Aufenthalt in dieser Stadt viel angenehmer, als er es erwartet habe.

Was wollte er ihr damit zu verstehen geben? Sie hatte keine Zeit, darüber nachzudenken, denn in diesem Moment erklangen schwere Schritte in der Halle, und Sekunden später erschien ein großer, kräftig gebauter, etwa zwanzigjähriger Bursche mit klaren blauen Augen und zerzaustem blonden Haar auf der Schwelle.

Barton stellte sich an Abbies Seite und musterte ihn. „Stehen Sie nicht so stocksteif da, mein Junge. Kommen Sie herein, und schließen Sie die Tür."

Der Mann gehorchte. Unsicher senkte er den Kopf und knetete einen abgewetzten Hut zwischen seinen schwieligen Händen.

„Wie ich höre, suchen Sie Arbeit?"

„Aye, Sir, das stimmt."

„Nach Ihrem Akzent zu schließen, stammen Sie nicht aus dieser Region."

„Nein, Sir, ich bin in Yorkshire geboren und aufgewachsen, nicht weit von Kexby entfernt."

„Kexby?", wiederholte Abbie. „Welch ein Zufall! In der Nähe von Kexby lebt einer meiner Verwandten, Sir Montague Graham."

„Tatsächlich, Miss?" Grinsend wandte sich der junge Mann zu ihr. „Auf dem Graham-Landgut bin ich groß geworden, und mein Pa war da beschäftigt, bis er vor ein paar Jahren starb."

„Hat Sir Montague Sie nicht eingestellt?"

„Nein, Miss. Seit ich acht Jahre alt war, habe ich für Mr. Remington gearbeitet, einen Nachbarn."

Barton hob die Brauen. „Warum sind Sie von dort fortgegangen?" Seine Frage war berechtigt, denn aller Erfahrung nach blieben die Leute vom Lande, auch wenn sie neue Arbeit suchten, meistens in ihrer Heimat.

„Also, das war so, Sir ... Mr. Remington wurde krank. Da er keine Kinder hat, soll sein Landsitz verkauft werden, wenn er stirbt. Er war immer gut zu mir, und er machte sich Gedanken über meine Zukunft. Eines Tages sagte er mir, er könnte nicht versprechen, dass der neue Besitzer mich behalten wird."

„Ah, ich verstehe ... Übrigens, wie heißen Sie?"

„Arkwright, Sir. Josh Arkwright."

„Und was hat Sie so weit in den Westen geführt, Josh?", erkundigte sich Abbie. Sie fand den jungen Mann sehr sympathisch und war überzeugt, dass er sich zu ihrem persönlichen Reitknecht eignete.

„Mr. Remington wollte seine Lieblingsstute nach seinem Tod gut versorgt wissen. Deshalb hat er mich beauftragt, sie zu einem alten Freund zu bringen, der hier in der Nähe lebt, nur ein paar Meilen weiter südlich."

„Wie heißt dieser Freund?", fragte Barton.

„Mr. Diggory, Sir. Mr. Remington hat ihm geschrieben und ihn gebeten, mich einzustellen. Aber Mr. Diggory erklärte, das sei unmöglich. In diesen schweren Zeiten könne er sich keine zusätzlichen Dienstboten leisten. Er empfahl mir, ich solle mein Glück in den größeren Städten versuchen – in Bath oder Bristol. Nun ja, wenn's nicht klappt, muss ich wohl oder übel nach Yorkshire zurückkehren."

„Gibt es einen besonderen Grund, warum Sie das vermeiden wollen?", hakte Barton nach.

„Ich habe dort niemanden mehr, Sir. Meine Familie ist tot, abgesehen von einer Schwester, die einen Spinnereiarbeiter geheiratet hat und in Halifax wohnt. Und vielleicht ist Mr. Remington mittlerweile gestorben. Er gab mir einen Vierteljahreslohn im Voraus – daher habe ich genug Geld für die Heimreise. Allerdings würde ich lieber hierbleiben."

„Ist Ihnen bewusst, dass diese Stellung nur vorübergehend wäre? Bis der Stallbursche wieder gesund ist?"

„Aye, Sir. Aber in der Zwischenzeit könnte ich mich nach was anderem umsehen."

„Haben Sie den Brief, den Ihr ehemaliger Arbeitgeber an Mr. Diggory geschrieben hat, noch?"

„Nein, leider nicht, Sir."

Abbie brauchte keine Referenzen, denn ihr Entschluss stand bereits fest. Lächelnd forderte sie den jungen Mann auf, in den Stall zu gehen und seine Pflichten unverzüglich zu übernehmen.

„Nun, hoffentlich werden Sie Ihre menschenfreundliche Tat nicht irgendwann bedauern, Miss Graham", warnte Barton, sobald ein freudestrahlender Josh den Salon verlassen hatte.

„Warum? Der Mann macht einen ehrlichen Eindruck, und ich mag ihn."

„Nicht immer entsprechen die Menschen dem Anschein, den sie erwecken."

„So naiv, wie Sie offenbar glauben, bin ich nicht, Mr. Cavanagh, und ich weiß sehr gut, dass eine einnehmende Fassade eine schwarze Seele verbergen kann", entgegnete sie und wandte sich zur Tür. Allerdings nicht, ohne Bartons nachdenkliche Miene bemerkt zu haben …

4. KAPITEL

Mit gemischten Gefühlen betrachtete Abigail den wolkenlosen Junihimmel, als sie am Morgen des Picknicks erwachte. Einerseits freute sie sich auf den Ausflug ins Grüne, andererseits missfiel ihr die Aussicht, mehrere Stunden in der Gesellschaft eines Mannes zu verbringen, den sie für einen niederträchtigen Schürzenjäger hielt – und der in letzter Zeit viel zu oft ihre Gedanken beherrschte.

Gewiss, sie war Barton dankbar für seine Unterstützung bei dem Einstellungsgespräch mit Josh. Trotzdem sah sie keinen Grund, ihre Meinung über ihn zu ändern – oder sich zu fragen, ob sie seinen Charakter zu streng beurteilte. Wozu er fähig war, wusste sie. Großer Gott, hatte sie es nicht mit eigenen Augen beobachtet?

Zu ihrer Verwunderung trat einen Moment später die Zofe ihrer Patentante ins Schlafzimmer und nicht das junge Mädchen, das Abbie normalerweise bediente. „Stimmt etwas nicht?"

„Alles in Ordnung, Miss", versicherte die Bedienstete. „Aber heute möchte ich mich selber um Sie kümmern, nachdem ich meiner Herrin bereits beim Ankleiden geholfen habe."

„Ist sie etwa schon fertig?", fragte Abigail erstaunt.

„Oh ja, sie frühstückt gerade. Und sie ist ganz aus dem Häuschen vor lauter Aufregung. Wie ein Kind freut sie sich auf heute Vormittag. Wirklich, Miss Abbie, Ihre Anwesenheit tut ihr richtig gut. Sie hat sich wieder angewöhnt, zeitig aufzustehen, weil sie mit Ihnen am Frühstückstisch sitzen will. Sie geht öfter zu Fuß, statt die Kutsche zu bestellen. Und jetzt dieses Picknick!"

„Ich war selber überrascht, als sie Mr. Cavanaghs Einladung annahm. Und sie möchte auch die Soiree seiner Stiefmutter besuchen."

„Unter uns gesagt, Miss …" Die Zofe stellte einen Wasserkrug auf den Waschtisch. „Ihre Ladyschaft hat eine Schwäche für willensstarke Männer. Und dieser Mr. Cavanagh kommt mir wie ein Gentleman vor, der sich zu behaupten weiß."

„Gewiss, er ist sehr energisch", musste Abbie zugeben. „Und zufällig war er gerade da, als meine Patentante den Rat eines fachkundigen Mannes brauchte."

„Schade, dass Josh nicht bei uns bleiben wird ..." Miss Felcham nahm ein neues burgunderrotes Musselinkleid aus dem Schrank und legte es sorgfältig über eine Sessellehne. „So ein netter, höflicher Bursche! Und tüchtig. Zweifellos hat er mehr im Oberstübchen als Jenkins und Jem zusammen."

„Das werde ich erst beurteilen können, wenn ich gesehen habe, wie er mit Tante Henriettas Chaise umgeht", erwiderte Abigail und begann sich zu waschen. „Ich glaube, Jenkins hat ihm aufgetragen, uns zum Picknick zu fahren."

Eine halbe Stunde später betrat sie das Frühstückszimmer und fand Lady Penrose vor, die bester Laune schien und in der Zeitung blätterte. „Ah, guten Morgen, mein Liebes. Unfassbar – der Mann muss den Verstand verloren haben! Wie kann er ein solch loses Frauenzimmer heiraten!"

„Liest du wieder die Klatschspalte, Tante?", fragte Abbie und setzte sich an den Tisch. „Welche Sensation hat dein Interesse erregt?"

„Lord Soames, dieser Narr, hat die Dowager Lady Fitzpatrick um ihre Hand gebeten. Obwohl sie halb so alt ist wie er – und furchtbar leichtfertig!"

Klirrend fiel Abbies Messer auf ihren Teller, und Lady Penrose hob erstaunt den Kopf.

„Du bist ja ganz blass. Fühlst du dich nicht gut?"

„Doch ..." Mühsam rang Abbie nach Fassung. „Es ist nur ... Zufällig kenne ich die Dame. Der Besitz der Fitzpatricks grenzt an Foxhunter Grange."

„Ja, natürlich! Das hatte ich ganz vergessen. Erst seit einem guten Jahr liegt Sir Oswald Fitzpatrick unter der Erde, und seine Witwe hat schon wieder einen dummen alten Kerl eingefangen. Nun, das passt zu ihr. Mit achtzehn vermählte sie sich mit Sir Oswald, der ihr Vater hätte sein können. Sein Sohn aus erster Ehe ist lediglich ein Jahr jünger als Sophia. Offenbar bevorzugt sie senile Gatten und blutjunge Bettgenossen. Falls die Gerüchte stimmen, sammelt sie Liebhaber wie andere Leute Mokkatassen."

Abigail hörte nur mit halbem Ohr zu. In ihrer Fantasie erschienen Bilder, die sie vergessen wollte – Erinnerungen an jene Wanderung zum Sommerhäuschen, der wenige Stunden später ein unerwarteter Heiratsantrag gefolgt war. Wie gedemütigt hatte sie sich damals gefühlt ... Vor ihrem geistigen Auge sah sie Barton Cavanagh, der lächelnd versucht hatte, ihre Hände zu ergreifen. Einem Weinkrampf nahe, war sie aus dem Salon geflohen, nachdem sie verkündet hatte, er sei der letzte Mann auf Erden, den sie zum Gemahl haben wollte.

„Verzeih mir, Liebes." Lady Penroses Stimme holte sie in die Gegenwart zurück. „So etwas dürfte ich nicht mit dir besprechen." Irrigerweise hielt sie die Röte auf den Wangen ihrer Patentochter für ein Zeichen mädchenhafter Verlegenheit.

Inzwischen hatte Abbie ihre Gefühle wieder in der Gewalt. „Ich bin kein Kind mehr, Tante Henrietta. Und glaub mir, Sophia Fitzpatricks schlechter Ruf überrascht mich nicht."

„Das verstehe ich. Da sie deine Nachbarin war, musst du einiges mitbekommen haben. Ständig neue Affären ... Nun ja, sie ist sehr attraktiv. Und welcher Gentleman würde ablehnen, was ihm so freimütig angeboten wird?"

Abbie lächelte verächtlich. „Nun, vielleicht ist das einer der Gründe, warum ich vor einer Ehe zurückschrecke. Ich möchte keinen Gatten umarmen, der nach dem Parfüm einer anderen riecht."

„Das siehst du etwas zu pessimistisch, meine Liebe. Viele

Männer sind ihren Gemahlinnen treu, nachdem sie sich vor der Hochzeit die Hörner abgestoßen haben."

Da es Abbie ohnehin widerstrebte, Bartons Gesellschaft einige Stunden lang zu ertragen, hielt sie es für einen unglückseligen Zufall, dass sie kurz vor dem Picknick an seine Verfehlungen erinnert worden war.

Deshalb musste sie sich zu einer höflichen Begrüßung zwingen, als er vor Lady Penroses wartender Kutsche von einer schnittigen Karriole stieg. Umso freundlicher reichte sie seiner Schwester die Hand.

„Gleich wird Giles mit seiner Mutter eintreffen", wandte Kitty sich an Lady Penrose, die ihrer Patentochter aus dem Haus gefolgt war. „Es war sehr nett von Ihnen, Ma'am, Mrs. Fergusson einen Platz in Ihrer Chaise anzubieten. In unserer können wir sie wegen der vielen Picknickkörbe nicht unterbringen. Caroline Whitham und ihre Mutter fahren mit Mama."

„Bei uns dürfte es auch etwas beengt werden", warf Abbie ein, „weil meine Patentante ebenfalls für reichlich Proviant gesorgt hat."

„Ohne Champagner und eine große Auswahl an Gaumenfreuden ist ein Picknick kein Picknick", entschied Lady Penrose. „Irgendwie werden wir uns schon alle in die Kutsche zwängen."

Kitty schaute Abigail erstaunt an. „Wollen Sie etwa in einem geschlossenen Gefährt sitzen? Giles kommt in seinem Phaeton, und ich werde ihm Gesellschaft leisten. Setzen Sie sich neben meinen Bruder, Abbie. In der frischen Luft macht die Fahrt viel mehr Spaß."

„Vielleicht möchte Miss Graham nicht mit mir allein sein", gab eine tiefe Stimme zu bedenken. Abbie drehte sich um und starrte Barton an, der sie wieder einmal herausfordernd musterte.

„Was sollte sie denn dagegen haben?", entgegnete seine

Schwester, bevor Abbie eine passende Ausrede einfiel, um den Vorschlag abzulehnen. „Wo ihr euch doch seit Urzeiten kennt!“

Während Abbie sprachlos blinzelte, eilte Kitty davon und begrüßte Giles und seine Mutter, die soeben eingetroffen waren.

„Für wie alt hält sie mich eigentlich?“, schaffte Abigail es schließlich mit unnatürlich hoher Stimme zu sagen, worauf Barton ein Lächeln unterdrückte.

„Darf ich mich für meine taktlose Schwester entschuldigen? Sicher wollte sie nur betonen, dass wir beide schon sehr lange befreundet sind. Und das stimmt ja auch, nicht wahr?“ Seufzend beobachtete er, wie Kitty auf Giles' Phaeton kletterte. „Und wie üblich setzt sie ihren Willen durch. Nicht, dass es mich überraschen würde – mein Freund begegnet ihr viel zu nachsichtig.“ Er wandte sich wieder zu Abigail, die in Weiß und Burgunderrot eine bezaubernde Erscheinung abgab. „Werden Sie eine ähnliche Großmut beweisen und während dieses Ausflugs meine Gesellschaft erdulden?“

Nach kurzem Zögern nickte sie und ließ sich auf den Sitz der Karriole helfen. Barton nahm neben ihr Platz und spornte die beiden Pferde an, sobald er sich vergewissert hatte, dass Mrs. Fergusson in Lady Penroses Chaise gestiegen war. An der Spitze der kleinen Kavalkade fuhr er die Straße hinab.

Etwa fünf Minuten lang schwiegen sie, ehe er sich erkundigte: „Sind Sie aus Rücksicht auf mich verstummt, Miss Graham? Das ist überflüssig, denn bin durchaus fähig, das Gespann zu lenken und gleichzeitig Konversation zu machen.“ Da er vergeblich auf eine Reaktion wartete, fügte er hinzu: „Oder versuchen Sie eine Antwort auf die Frage zu formulieren, die ich vorhin gestellt habe?“

In Wirklichkeit bemühte sie sich, den muskulösen Schenkel zu ignorieren, der immer wieder ihre Röcke streifte. „Verzeihen Sie, Mr. Cavanagh, ich erinnere mich nicht, wonach Sie sich erkundigten.“

Weil ihre Verwirrung echt wirkte, glaubte er ihr. „Dann erlauben Sie mir, Ihr Gedächtnis aufzufrischen. Ich wollte wissen, ob Sie uns beide für Freunde halten."

Obwohl sie sich nicht versteifte, spürte er ihre innere Abwehr – wie schon so oft, seitdem sie ihre Bekanntschaft in Bath erneuert hatten. Er verstand ihr Benehmen nicht. Soweit er sich entsann, hatte er nichts getan oder gesagt, um ihren Unmut zu erregen.

„Offen gestanden, ich habe Sie nie als einen Freund betrachtet, Sir", erklärte sie.

Ihre Antwort verblüffte ihn nicht, indes bestärkte sie ihn in seinem Entschluss, die Barriere zu durchbrechen, die sie zwischen ihnen errichtet hatte. „Meinen Sie nicht, dass wir uns lange genug kennen, um diese unnötige Förmlichkeit beiseitezulassen, auf der Sie seit unserem Wiedersehen in Mrs. Fergussons Haus bestehen? Gegen meine Schwester haben Sie nichts einzuwenden, Abbie, obwohl Sie ihr erst vor Kurzem begegnet sind, und Sie gestatten ihr sogar, Sie mit Ihrem Vornamen anzusprechen."

Darauf erwiderte sie nichts. Aber wie er mit einem prüfenden Seitenblick feststellte, entlockte er ihr immerhin ein schwaches Lächeln. Also hatte er einen Schritt in die richtige Richtung getan. Doch er wollte sie nicht zu sehr bedrängen. Um ihr Vertrauen zu gewinnen, musste er erst einmal herausfinden, was hinter ihrer kühlen Zurückhaltung steckte.

Nachdem sich Eugenie und die Damen Whitham am vereinbarten Treffpunkt hinzugesellt hatten, rollte die Kutschenkolonne mit Bartons Karriole an der Spitze aus der Stadt. Inzwischen ging Abigail etwas bereitwilliger auf die eher unverfänglichen Gesprächsthemen ein, die er anschnitt. Am Picknickplatz angekommen, glaubte er, dass er sich nun endlich besser mit ihr verstünde.

Doch sobald sie die Decken im Gras ausgebreitet und die Picknickkörbe aus den Kutschen geholt hatten, eilte sie sofort zu ihrer Patentante.

„Wie schön es hier ist!“, schwärmte Lady Penrose, nippte zufrieden an ihrem zweiten Champagner und verspeiste genüsslich ein Stück Torte. „Oh, ich bin so froh, dass ich mitgekommen bin! Was für ein herrliches Wetter! Und in dieser idyllischen Umgebung muss man sich einfach wohlfühlen.“

Abbie betrachtete die saftig grüne, mit Blumen übersäte Wiese und den plätschernden Bach. Ohne Zögern hätte sie ihrer Patentante zugestimmt, wäre ihr nicht ständig der eigentliche Zweck dieses Ausflugs bewusst geworden. Voller Unbehagen schaute sie immer wieder zu Miss Caroline Whitham hinüber, die bei den jüngeren Leuten saß. Eine charmante junge Dame, allerdings ein bisschen schüchtern …

Wäre sie eine geeignete Gattin für Barton Cavanagh? Daran zweifelte Abbie. Von Natur aus ein dominanter Charakter, würde er die arme Caroline unterjochen.

Aber darum muss ich mich nicht kümmern, dachte Abbie. Wenn er eine unterwürfige Frau heiraten will und Caroline bereit ist, alle seine Wünsche zu erfüllen, soll es mir recht sein. Für mich käme eine solche Ehe niemals infrage …

Auch Giles Fergusson erschien ihr sehr sympathisch, obwohl sie ihn noch nicht allzu gut kannte. Besonders attraktiv sah er nicht aus, indes machte er das mit seinem liebenswerten Wesen wett. Zudem hatte sie den Eindruck gewonnen, dass er stets Rücksicht auf die Gefühle seiner Mitmenschen nahm, ein bewundernswerter Charakterzug, der Barton Cavanagh fehlte.

Unwillkürlich schaute sie in die Richtung des Gentlemans, der ihr so gründlich missfiel, begegnete seinem Blick und las unverhohlene Belustigung in seinen dunklen Augen. Als er plötzlich aufstand, fürchtete sie, er würde zu ihr kommen und fragen, warum er ihr Interesse erregt habe. Das tat er glücklicherweise nicht. Stattdessen schlenderte er zu seiner leichten Reisekutsche und hob ein kleines Fass heraus. Mit Ausnahme von Josh, der sich lieber mit Bartons prächtigen Kastanienbraunen befasste, versammelten sich die Reitknechte daraufhin um ihn. Dankbar löschten sie ihren Durst mit dem Ale, das er ihnen ausschenkte.

„Oh, wie aufmerksam von Mr. Cavanagh“, meinte Lady Penrose. „Nur wenige Gentlemen würden dafür sorgen, dass die Dienstboten einen solchen Ausflug ebenfalls genießen.“

„Wohl kaum“, musste Abbie zugeben. Hatte sie Barton falsch eingeschätzt?

Nun sprang Kitty auf und schlug vor, Federball zu spielen. Die Geschwister Whitham stimmten ihrem Ansinnen begeistert zu. Sogar Barton gesellte sich hinzu. Eine Zeit lang blieb Abbie neben ihrer Patentante sitzen und beobachtete das muntere Treiben, bis Lady Penrose – ermattet vom warmen Sonnenschein und dem Champagner – zufrieden zu dösen begann.

Ganz vorsichtig, um sie nicht zu stören, stand Abigail auf. Mit einer kleinen Decke und ihrem Skizzenblock unter dem Arm überquerte sie die Wiese und ließ sich an einer Stelle nieder, die eine besonders schöne Aussicht bot. Weil sie die Erinnerung an dieses erfreuliche Picknick in der reizvollen Somerset-Landschaft bewahren wollte, begann sie die pittoreske Szenerie jenseits des schmalen Bachs zu zeichnen.

„Darf ich mich zu Ihnen setzen, Miss Graham? Mrs. Whitham und meine Mutter liegen ebenfalls beglückt in Morpheus’ Armen.“

Abigail blickte auf und sah Mr. Fergusson vor sich stehen. „Natürlich, Sir“, stimmte sie zu und beobachtete, wie er ungelenk neben ihr Platz nahm. „Ich höre Sie niemals klagen. Doch ich glaube, die Verwundung, die Sie bei Waterloo erlitten, bereitet Ihnen gelegentlich Schwierigkeiten.“

Das bestritt er nicht. „Verglichen mit zahlreichen Kameraden, bin ich glimpflich davongekommen. An manchen Tagen indes macht mir die Verletzung zu schaffen. Nach der Schlacht wurde ich recht gut zusammengeflickt. Zumindest habe ich mein Bein nicht verloren. Bedauerlicherweise hat der Doktor im Lazarett die Knochensplitter in meinem Knie übersehen. Anfang dieses Jahres ließ ich sie von einem erstklassigen Londoner Chirurgen entfernen, der mir versicherte, bald würde ich wieder ohne die Hilfe eines Stocks gehen können. Aber das wird wohl noch eine Weile dauern."

Als Abigail merkte, dass er das Federballspiel beobachtete, meinte sie: „Offenbar gehört Ihr Freund, Mr. Cavanagh, zu den Glücklichen, die den Krieg überstanden haben, ohne ernsthaften Schaden zu nehmen."

„Wie Sie wahrscheinlich wissen, musste er die Armee 1814 verlassen, weil sein Vater gestorben war. Deshalb nahm er nicht an der Schlacht bei Waterloo teil. Doch ansonsten irren Sie sich, Miss Graham. Im Krieg in Spanien wurde Barton mehrmals verwundet. Als er einem verletzten ranghöheren Offizier zu Hilfe eilte, hackte ihm ein französischer Kavallerist beinahe den Arm ab. Dank seiner Tapferkeit wurde Barton zum Major befördert. Was er verdient hat!"

Offenbar hielt Mr. Fergusson viel von seinem Freund, und Abbie bezweifelte nicht, dass es schwierig war, Giles' Respekt zu gewinnen. „Da Mr. Cavanagh ein hervorragender Reiter ist, frage ich mich, warum er nicht zur Kavallerie ging."

„Ja, seine Entscheidung für die Infanterie hat viele Leute überrascht, Miss Graham, auch mich. Aber obwohl er das niemals zugeben würde – er zog nicht in den Krieg, um seine Reitkünste zu zeigen, sondern um für sein Land zu kämpfen."

Zum zweiten Mal innerhalb einer halben Stunde wurde Abbie sich darüber klar, wie wenig sie über Barton Cavanagh wusste. Erneut schaute sie zu ihm hinüber, bis sie Giles' forschenden Blick spürte. Hastig wandte sie sich zu ihm um. „Nach den Kriegsjahren mussten Sie beide sich wohl erst an ein neues Leben gewöhnen.“

„Gewiss. Im Augenblick trage ich keine besondere Verantwortung. Das wird sich erst ändern, wenn ich den Landsitz meines Onkels erbe. Barton dagegen verwaltet Ländereien, die wesentlich größer sind.“ Grinsend fügte er hinzu: „Außerdem hält ihn seine Schwester auf Trab.“

„Oh, sie ist einfach nur jung und temperamentvoll“, verteidigte Abbie das Mädchen. „In ein oder zwei Jahren wird sie sich beruhigen.“

„Das habe ich ihm ebenfalls gesagt. Und ich muss es wissen, nachdem ich ausreichend Erfahrungen mit jüngeren Schwestern gesammelt habe.“

Daraufhin beobachtete er wieder das Federballspiel. Wie Abbie feststellte, galt seine besondere Aufmerksamkeit der reizvollen Gestalt Kittys in ihrem hübschen primelgelben Kleid. Interessant, dachte sie.

Nach dem Ende des Spiels gesellte sich das Mädchen zu ihr, während Giles davonwanderte und mit Barton plauderte.

„Erschöpft?“, fragte Abigail, als die junge Dame sich neben ihr auf der Decke ausstreckte.

„Allerdings. Und sehr zufrieden. Wir haben gewonnen.“ Selbstgefällig lächelte Kitty. „Und ich gewinne gern.“

Abigail griff wieder nach dem Skizzenblock und der Kassette mit den Kohlestiften. Dann begann sie das ausdrucksvolle Gesicht ihrer Freundin zu zeichnen, und es gelang ihr, den mutwilligen Glanz in den braunen Augen und das fröhliche Lächeln einzufangen. „Nein, bewegen Sie sich nicht!“, bat sie und hinderte ihr Modell daran, sich aufzurichten. „Obwohl Sie so gern gewinnen …“ Mit schwungvollen Linien skizzierte sie das sanft gerundete Kinn. „… sollten Sie sich auf eine Niederlage vorbereiten. Vielleicht irre ich mich. Doch ich fürchte,

Sie werden eine Enttäuschung erleben, wenn Sie hoffen, dass Ihr Bruder um Miss Whithams Hand anhalten könnte."

Diesbezüglich war sich Abbie sicher. Kurz zuvor hatte sie Barton im Gespräch mit Caroline beobachtet. Offensichtlich mochte er das Mädchen. Allerdings hatte seinen Augen jener Glanz gefehlt, der ihr in Giles Fergussons Blick aufgefallen war. Vor einer Viertelstunde hatte dieser Gentleman die Dame, die sie gerade porträtierte, ganz anders betrachtet.

„Oh, aber er bewundert sie", hielt Kitty dagegen. „Immer wieder lobt er ihre ausgezeichneten Manieren."

„Mag sein. Trotzdem nehme ich an, seine Gefühle werden nicht für einen Heiratsantrag genügen. Meinen Sie wirklich, die beiden passen zusammen? Wie Sie wissen, ist Ihr Bruder ziemlich autoritär veranlagt. Und ich fürchte, Miss Whitham gehört zu dem Frauentyp, der sich leicht einschüchtern lässt."

Darüber dachte Kitty etwa zehn Sekunden lang nach, bevor sie aufsprang. „Ach, sind Sie immer noch dabei, mich zu zeichnen? Tut mir leid, Abbie, so lange kann ich nicht stillhalten. Ich glaube, die anderen wollen wieder spielen. Nehmen Sie meinen Platz ein. Inzwischen leiste ich Giles Gesellschaft und schaue zu."

Nur widerstrebend legte Abbie ihren Skizzenblock beiseite. Da ihr nichts anderes übrig blieb, folgte sie Kitty über die Wiese zu den jungen Leuten. Stephen Whitham schlug einen Partnerwechsel vor, was allen außer Barton zu gefallen schien. Fast unmerklich runzelte er die Stirn, als Caroline Whitham beklommen an seine Seite trat.

Schon nach wenigen Minuten erwies sie sich als die schwächste Spielerin, und Abbie glaubte, den Grund für Bartons Unmut zu verstehen. Mühelos gewann sie gemeinsam mit Stephen die Partie. Zum Schluss jagte Barton einem ihrer Bälle hinterher, fiel der Länge nach hin, und sie brach in lautes Gelächter aus. Davon bekam sie Seitenstechen und musste auf ihrer Decke Zuflucht suchen.

„Freches kleines Ding“, murmelte Barton, setzte sich zu ihr und versuchte erfolglos, die Grasflecken aus seinen Breeches zu reiben.

Er zürnte ihr nicht wirklich, das wusste sie. Wie sie ihm zubilligen musste, war er ein guter Verlierer. „Niemals hätte ich erwartet, Sie würden mir zu Füßen liegen“, bemerkte sie und musste wieder lachen.

Statt zu antworten, warf er ihr einen finsteren Blick zu, dann streckte er sich der Länge nach aus und schloss die Augen. Sie ergriff wieder ihren Block und arbeitete eine Zeit lang an Kittys Porträt, bis das Mädchen nach ihr rief und wissen wollte, ob sie Lust auf einen Spaziergang entlang des Bachufers habe. Abigail schüttelte den Kopf, weil sie es vorzog, die Skizze zu vervollständigen. Halb erwartete sie, Barton würde die jungen Leute begleiten, aber er rührte sich nicht. Die Hände hinter dem Kopf verschränkt, blieb er neben ihr liegen, und sie konnte der Versuchung nicht widerstehen, eine boshafte Karikatur von ihm anzufertigen, indem sie seine leicht gebogene Nase und das Grübchen in seinem markanten Kinn überzeichnete.

Das Geräusch des Bleistifts, der über das Papier schabte, bewog Barton, die Augen zu öffnen, und er richtete sich halb auf. Er beobachtete, wie Abbie übertrieben buschige Brauen schraffierte, und zog seine eigenen zusammen. „So sehen Sie mich also? Nicht besonders schmeichelhaft ... Als wäre ich ein primitiver Strolch!“

„Beruhigen Sie sich, Barton, das ist eine Karikatur. Und obwohl ich mich nur ungern selber lobe – ich finde, ich habe Ihre Gesichtszüge gut getroffen.“

Er nahm ihr den Zeichenblock aus der Hand und blätterte darin. Als er das unvollendete Porträt seiner Schwester entdeckte, wich sein Ärger sichtlicher Bewunderung. „Diese Skizze ist wirklich gut, Abbie. Sogar hervorragend! Das ist genau die Miene, die Kitty aufsetzt, wenn sie dumme Streiche ausheckt.“ Die Erkenntnis schien ihn zu stören, denn er runzelte die Stirn. „Worüber haben Sie mit ihr gesprochen, während dieses Bild entstanden ist?“

Da es ihr noch nie gelungen war, glaubhaft zu lügen, gestand sie: „Äh ... über Sie.“

„Interessant ...“ Barton sprang auf. „Dann sollte ich herausfinden, was sie gerade treibt.“ Auf dem Weg zum Bach drehte er sich noch einmal um. „Wenn das Porträt fertig ist, würde ich es gern sehen.“

Das meinte er offenbar ernst, und Abigail freute sich über das unerwartete Kompliment. Zu ihrem Bedauern konnte sie nicht mehr an der Skizze arbeiten, denn die älteren Damen, von ihrem Mittagsschlaf gestärkt, wollten nach Hause fahren.

Abbie half ihnen, die Picknickkörbe einzusammeln und die Decken zusammenzufalten. Als die jungen Leute von ihrem Spaziergang zurückkehrten, waren alle Sachen in den Kutschen verstaut.

Diesmal wollte Abigail zu Lady Penrose und Mrs. Fergusson in die Chaise steigen. Aber Barton hielt sie zurück. „Darf ich wieder um die Ehre Ihrer Begleitung bitten?“

Nach kurzem Zögern stimmte sie zu: „Oh ja, ich ziehe die frische Luft einer geschlossenen Kutsche vor.“

„Sie verstehen es wirklich, das Selbstwertgefühl eines Mannes zu festigen, Abbie“, klagte er in komischer Verzweiflung. „Und ich war mir sicher, meine anregende Gesellschaft hätte Sie zu diesem Entschluss veranlasst ...“

Lachend überlegte sie, wie sie auf seine Neckerei eingehen sollte. Dann wurde ihr bewusst, dass sie ihren Zeichenblock vergessen hatte, und sie lief los, um ihn zu holen. Inzwischen waren die anderen Kutschen davongefahren.

„Keine Bange.“ Barton half ihr auf den Sitz seiner Karriole und setzte sich an ihre Seite. „Bald werden wir sie einholen. Übrigens, Sie müssen sich nicht fürchten, wenn Sie mit mir allein sind, Abbie, denn ich pflege keine unschuldigen jungen Damen zu verführen."

Darauf gab sie keine Antwort. Was sie dachte, konnte er ihrer ausdruckslosen Miene nicht entnehmen.

Und dann geschah alles so schnell, dass sie gar nicht wusste, wie es dazu gekommen war. Eben noch hatte sie die reizvolle Landschaft bewundert, im nächsten Moment geriet der Zweispänner in einen Graben, und sie fand sich mit verrutschtem Hut in einem Gebüsch sitzend wieder, während Barton die verschreckten Pferde zu besänftigen suchte. Dazu brauchte er nicht lange, dann wandte er sich besorgt zu ihr. „Alles in Ordnung, Abbie?"

„Ja, ich glaube schon …" Er reichte ihr die Hand und half ihr, sich aus ihrer unangenehmen Lage zu befreien. Dann pflückte er ein paar Dornenzweige von ihren Röcken. Plötzlich knickte sie um. „Autsch!"

Ehe sie protestieren konnte, hob er sie auf die Arme, trug sie aus dem Graben und setzte sie am Straßenrand ins Gras, wo er ihren Knöchel untersuchte. „Lediglich eine leichte Verstauchung … Wenn wir Glück haben, vermissen uns die anderen und kommen zurück. Warten Sie hier, gönnen Sie Ihrem Fuß etwas Ruhe. Inzwischen spanne ich die Pferde aus."

Weil ihr nichts anderes übrig blieb, nickte sie, und er kümmerte sich um seine Braunen. Bereits nach wenigen Minuten bog ein Phaeton um die nächste Kurve. Wie Barton dankbar feststellte, saß sein vertrauenswürdiger Reitknecht neben Giles.

„Hackman meinte, du wärst in Schwierigkeiten, als du uns nicht gefolgt bist", erklärte der Freund, zügelte sein Gespann und musterte die umgekippte Karriole. „Kein Grund zur Aufregung. In dem Dorf, wo wir auf euch gewartet haben, gibt es eine Schmiede. Ich fahre zurück und hole jemanden her."

„Würdest du Miss Graham mitnehmen und in Lady Penroses Obhut geben?“ Barton half Abigail auf die Beine. Zu seiner Erleichterung hinkte sie auf dem Weg zu dem Phaeton nur ein klein wenig. „Die anderen brauchen nicht zu warten. Aber ich möchte dich bitten, bei mir auszuharren, falls das Rad heute nicht mehr repariert werden kann.“

„Kommen Sie auch wirklich zurecht, Barton?“, fragte Abbie.

Der ängstliche Klang ihrer Stimme entging ihm nicht, und er spürte zudem, wie ungern sie ihn verließ. Doch da sie eine vernünftige junge Frau war, wusste sie, dass sie ihm eher zur Last fallen als helfen würde, wenn sie bei ihm bliebe. „Ja, natürlich“, versicherte er.

„Sorgen Sie sich nicht, Miss Graham.“ Vorsichtig umfasste Giles ihre Taille, hob sie zum Sitz seines Phaetons hoch und stieg neben ihr hinauf. „Ein Mann, der mehr als einmal französischen Soldaten gegenüberstand, wird einen harmlosen Unfall mühelos verkraften“, fügte er hinzu, bevor er seine Pferde anspornte.

„Was ist da bloß passiert?“, murmelte Hackman und inspizierte das gebrochene Rad. „Heute Morgen habe ich die Karriole überprüft, und ich schwöre Ihnen, Sir, da war sie gut in Schuss.“

Barton sah keinen Grund, am Wort seines Reitknechts, der schon seit vielen Jahren für die Familie Cavanagh arbeitete, zu zweifeln. „Vielleicht hat sich ein Achsennagel gelockert.“

„Klar, das wäre möglich – wenn jemand nachgeholfen hat.“

„Vermuten Sie, irgendwer hätte sich an meiner Kutsche zu schaffen gemacht?“

„Das behaupte ich nicht, Sir. Ich sage bloß, ich habe sie überprüft. Das würde ich diesem nichtsnutzigen Dodd nicht zutrauen.“

Barton lächelte schwach. „Offenbar mögen Sie Ihren neuen Gehilfen nicht besonders.“

„Ob ich ihn mag oder nicht – darauf kommt's nicht an, Sir." Hackman fuhr sich durch das graue Haar. „Den Jungen haben Sie eingestellt, weil Sie viel von seinem Vater halten, das weiß ich. Aber Amos Dodd ist ganz anders als sein arbeitsscheuer Sohn. Der Kerl hat kein Herz für Tiere, und er sollte sich mal ein Beispiel an Lady Penroses neuem Reitknecht nehmen. Also, dieser Bursche versteht was von Pferden. Beim Picknick konnte er Ihre Braunen gar nicht lange genug bewundern."

Mit schmalen Augen betrachtete Barton das geborstene Rad. „Ach, tatsächlich?"

5. KAPITEL

Am nächsten Tag machten Kitty und ihre Mutter Lady Penrose die Aufwartung. Abigail kam sich schrecklich albern vor – auf einer Chaiselongue im Salon ausgestreckt, eine Decke über den Knien, fühlte sie sich wie eine bedauernswerte Invalide. Da sie sich den Knöchel nur ganz leicht verstaucht hatte, fand sie das Getue ihrer Patentante überflüssig. Andererseits ließ sie sich ganz gern verwöhnen, nachdem sie jahrelang von ihrem brüsken Großvater herumkommandiert worden war, der ihr untersagt hatte, nach ihren diversen Stürzen aus dem Pferdesattel ein Aufhebens um ein paar Schrammen zu machen.

Kitty erzählte, Barton sei am vergangenen Abend lange vor dem Dinner heimgekehrt. Er habe jedoch schon an diesem Morgen zum Cavanagh-Landsitz in Gloucestershire aufbrechen müssen, da er Nachricht von seinem Nachbarn erhalten hatte. Über den Grund seiner Reise hatte er leider nichts mitgeteilt. Aber wie ihre funkelnden Augen verrieten, war sie entschlossen, die unverhoffte Befreiung von der Kandare ihres strengen Bruders in vollen Zügen zu genießen.

Zunächst war auch Abbie erleichtert. Nachdem ihre Beschwerden abgeklungen waren, konnte sie durch die Stadt wandern, ohne eine Begegnung mit Barton zu riskieren. Doch seltsamerweise verflog diese Zufriedenheit bereits nach wenigen Tagen. Wann immer sie Kitty und Eugenie Cavanagh ohne deren hochgewachsenen Begleiter traf, empfand sie leise Enttäuschung. Bedeutete das etwa, dass sie den unmoralischen Mann *mochte*?

Indes gestattete sie dieser beunruhigenden Möglichkeit nicht, ihr die Freude an den Amüsements von Bath zu verderben. Jeden Morgen ritt sie mit ihrem blonden Stallburschen aus. Anfangs blieb Josh ehrerbietig hinter ihr und sprach nur, wenn er gefragt wurde. Allerdings dauerte dieser Zustand nicht lange. Bald trabte sein Pferd neben ihrem, und sie unterhielten sich angeregt.

Allmählich machte sie sich Sorgen um seine Zukunft. Zu ihrem Bedauern konnte sie ihm keine feste Stellung anbieten. Natürlich durfte sie von ihrer Patentante nicht erwarten, einen Reitknecht zu beschäftigen, den sie nicht mehr brauchen würde, wenn Jem genesen war. Er sollte sich schnell nach einem neuen Arbeitsplatz umsehen, um nicht plötzlich auf der Straße zu stehen, dachte sie.

Als sie einen Tag vor der Gesellschaft bei den Cavanaghs ausritten, schnitt sie das Thema an. Sichtlich bestürzt fragte er daraufhin: „Warum soll ich mir was anderes suchen, Miss Abbie? Habe ich irgendwas falsch gemacht? Ich war noch nie der persönliche Reitknecht einer Dame und …"

„Nein, daran liegt es nicht", unterbrach sie ihn, „ich bin sehr zufrieden mit Ihnen und würde Sie gern behalten, leider bin ich lediglich Gast im Haus meiner Patentante. Vielleicht werde ich auf den Landsitz meines Großvaters zurückkehren. Dort gibt es genug Personal. Und Lady Penrose wird Sie entlassen, sobald Jem wieder gesund ist."

„Aye, ich weiß, Miss. Das haben Sie mir von Anfang an gesagt. Aber bis der Junge wieder arbeiten kann, wollen Sie doch, dass ich bei Ihnen bleibe, nicht wahr?"

„Wenn Sie schon vorher eine gesicherte Stellung finden, müssen Sie die Gelegenheit nutzen. Dabei will ich Ihnen helfen. Inzwischen kenne ich einige Leute in Bath. Ich werde mich erkundigen, ob jemand einen Stallburschen braucht. Am besten frage ich Mr. Cavanagh."

„Also, *das* ist ein Gentleman, für den ich gern arbeiten würde. Der kennt sich mit Pferden aus. Beim Picknick habe ich mir seine Braunen angeschaut – großartige Tiere."

„Ja, er versteht sehr viel von Pferden."

„Als er damals zu den Kutschen ging, um den Reitknechten das Ale zu spendieren, fing sein Gespann ganz begeistert zu wiehern an. Und mein Pa sagte immer, wenn ein Mensch von Tieren geliebt wird, kann er keinen schlechten Charakter haben."

An dieser Philosophie zweifelte Abbie. Gewiss, Barton Cavanagh mochte seine Pferde gut behandeln und ihr Vertrauen besitzen. Gleichwohl würde sie allen Frauen empfehlen, einen weiten Bogen um ihn zu machen.

Diese Gedanken behielt sie für sich. Am Upper Camden Place angekommen, übergab sie Josh die Zügel und ging ins Haus, wo ihr ein Dienstbote mitteilte, Lady Penrose habe Besuch und würde sie im oberen Salon erwarten.

Nachdem Abbie ihr Reitkostüm mit einem Tageskleid vertauscht hatte, begab sie sich zum Empfangszimmer – und fand dort genau den Gentleman vor, an den sie neuerdings viel zu oft dachte. Barton saß neben seiner Schwester auf dem Sofa.

Als Abigail den Raum betrat, stand er auf. Unfähig, ein erfreutes Lächeln zu unterdrücken, begrüßte sie ihn. „Wie schön, Sie wiederzusehen, Sir …" Entschlossen ignorierte sie das Prickeln in ihren Fingern, die er sekundenlang umfasste. „Erst gestern äußerte Kitty die Befürchtung, Sie könnten nicht rechtzeitig vor dem Beginn Ihrer Soiree zurückkehren."

„Ich nehme an, es handelte sich eher um eine Hoffnung."

„Unsinn, Sir!", rief Lady Penrose und registrierte entzückt das Erröten ihrer Patentochter, die ihr gegenüber Platz nahm. „Wir alle haben Sie schmerzlich vermisst."

„In der Tat, Ma'am?", fragte Barton, ohne Abbie aus den Augen zu lassen. „Wer denn zum Beispiel?"

„Nun, *ich* ganz gewiss", erwiderte Ihre Ladyschaft. „Vor allem weil ich Ihnen gar nicht für das wunderbare Picknick danken konnte. So köstlich habe ich mich schon lange nicht mehr amüsiert."

„Nur schade, dass der schöne Tag mit einem Missgeschick

endete … Macht Ihnen der verletzte Knöchel noch zu schaffen, Miss Graham?“

„Nein, Sir, es geht mir ausgezeichnet“, versicherte Abbie. „Dieses kleine Wehwehchen wurde viel zu sehr aufgebauscht.“

„Nun, wenn das stimmt, Miss Graham, dürfen Sie sich morgen Abend auf der Gesellschaft nicht weigern, mit mir zu tanzen.“

Der triumphierende Glanz in Bartons dunklen Augen verriet seine Genugtuung, nachdem sie so arglos in seine Falle getappt war. Doch sie bekam Hilfe von unerwarteter Seite.

„Aber du tanzt nie, Barton“, erinnerte ihn seine Schwester. „Oder jedenfalls selten.“

„Das stimmt“, gab er zu, „indes habe ich beschlossen, bei der Gelegenheit ausnahmsweise einen Walzer zu versuchen.“

„In dem Fall …“, nun war es an Abigail, siegesgewiss zu sein, „… muss ich Sie leider enttäuschen. Zu einem Walzer lasse ich mich nicht überreden.“

„Warum denn nicht, Kindchen?“, erkundigte sich Lady Penrose verblüfft. „Gehörst du etwa zu den engstirnigen Leuten, die diesen Tanz immer noch missbilligen? Heutzutage erklingt sogar hier im gesetzten Bath Walzermusik, zumindest auf privaten Soireen.“

„Nein, daran liegt es nicht“, erklärte Abbie hastig. „Es ist nur – ich habe nicht gelernt, wie man ihn tanzt.“

„Oh, dieses Problem werden wir lösen“, entgegnete Ihre Ladyschaft und erhob sich so anmutig wie ein siebzehnjähriges Mädchen. „Vorausgesetzt, Mr. Cavanagh will uns helfen.“

„Selbstverständlich stehe ich zur Verfügung.“ Auch Barton stand auf, und Abbie wusste nicht, was sie mehr ärgerte – das zufriedene Lächeln ihrer Patentante oder die sichtliche Belustigung ihres unverfrorenen Besuchers, nachdem die beiden ihr mit vereinten Kräften einen Strich durch die Rechnung gemacht hatten.

Aber sie fügte sich so würdevoll wie möglich in ihr Schicksal und half den Geschwistern, ein paar Möbelstücke beiseiterücken, um Platz für eine Tanzfläche zu schaffen. Lady Penrose setzte sich ans Pianoforte und wählte einige Notenblätter aus.

Nun ließ sich der gefürchtete Moment, da Abbie und Barton ihre Positionen einnehmen mussten, nicht länger hinauszögern. Unsicher ergriff sie seine Hand – und war völlig unvorbereitet darauf, dass ihr Puls sich heftig beschleunigte, sobald sie die Berührung seiner warmen Finger spürte.

Durch halb gesenkte Wimpern wagte sie einen Blick in sein Gesicht und wünschte prompt, das hätte sie nicht getan. Denn wie seine zuckenden Mundwinkel bewiesen, erkannte er, was in ihr vorging – dass sie sich vergeblich bemühte, den Anschein zu erwecken, seine Nähe wäre ihr gleichgültig.

Lady Penrose begann zu spielen. Da Abbie von jeher gern getanzt hatte, beherrschte sie die erforderlichen Schritte binnen weniger Minuten. Doch Barton war auch ein ausgezeichneter Lehrer. Das musste sie ihm widerwillig zugestehen. In vollendeter Harmonie schwebten sie durch den Salon, als wäre dies nicht ihr erster gemeinsamer Walzer.

„Großartig!" Lady Penrose klatschte in die Hände. „Soll ich eine Zugabe spielen? Wenn das junge Tanzpaar etwas länger üben möchte …"

„Nein, danke", erwiderte Abigail rasch, damit Barton nicht auf den Vorschlag eingehen konnte. Warum hielt er ihre Hand so lange fest? Energisch befreite sie sich aus seinem Griff. „Mr. Cavanagh hat mir alles Erforderliche beigebracht."

„Zumindest auf dem Tanzparkett", murmelte er, nur für ihre Ohren bestimmt. Als sie sich von ihm entfernte, lachte er leise. „Nun müssen wir aufbrechen, Lady Penrose. Sonst glaubt meine Stiefmutter womöglich, ich hätte ihre Tochter in einem Wutanfall erwürgt."

„Wie leid Sie mir tun, Kitty!“, beteuerte Abigail, obwohl das Mädchen seine Hänselei nicht krummzunehmen schien. „Wenn alle Brüder ihre Schwestern so behandeln, bin ich froh, dass mir solche Qualen erspart wurden.“

„Oh, manche Ehemänner sind noch viel schlimmer“, warnte er.

„In diesem Fall bin ich genauso beglückt über meinen Entschluss, niemals zu heiraten.“

Eigentlich hatte sie die Worte scherzhaft gemeint. Aber ihre Patentante wirkte schockiert, Kitty unerklärlicherweise enttäuscht und Barton sogar verärgert. Dann nahm sein Gesicht einen nachdenklichen Ausdruck an, während er den jungen Damen half, das Mobiliar wieder an seinen Platz zu rücken.

„Welch ein erfolgreicher Besuch, nicht wahr?“, bemerkte Ihre Ladyschaft, sobald die Gäste das Haus verlassen hatten.

„Vor allem unerwartet“, meinte Abbie.

„Findest du?“ Lady Penrose musterte ihre Patentochter eindringlich. „Also, *ich* wäre überrascht gewesen, hätte Mr. Cavanagh uns nach seiner Rückkehr keine Aufwartung gemacht.“

Am nächsten Abend begleitete Abigail ihre Patentante ein wenig widerstrebend zum Haus der Cavanaghs, voller Angst vor dem drohenden Tanz mit Barton. Viel zu oft musste sie an ihn denken – und sie fürchtete, dass ihm die Wirkung, die er auf sie ausübte, nicht verborgen geblieben war.

Bei ihrem Anblick leuchteten seine Augen auf und legten die Vermutung nahe, sie habe ähnliche Gefühle in ihm erregt. Einerseits schmeichelte ihr sein Interesse, andererseits sagte sie sich, die Art seines Umgangs mit dem weiblichen Geschlecht lasse zu wünschen übrig. Aber es konnte nicht schaden, wenn sie … Freunde wurden, oder?

„Stört Sie irgendetwas, Abbie?“, fragte er leise, als sich Lady Penrose zu seiner Stiefmutter wandte.

Hatte er in ihrer Miene gelesen, wie ihr zumute war? „Oh – ich sorge mich nur, weil ich zum ersten Mal in der Öffentlichkeit Walzer tanzen muss."

„Deshalb brauchen Sie sich nicht zu beunruhigen." Bartons Blick wanderte über ihre Gestalt.

Wie gut sie in ihrem neuen Kleid aus hauchdünner Gaze über himmelblauer Seide mit den passenden Accessoires aussah, wusste sie. Die kunstvoll arrangierten Locken hatte Miss Felcham mit winzigen künstlichen Vergissmeinnichtblüten geschmückt. Dazu passten ein Anhänger und Ohrringe aus Saphiren, die Lady Penrose ihr freundlicherweise geliehen hatte.

Die Anerkennung in Bartons Augen erschien ihr wie eine Liebkosung und trieb ihr heiße Röte in die Wangen.

„Was immer Sie vielleicht glauben, Abbie, ich bin kein Ungeheuer", fügte er hinzu und schaute ihr ins Gesicht. „Wenn Sie mir versehentlich auf die Zehen treten, werde ich gewiss nicht schreien. So kleine Unannehmlichkeiten nehme ich gern in Kauf, wenn ich dafür mit Ihnen Walzer tanzen darf."

Plötzlich fiel ihr das Atmen schwer, und sie vermochte ihren rasenden Puls kaum zu kontrollieren. Gewiss, sie war an bewundernde Männerblicke gewöhnt. Aber wenn *dieser* Gentleman sie ansah, fühlte sie sich verwirrt, bedrängt und freudig erregt zugleich.

„Flirten Sie mit mir, Sir?", versuchte sie zu kokettieren, um ihre flatternden Nerven zu beruhigen.

„Oh nein, ich flirte nie." Seine Stimme klang ein wenig heiser. „Jedenfalls nicht mit Ihnen."

Glücklicherweise gestattete ihr die Ankunft neuer Gäste, aus seiner Nähe zu flüchten. Doch zuvor hatte sie sein ironisches Lächeln bemerkt. Offenbar war ihm ihr erleichtertes Aufatmen nicht entgangen.

Bald fanden sie und Lady Penrose ein paar freie Stühle,

und Kitty gesellte sich zu ihnen, mit strahlenden Augen, bildhübsch in einem neuen Kleid aus elfenbeinweißer Seide.

„Weil bald der Tanz beginnt, hat Barton mir erlaubt, die restlichen Gäste zu begrüßen.“ Suchend schaute sie sich im großen Salon um, der mit exquisiten Blumenarrangements und Topfpalmen geschmückt war. „Wie großartig Mama solche Soireen organisiert … Sogar Barton hat zugegeben, dass sie eine hervorragende Gastgeberin ist. Und er pflegt uns Frauen nicht gerade mit Komplimenten zu überhäufen. Natürlich bilden *Sie* eine Ausnahme, Abbie“, ergänzte sie hastig. „Er schätzt Sie über alle Maßen.“

Abigail, die gerade an einem Glas mit Fruchtpunsch nippte, das ihr ein Lakai überreicht hatte, verschluckte sich und musste husten. „Welch ein Unsinn …“, protestierte sie, als sie wieder sprechen konnte.

„Keineswegs, Liebes“, entgegnete Lady Penrose. „Zweifellos hat Kitty recht – ihr Bruder bewundert dich. Von Anfang an hielt ich ihn für einen Gentleman, der keine Geduld mit affektierten, schwatzhaften Mädchen aufbringt. Du dagegen bist schön und vernünftig, und du hast zudem den starken Charakter deines Großvaters geerbt – und wie ich annehme, seinen Eigensinn.“

Abbie wusste nicht, ob sie das als Kompliment nehmen sollte. In den letzten Tagen hatte sie den Eindruck gewonnen, dass ihre Patentante dem Colonel nicht allzu wohlgesinnt war. Kein Wunder, entschied Abigail, sie hat mich ins Herz geschlossen. Und wenn sie eine Abneigung gegen Großvater hegt, weil er mich so lieblos behandelt, ist das nur allzu verständlich …

Von einem höchst undamenhaften Freudenschrei aus ihren Gedanken gerissen, hob sie den Kopf, um festzustellen, was Kitty dermaßen beglückte. Soeben hatten zwei modisch gekleidete Gentlemen den Salon betreten – der eine in erstaunlichem

Kanarienvogelgelb und Lavendelbau, der andere etwas dezenter in einem schwarzen Gehrock und hellbraunen Breeches. Nach Bartons grimmiger Miene zu schließen, missfiel ihm die Ankunft der beiden.

„Oh, Vetter Cedric!“ Entzückt klatschte Kitty in die Hände. „Wieso ist er in Bath? Entschuldigen Sie mich, ich muss ihn willkommen heißen.“

„Was meinst du, Tante – welcher von den beiden ist Vetter Cedric?“, fragte Abbie. „Der Dandy, der wegen seines hohen Hemdkragens kaum den Kopf bewegen kann? Oder der tadellos gekleidete Gentleman an seiner Seite?“

„Vermutlich der herausgeputzte junge Geck“, erwiderte Lady Penrose unverblümt. „Und wenn ich mich nicht irre, ist sein Gefährte der Neffe der Dowager Lady Marchbank, Charles Asquith. Nach allem, was Hermine Marchbank mir erzählte, gerät der Tunichtgut ständig in Schwierigkeiten. Er besucht sie nur, wenn ihn die Last seiner Schulden fast erdrückt. Meistens rettet ihn die törichte Frau vor seinen Gläubigern.“

Belustigt lauschte Abbie den indiskreten Enthüllungen. In Bath geschah nicht viel, was der Aufmerksamkeit ihrer Patentante entging. Offenbar schätzte sie den Neffen der Dowager nicht sonderlich. Aber er bot einen sehr angenehmen Anblick. In diesem Raum ist er eindeutig der attraktivste Mann, befand Abigail, während Kitty mit den beiden Gentlemen herbeieilte. Seidig glänzende goldene Locken umrahmten ein Gesicht mit ebenmäßigen klassischen Zügen.

„Und was hat dich nach Bath verschlagen, Ceddie?“, fragte Kitty, nachdem sie die Neuankömmlinge mit Lady Penrose und Abbie bekannt gemacht hatte.

„Nun, meinem Freund Charles stand der Sinn nach einem Tapetenwechsel. Und so beschloss ich, ihn zu begleiten, während er seine Lieblingstante besucht.“

„Das dachte ich mir“, murmelte Lady Penrose. „Also

steckt der junge Taugenichts wieder einmal in einem finanziellen Engpass."

Zum Glück hörte niemand außer Abbie den Kommentar, da Cedric Cavanagh gerade verkündete, in letzter Zeit habe ihn das Leben in der Hauptstadt gelangweilt. „Immer die gleichen öden Bälle und Soireen. Und Mama präsentiert mir dauernd neue Debütantinnen", fügte er hinzu und unterdrückte ein Gähnen. „Dieses ganze Getue ermüdet mich ganz schrecklich."

„Das verstehe ich nicht", erwiderte Kitty. „Was mich betrifft – ich kann es kaum erwarten, im nächsten Jahr in die Gesellschaft eingeführt zu werden. Am liebsten wäre ich schon jetzt nach London gefahren. Aber Barton meint, ich müsste erst einmal üben, mich in gehobenen Kreisen zu benehmen."

Seufzend zog Cedric eine reich verzierte Schnupftabakdose aus der Tasche seines eng taillierten Rocks und nahm eine Prise, wobei er eine bühnenreife Gestik demonstrierte. „So ungern ich meinem großen Vetter zustimme – in diesem Punkt gebe ich ihm recht. In London duldet man Übermut bei jungen Damen nicht. Und es wäre mir sehr unangenehm, wenn du unserem stolzen Namen Schande bereiten würdest."

Geradezu meisterhaft kontrollierte Abigail ihren Lachreiz, und sie wusste nicht, was sie amüsanter fand – die komische Bestürzung ihrer Patentante oder den vernichtenden Blick, den Kitty ihrem herausgeputzten Vetter zuwarf. Dann sah sie Mr. Asquith lächeln. Mochte Lady Penroses Einschätzung von ihm auch zutreffen – er besaß wenigstens einen gewissen Humor. „Ceddie, alter Junge, dein Mangel an *savoir faire* überrascht mich", gestand er scherzhaft. „Ich werde mir ernsthaft überlegen, ob ich dich aus meinem Freundeskreis verbannen soll, falls du dich plötzlich zum Rüpel entwickelst."

Theatralisch runzelte Cedric die zornesrote Stirn, was Abbie beinahe aus ihrer mühsam gewahrten Fassung brachte. „Zu deiner Information, Charles, an meinem Verhalten gibt es nichts auszusetzen. Was man von anderen Mitgliedern meiner Familie keineswegs behaupten kann. Dass Kittys Benehmen Anstoß erregt, nimmt mich nicht wunder, denn ihr Bruder geht ihr wohl kaum mit gutem Beispiel voran. Was für ein Rohling!“ Schaudernd verdrehte er die Augen. „Welch ein Jammer, dass er eines Tages zum Oberhaupt unserer Familie avancieren soll!“

„Zerreißt du dir wieder einmal das Maul über mich, Cedric?“ Unbemerkt war Barton herangetreten. Wie Abbie seinem sarkastischen Lächeln ansah, fand er die Unverschämtheit seines Vetters eher erheiternd als ärgerlich.

Seltsamerweise versuchte Cedric nicht, seinen Worten die Spitze zu nehmen. Die Brauen herausfordernd hochgezogen, drehte er sich zu seinem Verwandten um, der ihn um Hauptes-länge überragte. „Nun, ich habe nie ein Geheimnis aus meiner Überzeugung gemacht, dass du für diese Rolle ungeeignet bist, Barton.“ Nur sekundenlang senkte er den Blick und entfernte ein nicht vorhandenes Stäubchen von seinem Ärmel.

„Nicht ungeeignet“, widersprach Barton. „Lediglich weniger interessiert am Erbe des Titels als du. Und falls du es vergessen hast – vor knapp zwei Jahren hat unser hoch geschätzter Onkel zum zweiten Mal geheiratet.“

Verächtlich kräuselte Cedric die Lippen. „Dank seines fortgeschrittenen Alters wird diese Verbindung wohl kaum einen Sohn hervorbringen.“

„So gebrechlich, wie du offenbar glaubst, ist er nicht, Cedric, und durchaus imstande, seine ehelichen Pflichten zu erfüllen. In seinem letzten Brief las ich erfreut, wie ungeduldig er dem Herbst entgegenfiebert. Dann wird Lady Cavanagh ihm ein Pfand ihrer Zuneigung präsentieren.“

Bestürzt zuckte Cedric zusammen, erholte sich jedoch erstaunlich schnell und hob betont gleichmütig die Schultern. „Das heißt noch lange nicht, dass es ein Junge wird.“

„Natürlich nicht“, bestätigte Barton. „Gleichwohl hoffe ich inständig darauf – wenn ihm das Baby auch niemals unseren Vetter Philip ersetzen kann, dessen Tod uns alle so schmerzlich getroffen hat.“

In diesem Moment erkannte Abbie, wie wenig sie über die Familienverhältnisse der Cavanaghs wusste. Zu gern hätte sie mehr erfahren, doch Bartons Worten folgte ein drückendes Schweigen, und sie seufzte erleichtert, als das Orchester wenig später zu spielen begann. Von Mr. Asquith zum Tanz aufgefordert, erhob sie sich bereitwillig.

„Leben Sie schon lange in Bath, Miss Graham?“, fragte er auf dem Weg zur Tanzfläche.

„Ich kam erst vor einem knappen Monat hierher, Sir, und bin zu Besuch bei Lady Penrose, meiner Patentante.“

„Dann sind Sie nicht mit den Cavanaghs verwandt?“

Mehrere junge Damen warfen neidische Blicke in Abigails Richtung, was sie nicht überraschte. In diesem Raum sah kein Gentleman so fabelhaft aus wie Charles Asquith. „Nein, Sir, allerdings kenne ich Barton Cavanagh seit vielen Jahren, denn er ist der Patensohn meines Großvaters.“

„Ah, ich verstehe. Also können Sie meine Neugier vermutlich nicht befriedigen und mir erklären, warum Cedric und Mr. Cavanagh einander derart feindlich gesinnt sind.“

In diesem Moment wurden sie durch die Schrittabfolgen getrennt, und Abigail stellte fest, dass Barton nach wie vor bei Lady Penrose stand. Aber statt mit ihr zu plaudern, beobachtete er die Ereignisse auf der Tanzfläche.

Abbie fragte sich, ob seine finstere Miene seiner Schwester galt, die mit Cedric tanzte. Oder vielleicht ihr?

„Nein, Sir, leider nicht“, antwortete sie, als sie und Mr. Asquith wieder zusammenkamen. „Indes nehme ich an, die beiden Vettern haben nicht viel gemein.“

„Ich hoffe, Mr. Cavanagh zürnt Cedric und mir nicht, weil

wir immerhin ohne Einladung auf dieser Gesellschaft erschienen sind."

„Das halte ich für unwahrscheinlich, Sir. Obwohl ich Barton Cavanagh nicht allzu gut kenne, bezweifle ich, dass ihn solche Bagatellen ärgern würden."

Nach dem Tanz brachte ihr Partner, dem so viele begehrliche Blicke folgten, sie zurück zu Lady Penrose. Neidlos überließ Abigail ihn den anderen Damen.

Da Barton zur Tür gegangen war und verspätete Gäste begrüßte, nutzte sie die Gelegenheit und erkundigte sich bei ihrer Patentante, ob sie über seine Familie Bescheid wisse.

„Oh ja. Während meiner ersten Saison lernte ich alle drei Cavanagh-Brüder kennen. Henry, der Älteste und Erbe des Titels, war bereits verheiratet – ebenso George, und zwar mit Bartons Mutter. Wenn ich mich recht entsinne, vermählte sich Frederic, der Jüngste, während meiner zweiten Saison. Jeder Bruder bekam einen Sohn. Vor drei oder vier Jahren erlitt Philip, Lord Cavanaghs einziges Kind, einen tödlichen Reitunfall. Es war tragisch ... Wie Barton erwähnte, ging sein Onkel eine zweite Ehe ein. Soweit ich weiß, fiel seine Wahl auf eine wesentlich jüngere Witwe."

Abbie beobachtete, wie der Gastgeber mit einer temperamentvollen jungen Frau sprach, die sie an eine gewisse andere Dame seines Bekanntenkreises erinnerte. Schmerzlich krampfte sich ihr Herz zusammen. „Ich glaube, Mr. Cavanagh mochte seinen verstorbenen Vetter sehr gern", bemerkte sie, um ihre Gedanken in andere Bahnen zu lenken. „Für Cedric hat er gar nichts übrig. Dieser Vetter scheint ihm die vorrangige Position in der Familie zu missgönnen. Aber ich vermute, hinter seiner offenkundigen Abneigung gegen Barton steckt mehr."

In diesem Moment gesellte sich Kitty wieder zu ihnen, die Wangen vom Tanz erhitzt. Da sie die letzten Worte gehört hatte, erklärte sie: „Cedric wird niemals vergessen, dass Barton ihn vor vielen Jahren mit einer Reitgerte schlug." Als sie das Entsetzen ihrer Zuhörerinnen gewahrte, betonte sie: „Was ich meinem Bruder nicht verüble. Wenn er auch viele Fehler hat – niemand darf ihm vorwerfen, er würde schlecht für seine Pferde sorgen. Er verbot unserem Vetter, ein besonders wertvolles Jagdpferd zu reiten. Daran hielt Cedric sich nicht, und da verlor Barton die Beherrschung."

Sie hob den Kopf und sah ihren Bruder herankommen.

„Mittlerweile ist er viel toleranter. In gewissen Situationen allerdings wird er immer noch furchtbar wütend."

„Redest du schon wieder hinter meinem Rücken über mich, kleine Hexe?", fragte er. Mutwillig zwinkerte sie ihm zu, und Abbie spürte zum ersten Mal die innige Liebe zwischen den Geschwistern. Statt eine Antwort abzuwarten, wandte er sich zu ihr und erinnerte sie an den Walzer, zu dem er sie verpflichtet hatte.

„Nachdem ich soeben herausfand, wie grausam Sie sein können, sollte ich mich Ihnen nicht anvertrauen", hänselte sie ihn, während sie ihre Position auf dem Parkett einnahmen. „Nicht einmal auf einer Tanzfläche …"

Mit einem gequälten Lächeln schaute er zu seiner Schwester hinüber. „Was hat das unartige Mädchen Ihnen erzählt?"

„Nur, dass Sie Ihren jüngeren Vetter verprügelt haben." Zu ihrer eigenen Verwunderung gelang es ihr, Konversation zu machen, ohne aus dem Takt zu geraten.

„Der Junge ist ein miserabler Reiter. Wie leicht hätte er sich den Hals brechen oder – schlimmer – meinen prämierten Hengst verletzen können! Leider ist Cedric der Auffassung, stets seinen Willen durchsetzen zu müssen."

„Was in der Familie zu liegen scheint", meinte sie trocken.

Lachend nickte er. „Da haben Sie recht. Es fällt mir nicht leicht, Nachsicht mit Leuten zu üben, die meinen Wünschen zuwiderhandeln. Damals stellte sich mein Vater auf Cedrics Seite und hielt mir vor, ich dürfte jemanden, der viel kleiner sei als ich, nicht schlagen. Die Missachtung, mit der mein Onkel und meine Tante mich straften, nachdem ich mich an ihrem kostbaren Sohn vergriffen hatte, erschwerte meine Lage noch zusätzlich. Deshalb flüchtete ich zu Ihrem Großvater. Wie so oft, wenn ich Schwierigkeiten daheim hatte ..." Er schüttelte wehmütig den Kopf, als schämte er sich für den Verlust seiner Selbstkontrolle. „Es war mein letzter Besuch auf Foxhunter Grange. Kurz danach meldete ich mich zum Kriegsdienst."

Abbie starrte die Diamantennadel in seinem Krawattentuch an. Als würde sie jenen Sommer jemals vergessen, der ihr Leben derart einschneidend verändert hatte ...

Bevor die Walzerklänge verhallten, schaffte sie es irgendwie, die bösen Erinnerungen zu verdrängen. Das wäre weniger mühsam gewesen, hätte ein gewisser weiblicher Gast kein so lebhaftes Interesse an Barton gezeigt.

Sie kannte Mrs. Drusilla Herbert. Seit ihrer Ankunft in Bath war sie ihr bei zwei oder drei Gelegenheiten begegnet. Auch ihrem griesgrämigen Ehemann, der die Dame überallhin begleitete.

Aber erst an diesem Abend fiel ihr die Ähnlichkeit zwischen Mrs. Herbert und Sir Oswald Fitzpatricks leichtfertiger Witwe auf – blondes Haar, blaue Augen, die gleichen vollen Lippen und üppigen Rundungen. Vielleicht bevorzugen die beiden Liebhaber, die denselben Typ verkörpern, dachte sie bedrückt, als Barton sich zu der Frau umwandte, die sich bei ihm eingehakt hatte und einladend ihren prallen Busen gegen seinen Ärmel presste. Entschlossen ignorierte Abbie den bitteren Geschmack in ihrem Mund und ergriff die Hand des jungen Gentlemans, der sie um den nächsten Tanz bat.

Mehrere Partner folgten ihm. Zu Abigails Bedauern fesselte kein einziger ihre Aufmerksamkeit. Und keiner entfachte jene prickelnde Mischung aus Erregung und Freude, die sie beim Walzer mit Barton empfunden hatte. Zu einem zweiten Tanz forderte er sie nicht auf, was ihre Laune zusehends verschlechterte. Schließlich floh sie auf die Terrasse, weil sie für ein paar Minuten mit ihren Gedanken allein bleiben wollte.

Ermattet sank sie in einen der Korbsessel, die dort standen, und sah auf den stillen Garten hinunter, wo sie die Umrisse einiger Büsche und exakt gestutzter Hecken ausmachte. Anscheinend hielt sich außer ihr niemand hier draußen auf.

Warum kann ich die Gesellschaft nicht genießen, fragte sie sich. Es sah ihr gar nicht ähnlich, Trübsal zu blasen, dennoch befand sie sich in melancholischer Stimmung. Und im Grunde ihres Herzens wusste sie auch, warum.

Abigail zwang sich, der Wahrheit ins Auge zu blicken. So unglaublich es anmuten mochte – sie hatte immer intensivere Gefühle für den Mann entwickelt, dessen mangelhafte Moralbegriffe sie doch verachtete. Vielleicht hatte sie sogar glauben wollen, er wäre ein anderer geworden. Welch eine trügerische Hoffnung, dachte sie bekümmert. Ein Gentleman, der in aller Öffentlichkeit mit einer verheirateten Frau flirtete, würde sich niemals ändern und stets ein ruchloser Wüstling bleiben.

„Ah, Miss Graham …“, erklang eine gedehnte Stimme. „Hier also verstecken Sie sich.“

Verwirrt wandte sie den Kopf zur Seite und sah Mr. Asquith keine drei Schritte entfernt stehen. Er hatte offenbar nach ihr gesucht. Aber die Erkenntnis, dass der attraktivste Mann auf dieser Soiree ihre Gesellschaft schätzte, munterte sie nicht auf – eine Tatsache, die ihr schwaches Lächeln nur unvollkommen verhehlte.

„Bedrückt Sie irgendetwas, Ma'am?“, fragte er leicht pikiert. Anscheinend hatte er eine etwas enthusiastischere Reaktion auf sein Erscheinen erwartet. „Wären Sie lieber allein?“

„Keineswegs, Sir“, log sie. „Ich wollte lediglich ein wenig

frische Luft schnappen. Und dann verlor ich mich in meinen Gedanken."

Sicher hätte sein gewinnendes Lächeln so manches Frauenherz betört. Auf Abbie übte es nicht die geringste Wirkung aus.

„Nehmen Sie doch Platz, Sir, unterhalten wir uns ein bisschen … Oder kommen Sie, um mich zu holen, weil Sie von meiner Patentante darum gebeten wurden?"

„Oh nein, ich wollte Sie sehen", beteuerte er. Als Gentleman, der auf sich hielt, ließ er sich in gebührendem Abstand nieder, um zu verhindern, dass ihre Röcke seine untadelige Kleidung streiften. „Ich hatte gehofft, Sie würden mir den letzten Tanz vor dem Souper gewähren und mir gestatten, bei der Mahlzeit an Ihrer Seite zu sitzen. Oder haben Sie dieses Privileg schon einem anderen versprochen?"

Dazu hätte sie mehrere Gelegenheiten gefunden, da etliche Herren mit derselben Bitte an sie herangetreten waren. Ärgerlicherweise hatte sie den speziellen Platz auf ihrer Tanzkarte freigelassen, in der Hoffnung, Barton würde seinen Namen eintragen. Mühsam bekämpfte sie den Zorn gegen sich selbst und ihre wachsende Eifersucht. „Ich leiste Ihnen sehr gern bei Tisch Gesellschaft, Sir. Allerdings fürchte ich, dass mich viele Damen beneiden werden."

„Nur um Ihre bezaubernde äußere Erscheinung, meine liebe Miss Graham", versicherte er und beugte sich über ihre Hand.

Obwohl nicht an solche Galanterien gewöhnt, war sie weder verlegen noch schockiert. Vielmehr amüsierte sie das Verhalten des jungen Schönlings. Weil sie ihn nicht ermutigen wollte, entschloss sie sich zu einem sanften Tadel. Bevor sie ihn allerdings aussprechen konnte, sah sie den Gastgeber aus den Schatten treten, die Stirn unwillig gefurcht.

„So ungern ich störe …" Wie Bartons scharfe Stimme verriet, bekümmerte ihn das nicht im Mindesten. „Ich glaube, eine junge Dame hat Ihnen den nächsten Tanz versprochen, Asquith. Lassen Sie sich nicht aufhalten."

Ein paar beklemmende Sekunden lang fürchtete Abigail eine Konfrontation. Charles Asquiths schwärmerisches Lächeln war einer grimmigen Miene gewichen. „Darf ich Sie zu Lady Penrose begleiten, Miss Graham?"

„Meinetwegen müssen Sie sich nicht bemühen, Sir." Hastig stand sie auf und trat zwischen die beiden Gentlemen. „Seien Sie versichert, ich werde rechtzeitig vor unserem Tanz in den Salon zurückkehren."

„Was, zum Teufel, bilden Sie sich ein, Abbie?", fauchte Barton, sobald Mr. Asquith die Glastür hinter sich geschlossen hatte. „Warum drücken Sie sich hier draußen herum – mit einem Mann dieses Kalibers?"

Beinahe verlor sie die Beherrschung. „Wohin ich gehe und mit wem ich mich unterhalte, ist einzig und allein meine Sache, Mr. Cavanagh. Bedenken Sie bitte, ich bin nicht Kitty und deshalb keineswegs verpflichtet, Ihre Vorschriften zu befolgen."

„Wären Sie meine Schwester …" Ehe er fortfuhr, kräuselte er verächtlich die Lippen. „Dann würden Sie nicht hier stehen und kindischen Trotz bekunden, sondern in Ihrem Zimmer, hinter Schloss und Riegel, auf einer wunden Kehrseite sitzen."

Wie seine glitzernden Augen verrieten, würde er diese demütigende Strafe mit dem größten Vergnügen vollziehen, und es fiel ihr schwer, ihre Fassung zu bewahren. „Zweifellos finden gewisse Damen, die Ihre Gunst genießen, diese grausamen Neigungen reizvoll. Mich beeindrucken sie nicht im Geringsten."

„Wirklich nicht? Nun, vielleicht würde Ihnen eine Demonstration maskuliner Kraft ganz guttun, Miss Abigail Graham." Bevor sie erfasste, was geschah, ergriff er ihre Handgelenke und hielt sie im nächsten Moment mit einer Hand hinter ihrem Rücken gefangen. Mit der anderen hob er ihr Kinn. Abbie wollte sich nicht erniedrigen, indem sie ihn vergebens bekämpfte.

Sie wappnete sich gegen die Strafe, die er ihr offensichtlich zudachte. Aber statt des erwarteten schmerzhaften, fordernden Kusses spürte sie seinen Mund ganz leicht auf ihrem, dann einen sanften Druck, der sie bewog, die Lippen zu öffnen. Zu ihrer Verblüffung empfand sie keinen Widerwillen. Stattdessen durchströmten sie völlig unbekannte süße Gefühle.

Nun wünschte sie inbrünstig, er würde sie loslassen – damit sie ihm die Arme um den Nacken schlingen und noch mehr von ihm haben konnte, nicht nur seinen Mund. Als hätte er ihre Gedanken gelesen, glitten seine Finger von ihrem Kinn am Hals hinab zur nackten Schulter, eine zärtliche Liebkosung, die alle klaren Gedanken aus ihrem Gehirn verscheuchte. Während seine Lippen der Spur seiner Hand folgten, nahm sie nichts mehr wahr außer ihm – und ihrer brennenden Sehnsucht nach diesem Mann.

Plötzlich kehrte eine unwillkommene Erinnerung zurück. Bartons Hände, die nackte Brüste streichelten und unter raschelnde Röcke wanderten … Jetzt hörte sie ihn genauso leidenschaftlich stöhnen wie damals vor sechs Jahren, und in ihrer Fantasie sah sie seine halb entblößte Gefährtin nach seinem Hosenbund tasten …

Abbie hätte niemals geglaubt, dass reines Entzücken so schnell in heiße Wut übergehen konnte. Entschlossen riss sie sich los, und ehe sie wusste, was sie tat, schlug sie Barton mit aller Kraft ins Gesicht.

In seinen braunen Augen blitzte heller Zorn, der nach wenigen Sekunden von Verwirrung und Trauer verdrängt wurde. Doch das sah sie nicht mehr, denn sie war bereits auf dem Weg in den Salon.

6. KAPITEL

Seufzend starrte Lady Penrose in die Schachtel, die neben ihrem Sessel auf einem Tischchen stand. Um nicht hineinzugreifen und das köstliche Konfekt zu probieren, musste sie ihre ganze Willenskraft aufbieten. Welch einen erstaunlichen Einfluss meine Patentochter auf mich ausübt, entschied sie. Seit Abbies Ankunft flanierte Ihre Ladyschaft viel öfter zu Fuß durch die Stadt. Und an manchen Tagen verzichtete sie sogar auf ihren geliebten Portwein. Außerdem hatte sie den Konsum verlockender Schokolade und süßer Biskuits beträchtlich reduziert und demzufolge einige Pfunde abgenommen. Nun fühlte sie sich wesentlich besser. Sie hoffte nur, dass Abigail ihren Aufenthalt in Bath genauso genoss, wie *sie* davon profitierte.

Oh, gewiss, das Mädchen wirkt recht zufrieden, dachte Ihre Ladyschaft, ließ den Kopf gegen die Rückenlehne ihres Sessels sinken und betrachtete geistesabwesend den Stuck an der Zimmerdecke. Aber Zufriedenheit war nicht das Gleiche wie Glück. Und genau das verdiente Abbie nach allem, was sie in den letzten Jahren durchgemacht hatte.

Wieder einmal ärgerte sie sich über Colonel Graham, der seine Enkelin so ungerecht behandelte, ohne Rücksicht auf ihre Wünsche und Gefühle. Andererseits hatte Lady Penrose die Überzeugung gewonnen, dass sein Patensohn genau der richtige Mann für Abbie war. Wenn die junge Dame ihre verständliche Abneigung überwand, würden die beiden großartig zueinander passen. Ohnehin hatten sie viel mehr gemein, als sie ahnten. Eins stand jedenfalls fest – Abigail schreckte nicht davor zurück, diesem Gentleman die Meinung zu sagen. Und gerade deshalb bewunderte er sie.

Doch wenn Ihre Ladyschaft sich nicht gewaltig täuschte, hatte die Beziehung zwischen ihrer Patentochter und Mr. Cavanagh am vergangenen Abend einen beklagenswerten Rückschlag erlitten. Seufzend erinnerte sie sich, wie sich Bartons Miene verfinstert hatte, nachdem dieser hübsche Taugenichts, Mr. Asquith, Abigail auf die Terrasse gefolgt war. Darüber hatte sie selbst sich auch nicht gefreut, war indes sicher gewesen, die vernünftige Abbie würde sich nicht von der attraktiven äußeren Erscheinung des jungen Mannes blenden lassen. Andererseits wollte sie bösartigen Klatschmäulern das Handwerk legen. Und so beschloss sie einzugreifen. Leider kam Mr. Cavanagh ihr zuvor. Mit langen, energischen Schritten eilte er zu einer der Fenstertüren.

Was draußen geschehen war, bevor Mr. Asquith in den Salon zurückkehrte, konnten die neugierigen Beobachter nur vermuten. Immerhin hatten die schlechte Laune des Gastgebers und Abigails erzwungene Fröhlichkeit während der restlichen Soiree den Eindruck erweckt, auf der dunklen Terrasse müssten ungehörige Dinge passiert sein.

Es klopfte leise, dann betrat die Haushälterin den Raum und holte ihre Herrin in die Gegenwart zurück. Wie sich Lady Penrose vage entsann, war vorhin der Türklopfer ertönt – offensichtlich der Grund für die Störung.

„Da ist Besuch für Miss Abbie gekommen, Mylady. Wann sie zurückkehren wird, weiß ich nicht. Soll ich Mr. Cavanagh mitteilen, sie sei nicht daheim?“

„Nein …“ Lady Penroses Gedanken überschlugen sich. „Führen Sie ihn herauf … Oh, Mrs. Bates – sobald meine Patentochter wiederkommt, soll sie mich bitte aufsuchen. Dass ich einen Gast habe, brauchen Sie nicht zu erwähnen.“

Zweifellos würde die treue Bedienstete diese Anweisungen befolgen. Sehr gut, überlegte Ihre Ladyschaft, denn Abbie würde den Salon höchstwahrscheinlich wie die Pest meiden, wenn sie den Namen des Besuchers erfuhr. Und das wäre bedauerlich, denn Mr. Cavanagh hatte ohne Zweifel die Absicht, sich mit ihr zu versöhnen.

Das stimmte nur teilweise, denn Barton plante zwar tatsächlich, der jungen Dame einen Olivenzweig anzubieten – aber er wollte auch herausfinden, warum sie ihn verachtete.

Die ganze Nacht hatte er blicklos in den Baldachin über seinem Bett gestarrt und sich jede einzelne Begegnung, die er mit Abbie in Bath gehabt hatte, ins Gedächtnis gerufen – vor allem den letzten Abend.

Nachdem er seinen Zorn über die Ohrfeige überwunden hatte, war ihm einiges klar geworden. Er hätte ihr Verhalten nicht kritisieren dürfen, obwohl er sich verpflichtet fühlte, in der Abwesenheit ihres Großvaters die Rolle eines Beschützers zu übernehmen.

Was den Rest des Zwischenspiels auf der Terrasse betraf – da bereute er gar nichts. Verblüfft erinnerte er sich an die überwältigende Zärtlichkeit, die die Berührung ihrer Lippen in ihm hervorgerufen hatte. Und Abbie war genauso entzückt gewesen. Das wusste er. Sobald ihre erste Verwirrung verflogen war, hatte sie den Kuss hingebungsvoll erwidert.

Und dann hatte sie sich plötzlich losgerissen. Warum? Was hatte diese drastische Veränderung bewirkt? Verständnislos schüttelte er den Kopf. Hätte er versucht, das Liebesspiel zu steigern, wäre Abbies Reaktion begreiflich gewesen. Aber in ihren Augen hatte er keine Furcht gelesen – nur leidenschaftlichen Zorn. Und Verachtung. *Verdammt, womit habe ich diese schallende Ohrfeige verdient?*

Als die Haushälterin zurückkehrte, erwartete er fast, dass Abbie sich weigerte, ihn zu empfangen. Daher war er angenehm überrascht, als die Bedienstete ihn bat, ihr nach oben zu folgen. Doch im Salon traf er lediglich Lady Penrose an und konnte seine Enttäuschung nicht verbergen.

Offenbar erriet Ihre Ladyschaft, was in ihm vorging. Das sah er ihren funkelnden Augen an. „Wie nett, Sie wiederzusehen, Mr. Cavanagh!“, begrüßte sie ihn und reichte ihm die

Hand, über die er sich formvollendet beugte. „Sicher möchten Sie mit meiner Patentochter reden. Schenken Sie sich ein Glas ein, Sir, bis sie nach Hause kommt. Da drüben auf dem Büfett finden Sie einen besonders edlen Burgunder. Und bringen Sie mir bitte ein Gläschen Portwein. In letzter Zeit war ich sehr zurückhaltend und habe nur ganz wenig getrunken. Gelegentlich allerdings erleide ich einen Rückfall. Wäre das Leben nicht schrecklich langweilig, würden wir nicht ab und zu einem kleinen Laster frönen?"

Lächelnd ging Barton zum Sideboard mit den Karaffen. Er mochte Lady Penrose, eine charmante, kluge Frau, die eine starke Persönlichkeit besaß.

Nachdem er ihr das gewünschte Getränk gebracht hatte, nahm er ihr gegenüber Platz. „Mein Besuch scheint Sie nicht zu wundern, Ma'am."

„Da Sie gestern eine … Meinungsverschiedenheit mit meiner Patentochter hatten, würde ich staunen, wenn Sie heute nicht hierhergekommen wären, Sir."

Mit dieser freimütigen Enthüllung raubte sie ihm für einige Sekunden die Sprache. „Wie darf ich Ihre Worte verstehen, Ma'am? Hat Abbie sich Ihnen anvertraut?"

„Oh nein. Sollten Sie meine Patentochter etwas besser kennenlernen, werden Sie feststellen, dass sie ihre Gedanken und Gefühle meistens für sich behält." Lady Penrose nippte genüsslich an ihrem Glas, dann stellte sie es neben sich auf das Tischchen. „Was mich angeht – gestern Abend war ich sehr dankbar für Ihre Einmischung, Sir, die der jungen Dame begreiflicherweise missfiel."

Bartons Augen verengten sich. „Also lehnt sie mich tatsächlich aus irgendwelchen Gründen ab."

„Was dahintersteckt, hat sie mir nicht verraten. Doch falls Sie ernste Absichten hegen, Sir, sollten Sie es herausfinden."

Er lächelte wehmütig. Bis zu diesem Moment hatte er das

Ausmaß seiner eigenen Gefühle nicht erkannt. Indes war Lady Penrose sein wachsendes Interesse an Abbie nicht entgangen.

Würde er die Liebe ihrer Patentochter gewinnen – trotz ihres rätselhaften Grolls?

Warnend hob Ihre Ladyschaft einen Zeigefinger, und da hörte auch Barton leichtfüßige Schritte im Flur. Die Tür flog auf, und Abbie eilte herein. Bei seinem Anblick erlosch ihr Lächeln.

„Ah, da bist du ja, Liebes!“, rief Lady Penrose. „Hast du in der Bibliothek gefunden, was du suchtest?“

Abbie begrüßte Barton, indem sie ihm wortlos zunickte. Dann übergab sie ihrer Patentante zwei Bücher. „Nur den Roman von Jane Austen nicht, den du so gern lesen würdest. Aber man hat mir versichert, er wäre morgen verfügbar.“

Barton war aufgestanden und wollte Abbie um ein Gespräch unter vier Augen bitten. Doch dann sah er, wie Lady Penrose fast unmerklich den Kopf schüttelte, um ihn daran zu hindern. Offenbar glaubte sie, eine solche Unterredung würde nicht zum angestrebten Erfolg führen. Damit hatte sie wahrscheinlich recht. Abbie setzte sich nicht – zweifellos, weil sie den Salon möglichst schnell zu verlassen plante.

Ihre Ladyschaft hielt sie zurück. „Wie nett, dass Mr. Cavanagh uns besucht, nicht wahr, Liebes? Nun finden wir eine Gelegenheit, ihm für die wunderbare Soiree zu danken.“

Ein Paar blauvioletter Augen drohten ihn zu durchbohren, und Lady Penroses Mundwinkel zuckten ein wenig, bevor sie weitersprach.

„In den nächsten Wochen werden wir noch viele angenehme Abende erleben. Ich erhielt einige Einladungen heute Morgen …“ Mit erhobenen Brauen schaute sie sich um. „Oh, ich glaube, ich habe sie im unteren Empfangszimmer vergessen … Wie zerstreut ich bin! Würdest du sie holen, Liebes? Die meisten sollte ich unverzüglich beantworten.“

Das ließ sich Abbie nicht zweimal sagen. Bereitwillig verschwand sie, bevor ihre Patentante den letzten Satz beendet hatte. Triumphierend lächelte Ihre Ladyschaft den Besucher an. „Nun? Worauf warten Sie? Allzu lange wird sie nicht brauchen, um festzustellen, dass ich sie umsonst nach unten geschickt habe."

Eine weitere Aufforderung brauchte er nicht. Hastig verabschiedete er sich von der Hausherrin, eilte die Treppe hinab und sah Abbie den Raum betreten, in dem sie vor zwei Wochen mit Josh geredet hatten. Ohne Zögern folgte er ihr.

Als sie die Tür zufallen hörte, wandte sie sich erbost zu ihm um. „Was machen Sie hier? Trotz Ihres mangelnden Feingefühls müssten sogar Sie merken, dass wir uns nichts mehr zu sagen haben."

„Bitte, Abbie – ich möchte Ihnen versichern, wie sehr ich mein Verhalten gestern Abend bedauere."

Damit nahm er ihr den Wind aus den Segeln. Allem Anschein nach hatte sie nicht mit einer Entschuldigung gerechnet. Glaubte sie, er wäre zu arrogant, um einen Fehler einzugestehen?

„Daran sind Sie nicht allein schuld", erwiderte sie leise. „Auch mein Benehmen ließ zu wünschen übrig. Natürlich hätte ich Sie nicht schlagen dürfen."

Gewiss, auf der Terrasse war er wütend gewesen. Aber jetzt erkannte er die Komik der Situation. „Erstaunlich, was für eine kraftvolle Rechte Sie haben, Ma'am … Danach hatte ich stundenlang Ohrensausen."

Zu seiner Genugtuung lachte sie leise. „Jedenfalls hätte ich meinen Zorn zügeln sollen – wo Sie doch lediglich deswegen auf die Terrasse gekommen waren, um mich zu beschützen. Indes hätten Sie sich nicht bemühen müssen, Sir. Lady Penrose hatte mich bereits vor Mr. Asquith gewarnt. Und seien Sie versichert – ich bin kein naives Mädchen, das sich von einem hübschen Gesicht betören lässt. Außerdem kursiert das Gerücht, er sei auf der Suche nach einer reichen Erbin. Also wird er sich wohl kaum für mich interessieren."

„Täuschen Sie sich nicht! Vielleicht hat er gestern Abend erfahren, dass Sie mit Colonel Augustus Graham verwandt sind. Und obwohl Ihr Großvater in den letzten Jahren nur selten an gesellschaftlichen Ereignissen teilnahm, ist die Öffentlichkeit über sein beträchtliches Vermögen informiert."

„Was allerdings nicht allgemein bekannt ist", entgegnete Abbie belustigt, „und was ich Mr. Asquith erzählen werde, falls er mir nachstellen sollte – Großvater hat angekündigt, mich zu enterben."

Offensichtlich hatte Barton nichts von der Entfremdung zwischen dem Colonel und seiner Enkelin gewusst. Das bezeugte seine entgeisterte Miene deutlich genug. „Von diesem Unsinn glaube ich kein Wort! Mein Patenonkel betet Sie an!"

„Ob Sie es für bare Münze nehmen oder nicht ..." Blicklos schaute sie aus dem Fenster. „Es ist die reine Wahrheit. Schon seit Jahren verstehe ich mich nicht mehr mit ihm. Und daran wird sich gewiss nichts ändern."

„Warum, Abbie? Wie kam es zu diesem Zwist? Sie beide standen einander so nahe!"

„Ja, früher", bestätigte sie nach einem kurzen Kampf mit ihrem Gewissen. Sollte sie verraten, was geschehen war? Nun, irgendwann würde er es ohnehin herausfinden. „Bedauerlicherweise konnte mir der Colonel nicht verzeihen, dass ich mich weigerte, Sie zu ehelichen, Sir."

Als sie keine Antwort hörte, drehte sie sich um und blickte ihn an. Er starrte zu Boden. Der Ausdruck seiner Augen blieb verborgen, bis er den Kopf hob. Und da bekundete seine Miene unendlich tiefen Kummer, der an Verzweiflung grenzte.

„Daran liegt es also", seufzte er leise. „Deshalb zürnen Sie mir. Gewiss, Abbie, Sie haben allen Grund, mich zu hassen."

Voller Mitleid wollte Abbie zu ihm eilen und ihn umarmen.

Aber sie bezähmte die Regung. „Oh nein, Barton, ich hasse Sie keineswegs“, widersprach sie mit sanfter Stimme. „Während der letzten Wochen gab es sogar Momente, da ich mich zu Ihnen hingezogen fühlte. Andererseits – das will ich nicht leugnen – war ich manchmal auch verbittert. In meiner Kindheit ärgerte ich mich, weil Großvater so viel von Ihnen hielt. Und ich nahm ihm übel, dass er meine Gefühle ignorierte, als er diese lächerliche Heirat zu erzwingen suchte.“

Die Lippen zusammengepresst, hatte er ihr zugehört. Was er dachte, verriet er nicht. „Und was haben Sie jetzt vor? Werden Sie bei Lady Penrose bleiben, bis Ihr Großvater zur Vernunft kommt?“

Sie brach in freudloses Gelächter aus. „Darauf hoffte ich seit sechs Jahren vergeblich. Nun will ich mich nicht länger in Illusionen wiegen. Er wird seine Gesinnung nicht ändern. Und ich möchte nicht mehr in einem Haus leben, wo ich wie ein Dienstbote behandelt werde. Sicher wird er auf seinem Standpunkt beharren und mich weiterhin drängen, mich mit Ihnen zu vermählen, Barton. Deshalb hat er meinen Besuch bei Lady Penrose arrangiert – weil er wusste, dass Sie sich zur gleichen Zeit in Bath aufhalten. Das ist ein stichhaltiger Beweis für seine Absichten.“

„Also werden Sie hierbleiben. Ihre Patentante liebt Sie sehr.“

„Ja, sie ist wundervoll, und ich mag sie ebenfalls. Es ist nur …“

„Was?“

„Ich will nicht mehr bei ihr wohnen. Viel lieber würde ich ein eigenes Haus beziehen. Dann wäre ich unabhängig. Leider werde ich erst an meinem fünfundzwanzigsten Geburtstag über das Erbe meiner Mutter verfügen können. Aber vielleicht kann ich mich für Lady Penroses Güte revanchieren, indem ich als ihre Gesellschafterin fungiere. Ich fürchte jedoch, damit ist sie nicht einverstanden. Und sie wäre gekränkt, wenn ich woanders eine Stellung antreten würde. Um meinen Lebensunterhalt zu verdienen, sehe ich lediglich eine einzige andere Möglichkeit – ich könnte Porträts malen." Mit dieser Idee befasste sie sich schon seit einiger Zeit. Gespannt wartete sie ab, was Barton dazu sagen würde.

Statt darauf einzugehen, stieß er eine Verwünschung aus. „Zum Teufel mit Colonel Graham! Wann kommt er nach Hause?"

„Das weiß ich nicht. Es hängt davon ab, wie lange er bei seinem Neffen, Sir Montague Graham, in Yorkshire bleiben wird. Ihn will er auf der Reise ins schottische Hochland besuchen. Warum fragen Sie?", erkundigte sie sich misstrauisch. „Möchten Sie etwa zu ihm fahren? Weil ich Ihnen dies alles erzählt habe?"

„Allerdings, verdammt noch mal!" Barton dachte gar nicht daran, seine Ausdrucksweise zu mildern. „Und ich werde ihm unmissverständlich klarmachen, was ich von ihm halte."

„Nein, bitte nicht, Barton!", flehte Abbie, trat auf ihn zu und berührte seinen Arm. „Tun Sie nichts, was Sie später bereuen könnten. Meinetwegen dürfen Sie sich nicht mit Ihrem Patenonkel entzweien. An meinem Problem tragen Sie keine Schuld, und Sie brauchen sich nicht darum zu kümmern."

„Ganz im Gegenteil", erwiderte er in entschiedenem Ton. „Ich verdanke Ihnen sehr viel, Abbie. In meiner Jugend war ich ein selbstsüchtiger Bursche, ausschließlich an meinem Vergnügen interessiert. Ich glaube, durch Ihre Weigerung, mich zu heiraten, kam ich zur Besinnung. Danach änderte ich meinen Lebensstil. Natürlich habe ich immer noch meine Fehler. Aber ich habe wenigstens gelernt, die Gefühle anderer Menschen zu respektieren. Und während ich von jenen Ereignissen vor sechs Jahren profitierte, mussten Sie darunter leiden. Das ertrage ich nicht!"

Obwohl sie seine Läuterung bewunderte, schüttelte sie den

Kopf. Keinesfalls wollte sie einen Konflikt zwischen zwei Männern auf ihr Gewissen laden, die einander so nahestanden wie Vater und Sohn. „Wenn Sie sich mit dem Colonel auseinandersetzen möchten, müssen Sie es um Ihrer selbst willen tun. Denn ich werde keine Vorteile daraus ziehen. Da ich mich in Bath außerordentlich wohlfühle, werde ich nicht nach Foxhunter Grange zurückkehren."

Halb erwartete sie, dass er einwenden würde, in einiger Zeit könnte sie sich anders besinnen. Womit sie indes ganz gewiss nicht rechnete, war die Frage: „Warum wollten Sie mich nicht heiraten, Abbie?"

Es dauerte lange, bis sie antwortete. Unfähig, seinem durchdringenden Blick standzuhalten, trat sie ans Fenster. „Weil wir zu jung waren … Und wir hätten nicht zusammengepasst."

„Wenigstens teilweise stimme ich Ihnen zu", erwiderte er und ging zur Tür. „Ihre Patentante wird sich schon wundern, was aus Ihnen geworden ist. Deshalb sollte ich mich jetzt verabschieden."

Kurz danach hörte sie die Haustür ins Schloss fallen und sah ihn die Straße entlangschlendern, offenbar in Gedanken versunken. Glaubte er ihr? Oder hegte er den Verdacht, sie sei nicht ganz ehrlich gewesen? Und warum hatte sie ihm die Wahrheit verschwiegen? Sie wusste keine Antwort darauf. Nur eins stand fest – aus irgendwelchen Gründen erschien ihr die ganze Sache nicht mehr wichtig. Was sie an jenem Nachmittag vor sechs Jahren beobachtet hatte, gehörte der Vergangenheit an. Zweifellos hatte Barton sich geändert. Wieso hatte sie so lange gebraucht, um das zu erkennen?

Am nächsten Vormittag begleitete sie ihre Patentante zur Trinkhalle. Auf dem Weg dorthin erinnerte sie sich an den Roman von Jane Austen und eilte zur Bücherei, bevor Lady Penrose protestieren konnte. Wie versprochen, hatte der Bibliothekar den Band für sie bereitgelegt. Sie verstaute ihn in ihrem Retikül und kehrte zum Ausgang zurück, wo ihr eine hochgewachsene Gestalt den Weg versperrte.

„Barton!" Unsicher lächelte sie ihn an. „Ich hätte nicht erwartet, Sie hier zu sehen."

„Und ich hätte nicht erwartet, dass ich Sie ohne Begleitung antreffen würde. Wieso erlaubt Ihnen Lady Penrose, allein durch die Stadt zu spazieren? Darüber muss ich mit ihr reden."

Belustigt, weil er sich wieder einmal in ihre Angelegenheiten einmischte, schlug sie vor, nach draußen zu gehen. Erstens erregten sie Aufmerksamkeit, zweitens hinderten sie andere Besucher daran, das Gebäude zu betreten.

„Ganz Bath wird morgen munkeln, dass Sie ein ungewöhnliches Interesse an meinem Wohlergehen nehmen, Barton", bemerkte sie auf dem Weg zur Trinkhalle. „Vorhin ging Lady Crowe an uns vorbei, eine berüchtigte Klatschbase."

Gleichmütig zuckte er die Achseln. „Und wenn schon! Es stimmt schließlich, Sie interessieren mich … Verdammt!"

Abbie wusste nicht, was ihn erschreckte – sein Geständnis oder der ungehörige Fluch. Im nächsten Moment umfasste er ihren Arm und schob sie unsanft in eine Hofeinfahrt.

„Was soll das, Barton?"

„Ganz einfach – ich möchte eine Begegnung mit der vermaledeiten Mrs. Herbert vermeiden, die uns gerade entgegenkommt. Das ist einer der Nachteile von Bath. Dauernd trifft man Leute, die man am allerwenigsten sehen will. Und ich verabscheue zudringliche Frauen. Seit ich diese Person das erste Mal gesehen habe, wirft sie ihre Netze nach mir aus …" Da er unverhohlene Verblüffung in Abbies blauen Augen las, unterbrach er sich. „Oh – zählt sie etwa zu Ihren Freundinnen?"

„Nein, aber ich dachte … Auf der Soiree schienen Sie Mrs. Herberts Gesellschaft zu genießen."

„Als Gastgeber war ich verpflichtet, für das Wohl aller Anwesenden zu sorgen. Hätte ich es beeinflussen können, wäre diese Frau gar nicht eingeladen worden.“ Mit einem kurzen Blick über die Schulter vergewisserte er sich, dass die Luft rein war, und führte Abigail zurück auf die Straße. „Übrigens, ich habe über unser gestriges Gespräch nachgedacht, und ich würde Ihnen gern helfen.“

„Wie denn?“, fragte sie argwöhnisch.

„Nun, ich möchte Sie beauftragen, mich zu malen.“ Sie schnappte verdutzt nach Luft. Darüber musste er schallend lachen, womit er die Blicke neugieriger Passanten auf sich lenkte. „Warum finden Sie das so verwunderlich? Ich bin ein bedeutender Mann. Höchste Zeit, dass ich mich porträtieren lasse.“

„Meinen Sie das ernst?“

„Allerdings“, versicherte er. „Wenn Sie damit einverstanden sind, müssten Sie uns nächste Woche nach Cavanagh Court begleiten. Aus Gründen, die ich zu einem anderen Zeitpunkt erläutern werde, sehe ich mich gezwungen, unseren Aufenthalt in Bath abzukürzen. Lady Penrose kann mitfahren, falls sie es wünscht, sie ist uns willkommen. Aber ihre Anwesenheit wäre nicht zwingend nötig. Meine Stiefmutter könnte die Rolle Ihrer Anstandsdame übernehmen.“

Als Abigail nicht antwortete, musterte er ihre nachdenkliche Miene.

„Überlegen Sie in aller Ruhe, Abbie, und geben Sie mir am Wochenende Bescheid.“

7. KAPITEL

Der Nachmittag war bereits zur Hälfte vorüber, als die Kutsche von der Hauptstraße abbog und einer Allee folgte. Bald konnte Abbie einen ersten Blick auf Cavanagh Court werfen. Aus honigfarbenem Cotswold-Sandstein errichtet, gehörte das im Tudorstil errichtete Gebäude mit seinen im Sonnenlicht schimmernden Stabwerkfenstern zu den schönsten Landsitzen, die sie je gesehen hatte.

Während sie Kitty und Eugenie zum Eingang folgte, bewunderte sie die gepflegten Gartenanlagen. Dann betrachtete sie wieder das Haus, dessen warme, einladende Atmosphäre sie beinahe magisch anzog. Hier würde sie sich wohlfühlen – nicht zuletzt, weil der Hausherr, der in seiner Karriole vorausgefahren war, ihr lächelnd entgegenkam.

„Hoffentlich gefällt es Ihnen bei uns. Wenn Sie einen Wunsch haben, zögern Sie nicht, ihn auszusprechen. Bitte betrachten Sie Cavanagh Court als Ihr Zuhause." Zu seiner Stiefmutter gewandt, fügte er hinzu: „Ich überlasse es dir, für das Wohl unseres Gastes zu sorgen, Eugenie. Es gibt da ein paar Dinge, um die ich mich umgehend kümmern muss."

„Ja, natürlich, nur – wo soll ich Miss Graham einquartieren?"

„Oh, um Himmels willen!", rief er ungeduldig, wieder einmal verärgert über seine unselbstständige Stiefmutter. Dann bemerkte er Abbies missbilligend gerunzelte Stirn. „Wie wäre es mit dem blauen Zimmer?", schlug er in etwas sanfterem Ton vor und drehte sich zu dem betagten Butler um, der auf Anweisungen wartete. „Ist das hintere Schlafgemach im Ostflügel inzwischen möbliert?"

„Leider nicht, Sir. Es wurde bislang keine Entscheidung bezüglich der neuen Farben getroffen."

„Wenn das so ist, würde ich das blaue Zimmer vorschlagen, Eugenie. Den angrenzenden Raum kann Abbie als Atelier benutzen.“ Zu seinem Gast gewandt, fügte Barton hinzu: „Nun vertraue ich Sie den fähigen Händen meiner Stiefmutter an, und ich freue mich, Sie beim Dinner wiederzusehen – vielleicht schon vorher.“

„Bemerkenswert, wie Sie es immer wieder schaffen, meinen Bruder zu beruhigen“, meinte Kitty und schaute ihm nach, als er davonging. „In Bath dachte ich, Barton und Mama würden sich endlich besser verstehen. Doch das war wohl ein Irrtum.“

Allzu lange konnte Abbie nicht über diese erstaunliche Enthüllung nachdenken, denn Mrs. Cavanagh bat sie, ihr zu folgen, und führte sie in einen sonnigen Raum, der in verschiedenen Blautönen eingerichtet war und eine zauberhafte Aussicht auf einen künstlichen Teich bot.

„Wie hübsch!“ Abbie begutachtete entzückt die hellblauen Bettvorhänge. „Gewiss sind Sie zu beneiden, Mrs. Cavanagh, als Herrin eines so wundervollen Anwesens.“ Sie warf einen Blick in den Nebenraum, in dem sie Barton porträtieren würde, bevor sie zu Eugenie zurückkehrte und deren wehmütiges Lächeln gewahrte.

„Sie haben recht, Miss Graham, es ist ein großartiges Haus. Und ich war auch sehr glücklich hier, solange Bartons Vater noch lebte. Indes hielt ich mich nie für die Herrin von Cavanagh Court.“ Sie zuckte die Achseln, trat ans Fenster und sah geistesabwesend nach draußen. „Seit achtzehn Jahren ist dies mein Heim, und es fällt mir nach wie vor schwer, den Dienstboten Aufträge zu erteilen. Vor allem denen, die bereits für Georges erste Gattin gearbeitet haben. Niemals wagte ich irgendetwas zu ändern. Heute sehe ich, dass das ein Fehler war – statt zu versuchen, Barton die Mutter zu ersetzen, hätte ich mich etwas eifriger um den Haushalt bemühen sollen.“

Warum Eugenie ihr dies alles anvertraute, wusste Abbie nicht. Auf der Reise von Bath hierher hatte die Gastgeberin erklärt, man könne auf sinnlose Förmlichkeiten verzichten, und sie waren gut miteinander ausgekommen. Aber daraus folgte nicht unbedingt, dass sie Freundschaft schließen würden.

Vielleicht meint sie, dachte Abbie und setzte sich auf die Bettkante, sie müsse ihr schüchternes Verhalten in der Halle erklären. Bartons schroffe Reaktion bestürzte Abigail noch jetzt, denn in Bath war er seiner Stiefmutter stets respektvoll begegnet. Ein wenig unsicher fragte sie: „Deuten Sie an, dass Barton Ihre Anwesenheit nicht gutheißt?"

„Um Himmels willen, nein!", protestierte Eugenie ohne Zögern. „Zumindest glaube ich, dass es nicht mehr so ist", verbesserte sie sich und nahm neben Abbie Platz.

„Also war er früher gegen Sie eingestellt."

„Nun, das war zu erwarten", entgegnete Eugenie verständnisvoll. „Als seine Mutter starb, war er noch ein Kind. Die beiden standen sich sehr nahe. Nur zwölf Monate später trat sein Vater mit mir vor den Traualtar. Auf Barton muss dies wie ein Verrat am Andenken seiner Mutter gewirkt haben. Dass Kittys Geburt im nächsten Jahr ihn schmerzlich traf, weiß ich. In dieser Zeit verschlechterte sich das Verhältnis zwischen meinem Ehemann und seinem Sohn. Jedes Mal, wenn Barton mich unhöflich behandelte, wurde er bestraft." Eugenie seufzte tief auf. „Obwohl ich mich schäme, es einzugestehen – ich fühlte mich stets erleichtert, wenn der Junge zu Ihrem Großvater fuhr. Zweifellos war er in Foxhunter Grange viel glücklicher."

Mag sein, dachte Abbie, ich habe mich keineswegs über seine Besuche gefreut. „Als er älter wurde, hat sich seine Einstellung sicher geändert, nicht wahr?"

„Oh ja", bestätigte Eugenie. „Allmählich begann er mich zu akzeptieren – vor allem seit er in der Armee diente. Wann immer er Urlaub hatte und nach Hause kam, war er sehr freundlich zu mir. Neulich erklärte er sogar, er sei froh, dass ich seinem Vater die letzten Lebensjahre verschönt habe. Trotzdem ist und bleibt er ein autoritärer Mann, und meine zögerliche Art strapaziert seine Nerven.“ Gedankenverloren starrte Eugenie vor sich hin. „Wie gern würde ich ihn glücklich verheiratet sehen … Und ich hoffe inständig, seine künftige Gemahlin wird den starken Charakter besitzen, der mir traurigerweise fehlt. Vor allem sollte sie dieses Haus in *ihr eigenes* Heim verwandeln – und keinen Schrein seiner toten Mutter daraus machen, was ich unvernünftigerweise tat.“

Noch immer konnte Abbie sich nicht erklären, weshalb Eugenie ihr derart persönliche Dinge anvertraute. Denkt sie etwa, ich hätte Einfluss auf Barton?, überlegte sie. Dass ich ihn gar veranlassen könnte, das Haus neu zu gestalten? Damit es seiner künftigen Braut erspart bleibt, im Schatten der verstorbenen Elizabeth Cavanagh zu leben? Nun, wenn diese Vermutung zutraf, stand Eugenie eine Enttäuschung bevor. Denn obwohl Abbie sich mittlerweile besser mit Barton vertrug, würde sie sich niemals in Angelegenheiten einmischen, die sie nichts angingen. Sie war hier, um den Hausherrn zu porträtieren – nicht, um sich mit den privaten Sorgen der Familienmitglieder zu befassen.

Es klopfte, und eine Bedienstete betrat das Zimmer. Sie brachte einen Krug mit warmem Waschwasser und ersparte Abbie eine Antwort auf Eugenies Geständnisse. Nachdem die Gastgeberin sie allein gelassen hatte, half die Zofe Abigail, das zerknitterte Reisekostüm mit einem leichten Musselinkleid zu vertauschen. Während sie kurz darauf Abigails leicht zerzaustes schwarzes Haar frisierte, tänzelte Kitty ins Zimmer. Trotz der stundenlangen Fahrt in der geschlossenen Kutsche wirkte sie frisch und munter.

„Wie schnell Sie sich von den Strapazen der Reise erholt haben, Kitty …“, bemerkte Abigail.

„Oh, ich war überhaupt nicht müde. Mama meinte, Sie würden sich vor dem Dinner gern hinlegen. Aber ich erklärte ihr, das sei Unsinn. Sie leiden schließlich noch nicht an Altersschwäche und möchten sich sicher viel lieber das Haus ansehen.“

Genau genommen hätte Abbie eine Ruhepause vorgezogen. Doch sie wollte keine Spielverderberin sein, und so stimmte sie Kittys Vorschlag zu.

Die Besichtigungstour begann in den Schlafgemächern des Ostflügels. Obwohl alle geschmackvoll eingerichtet waren, wirkten sie doch ein wenig verwohnt. In manchen Räumen waren die Tapeten und Vorhänge verblichen. Offenbar war hier jahrelang nichts erneuert worden.

Danach kam der Westflügel an die Reihe. Obwohl Kitty verkündet hatte, ihr Bruder säße in der Bibliothek, war Abbie nicht ganz wohl dabei, die Suite des Hausherrn zu betreten. Im Schlafgemach kehrte ihr Blick mehrmals zum imposantesten Möbel zurück – einem wuchtigen Vierpfostenbett mit burgunderroten Behängen. Erleichtert verließ sie die Zimmerflucht, als Kitty vorschlug, den Küchentrakt aufzusuchen.

„Nun werden Sie die Köchin kennenlernen“, informierte Kitty sie auf dem Weg durch einen langen Korridor. „Miss Figg ist ein wahres Goldstück. Was immer Ihr Herz begehrt, wird sie für Sie zubereiten – vorausgesetzt, sie glaubt, dass es dem Herrn und Meister ebenfalls schmeckt. So wie alle unsere älteren Dienstboten hat sie eine Schwäche für Barton, und seine Wünsche stehen stets an erster Stelle. Gehen wir hier entlang, dann sind wir schneller am Ziel“, entschied sie und öffnete eine Tür, die in ein Treppenhaus führte.

„Ist das die Dienstbotenstiege?“, fragte Abbie und musterte die Steinstufen.

„Ja, sie führt auch zum Dach. Dieser Teil des Hauses ist verhältnismäßig neu. Erst vor etwa vierzig Jahren hat Bartons Großvater mit dem Anbau begonnen. Man kann nur einen Teil des Dachs betreten. Aber der Ausblick ist fabelhaft. Möchten Sie ihn bewundern?“

Bereitwillig folgte Abbie dem Mädchen nach oben. Wieder einmal fiel ihr auf, wie wenig sie über die Familienverhältnisse der Cavanaghs wusste. „Sie sprachen von Bartons Großvater, Kitty, nicht von Ihrem. Also gehören dieses Haus und die Ländereien zu seinem Erbe mütterlicherseits?"

„Das stimmt. Übrigens wurde mein Bruder nach seinem Großvater getauft. Mama erinnert sich noch gut an den alten Barton Bellingham, und sie meint, sein Enkel würde ihm im Charakter gleichen."

„Ah, ich verstehe …" Abbies Augen funkelten. „Dann war Mr. Bellingham ebenfalls ein reizbarer Gentleman."

Kitty lachte. „So schlimm ist Barton nicht – zumindest ist er niemals ungerecht. Auf Cavanagh Court gibt es niemanden, der ihn nicht respektieren würde. Seit Papas Tod verwaltet er das Landgut sehr gewissenhaft. Hier ist er glücklich, und er möchte nirgendwo anders leben."

Inzwischen waren sie auf dem Dach angekommen, und Abbie sah sich begeistert um. Hinter dem Park, der das Haus umgab, erstreckten sich Weideflächen und Felder, so weit das Auge reichte. „Ja, jetzt ist mir klar, warum Barton sich in dieser Gegend wohlfühlt." Geistesabwesend fuhr sie mit den Fingern über einen Riss im Mauerwerk der Brüstung. „Finden Sie es auch so schön hier?"

„Oh ja. Mamas jüngste Schwester ist mit dem Pfarrer verheiratet und wohnt in dem Haus, in dem meine Mutter aufgewachsen ist. Ich bin oft mit meinen Vettern und Cousinen zusammen. Bath gefiel mir, aber ich bedauere nicht, dass wir heimkehren mussten."

„Das überrascht mich. In Cavanagh Court können Sie sich nicht um eine Verlobung ihres Bruders mit Miss Whitham bemühen."

„Nun ja …" Mit einem Mal schienen Kitty die Fingernägel ihrer linken Hand brennend zu interessieren. „Darüber bin ich nicht allzu enttäuscht, denn ich muss Ihnen recht geben. Die beiden passen nicht zueinander. Caroline ist zweifellos eine hübsche Erscheinung, indes würde sie meinen Bruder bald langweilen. Er braucht eine Frau, die sich gegen ihn behauptet.“

Offenbar sind Mutter und Tochter einer Meinung, was Bartons künftige Gemahlin betrifft, dachte Abigail, während sie dem Mädchen nach unten folgte.

Nachdem Kitty ihr den Küchentrakt gezeigt und den Großteil des Hauspersonals vorgestellt hatte, suchten sie die Bibliothek auf, wo Barton am Schreibtisch saß, über seine Korrespondenz gebeugt.

Als sie hereinkamen, hob er den Kopf. Seine Schwester entschuldigte sich für die Störung, doch er winkte ab. „Was ich heute erledigen wollte, habe ich bereits geschafft. Haben Sie sich ein wenig ausgeruht, Abbie?“

„Großer Gott, du bist ja genauso schlimm wie Mama!“, schimpfte Kitty. „Abbie befindet sich noch nicht im Greisenalter. Sie braucht keine Verschnaufpausen.“

Lachend stand er auf. „Und wie hast du ihr die Zeit vertrieben?“

„Ich habe sie im Haus herumgeführt“, erwiderte das Mädchen und spähte über die Schulter des Bruders hinweg zum Fenster, wo die Spuren eines Brandes zu erkennen waren. Dann musterte sie die verkohlten Vorhänge und schwarz umrandeten Löcher im Teppich. „Weißt du schon, wie das Feuer ausgebrochen ist? War ein Dienstbote nachlässig? Allmählich wird Barryman alt, und ich glaube, er sollte in den Ruhestand treten.“

„Nein, es ist durchaus fähig, seine Pflichten zu erfüllen. Immerhin hat er den Brand entdeckt und gelöscht, bevor er außer Kontrolle geraten konnte.“ Barton sprach in möglichst beiläufigem Ton und war dankbar, dass seine Schwester das

Thema nicht weiterverfolgte. „Vorausgesetzt, ihr beide seid nicht zu müde von der Besichtigungstour – wie wäre es mit einem Spaziergang im Garten? Ich würde gern etwas frische Luft schnappen.“

Kitty schien einige Sekunden lang über den Vorschlag nachzudenken. „Äh … nein, bis zum Dinner möchte ich Mama Gesellschaft leisten. Sicher kann ich Abbie unbesorgt in deine Obhut geben.“ Mit einem herausfordernden Grinsen schwebte sie aus dem Raum.

Belustigt schaute Barton ihr nach. Seine Schwester mochte eine kleine Landplage sein, aber sie war nicht dumm. Vermutlich ahnte sie, warum er Abbie eingeladen hatte und dass sein Porträt nur ein Vorwand gewesen war.

Er wandte sich zu der Frau, die seine Gedanken beherrschte wie keine andere zuvor. Die Stirn gerunzelt, inspizierte sie das Fenster. „Wollen Sie den Schaden begutachten, bis das Abendessen beginnt? Sicher würden Sie eine Wanderung durch den Garten amüsanter finden.“

„Oh – wie bitte?“ Verwirrt drehte sie sich um.

„Was fasziniert Sie so sehr an dem versengten Rahmen? Die Sache lässt sich mit einem Anstrich leicht beheben.“

„Außerdem wäre eine Reparatur erforderlich. Rings um den Riegel wurde das Holz herausgekerbt, und das weist auf einen Einbruch hin.“

Als er daraufhin nur die Brauen hob, erriet Abbie die Wahrheit.

„Also ist ein Eindringling für das Feuer verantwortlich. Haben Sie festgestellt, ob irgendwelche Wertsachen fehlen?“

„Nein, ein Diebstahl war offenbar nicht geplant.“

„Dann glauben Sie, dass es Brandstiftung war?“

Barton trat neben sie, und sofort kam ihr der Zwischenfall auf der Terrasse in Bath zu Bewusstsein. Trotzdem hegte sie keine Bedenken, mit ihm allein zu sein. Denn sie war sich absolut sicher, dass er einer widerstrebenden Frau niemals seine Avancen aufzwingen würde. Und genauso wenig würde er einem Hausgast zu nahe treten.

Verstohlen musterte sie die Konturen seines Kinns. Ja, diese prägnanten Linien bekundeten ganz eindeutig Charakterstärke, Intelligenz und Entschlossenheit. Andererseits gab es nichts in seinen Gesichtszügen, das auf Gefühlskälte hingewiesen hätte. Die feinen Fältchen um die Augen zeugten von Humor, die sinnlichen Lippen von einer leidenschaftlichen Natur.

Nach einer Weile brach er das Schweigen. „Bedauerlicherweise leben wir seit dem Krieg in unruhigen Zeiten ..."

Es fiel ihr schwer, sich auf seine Worte zu konzentrieren. Doch sie riss sich zusammen und hörte aufmerksam zu.

„Kein Wunder – so viele Männer, die tapfer für ihr Land gekämpft hatten, kehrten heim, fanden keine Arbeit und können ihre Familien nicht ernähren. Deshalb breitet sich eine gefährliche Unzufriedenheit in den ärmeren Gesellschaftsschichten aus. Vor allem in dieser Gegend." Bartons Blick schweifte in die Ferne zu einer Weide, auf der Rinder grasten. „Ich bin nicht der Einzige, der Sachschäden und Verluste an Vieh zu beklagen hat. Auch bei meinem Nachbarn, Lord Warren, gab es Brände und Diebstähle. Aber aus unbegreiflichen Gründen haben es die Täter hauptsächlich auf mich abgesehen. Obwohl ich zu den wenigen Landbesitzern in dieser Region gehöre, die sich gegen die steigenden Getreidepreise ausgesprochen haben. Und doch ... Wahrscheinlich war das Feuer, das in meiner Bibliothek gelegt wurde, nicht der letzte Zwischenfall."

„Was haben Sie vor, Barton?"

„Wie Kitty vorhin erwähnte, ist unser Butler, Barryman, nicht mehr der Jüngste, gleichwohl sehr gewissenhaft. Vor allem ihm verdanken wir, dass sich der Schaden in Grenzen hielt. Trotzdem – ein Mann im fortgeschrittenen Alter kann nicht mehr ständig Wache halten. Teilweise war das der Grund, warum ich unseren Aufenthalt in Bath abgekürzt habe – damit ich hier bin, falls wieder etwas passiert. Nun patrouillieren meine Männer jede Nacht auf dem Gelände in der näheren Umgebung des Hauses. Lord Warren hat veranlasst, dass eine Truppe hierher entsandt wird. Die Anwesenheit von Soldaten wird einige Rebellen von weiteren Missetaten abhalten, das Problem der Unruhen allerdings nicht auf Dauer lösen." Er wandte sich wieder zu Abbie, und ihr schmolz das Herz unter seinem warmen Lächeln. „Unwissentlich hat mir der Eindringling sogar einen Gefallen getan. Jetzt werde ich die längst fällige Renovierung der Bibliothek in Angriff nehmen. Wollen Sie mir bei der Auswahl des Teppichs und der Vorhänge helfen, Abbie?"

„Sollten Sie nicht Ihre Stiefmutter um Rat bitten?", fragte sie erstaunt.

„Seit Eugenie hier eingezogen ist, hat sie so gut wie nichts geändert."

„Das weiß ich. Darüber sprach sie mit mir …" Abbie wollte das Vertrauen der Hausherrin nicht missbrauchen, indem sie mehr über die Unterhaltung verriet. „Haben Sie sich nie darüber gewundert?"

Eine Zeit lang schwieg er, dann schlug er vor, in den Garten zu gehen. Erst draußen, in der milden, nach Rosen duftenden Luft, beantwortete er ihre Frage. „Ich war nicht besonders freundlich zu Eugenie", gab er zu, blieb stehen und strich mit der Fingerspitze über eine Rosenknospe. „In der ersten Zeit ihrer Ehe mit meinem Vater behandelte ich sie sogar grausam – obgleich sie nichts tat, was meine Ablehnung gerechtfertigt hätte. Doch für mich war es unerträglich, dass sie den Platz meiner Mutter einnahm. Und das ließ ich sie deutlich spüren. Erst seit ein paar Jahren weiß ich zu würdigen, was für ein wundervoller Mensch sie ist – und wie untadelig sie meinen Haushalt führt. Aber ich fürchte, es lässt sich nicht mehr gutmachen, was ich ihr antat. In meiner Gegenwart ist sie immer noch unsicher, und ihre Unfähigkeit, Entscheidungen zu treffen, irritiert mich nach wie vor. Würde ich sie bitten, die Bibliothek neu einzurichten, wäre sie völlig überfordert. Ständig würde sie mich fragen, ob mir die Farben gefallen, die sie ausgesucht hat." Lächelnd fügte er hinzu: „Und meine Geduld hat gewisse Grenzen."

„Also gleichen Sie Ihrem verstorbenen Vater nicht", bemerkte Abbie, die seine Ehrlichkeit bewunderte. „Den Schilderungen meines Großvaters zufolge war er ein sehr toleranter, feinfühliger Gentleman."

„Ja, das stimmt. Allerdings stellte ich seine Nachsicht auf eine harte Probe, weil ich seine Gemahlin so verächtlich behandelte. Das bedauere ich zutiefst." Nach einer kurzen Pause fügte er hinzu: „Für meinen Vater war Eugenie eine ideale Gefährtin. Sie passte viel besser zu ihm als meine Mutter, die das willensstarke Wesen der Bellinghams geerbt hatte. So wie ich selbst ... Doch sie besaß auch sanftere Züge, wie sie vor allem mir bewies. Diesen Rosengarten hat sie angelegt."

„Offenbar liebte sie die Farbe Rosa ..." Abbie verstummte hastig, denn sie fürchtete, Barton könnte diesen Kommentar als Kritik auffassen.

„Ziemlich eintönig, nicht wahr? Was würden Sie vorschlagen, Abbie?"

„Man könnte eine dunkelrot blühende Sorte da und dort dazwischenpflanzen. Und hinter der Buchsbaumhecke gelbe und weiße Rosen."

Barton wandte sich um. „He, Figg! Ich möchte ein paar Änderungen im Rosengarten vornehmen!", rief er einem Mann zu, der sich in der Nähe über ein Blumenbeet beugte.

Als Abbie der unverhohlenen Missbilligung in dem wettergegerbten Gesicht des Gärtners ansichtig wurde, war ihr klar, dass der gute Mr. Figg nichts von Neuerungen hielt. Er kam heran und verneigte sich vor seinem Herrn. „Nun, einige Stöcke sind tatsächlich recht alt, Sir. Aber wie Sie sehen, blühen sie immer noch prächtig."

„Am Zustand der Pflanzen gibt es nichts auszusetzen, nur an der mangelnden Vielfalt der Farben. Halten Sie sich morgen Vormittag zur Verfügung, dann wird Miss Graham alles Notwendige mit Ihnen besprechen. Sie hat mir einige ausgezeichnete Anregungen unterbreitet, und die sollen Sie möglichst bald in die Tat umsetzen."

Abigail wusste nicht, was sie mehr störte – Bartons anmaßende Überzeugung, dass es ihr eine Freude sein würde, den Garten neu zu gestalten, oder die feindselige Haltung des Gärtners, der widerstrebend davontrottete, nachdem er die Anweisungen des Hausherrn zur Kenntnis genommen hatte.

„Wie kommen Sie darauf, dass ich mich um Ihren Garten kümmern möchte, Mr. Cavanagh? Und was lässt Sie glauben, es würde mich beglücken, mit diesem mürrischen Mann zusammenzuarbeiten?"

Ihr ärgerlicher Tonfall entging Barton nicht. „Leider können Sie mit der Arbeit an dem Porträt erst beginnen, wenn das erforderliche Material eintrifft. Und das wird ein paar Tage dauern." Er legte sich Abbies Hand in die Armbeuge. „Wollen Sie in der Zwischenzeit untätig herumsitzen? Ich möchte nicht, dass Sie sich langweilen. Und was Figg angeht – er wird Ihnen schon bald aus der Hand fressen."

Da war sich Abbie nicht so sicher. Doch sie verfolgte das Thema nicht weiter. Während sie den Spaziergang fortsetzten, erkundigte sie sich, ob der Gärtner mit der Köchin verwandt sei.

„Ja, die beiden sind Geschwister und seit vielen Jahren treue Dienstboten, so wie alle anderen – vielleicht mit einer Ausnahme."

Mittlerweile hatten sie den Hof hinter dem Haus erreicht, den die Stallungen und mehrere große Nebengebäude umgaben. Hier herrschte ein erstaunlicher Mangel an Betriebsamkeit, wofür sich bald eine Erklärung fand, als Bartons Oberreitknecht einen stattlichen Fuchs aus dem Stall führte. „Die Jungs sind drüben in der Küche und kosten Miss Figgs Pflaumenkuchen, Sir. Auch der junge Josh hat sich dazugesellt – falls Sie mit ihm reden wollen, Miss“, fügte Hackman hinzu und beobachtete anerkennend, wie furchtlos Abbie den Hengst streichelte. „Manchmal ist Samson ein bisschen launisch, Miss. Doch Sie kennen sich offensichtlich mit Pferden aus.“

„In der Tat“, bestätigte Barton, „Miss Graham ist mit ihnen aufgewachsen.“ Nachdem er Abbies wehmütiges Lächeln bemerkt hatte, betonte er: „Was nicht bedeutet, dass ich ihr erlauben werde, Samson zu reiten. Alle anderen Pferde in meinem Stall dürfen Sie für sie satteln, Hackman. Diesen Hengst nicht.“

„Sehr wohl, Sir“, antwortete Hackman, und Abbies Lächeln vertiefte sich. In ihren Augen erschien ein mutwilliges Funkeln.

„Wagen Sie es nicht, auch nur daran zu denken!“, mahnte Barton. „Ich weiß, Sie sind eine ausgezeichnete Reiterin, Abbie. Aber Samson ist eigensinnig – und eine Dame wäre ihm wohl kaum gewachsen.“

„Ich glaube nicht, dass sich dieses Problem überhaupt stellen wird. Nachdem Sie mir so viele Aufgaben zugeteilt haben, werde ich gar keine Zeit für Ausritte finden.“

„Oh, dazu werden sich genug Gelegenheiten bieten“, erwiderte er und führte sie den Weg zurück, den sie gekommen waren. „Ich möchte Ihnen meine Ländereien zeigen. Eins müssen Sie mir allerdings versprechen, Abbie – reiten Sie niemals allein aus.“

Sie war überrascht gewesen, als er sie aufgefordert hatte, ihren eigenen Reitknecht mitzubringen. Nun kannte sie den Grund und versicherte: „Nach all den unglückseligen Zwischenfällen ist es verständlich, dass Sie auf Joshs Anwesenheit bestanden haben."

„Nicht nur wegen der Unruhen, Abbie. Ich könnte Sie unbesorgt Hackmans Obhut anvertrauen. Doch er steht nicht immer zur Verfügung. Und bei dem Burschen, den ich vor ein paar Monaten eingestellt habe, habe ich meine Zweifel. Sein Vater war ein tüchtiger Arbeiter, was man von dem Jungen nicht behaupten kann. Hackman ist unzufrieden mit ihm. Und ich gebe sehr viel auf sein Urteil."

Sie erreichten den Kiesweg, der zur Vorderfront des Hauses führte. Abbie blieb stehen, um die üppigen Glyzinien an der Seitenwand zu bewundern, und veranlasste Barton, ebenfalls innezuhalten. Im nächsten Moment fiel ein Stein herunter und landete genau neben ihnen auf dem Boden. Erschrocken schrie Abbie auf, und Barton schaute mit schmalen Augen an der Fassade hoch.

„Mein Gott! Wenn Sie weitergegangen wären, Abbie … Ich werde sofort veranlassen, dass diese Mauer instand gesetzt wird."

8. KAPITEL

Glücklicherweise kam es in der nächsten Zeit zu keinen weiteren bedrohlichen Zwischenfällen. Das Material, das Abbie brauchte, um Barton zu porträtieren, wurde pünktlich geliefert. Danach verliefen die Tage in angenehmem Gleichmaß.

Wenn es das Wetter erlaubte, ritt sie vormittags auf der hübschen gescheckten Stute, die sie sich ausgesucht hatte, über die Ländereien. Meistens wurde sie von Barton begleitet. Wann immer er etwas anderes zu tun hatte, genoss Kitty nur zu gern zusammen mit Abbie die frische Luft und die Bewegung, gesellte sich indes niemals hinzu, wenn ihr Bruder seinen Gast zum Stallhof geleitete.

Zu Abigails Bedauern erschien er fast niemals in ihrem provisorischen Atelier, wenn sie nachmittags an seinem Porträt arbeitete. Anfangs hatte er ihr ein paarmal Modell für die ersten Skizzen gesessen. Doch danach opferte er ihr höchstens zwanzig Minuten am Tag, oder er tauchte überhaupt nicht auf.

Schließlich erklärte sie ihm, wenn er ihr so selten zur Verfügung stünde, würde sie länger als vorgesehen auf Cavanagh Court bleiben müssen, um das Bild zu vollenden. Er zuckte gleichmütig die Achseln. „Und wenn schon … Oder haben Sie es eilig, nach Bath zurückzukehren?"

Die Antwort auf diese Frage blieb sie ihm schuldig. Wenn sie ehrlich war, musste sie sich eingestehen, dass sie sich auf seinem Landsitz viel zu wohl fühlte.

Die Dienstboten begegneten ihr respektvoll und machten ihr das Leben angenehm. Sogar Figg hatte seinen anfänglichen Argwohn überwunden und begrüßte sie stets freundlich, wenn sie in seine Domäne eindrang. Allerdings führte er manche Aufträge, die sie ihm erteilte, erst nach längeren Diskussionen aus.

Auch seine Schwester bemühte sich sehr um Abigail und

schickte fast täglich ein Dienstmädchen zu ihr, das sich erkundigte, welche Speisen sie bevorzugen würde.

Da es keinen Zweifel an den hervorragenden Fähigkeiten der Köchin gab, ließ Abbie ihr stets ausrichten, ihr munde alles, was Miss Figg zu servieren plane.

Doch eines Morgens, fast drei Wochen nach ihrer Ankunft, musste sie erfahren, dass ihr Bemühen, dem Personal keine zusätzliche Arbeit zu bereiten, ausgerechnet von Miss Figg überhaupt nicht geschätzt wurde.

„Die Köchin regt sich ganz schrecklich auf, Miss", berichtete das Dienstmädchen Rose, das ihr warmes Waschwasser brachte. „Sie beklagt sich, Sie würden ihr nicht zutrauen, erlesene Gerichte zu bereiten. Nur weil sie nicht im Haus eines Gentlemans mit Adelstitel angestellt ist …"

Bestürzt beeilte sich Abbie mit ihrer Morgentoilette. Dann ging sie sofort in die Küche, um das Missverständnis auszuräumen.

Als sie Kitty und ihre Mutter an diesem Abend im Salon traf, machte sie jedoch die Erfahrung, dass es unmöglich war, alle Menschen zufriedenzustellen.

„Oh Gott", murmelte Eugenie bedrückt, nachdem Abbie verkündet hatte, es gäbe eine ihrer Lieblingsspeisen – Hühnchen in delikater Sahnesauce – zum Dinner. „Barton schätzt so üppige Gerichte gar nicht mehr. Das hängt sicher mit den erzwungenen Entbehrungen bei der Armee zusammen. Er bevorzugt einfache Kost."

Inzwischen hatte Abigail den Eindruck gewonnen, dass Eugenie keineswegs in Ehrfurcht vor ihrem Stiefsohn erstarrte, sondern lediglich versuchte, jene unangenehmen Konfrontationen zu vermeiden, die sie früher viel zu oft erduldet hatte.

Abbie kannte niemanden, der so gut und selbstlos war wie Eugenie. Doch sie verstand auch, was Barton an seiner Stiefmutter ärgerte. Sie selbst war nahe daran gewesen, die Beherrschung zu verlieren, als sie mit ihr das neue Dekor für die Bibliothek besprochen hatte. Was immer die Frau guthieß, stellte sie einen Moment später infrage. Letzten Endes hatte Abigail alle Entscheidungen getroffen.

„Wenn er das Hühnchen nicht essen will, wird ihn niemand dazu zwingen", erwiderte sie jetzt. „Da Miss Figg seine Vorlieben kennt, hat sie sicher etwas anderes vorbereitet. Außerdem wäre es unklug, auf alle Launen eines eigenwilligen Gentlemans einzugehen. Sonst würde man seine Selbstsucht noch fördern."

Kitty brach in Gelächter aus. „Offenbar fürchten Sie sich kein bisschen vor meinem Bruder, Abbie."

„Warum sollte sie?", erklang eine tiefe Stimme. Alle drehten sich zu Barton um, der in der Tür stand und amüsiert die Brauen hob. „Sie gibt mir nie einen Grund, erzürnt zu sein. Dafür ist sie viel zu vernünftig."

„Seien Sie da nicht so sicher", konterte Abbie. „Heute Morgen führte ich ein langes Gespräch mit Mr. Figg. Oh, Sie ahnen nicht, wozu ich ihn überredet habe – und was künftig in dem idyllischen ummauerten Teil des Gartens blühen wird."

„Verraten Sie's uns!", drängte Eugenie, als Abbie boshaft kicherte.

„Dahlien."

„Was?", stieß Barton hervor. „Doch nicht diese neumodischen Blumen?"

„Seltsam, das hat Figg auch gesagt", erzählte Abigail. „Dennoch ließ er sich davon überzeugen, ein ganzes Beet damit zu bepflanzen. Wie schade, dass ich nicht hier sein werde, um das Ergebnis seiner Mühe zu bewundern ..."

Barton schien alles andere als erfreut. Nach einem düsteren Blick in Abbies Richtung ging er zu dem Tisch, auf dem die Karaffen standen.

Indes hielt sein Groll nicht lange an. Beim Dinner brachte

sie ihn wiederholt zum Lachen, und er nahm sich eine großzügige Portion von ihrer Lieblingsspeise. Danach verzichtete er auf seinen gewohnten Portwein und begleitete die Damen in den Salon zurück, um mit ihnen Tee zu trinken.

„Eugenie“, begann er und setzte sich neben Abigail auf das Sofa, „ich habe mich gefragt, ob du und Kitty nicht deine Schwester in Brighton besuchen möchtet, nachdem euer Aufenthalt in Bath so viel kürzer ausgefallen ist als geplant.“

Erfreut nickte seine Stiefmutter, dann fiel ihr Blick auf Abbie, und der Glanz in ihren Augen erlosch. „Das würde ich gern tun. Aber unter den gegebenen Umständen sollte ich nicht wegfahren.“

„Um die Schicklichkeit brauchst du dich nicht zu sorgen“, entgegnete er, da er den Grund ihres Widerstrebens erraten hatte. „Selbstverständlich würde ich eine Anstandsdame für Abbie einladen. Ich müsste lediglich Lady Penrose benachrichtigen, und sie würde sofort zu uns kommen. Vor unserer Abreise aus Bath versicherte sie mir, dazu wäre sie jederzeit bereit, falls ihre Patentochter länger als geplant hierbliebe.“

Ärgerlich starrte Abbie ihn an. „Das wird sich wohl kaum vermeiden lassen, wenn Sie mir weiterhin so selten Modell sitzen. Nun wohne ich schon seit drei Wochen in diesem Haus, und das Porträt befindet sich immer noch im Anfangsstadium.“

Statt zu antworten, lächelte er nur und wandte sich wieder zu seiner Stiefmutter. „Also kannst du reinen Gewissens ein paar Wochen an der Küste genießen. Sicher wird die Meeresluft Kitty und dir guttun.“

Während Eugenie entzückt zustimmte, zeigte Kitty erstaunlicherweise keine Begeisterung. Was ihr missfiel, erklärte sie, sobald ihre Mutter in ihr Zimmer geeilt war, um einen Brief an ihre Schwester zu schreiben. „Nicht, dass ich nicht gern mit Mama verreisen würde, Barton … Aber Ende des Monats feiert sie ihren fünfzigsten Geburtstag, und ich dachte, wir veranstalten ein Fest. Das wollte ich zusammen mit Abbie arrangieren und Mama überraschen."

„Nun, dann fahrt ihr eben erst danach zu deiner Tante. Am besten sagen wir deiner Mutter, Lady Penrose könnte Bath nicht vor dem Monatsende verlassen."

Abbie erklärte sich bereit, bei den Vorbereitungen für die Feier zu helfen. Später in ihrem Schlafzimmer fragte sie sich allerdings, ob es klug war, wenn sie sich in die Familienangelegenheiten der Cavanaghs hineinziehen ließ. Nur mit ihrem Nachthemd bekleidet, setzte sie sich auf die Fensterbank und sah auf den stillen Teich hinaus, auf dem sich das Mondlicht spiegelte.

Wie sie diese Aussicht liebte … Und wie schnell sie das ganze Anwesen ins Herz geschlossen hatte – das Haus, den Garten … Doch am allermeisten schätzte sie die Gesellschaft ihres Gastgebers. Es war sinnlos, die Augen noch länger vor der Wahrheit zu verschließen. Barton bedeutete ihr sehr viel.

Lächelnd schüttelte sie den Kopf. Erst vor zwei Monaten hatte sie ihn für den Fluch ihres Lebens gehalten, für einen infamen Schürzenjäger, der die Schuld an ihrem Kummer in den letzten sechs Jahren trug. Und jetzt beurteilte sie ihn ganz anders. Was hatte er denn verbrochen? Nichts, entschied sie, abgesehen davon, dass er Großvaters einflussreichstem Nachbarn Hörner aufgesetzt hatte. Mittlerweile gab sie ihrer Patentante recht. Welcher normale Mann würde ablehnen, was ihm so großzügig angeboten wurde? Und bei jener Affäre war Lady Sophia Fitzpatrick zweifellos die treibende Kraft gewesen.

Eine Sache nagte indes nach wie vor an ihr – keine zwei Stunden nach dem Rendezvous im Pavillon hatte er um ihre Hand angehalten. Wie sollte sie den seriösen, verlässlichen, rücksichtsvollen Herrn von Cavanagh Court mit dem leichtfertigen jungen Burschen in Einklang bringen, der so skrupellos gewesen war, ihr einen Heiratsantrag zu machen? In derselben Kleidung, die er beim Schäferstündchen mit Lady Sophia getragen hatte?

Aus dem Augenwinkel meinte Abbie eine Bewegung bei den Bäumen am Ufer des Teichs wahrzunehmen. Sie spähte angestrengt in die Richtung, aber nun regte sich dort nichts mehr.

Nun, wahrscheinlich war es nur ein Trugbild meiner Fantasie, dachte sie und stieg ins Bett.

Am nächsten Nachmittag ließ sich der Hausherr dazu herab, ihr Modell zu sitzen. Offenbar hatte sie am Vorabend erfolgreich an sein Gewissen appelliert. Doch er begann schon bald rastlos auf seinem Stuhl herumzurutschen.

„Niemand könnte Ihnen vorwerfen, Sie wären ein übertrieben geduldiger Mann, Barton", seufzte Abbie, als er sehnsüchtig aus dem Fenster schaute. „Vermutlich muss ich mich mit Sitzungen begnügen, die höchstens fünfzehn Minuten dauern, und selbst für die kleinsten Fortschritte dankbar sein."

Mit ihrem trockenen Humor amüsierte sie ihn immer wieder. „Einen so schönen Tag sollte man nicht in geschlossenen Räumen verbringen. Gehen wir spazieren, Abbie. Ich werde Ihnen später eine weitere halbe Stunde opfern. Aber wenn ich jetzt noch länger stillsitzen muss, bin ich bald steif wie ein Räucheraal."

Abbie zögerte nicht lange. Gewiss, es wäre schade um den strahlend blauen Himmel. Außerdem hatte Figg, ein erprobter Wetterprophet, für die nächste Zeit Regen vorausgesagt, und man sollte den wunderbaren Tag nutzen. „Also gut, ich hole nur rasch meinen Sonnenschirm. Treffen wir uns in der Halle, es dauert nicht lange."

Bereits nach wenigen Minuten eilte sie die Treppe zum Erdgeschoss hinab und wurde mit einem anerkennenden Lächeln belohnt, weil sie Wort hielt und den Hausherrn nicht warten ließ. Sie folgte ihm zu dem künstlichen Teich, einem ihrer Lieblingsplätze im Park, den sie schon öfter aufgesucht hatte. Doch noch nie hatte sie die hölzerne Brücke betreten, die zum gegenüberliegenden Ufer führte. Das wollte sie nun nachholen, um den Ausblick zu genießen, der sich auf der anderen Seite bieten würde.

Auf dem schmalen Steg konnten sie nicht nebeneinandergehen, und Barton ließ ihr den Vortritt. Ungehalten musterte er das wuchernde Schilfgras, das einen Großteil der Wasserfläche einnahm. „Ich muss ein paar Männer beauftragen, diese Pflanzen zu entfernen. Hier habe ich Kitty das Schwimmen beigebracht."

„Oh, dann kann es also auch vorteilhaft sein, wenn man einen älteren Bruder hat. Vor allem wenn er seine kleine Schwester so nützliche Fähigkeiten lehrt …"

Bevor sie sich abwandte und ihren Weg fortsetzte, schenkte sie ihm ein bezauberndes Lächeln. Was für eine reizvolle Frau, dachte er und beobachtete ihre anmutigen Bewegungen. Mit schönen, ebenmäßigen Zügen, einer wohlgeformten Gestalt und einer damenhaften Haltung – ohne das affektierte Getue, das ihn an vielen jungen Mädchen störte … Für ihn war sie die Verkörperung idealer Weiblichkeit. Nicht nur ihre äußeren Vorzüge fand er anziehend. Genauso bewunderte er ihre Intelligenz, ihren geistreichen Witz, ihre vernünftigen Ansichten. Eine bessere Gefährtin konnte sich kein Mann wünschen.

In solche Gedanken versunken, ging er etwas langsamer hinter Abbie her. Und so war er einige Schritte von ihr entfernt, als das Unglück passierte.

Eben noch hatte sie dagestanden und über die Büsche hinweg zur Dorfkirche geblickt, und im nächsten Moment hörte er einen Schrei, und Abbie stürzte durch krachende Planken ins Wasser.

Er stürmte auf die Stelle zu, rettete aber nur einen zerrissenen rosa Sonnenschirm. Ohne seinen Gehrock auszuziehen, sprang er über das Geländer in den Teich, wo Abbie verzweifelt darum kämpfte, nicht unterzugehen. Barton umschlang ihre Taille und schwamm mit ihr zum Ufer. Mühsam bugsierte er sie durch das dichte Schilf. Dann trug er sie durch knietiefes Wasser und die Böschung hinauf.

Behutsam bettete er sie auf das sonnenwarme Gras und setzte sich zu ihr. Es dauerte einige Minuten, bis sie wieder zu Atem kam und ihm danken konnte, dass er sie vor dem sicheren Tod bewahrt hatte.

Als er nicht antwortete, hob sie den Kopf und sah, dass er sie anstarrte. Immer noch schweigend, zog er seinen triefenden Gehrock aus und legte ihn ihr um.

Den Grund dafür erkannte sie erst später, nachdem Rose sie in ihr Schlafzimmer begleitet hatte. „Heiliger Himmel, Miss, Ihr Kleid ist ja völlig durchsichtig!“, rief das junge Mädchen nicht allzu taktvoll.

Erschrocken schaute Abigail in den Spiegel.

Ja, in der Tat … Sie hatte Bartons Rock abgelegt und sah, dass der nasse Stoff wie eine zweite Haut an ihren Brüsten, den Hüften und Oberschenkeln klebte. Das Haar, das ihr in Strähnen herunterhing, und ihr schmutziges Gesicht störten sie nicht so sehr wie die Erkenntnis, was Barton betrachtet hatte – wenn auch nur kurzfristig. Brennende Röte stieg ihr in die Wangen.

Hastig zog sie das Kleid aus, warf es beiseite und hoffte inständig, es wäre rettungslos ruiniert. Dann müsste sie es nie mehr in ihrem Schrank sehen, und es würde sie nicht an jenen demütigenden Moment erinnern.

Nach einem ausgiebigen Bad schlüpfte sie in ihren Morgenmantel und ließ sich von Rose frisieren. Während das Mädchen die letzten Locken hochsteckte, klopfte es an der Tür, und Kitty trat ein, ein Blatt Papier in der Hand.

Besorgt musterte sie ihre Freundin. „Gerade hat mein Bruder mir erzählt, was geschehen ist. Unglaublich!“, rief sie und sank aufs Bett. „Mir hätte dieser Unfall genauso passieren können, als ich neulich über die Brücke ging.“

„Sicher hätten Sie das Missgeschick besser überstanden, Kitty. Im Gegensatz zu mir können Sie schwimmen.“

„Es wäre trotzdem nicht einfach gewesen, mit all den Röcken das Ufer zu erreichen.“

„Hatten Sie beim Schwimmunterricht denn keine an?“, fragte Abbie verwirrt.

„Nein, da trug ich viel weniger Kleidung.“ Sie lachte über Abigails sichtliche moralische Entrüstung. „Vergessen Sie nicht – er ist mein Bruder.“

Aber meiner nicht, dachte Abbie und verwarf den albernen Gedanken, Barton zu ersuchen, er möge ihr das Schwimmen beibringen. Wohlweislich wechselte sie das Thema und erkundigte sich nach Eugenies Verbleib.

„Oh, sie besucht Tante Clara. Mama war seit unserer Rückkehr aus Bath nicht mehr im Pfarrhaus. Wahrscheinlich wird sie zum Dinner bleiben. Ich habe sie nicht begleitet, weil ich die Gästeliste für die Geburtstagsparty aufstellen wollte.“ Zu der Zofe gewandt, die gerade die schmutzige Kleidung vom Boden aufhob, mahnte Kitty: „Vergiss es bloß nicht, Rose, du darfst Mrs. Cavanagh nichts verraten.“

„Natürlich, Miss, ich werde daran denken“, versprach Rose. „Wie nett, dass hier endlich wieder ein großes Fest gefeiert wird! Miss Figg ist schon ganz aus dem Häuschen deswegen. Heute Morgen hörte ich sie sagen, sie müsse unbedingt die Menüs für das Dinner und das Souper mit Ihnen besprechen, Miss.“

„Dabei werden Sie mir doch helfen, Abbie?“, bat Kitty.

„Ja, gewiss“, stimmte Abigail zu. „Aber es genügt, wenn wir morgen mit der Köchin reden. Den ganzen Tag waren Sie im Haus. Wollen wir ausreiten?“

„Sehr gern. Das Dinner wird um eine Stunde verschoben, weil Barton den Schaden an der Brücke inspizieren will – also haben wir genug Zeit. Allerdings meinte er vorhin, Sie müssten sich ausruhen."

Hin- und hergerissen zwischen ihrer Dankbarkeit für seine Besorgnis und ihrem Ärger über sein autoritäres Verhalten, zögerte Abbie kurz. „Nicht nötig. Treffen wir uns in einer halben Stunde vor dem Stall."

Da Abbie nur ihren Morgenmantel mit dem Reitkostüm vertauschen musste, betrat sie den Stallhof schon vor dem vereinbarten Zeitpunkt. Josh machte sich sofort daran, die gescheckte Stute für sie zu satteln. Eifrig säuberte Tom, das jüngste Mitglied von Hackmans Personal, eine der Boxen, während Ben Dodd – wie üblich ungekämmt und unrasiert – einfach dastand, auf einen Besen gestützt, und spöttisch grinste.

Nicht zum ersten Mal ertappte Abbie ihn dabei, wie er seine Pflichten vernachlässigte. Sie wusste, dass der Oberreitknecht den Burschen nicht besonders schätzte. Diese Meinung teilte sie. Dodds Faulheit missfiel ihr ebenso wie sein schlechtes Benehmen.

Unglücklicherweise musste sie seine Anwesenheit hin und wieder ertragen, wenn sie mit Kitty ausritt, denn er war zum persönlichen Reitknecht des Mädchens ernannt worden. Was Kitty von ihm hielt, wusste Abbie nicht, denn ihre junge Freundin schien ihn gar nicht wahrzunehmen. Aber Abigail bemerkte viel zu oft ein lüsternes Glitzern in seinen Augen und gewann den Eindruck, dass er sich ausmalte, wie die beiden Damen ohne ihre Reitkleider aussehen mochten.

Nach diesem ereignisreichen Tag allerdings wollte sie ihn nicht um sich haben. Entschlossen sprach sie ihn an: „Sicher sind Sie nach Ihrer stundenlangen harten Arbeit müde, Dodd. Deshalb wird Josh uns heute begleiten."

Zunächst dachte sie, er würde protestieren. Doch er zuckte desinteressiert die Achseln. „Wie Sie wünschen, Miss", murmelte er und schlurfte davon.

Als Kitty mit ihr vom Hof ritt, schien sie gar nicht zu bemerken, dass ihnen ein anderer Stallknecht folgte. „Besuchen wir Lord und Lady Warren", schlug sie vor. „Lady Warren ist meine Patentante, eine sehr freundliche Frau. Sicher wird sie wissen, wie wir die Party arrangieren können, ohne dass Mama etwas davon merkt."

Damit sollte Kitty recht behalten. Lady Warren war entzückt über die unerwarteten Gäste und begrüßte ihre Patentochter liebevoll. „Selbstverständlich werde ich dir helfen, Liebes", versicherte sie, nachdem sie erfahren hatte, worum es ging. „Bring mir die Einladungskarten. Dann werde ich sie absenden und zu jeder ein Briefchen mit der Bitte legen, die Antworten an mich zu schicken. Vermutlich werden alle Leute zusagen, nachdem so lange keine Gesellschaft auf Cavanagh Court stattgefunden hat." Nun wandte sie sich zu Abigail. Fachkundig musterte sie das stilvolle Reitkostüm. „Sie sind also Kittys Freundin, Miss Graham? Sie müssen unbedingt mit uns dinieren, ehe Sie wieder abreisen."

Ehe Abbie etwas sagen konnte, verkündete Kitty: „Wir haben erst vor Kurzem in Bath Freundschaft geschlossen. Aber Barton kennt Abbie schon sehr lange."

„Ach, tatsächlich?" Erstaunt hob Lady Warren eine Braue.

Abigail wollte erklären, Barton Cavanagh sei der Patensohn ihres Großvaters und habe früher die Sommermonate oft auf dessen Landsitz verbracht. Doch dazu kam sie nicht, weil Lord Graham und zwei weitere Herren den Salon betraten. Der Ähnlichkeit nach zu urteilen, musste der eine der jüngeren Männer der Sohn Seiner Lordschaft sein. Indes war es der Anblick des geckenhaft gekleideten dritten Gentlemans, der sie verblüffte.

„Großer Gott!", rief Kitty, die ihre Überraschung weniger erfolgreich verbarg als Abbie. „Was, um alles in der Welt, machst du denn hier, Cedric?"

Kein bisschen pikiert über diese nicht allzu höfliche Begrüßung, genoss es der junge Stutzer, im Mittelpunkt allgemeiner Aufmerksam zu stehen, und verkündete, er habe dieselbe Schule besucht wie Richard Warren. „Ricky und ich liefen uns in Bath zufällig über den Weg. Ich erklärte ihm, diese öde Stadt würde mir auf die Nerven fallen. Da war er so freundlich, mich hierher einzuladen."

„Ist Mr. Asquith auch mitgekommen?" Diese Frage konnte sich Abbie nicht verkneifen, denn sie wusste, das würde Barton missfallen.

Zum Glück schüttelte Cedric den Kopf. „Er wollte lieber bei seiner Tante bleiben."

Und einer reichen Erbin den Hof machen, ergänzte Abbie in Gedanken und vermutete, dass es Cedric zu langweilig geworden war, seinen Freund bei derartigen Unternehmungen zu begleiten. Bartons Vetter mochte seine Fehler haben. Aber er war gewiss kein Mitgiftjäger.

Nachdem er den Grund ihres Aufenthalts in Cavanagh Court erfahren hatte, verdrehte er die Augen. „Also lässt sich Seine Hoheit porträtieren", spottete er. „Obwohl mein Vetter das Gegenteil behauptet, scheint er sich allmählich auf den Tag vorzubereiten, an dem er die Position des Familienoberhaupts übernehmen wird."

Sichtlich verwirrt wechselte Lord Warren einen Blick mit seiner Gemahlin. Auch sein Sohn und Kitty sahen einander verwundert an.

Um Barton zu verteidigen, ergriff Abbie das Wort. „Falls Sie diesbezügliche Zweifel an Ihrem Vetter hegen, Mr. Cavanagh – ich darf Ihnen versichern, seine Beweggründe sind durch und durch selbstloser Natur."

Mit ihrer Erklärung überraschte sie ihre Zuhörer noch mehr, Cedric eingeschlossen. Doch sie hielt sich nicht mit näheren Erläuterungen auf und fragte ihn, ob er lange genug bleiben würde, um Mrs. Cavanaghs Geburtstagsparty zu besuchen.

„Ja, ich denke schon“, erwiderte er und fügte mit einem hochnäsigen Grinsen hinzu: „Natürlich gehören Festivitäten auf dem Lande nicht zu meinen bevorzugten Amüsements. Indes bin ich neugierig, wie Barton seine Nachbarn zu unterhalten plant.“

Da stand Abbies Entschluss fest. Oh ja, sie wollte ihr Bestes tun, damit Eugenies Geburtstagsfeier ein denkwürdiges Ereignis wurde – und nicht die nervtötend langweilige Zusammenkunft, mit der Cedric offensichtlich rechnete.

Auf dem Rückweg nach Cavanagh Court kündigte Abbie an, sie wolle einen Brief an ihre Patentante schreiben. „Vielleicht kann sie etwas früher kommen und Ihre Mutter ein wenig ablenken. Sonst wird Mrs. Cavanagh womöglich etwas von unseren Vorbereitungen bemerken, und vielleicht sollten wir auch Giles Fergusson zu der Party hinzubitten.“

„Was für eine großartige Idee!“, jubelte Kitty. „Er hat uns schon öfter besucht. Oh ja, ich werde Barton sofort bitten, ihn einzuladen.“

Die Freude des Mädchens überraschte Abigail nicht. In Bath hatte sie oft genug beobachtet, wie gut sich Kitty und Giles verstanden. Und jetzt glaubte sie, den ungewöhnlichen Glanz in den dunklen Augen ihrer jungen Freundin richtig zu deuten.

„Sie mögen Giles, nicht wahr, Kitty?“

„Von Anfang an“, bestätigte die junge Dame freimütig. „Bereits als kleines Mädchen fand ich ihn sehr nett, trotz des Altersunterschieds. Ich ziehe die Gesellschaft älterer Gentlemen vor, sie sind nicht so hohlköpfig wie die meisten jüngeren. Und ich unterhalte mich gern mit Giles. Unsere Gespräche sind stets interessant. Was ich ihm besonders hoch anrechne – er behandelt mich nicht wie ein kleines Kind, so wie Barton. Allerdings hat sich mein Bruder in letzter Zeit gebessert." Kitty warf Abbie einen kurzen Seitenblick zu. „Er ist nicht mehr so streng. Das ist sicher Ihrem wundervollen Einfluss zu verdanken."

Ob das stimmte, wusste Abbie nicht. Jedenfalls bezweifelte sie, dass sie eine beschwichtigende Wirkung auf den Mann würde ausüben können, den sie mit dem Rücken zu ihnen im Stallhof stehen sah und der ungeduldig mit seiner Reitgerte gegen seine Stiefel schlug.

Sobald Barton die Hufschläge auf dem Kopfsteinpflaster hörte, drehte er sich zornentbrannt um.

„Wo, zum Teufel, habt ihr zwei euch herumgetrieben?", schrie er, ohne den jüngsten Pferdeknecht zu beachten, der ihn entgeistert anstarrte.

9. KAPITEL

Im Gegensatz zu Kitty, die der Wutanfall ihres Bruders völlig einzuschüchtern schien, verspürte Abbie nur helle Empörung. Nachdem sie den Großteil ihres bisherigen Lebens mit ihrem schroffen Großvater verbracht hatte, war sie an schlecht gelaunte Gentlemen gewöhnt. Aber der Colonel hatte sie niemals im Beisein seines Personals gemaßregelt.

Aus den Augenwinkeln sah sie Dodd, der Samson gerade aus dem Stall führte, höhnisch grinsen. Offenbar hatte er die Donnerstimme seines Herrn gehört. Nun hoffte er wahrscheinlich, dass die Dame, die seine Dienste verschmäht hatte, eine saftige Lektion erteilt bekäme.

Doch sie würde Barton in aller Entschiedenheit klarmachen, dass er sich in der Öffentlichkeit nicht so unmöglich benehmen durfte. Ruhig lenkte sie ihre Stute zu dem Holzblock, der als Hilfe beim Auf- und Absteigen benutzt wurde, und glitt aus dem Sattel. Dann wandte sie sich zu ihrer Freundin. „Wenn Sie sich beeilen, werden Sie vor dem Dinner noch Zeit finden, um die neuen Namen auf unsere Gästeliste zu setzen."

Kitty stieg vom Pferd und flüchtete erleichtert ins Haus, kaum dass sie Josh die Zügel übergeben hatte. Auch Abbie vertraute dem Reitknecht ihre Stute an und schlenderte in Richtung des Gartens. Ob es dem Hausherrn die Sprache verschlug, weil sie die Situation so souverän gemeistert hatte, wusste sie nicht. Doch die eiligen Schritte, die hinter ihr erklangen, überraschten sie genauso wenig wie Bartons erbost gerunzelte Stirn.

„Wie können Sie es wagen, einfach wegzugehen?", fauchte er. „Obwohl ich mit Ihnen zu reden habe."

Keineswegs so gefasst, wie sie zu wirken versuchte, blieb sie stehen. Wenn sie ebenfalls die Beherrschung verlor, würde sie alles nur verschlimmern. „Sie wollten nicht mit mir reden, sondern Ihre schlechte Laune an mir auslassen. Noch dazu in Gegenwart anderer. Ihre Schwester und Ihre Stiefmutter sind an Ihre rüpelhaften Manieren gewöhnt und anscheinend bereit, darüber hinwegzusehen. Für mich gilt das nicht. Sie wurden als Gentleman geboren, Barton. Daran sollten Sie sich in Zukunft erinnern. Vor allem im Umgang mit mir."

In seinem markanten Kinn zuckte ein Muskel. Beinahe glaubte sie zu hören, wie er bis zehn zählte, bevor er antwortete. Eins musste sie ihm immerhin zugutehalten – er packte sie nicht, um sie zu schütteln, was ihm zweifellos eine immense Genugtuung verschafft hätte. Stattdessen fuhr er sich ungeduldig durchs Haar und schaute zum azurblauen Himmel empor. „Falls ich mit meiner etwas zu lautstarken Frage im Stallhof Ihr Zartgefühl verletzt habe, bitte ich Sie um Verzeihung. Aber bedenken Sie, Abbie – unter gewissen Umständen dürfen sogar Gentlemen ihren Emotionen Luft machen. Insbesondere wenn ihre vernünftigen Ratschläge missachtet werden."

„Ich bin kein Kind mehr, Barton, und durchaus fähig zu entscheiden, ob ich einen Ausritt verkrafte oder nicht. Großer Gott, glauben Sie, ein kleiner Unfall würde mich ans Bett fesseln?" Seine Miene verschloss sich. Da begriff sie, dass mehr hinter seinem Zornesausbruch stecken musste, und berührte seinen Arm. „Was ist los, Barton?"

„Was am Teich geschah, war kein Unfall, Abbie", erklärte er nach einer langen Pause. Offenbar hatte er überlegt, ob er sie informieren sollte. „Als ich mit Hackman auf der Brücke war, um die vermeintlich morschen Planken zu ersetzen, entdeckte ich, dass das Holz völlig in Ordnung ist, aber an mehreren Stellen angesägt wurde." Als sie nicht antwortete, musterte er ihr ausdrucksloses Gesicht. „Das scheint Sie nicht zu überraschen."

Sie ging zu einer Bank und setzte sich. „Nein, eigentlich nicht. Wie Sie mir gestern erzählten, mussten Sie ebenso wie andere Landbesitzer in dieser Gegend schon verschiedentlich Beschädigungen Ihres Eigentums hinnehmen. Offensichtlich haben die Missetäter Sie nach Ihrer Rückkehr aus Bath erneut aufs Korn genommen.“

Eine Zeit lang dachte er nach, ehe er neben ihr Platz nahm. „Der heutige Zwischenfall lässt diesen Schluss nicht unbedingt zu. Wann die Brücke angesägt wurde, wissen wir nicht.“

„Kitty erwähnte, sie sei vor ein paar Tagen darübergegangen. Dabei stieß ihr nichts zu. Außerdem hatte ich, als ich gestern Abend aus dem Fenster schaute, den Eindruck, dass da jemand bei den Bäumen am Teich herumstrich.“ Erst jetzt verriet Abigails gerunzelte Stirn, wie sehr sie sich sorgte. „Und ich vermute auch, der Stein neulich ist nicht zufällig heruntergefallen. Kurz zuvor war ich mit Kitty auf dem Dach. Dort entdeckte ich zwar ein paar Risse im Mauerwerk, aber keinerlei lose Steine.“

Die Lippen zusammengepresst, starrte Barton vor sich hin. Bevor er aussprechen konnte, was er von Abbies Eröffnungen hielt, rissen ihn laute Stimmen aus seinen Gedanken. „Was, zum Teufel …“, murmelte er und sprang auf.

Obwohl sie seinen weit ausgreifenden Schritten kaum folgen konnte, eilte sie ihm nach und erreichte gerade noch rechtzeitig den Stallhof, um zu beobachten, wie sich ihr Reitknecht auf Ben Dodd stürzte und ihn mit einem kraftvollen Kinnhaken niederstreckte.

„Verdammt, was geht hier vor?“, rief Barton aufgebracht. Auf eine Erklärung wartete er indes vergeblich.

Dodd richtete sich langsam auf. Ebenso wie Josh wich er dem Blick des Hausherrn aus.

Schließlich wandte sich Barton zu seinem jüngsten Angestellten, der beklommen aus dem Stalltor spähte. „Was soll das alles, Tom?“

Abbie sah, wie der Junge zitterte und unbehaglich zu Dodd hinüberschaute.

„Du hast nichts zu befürchten, wenn du die Wahrheit sagst", versicherte Barton.

„Nun ja, Sir – die beiden haben gestritten."

„Das dachte ich mir bereits. Warum kam es zu dieser Schlägerei?"

Nach einem weiteren angstvollen Blick in Dodds Richtung zuckte Tom die Achseln.

Obwohl Abigail sich nur ungern einmischte, wusste sie, dass Bartons Geduld gewisse Grenzen hatte. Bis in alle Ewigkeit würde er sich nicht beherrschen. Und so nickte sie ihrem Reitknecht zu, der die Aufforderung sofort verstand und vortrat. „Mit der Rauferei fing ich an, Mr. Cavanagh", gab er zu.

„Wieso, Josh? Was hat mein Stallknecht verbrochen, um Ihren Zorn zu erregen?"

Erstaunlicherweise war es Tom, der die Frage beantwortete. „Mr. Dodd wollte Ihr Pferd mit einer Peitsche schlagen, Sir."

Als Ben Dodd aufstand, verschanzte sich der Junge schutzsuchend hinter Josh.

„So schlimm war's nicht, Sir", murmelte Dodd. „Wie ungebärdig Samson manchmal sein kann, wenn er nicht bewegt wird, wissen Sie ja selber. Ich hab nur versucht, ihn zu beruhigen."

Offenbar glaubte Barton ihm kein Wort. Seine Augen verengten sich unheilvoll. „Pack deine Sachen. Du wirst nie wieder einen Fuß auf meinen Grund und Boden setzen."

Nachdem Dodd sein Quartier verlassen hatte, hellte sich die Stimmung im Stallgebäude und im Hof davor merklich auf. Während der nächsten Tage hörte Abigail den jungen Tom immer wieder fröhlich lachen, und Josh pfiff bei der Arbeit vor sich hin.

Was Kitty über den Hinauswurf ihres Reitknechts dachte, erfuhr Abbie nicht, denn das Mädchen äußerte sich nicht dazu.

Umso deutlicher bekundete Hackman seine Meinung. „Ich

konnte Ben Dodd nie leiden, Miss Abbie“, gestand er eines Morgens, als sie nach einem Spaziergang zum Haus zurückkehrte. „Der Master mochte den alten Amos und wollte dem Sohn eine Chance geben. Leider war's ein schwerer Fehler. Und das passt gar nicht zu Mr. Cavanagh, denn normalerweise ist er ein guter Menschenkenner. Dass der junge Taugenichts die Tiere misshandelt hat, überrascht mich nicht.“ Seufzend fuhr er fort, ein Kutschenpferd zu striegeln. „Ich selber habe ihn bedauerlicherweise nie dabei ertappt. Hätte ich den Kerl zwischen die Finger gekriegt, wäre er nicht so schnell wieder aufgestanden. Aye, ein niederträchtiger Bastard. Dem weine ich keine Träne nach.“

„Hat er lange hier gearbeitet, Mr. Hackman?“

„Nein, er fing erst in diesem Frühjahr bei uns an, Miss. Etwa einen Monat nach dem Tod des alten Reitknechts.“

„Er wird Schwierigkeiten haben, eine neue Stellung zu finden, weil er ohne Referenzen entlassen wurde.“

„Da bin ich mir gar nicht sicher, Miss. Ich habe gehört, er würde jetzt für diesen Fremden arbeiten, der zu Beginn des Jahres die Taverne an der Evesham Road gekauft hat. Ich kehre da nicht mehr ein, die Kundschaft ist mir zu zwielichtig. Aber so was ist genau Dodds Kragenweite.“

„Offenbar fehlt Ihnen die zusätzliche Arbeitskraft nicht, Mr. Hackman“, meinte Abbie, nachdem sie sich im sauber gefegten Stallhof umgesehen hatte.

„Kein bisschen“, stimmte er zu. „Das schaffen wir auch zu dritt. Trotzdem wird der Master bald jemanden einstellen müssen, weil ich die Mistress und Miss Kitty in ein paar Tagen nach Brighton bringe, und dem kleinen Tom darf man nicht zu viel zumuten. Übrigens, Ihr Reitknecht ist ein sehr tüchtiger Bursche, Miss Abbie. Josh kann ich in meiner Abwesenheit beruhigt die Aufsicht überlassen. Allerdings nehme ich an, Sie werden nicht mehr allzu lange hierbleiben, Miss.“

Bisher hatte Abbie den Gedanken an ihren Abschied von Cavanagh Court tunlichst vermieden. Doch Eugenies Geburtstag stand kurz bevor, und bereits am Ende dieser Woche würden Giles und ihre Patentante eintreffen. Vermutlich würde sie abreisen müssen, sobald Kitty und ihre Mutter nach Brighton aufgebrochen waren.

Zumindest wenn Barton seinen Willen durchsetzt, überlegte Abbie auf dem Weg nach oben zu ihrem Atelier.

Seit dem Zwischenfall auf der Brücke nahm er sich jeden Nachmittag Zeit, um ihr Modell zu sitzen. Das Porträt war fast vollendet. Und genau das schien er anzustreben. Wehmütig zog sie das schützende Tuch von der Staffelei. Wie dumm von ihr, es erst jetzt zu erkennen ... Er wollte sie so schnell wie möglich loswerden.

Seufzend trat sie ans Fenster und starrte zum Teich hinüber, zu der wieder instand gesetzten Brücke. Sie wäre zutiefst gekränkt gewesen, hätte sie glauben müssen, Barton wäre ihrer Gesellschaft überdrüssig geworden.

Doch sie wusste, warum er wünschte, dass sie Cavanagh Court verließ – weil er um ihre Sicherheit bangte. Und er selbst? Ebenso wie sie musste er zweifellos den Verdacht hegen, dass es sich bei den mysteriösen Anschlägen um einen Rachefeldzug gegen seine Person handelte.

Als die Tür geöffnet wurde, drehte sie sich um und sah Barton eintreten. Er schenkte ihr ein Lächeln, das jedoch seine Augen nicht erreichte. Inständig wünschte sie, er würde seine Sorgen mit ihr teilen – und sie dürfte auf Cavanagh Court bleiben und ihm helfen, den Schuldigen zu finden. Zu ihrem Bedauern würde er ihr das niemals erlauben.

„Warum schauen Sie so traurig drein, meine Süße?“ Wieder einmal sprach er sie mit dem Kosenamen an, den er in letzter Zeit immer öfter benutzte.

„Nun – da Sie derart an der Fertigstellung des Porträts interessiert sind, werde ich dieses Haus wohl bald verlassen, Barton.“ Warum sollte sie die Wahrheit verschweigen?

Wie üblich rückte er seinen Stuhl ans Fenster, sodass der Sonnenschein auf sein dunkles Haar fiel und kleine kastanienrote Glanzlichter hineinzauberte, die sie auf dem Bild einzufangen versuchte.

In seinen Augen erschien ein Ausdruck, den sie nicht deuten konnte. „Freuen Sie sich nicht auf die Rückkehr nach Bath?“

Auch diesmal wollte sie nicht lügen, indes genauso wenig eingestehen, wie schwer ihr der Abschied von Cavanagh Court fallen würde. „Obwohl ich das Landleben vorziehe – ich bin meiner Patentante sehr dankbar, weil sie mir ein Zuhause bieten möchte.“

„Hätten Sie mich damals geheiratet, wäre dieses Anwesen jetzt Ihr Heim“, erinnerte er sie.

Mit solchen Worten hatte sie nicht gerechnet, und sie konnte ihre Überraschung nicht verbergen. Unfähig, seinen eindringlichen Blick zu erwidern, schlug sie die Augen nieder und setzte sich vor die Staffelei. Doch ihre Hand zitterte so stark, dass sie es nicht wagte, einen Pinselstrich zu setzen. Widerstrebend hob sie den Kopf und sah, dass Barton sie anlächelte.

„Schon seit einiger Zeit habe ich das Gefühl, dass es damals besondere Gründe für Ihre Weigerung gab, meine Frau zu werden“, erklärte er und betrachtete ihre bebenden Finger. „Davon bin ich inzwischen fest überzeugt.“

„Wir … wir waren beide zu jung“, stammelte sie.

Mit dieser Erklärung würde er sich kein zweites Mal begnügen – das verriet seine skeptische Miene allzu deutlich.

„Gewiss. Indes wünschten weder Ihr Großvater noch ich eine sofortige Hochzeit. Ich hätte gern ein oder zwei Jahre gewartet.“ Diesmal hielt er ihren Blick bezwingend fest. „Aber Sie wollten nicht einmal über meinen Antrag nachdenken, Abbie. Allein der Gedanke, Ihre Zukunft mit mir zu verbringen, erschien Ihnen grauenvoll. Warum? Das frage ich mich immer wieder. Womit habe ich einen so großen Abscheu erregt?"

Wieso wollte er gerade jetzt darüber sprechen? Nur mühsam unterdrückte sie ein Stöhnen. Jetzt, wo sie das Ereignis, das sie damals gegen ihn aufgebracht hatte, längst nicht mehr wichtig nahm? Natürlich billigte sie sein Verhalten nach wie vor nicht – keineswegs. Doch mittlerweile war sie reif genug, um zu verstehen, wie es dazu gekommen war.

„Verraten Sie mir endlich die Wahrheit, Abbie", drängte er, nachdem er eine Zeit lang vergeblich auf eine Antwort gewartet hatte. „Ich würde gern glauben, dass wir inzwischen Freunde geworden sind. Jedenfalls verstehen wir uns viel besser. Selbst wenn uns niemals tiefere Gefühle vereinen sollten – seien wir wenigstens ehrlich zueinander."

Obwohl er in beiläufigem Ton gesprochen hatte, wirkten seine Worte wie eine Offenbarung. Endlich gestand sie sich ein, was sie schon lange wusste und stets verdrängt hatte – welch ein beklagenswerter Fehler es gewesen war, seinen Heiratsantrag abzulehnen. Seine Freundschaft durfte sie nicht auch noch aufs Spiel setzen. Und eine Lüge wäre ein schlechter Dank für seine Güte.

„Damals hielten Sie um meine Hand an, weil es der Wunsch meines Großvaters war, nicht wahr?", entgegnete sie leise. „Sie waren genauso wenig in mich verliebt wie ich in Sie."

Zu ihrer Erleichterung bestritt er das nicht.

„In meiner Kindheit schärfte mir meine Gouvernante wieder und wieder ein, Stolz sei eine Sünde", fuhr sie fort. „Offenbar hatte sie diesen Wesenszug in mir erkannt. Ja, in der Tat, ich bin sehr stolz. Und heute wie damals wäre ich nicht in der Lage, einen Mann in meinen Armen willkommen zu heißen, dem noch der Duft einer anderen Frau anhaftet."

Trotz Bartons sichtlicher Verwirrung sprach sie weiter. Es gab kein Zurück mehr, er musste die ganze Wahrheit erfahren.

„Erinnern Sie sich an Ihren letzten Besuch in Foxhunter Grange? Daran, was Sic nur eine oder zwei Stunden vor jenem Heiratsantrag taten? Wo Sie waren – und mit wem? Nein?“, fragte sie, als er nachdenklich die Brauen hob. „Wenn ich in solchen Dingen auch keine Expertin bin – ich glaube, der Boden eines Sommerhauses ist kein geeigneter Schauplatz für ein Schäferstündchen.“

Sie bereute ihre Worte, sobald sie sie ausgesprochen hatte. Nie zuvor hatte sie ihn so blass gesehen. Unter der Sonnenbräune war er aschfahl geworden, er wirkte wie vor den Kopf geschlagen.

Doch bevor sie beteuern konnte, dass jener Zwischenfall keine Rolle mehr für sie spielte, klopfte es, und Barryman trat ein.

„Lord Warren und ein Offizier von den Dragonern erwarten Sie in der Bibliothek, Sir“, meldete er.

Sichtlich erleichtert nutzte Barton die Gelegenheit, um ohne ein weiteres Wort zu flüchten.

10. KAPITEL

An diesem Abend erschien Barton nicht im Speisezimmer. Nachdem er Lord Warrens Einladung zum Dinner gefolgt war, maß Abigail seiner Abwesenheit keine Bedeutung bei.

Als er jedoch am nächsten Morgen schon vor dem Frühstück das Haus verließ, fragte sie sich, ob er ihr aus dem Weg ging. Fühlte er sich in ihrer Gesellschaft unbehaglich? Dann wäre es vielleicht am besten, wenn sie bald abreiste.

Bis dahin wollte sie sich möglichst normal verhalten – so als hätte sie jene verhängnisvollen Worte niemals gesagt. Sie hatte einen Ausflug in das nahe gelegene Städtchen geplant, um ein Geburtstagsgeschenk für Eugenie zu kaufen, und gehofft, Barton würde sie begleiten. Das kam nun nicht mehr infrage, und sie war auf die Dienste ihres Reitknechts angewiesen.

Obwohl der Ort einige Meilen entfernt lag, dauerte der Ritt an diesem angenehm milden Vormittag nicht lange. Bald fand sie ein geeignetes Präsent für ihre Gastgeberin, das sie sich trotz ihrer begrenzten finanziellen Mittel leisten konnte – drei Kristalluntersetzer für Parfümflakons.

Zufrieden mit ihrer Errungenschaft, die Eugenie sicher gefallen würde, kehrte Abbie zu Josh zurück, der bei den Pferden wartete. Sie hätte die malerischen, mit Kopfstein gepflasterten Gässchen gern etwas genauer erforscht, doch sie hatte beschlossen, unverzüglich nach Cavanagh Court zurückzukehren und Barton um eine Unterredung zu bitten. Ihr war etwas eingefallen, das sie für die ideale Lösung ihres Problems hielt. Sie wunderte sich, dass ihr die Idee nicht schon früher gekommen war.

Josh ritt an ihrer Seite und pfiff eine fröhliche Melodie vor sich hin. Wieder einmal stellte Abbie lächelnd fest, dass er keine schlechte Laune zu kennen schien. Bereits in Bath war er ein angenehmer Begleiter gewesen, aber auf dem Land fühlte er sich offenbar viel wohler – ebenso wie sie selbst.

Und er arbeitete gern auf Cavanagh Court, besonders seit Dodd fort war. Hackman hatte ihn ausdrücklich gelobt. Barton brauchte keinen neuen Reitknecht einzustellen, solange ein so tüchtiger Arbeiter wie Josh in seinen Diensten stand.

Abbie wollte den jungen Mann gerade fragen, ob er lieber auf dem Anwesen bleiben würde, anstatt mit ihr nach Bath zurückzukehren, doch als sie sich zu ihm umwandte und seine grimmige Miene gewahrte, verschlug es ihr die Sprache. Dann folgte sie seinem Blick und entdeckte Ben Dodd, der etwas weiter vorn am Eingang einer heruntergekommenen Taverne lehnte.

Als Dodd die Hufschläge hörte, sah er in ihre Richtung und begann zu grinsen. „Freut mich, dass du immer noch so beliebt bist, Arkwright“, rief er Josh spöttisch entgegen. „Vielleicht wirst du eines Tages sogar Hackmans Nachfolger, wenn du dich anstrengst. Vor einem arroganten Herrn zu katzbuckeln – das passt zu dir. Ich für mein Teil hab mir höhere Ziele gesteckt.“

Abbie schenkte Dodd keine Beachtung und ritt weiter. Plötzlich hörte sie jemanden in einer Mundart sprechen, die ihr durch Josh inzwischen vertraut war. Verwundert zügelte sie ihr Pferd. Im nächsten Moment trat ein ungepflegter, schäbig gekleideter Mann aus dem Haus – offenbar der Wirt, denn als er erschien, sputete Dodd sich, das Fass davonzurollen, das neben ihm an der Wand gestanden hatte.

„Ich hab dich schon gesucht …“ Abrupt verstummte der Mann, als er Abbie entdeckte, und musterte sie, einen unverschämten Ausdruck in den dunklen Augen. „Ah, guten Tag, Ma'am!“, rief er und tippte mit einem Finger an das verfilzte schwarze Haar an seiner Schläfe. „Schönes Wetter heute!“

„Ja, in der Tat“, bestätigte sie kurz angebunden. Sie hatte

nicht vor, weitere Höflichkeitsfloskeln mit ihm auszutauschen. „Welch ein Zufall, Josh, in dieser Gegend einen Ihrer Landsmänner anzutreffen", meinte sie, während sie ihren Weg fortsetzten.

„Nein, Miss Abbie, der Kerl stammt nicht aus dem Teil von Yorkshire, aus dem ich komme, sondern aus West Riding."

„Oh ..." Sie spähte über ihre Schulter und sah den Tavernenbesitzer in ein Gespräch mit seinem Angestellten vertieft. Da die beiden in ihre Richtung starrten, nahm sie an, dass Dodd seinem Brotgeber erklärte, wer sie waren. Aus irgendwelchen Gründen schien das den Wirt zu interessieren.

Schaudernd wandte sie sich wieder um. Der Fremde stieß sie nicht allein wegen seiner wenig vertrauenerweckenden äußeren Erscheinung ab. In seinen Augen hatte sie ein verschlagenes Glitzern gesehen. Kein Wunder, dass Hackman die Taverne nicht mehr besuchte ... Und falls die Fassade des Hauses auf die Inneneinrichtung schließen ließ, würden es gewiss nur wenige Reisende riskieren, in dem Etablissement zu übernachten.

Über der Begegnung mit Dodd und dem Wirt hatte sie ganz vergessen, ihrem Reitknecht eine feste Anstellung auf Cavanagh Court vorzuschlagen. Erst in der Halle, als Barryman ihr mitteilte, Barton sei zurück, erinnerte sie sich wieder an ihre Sorge um Joshs Zukunft.

An der Tür zur Bibliothek, wohin der Butler sie verwiesen hatte, zögerte sie kurz. Dann atmete sie tief durch, klopfte und trat ein. Barton saß an seinem Schreibtisch und schaute aus dem Fenster. Wenn ihm ihre Anwesenheit in seinem Haus unangenehme Gefühle bereitete, würde sie ihm jetzt beweisen, dass sie längst über die alte Geschichte hinweg war. Um Himmels willen, sechs Jahre hatte sie das Geheimnis seiner Affäre mit Lady Sophia Fitzpatrick gehütet! Und es hatte sie letzten Endes nicht daran gehindert, Barton zu schätzen und zu mögen. Nun sollte eine Indiskretion, die so lange zurücklag, ihre Freundschaft nicht gefährden.

Entschlossen ging sie zu ihm. Es dauerte eine Weile, bis er zur Kenntnis nahm, wer vor ihm stand. Dann erhob er sich – überrascht, jedoch nicht verlegen. „Kitty sagte mir, Sie seien in den Ort geritten, um ein Geburtstagsgeschenk für Eugenie zu kaufen." Einladend wies er auf den Stuhl vor dem Schreibtisch. Allem Anschein nach plante er nicht, das Gespräch sofort zu beenden. „Haben Sie den Ausflug genossen, Abbie?"

„Oh ja, ich hätte mich gern etwas länger in der Stadt umgesehen." Sie setzte sich, und er nahm ebenfalls wieder Platz. „Aber vor dem Fest am Freitag muss ich noch einiges erledigen. Zum Beispiel werde ich mich in die Höhle des Löwen wagen und Mr. Figg bitten, mir eine ausreichende Menge seiner wundervollen Blumen zu opfern. Ich möchte den großen Salon und das Speisezimmer mit Blüten schmücken."

„Figg wird Ihnen sicher keine Schwierigkeiten machen", erwiderte Barton und lächelte kurz, bevor seine Miene wieder ernst wurde. „Gibt es einen besonderen Grund für Ihren Besuch?", fragte er und begann, die Papiere auf seinem Schreibtisch zu ordnen.

Abbie nickte. „Haben Sie bereits einen Ersatz für Dodd gefunden? Wenn nicht – wären Sie dann bereit, Josh einzustellen?"

Seufzend hob er den Kopf. „Wie ich unumwunden zugebe, war es ein Fehler, Dodd auf meine Pferde loszulassen. Und ich will keinen weiteren Irrtum begehen. Erst recht nicht in dieser heiklen Situation, wo ich besonders vorsichtig sein muss. Was wissen wir schon über Josh Arkwright? Nichts", fügte er hinzu, ohne eine Antwort abzuwarten. „Man sollte niemals Leute ohne Referenzen anheuern. Dafür war Ben Dodd der beste Beweis."

„Das ist wahr,", musste sie wohl oder übel zustimmen. „Indes glauben Sie gewiss nicht ernsthaft, dass Josh irgendetwas mit der angesägten Brücke und dem heruntergefallenen Stein zu tun hat. Das wäre lächerlich! Was sollte ihn dazu veranlassen? Er stammt nicht einmal aus dieser Gegend. Also dürfte er keinen Groll gegen Sie hegen, Barton."

Trotz seiner Probleme musste er über Abbies Eifer lächeln. „In der Tat, es ist unwahrscheinlich. Und das Feuer kann er nicht gelegt haben. Dodd allerdings auch nicht. Um diese Zeit waren beide in Bath. Er seufzte wieder. „Im Augenblick verdächtige ich fast jeden – sogar Leute, die ich seit Jahren kenne."

„Das verstehe ich sehr gut. Ich habe mir schon überlegt, ob es jemand sein könnte, der Ihnen nahesteht – jemand, der Zugang zum Haus hat und durch den Garten spazieren könnte, ohne Argwohn zu erregen. Aber mir fällt niemand ein. Die meisten Angestellten arbeiten seit Jahren für Sie, Barton. Warum sollten sie Ihnen plötzlich schaden wollen?"

„Also meinen Sie ebenso wie der Major, der gestern hier war, hinter den Anschlägen müssten persönliche Motive stecken?"

„Nun ... ja", gab sie zaudernd zu. „Sind Sie etwa anderer Ansicht?"

„Jedenfalls ziehe ich diese Möglichkeit in Erwägung. Wie ich von Wetherby erfuhr, haben mehrere Aufständische ihre Unzufriedenheit offen bezeugt. Und wer dürfte es ihnen verübeln? Wir leben in schweren Zeiten. Zudem – und das erscheint mir noch wichtiger – hat der Major bestätigt, dass die Übergriffe sich auf diese Region beschränken und dass die meisten gegen mich gerichtet sind. Was wir ohnehin wussten ... Nun möchte er die Hälfte seiner Männer in der Nachbarschaft stationieren. Mehrere Landbesitzer sind bereit, die Soldaten zu beherbergen. Ich fürchte jedoch, dass das Militär der Schwierigkeiten nicht Herr wird."

„Glauben Sie, die Missetäter werden einfach nur warten, bis die Truppe wieder abrückt, und dann erneut zuschlagen?"

Anerkennend nickte er ihr zu. „Ja, genau damit rechne ich.

Wetherby kann seine Männer nicht für alle Zeiten hier postieren. Sobald ihre Dienste woanders gebraucht werden, müssen sie dieses Gebiet verlassen."

Nur widerstrebend stand Abbie auf. „Ich muss mich umkleiden. Zweifellos würde es Eugenies Zartgefühl verletzen, wenn ich beim Lunch nach Pferden rieche."

„Vorerst droht uns keine Gefahr", versicherte er. „Sorgen Sie sich nicht, Abbie. Bis zum Beginn der Party haben Sie genug andere Dinge zu bedenken. Was Josh betrifft", fügte er hinzu, bevor sie die Tür öffnete, „ich werde mir überlegen, ob ich ihn einstelle."

Obwohl Lady Penrose und Giles Fergusson die Reise nicht gemeinsam angetreten hatten, trafen sie am nächsten Nachmittag im Abstand von wenigen Minuten auf Cavanagh Court ein. Sofort nahm Abbie eine veränderte Atmosphäre im Haus wahr. Dank ihrer unbefangenen Art und ihres unverwüstlichen Humors war ihre Patentante ein beliebter Hausgast, ganz egal, wo sie sich aufhielt. Eugenie hieß sie herzlich willkommen, und Barton freute sich über ihre Ankunft ebenso wie über das Wiedersehen mit seinem besten Freund, der allerdings nur ein paar Tage bleiben würde. Endlich konnte der Hausherr wieder männliche Gesellschaft genießen – gewiss eine angenehme Abwechslung.

Und Kitty versuchte erst gar nicht zu verbergen, wie sehr sie Giles' Besuch beglückte.

Abbie versprach ihrer Patentante, später mit ihr zu reden. Bereitwillig überließ sie es Eugenie und Kitty, die Gäste in ihre Zimmer zu führen. So wie sie vermutete, wollte Lady Penrose sich nach der Reise erst einmal ausruhen. Und sobald Giles sich umgezogen hatte, würde er zu Barton in die Bibliothek gehen.

Inzwischen fand Abbie Zeit, um einen Spaziergang im Garten zu machen und ihre Gedanken zu ordnen. Barton hatte leicht reden, wenn er sagte, sie solle sich keine Sorgen machen. Schweren Herzens sank sie auf eine Bank. Wie konnte sie den nächsten Tagen unbekümmert entgegenblicken?

Gab es irgendeine Möglichkeit, ihm in der kurzen Zeit, die sie noch auf Cavanagh Court verbringen würde, zu helfen? Vielleicht sah sie als Außenseiterin die Situation etwas nüchterner als Barton.

Dass einer der Dienstboten in die unglückseligen Ereignisse verstrickt sein könnte, erschien ihr unvorstellbar. Andererseits – die Person, die für die jüngsten Zwischenfälle verantwortlich war, hatte sich, ohne Verdacht zu erregen, auf dem Anwesen bewegt.

„Warum schauen Sie so trübsinnig drein, Miss?" Eine heisere Stimme riss Abbie aus ihren Gedanken. „Haben Sie etwa Angst um die Blumen? Das brauchen Sie nicht, ich lasse sie nicht im Stich."

„Oh, guten Tag, Figgie", begrüßte sie den Gärtner lächelnd. Seltsamerweise war ihr der reizbare alte Mann der liebste von allen Angestellten, die für Barton arbeiteten. „Natürlich weiß ich, dass ich mich auf Sie verlassen kann. Möchten Sie sich einen Augenblick setzen? Ich würde Sie gern etwas fragen."

Bereitwillig folgte er der Aufforderung und stopfte seine Pfeife. „Nun, was haben Sie auf dem Herzen, Miss?"

„Es würde mich interessieren, was Sie von den Vorfällen in der letzten Zeit halten, Figgie."

„Also, wer die Brücke angesägt hat – das muss ein echter Schwachkopf sein, falls er dem Master was antun wollte." Der Gärtner gab ein verächtliches Schnauben von sich „Wo Mr. Cavanagh doch wie ein Fisch schwimmen kann!"

„Daran habe ich noch gar nicht gedacht. Dass Mr. Cavanagh schwimmen kann, weiß jeder, der hier beschäftigt ist."

„Zumindest alle, die schon lange hier tätig sind. Und das

gilt für fast jeden. Von Ihrem Reitknecht abgesehen, Miss. Aber der ist ein guter Junge. Jeden Tag bringt er mir eine Ladung Mist – guten Dünger für den Garten."

Mit diesem Lob überraschte er Abigail nicht. Alle Dienstboten auf Cavanagh Court schienen Josh zu mögen. Hoffentlich würde das Barton beeinflussen, wenn er entschied, ob er den jungen Mann einstellen sollte.

„Und die Leute, die auf den Ländereien arbeiten, Figgie? Sind sie zufrieden?"

„Da werden Sie niemanden finden, der auch nur ein Wort gegen Mr. Cavanagh sagt. Bei allen ist er beliebt. Genauso wie sein Vater und sein Großvater."

„Nicht bei allen", wandte Abbie ein.

„Glauben Sie mir, Miss. Keiner, der hier geboren wurde und aufgewachsen ist, hegt einen Groll gegen den Master. Seine Angestellten behandelt er immer gerecht. Klar, manchmal geht das Temperament mit ihm durch, und er sagt, was er denkt. Das kriegt der ein oder andere sicher mal in die falsche Kehle. Aber was diese Anschläge angeht – da muss mehr dahinterstecken, schätzungsweise irgendwas, das früher mal passiert ist. Ganz woanders. Außerdem ..."

Als Figg verstummte, blickte Abbie auf und sah Barton mit seiner Schwester und Giles den Gartenweg entlangschlendern. Im selben Moment entdeckte der Hausherr, dass sie und der Gärtner zusammen auf der Bank saßen. In übertriebener Verblüffung hob er die Brauen. „Was hat denn *das* zu bedeuten, Figg? Lassen Sie wieder einmal Ihren Spaten ruhen? Allmählich muss ich mir überlegen, ob ich Sie am Jahresende entlassen soll, wenn Sie Ihre Pflichten weiterhin so schamlos vernachlässigen."

Belustigt hörte Abbie den alten Mann kichern. Dann stand er auf, trottete davon und ging wieder seiner Arbeit nach. Er war ein kluger Mensch, der viel mehr zu wissen schien, als es seine Tätigkeit erforderte. Hatte er recht? Gab es irgendwelche Ereignisse in Bartons Vergangenheit, die mit den Problemen zusammenhingen, die ihn jetzt belasteten?

„Würden Sie mir Gesellschaft leisten, Abbie?“ Barton stand neben ihr und blickte seiner Schwester und Giles lächelnd nach. Die beiden schlenderten fröhlich schwatzend weiter, scheinbar in ihrer eigenen Welt versunken. „Ich fürchte, sonst wäre ich das fünfte Rad am Wagen.“

„Wenn Sie es nicht wären, müsste ich mich wundern.“ Abigail stand auf und nahm seinen dargebotenen Arm. „Sicher wissen Sie, dass Kitty und Ihr Freund sich lieben.“ Während sie dem Gartenpfad folgten, verlangsamte sie ihre Schritte, um das glückliche Paar nicht zu stören. Damit zwang sie Barton, ihrem Beispiel zu folgen. Verblüfft starrte er sie an. „Das ist Ihnen noch gar nicht aufgefallen“, fügte sie triumphierend hinzu. „Und ich dachte, Ihren scharfen Augen würde nichts entgehen.“

„Werden Sie bloß nicht selbstgefällig, das steht Ihnen nicht“, schimpfte er und versuchte Empörung zu mimen, was ihm kläglich misslang. „Wieso sind Sie so sicher? Hat Giles sich Ihnen anvertraut?“

„Großer Gott, nein! Wenn Mr. Fergusson irgendjemandem gestehen würde, was er für Kitty empfindet, dann Ihnen. Aber von sich aus wird er das Thema nicht anschneiden. Wahrscheinlich glaubt er, er wäre zu alt für Ihre Schwester.“

„Immerhin um einige Jahre …“ Mit schmalen Augen beobachtete Barton die beiden. „Er mochte Kitty von Anfang an, das weiß ich. Doch sie ließ ihn niemals wissen, wie sie zu ihm steht.“

„Was mich nicht überrascht. Vielleicht weiß sie es selber nicht. Indes wird sie auf die Stimme ihres Herzens hören, da bin ich sicher. Und sie hat mir gestanden, dass sie die Gesellschaft älterer Gentlemen schätzt.“ Abbies Lippen zuckten.

„Erstaunlich, wenn man bedenkt, mit welchem älteren Mann sie ihre Erfahrungen gesammelt hat …"

Unschwer erriet er, wen sie meinte, und lachte schallend.

„Außerdem", fuhr sie fort, „reifen Frauen schneller heran. Ihre Schwester mag jung an Jahren sein, aber sie ist weder frivol noch oberflächlich. Wenn sie aus Brighton zurückkehrt, wird sie wissen, was sie will. Dort wird sie viele Herren kennenlernen. Natürlich auch in London, wenn sie im Frühling hinfährt. Gleichwohl sollte es mich wundern, wenn sie sich zu irgendeinem dieser Gentlemen hingezogen fühlt."

Damit gab sie ihm zu denken, und sie war froh darüber, denn es lenkte ihn wenigstens zeitweise von seinen Sorgen ab.

Zufrieden mit sich selbst, kehrte Abbie ins Haus zurück und suchte ihre Patentante auf, die in ihrem Schlafzimmer auf der Chaiselongue ruhte, einen Teller mit süßen Mandelbiskuits und ein Glas Ratafia auf dem Tischchen neben sich.

Als Abbie eintrat, setzte Lady Penrose sich auf, damit ihre Patentochter neben ihr Platz nehmen konnte. Erfreut musterte sie die rosigen Wangen der jungen Dame. „Offensichtlich bekommt dir das Landleben, mein Liebes. Unglaublich, wie gesund du aussiehst!"

Erst jetzt erkannte Abbie, dass sie das heitere Temperament und den trockenen Humor Ihrer Ladyschaft vermisst hatte. Gewiss, Eugenie Cavanagh war eine gutmütige Seele, doch die Gespräche mit ihr waren nicht besonders anregend. Nur mit Barton konnte Abigail scherzen und ihn in unterhaltsame Wortgefechte verwickeln.

„Ja, im Großen und Ganzen genieße ich meinen Aufenthalt auf Cavanagh Court", erklärte sie. „Ich fühle mich wohl in diesem alten Haus. Da und dort müsste einiges renoviert werden, was du sicher bald feststellen wirst", fügte sie hinzu und musterte die verblichenen Vorhänge an den Fenstern. „Aber irgendwie scheinen diese kleinen Mängel den Charakter und den Charme des Gebäudes noch zu steigern."

„Gilt das auch für den Besitzer?", fragte Lady Penrose listig.

„Nun ja – inzwischen sehe ich Barton in einem anderen Licht", gab Abbie zu, obwohl sie dem wissenden Blick ihrer Patentante auswich. Verlegen zupfte sie an den Falten ihres Rocks. „In diesen letzten Wochen war unser Umgang sehr freundlich."

„Das kann ich mir vorstellen. Allerdings wünschte ich, er hätte dich nicht zu dem albernen Entschluss ermutigt, als professionelle Malerin zu arbeiten." Als Abbie ihr einen vorwurfsvollen Blick zuwarf, beteuerte Lady Penrose: „Natürlich zweifle ich nicht an deinem Talent. Doch du musst den Tatsachen ins Auge blicken. Diejenigen, die sich die hohe Summe leisten können, die ein Porträt heutzutage kostet, werden keine unbekannte Künstlerin beauftragen, sondern einen renommierten Experten."

Widerstrebend gab Abbie ihrer Patentante recht. Auch Barton musste wissen, wie schwer es für sie würde, auf diese Weise ihren Lebensunterhalt zu verdienen. Insbesondere da sie keine einschlägige Ausbildung vorweisen konnte. Warum hatte er sie trotzdem in ihren Plänen bestärkt?

„Vermutlich wollte Mr. Cavanagh nur freundlich sein", seufzte sie, „und mir meine törichten Hoffnungen nicht rauben."

Lächelnd verzichtete Lady Penrose auf einen Kommentar und fragte stattdessen: „Wie kommst du mit der Arbeit an dem Bildnis voran, meine Liebe?"

„Inzwischen ist es fast fertig", antwortete Abbie düster und wünschte inständig, sie könnte das Gegenteil behaupten. Nun hatte sie keinen Grund mehr, die Rückkehr nach Bath hinauszuschieben. Und sie fürchtete, Lady Penrose würde höchstens eine Woche in Cavanagh Court bleiben wollen.

Sie atmete erleichtert auf, als Miss Felcham eintrat, um Lady Penrose bei der Abendtoilette zu helfen. Abbie nutzte die Gelegenheit und suchte Zuflucht in ihrem eigenen Schlafzimmer. Wehmütig trat sie ans Fenster und sah hinaus auf den Park, den sie so lieb gewonnen hatte. Wie sollte sie den Tag überstehen, an dem sie Cavanagh Court – und seinen Besitzer – verlassen musste?

11. KAPITEL

Zum Glück hatte Abigail am nächsten Tag alle Hände voll zu tun, um die Überraschungsparty für Eugenie vorzubereiten. Und es ist gut, dass mir keine Zeit für die deprimierenden Gedanken an die Reise nach Bath bleibt, dachte sie, während sie vor dem Fest ein letztes Mal in den Spiegel schaute. „Wie schön Sie aussehen, Miss!“, meinte Rose und legte einen leichten Seidenschal um Abbies Schultern. Dann bewunderte sie die kunstvoll hochgesteckten dunklen Locken. „Als Miss Felcham Sie frisierte, hab ich ganz genau aufgepasst. Nächstes Mal kann ich's auch.“

„Dessen bin ich sicher, Rose.“ Von Anfang an war Abbie zufrieden gewesen mit den Diensten des eifrigen Mädchens. „Ich fürchte nur, dazu werden Sie keine Gelegenheit finden. Bis Ihre Herrin mit Miss Kitty nach Brighton fährt, werden keine Dinnergesellschaften mehr stattfinden. Und ich reise nächstes Wochenende mit Lady Penrose ab.“ Nein, an diesem Abend wollte sie nicht Trübsal blasen. Entschlossen bezwang sie die schmerzlichen Gefühle in ihrem Herzen. „Bis dahin sollten Sie sich ein paar Ratschläge von Miss Felcham geben lassen. Sie ist eine sehr tüchtige junge Frau. Und eines Tages werden Sie sicher genauso gute Arbeit leisten.“

„Darum will ich mich bemühen“, versprach Rose lächelnd. „Auch wenn die Mistress schon eine Zofe hat und eine andere hier nicht gebraucht wird – außer der Master heiratet. Eigentlich dürfte er nicht mehr allzu lange damit warten.“

Diese Worte vertieften Abbies Kummer. Sie tastete nach der Lehne eines Stuhls, um Halt zu finden. Schlimm genug, dass sie Cavanagh Court verlassen würde … Aber Bartons baldige Hochzeit … *Nur nicht daran denken …*

Schließlich bot sie ihre gesamte innere Kraft auf, die in den letzten Jahren stetig gewachsen war, und begab sich nach unten.

Die Schultern gestrafft, betrat sie den Salon, wo sich die anderen bereits versammelt hatten. Zum Glück bewunderte Kitty gerade lautstark den Amethystanhänger, den Barton seiner Stiefmutter zum Geburtstag geschenkt hatte, und so achtete niemand auf Abbie. Unbemerkt sank sie in den Sessel neben ihrer Patentante.

Auch die Ankunft der Gäste lenkte die Aufmerksamkeit der Anwesenden von ihr ab. Als sie beim Dinner saß und die ersten Gänge des erlesenen Menüs serviert worden waren, fühlte sie sich etwas besser. Trotzdem vermied sie es, zum Kopfende der Tafel zu schauen, wo Barton angeregt mit Lady Warren und der Ehefrau eines anderen Nachbarn plauderte.

„Du und Kitty, ihr müsst heute Nachmittag hart gearbeitet haben, um die unzähligen Blumen zu arrangieren, Liebes“, bemerkte Lady Penrose, während sie mit ihrer Patentochter in den Salon zurückkehrte.

„Ja, und ich bin froh, dass bisher alles gut gegangen ist.“ Abbie schaute zur Tür hinüber, wo Eugenie neben ihrem Stiefsohn stand und die Gäste begrüßte, die nur zur Party eingeladen waren. „Natürlich wussten wir von Anfang an, dass sich dieses Ereignis unmöglich geheim halten ließ. Also erzählten wir Eugenie, dass ein paar Leute zum Essen kommen würden. Darum hatte sie nicht mit einer so großen Tischgesellschaft gerechnet. Aber das Fest nach dem Dinner ist die eigentliche Überraschung, und das verdanken wir dir, Tante Henrietta. Welch eine wundervolle Idee, eine Kutschenfahrt mit Eugenie zu unternehmen und sie lange genug vom Haus fernzuhalten …“

„Oh, ich habe den Ausflug in vollen Zügen genossen. Die Gegend hier kannte ich noch nicht, und ich finde die Landschaft wunderschön …“ Lady Penrose unterbrach sich, denn sie hatte jemanden entdeckt, den sie kannte. „Oh Gott, was treibt dieser junge Stutzer denn hier? Und ich dachte, er wäre nach London zurückgekehrt!“

Abbie drehte sich um. Was Cedric Cavanaghs extravaganten modischen Geschmack anging, übertraf er an diesem Abend sich selbst. Zu einem orangegelben Gehrock trug er farblich passende Breeches, und in seinem kunstvoll geknoteten Krawattentuch funkelte ein überdimensionaler Smaragd. „Du meine Güte!", murmelte sie. „Schau dir Bartons Gesichtsausdruck an! Hoffentlich beherrscht er sich und verzichtet auf allzu beleidigende Kommentare, wenn er sich mit seinem Vetter unterhält."

„Was für ein alberner Geck!", tadelte Lady Penrose. „Kein Wunder, das Barton ihn verachtet ..."

„Obwohl Cedric seit fast drei Wochen zu Gast auf Warren Hall ist, besucht er Cavanagh Court heute zum ersten Mal. Und Barton scheint genauso wenig Interesse an der Gesellschaft seines Vetters zu haben. Als er neulich bei den Warrens zum Dinner war, erfuhr er, dass Cedric heute Abend nicht mit uns speisen würde, weil er und Richard Warren einen Boxkampf anschauen wollten."

„Seltsam! Dieser affektierte Schwachkopf findet Gefallen an einem so männlichen Sport?"

„Nun, vielleicht trügt der äußere Schein ... Vorsicht!" Abbie berührte den Arm ihrer Patentante. „Er kommt auf uns zu."

„Oh, welch eine Überraschung, Mr. Cavanagh!", begrüßte ihn Lady Penrose. „Nach Ihrer Abreise hat Bath allen Glanz verloren. Offenbar haben Sie ihn mitgenommen, denn ich sehe ihn in Ihrem Krawattentuch glitzern."

Cedric nahm das Kompliment für bare Münze und spähte geschmeichelt zu seinem Smaragd hinab. „Ja, ein prächtiger Stein, nicht wahr? Mama schenkte ihn mir zu meinem letzten Geburtstag."

Nachdem er Abbie um einen der Tänze gebeten hatte, schlenderte er zu Kitty.

„Anscheinend mag er seine Cousine sehr gern", meinte Ihre Ladyschaft. „Ach, sicher nur verwandtschaftliche Gefühle ...

Einer solchen Heirat würde Barton wohl kaum zustimmen."

„In diese Verlegenheit wird er niemals kommen", erwiderte Abbie belustigt. „Wenn mich nicht alles täuscht, findet Kitty ihren Vetter bestenfalls komisch."

Dass das Herz der jungen Dame einem anderen Gentleman gehörte, wollte sie nicht erwähnen – obwohl sie ahnte, dass dies ihrer scharfsinnigen Patentante längst aufgefallen war.

Wenig später begann das Orchester zu spielen, und Abbie ließ sich von Major Wetherby auf die Tanzfläche führen – dem Gast, den zur Freude einiger junger Damen mehrere Offiziere in schneidigen dunkelblauen Uniformen nach Cavanagh Court begleitet hatten.

Während der Major mit Abbie tanzte, berichtete er, dass er Barton im Lauf des Krieges in Spanien kennengelernt hatte. Irgendetwas im Klang seiner Stimme deutete an, dass ihn dieser Umstand nicht sonderlich beglückte. Aber sie vermied es taktvoll, herauszufinden, ob dieser Eindruck trog. Stattdessen erkundigte sie sich, ob die Suche nach dem Verursacher der unerfreulichen Zwischenfälle Fortschritte machte.

„Leider nicht, Ma'am. Was das betrifft, bin ich nicht allzu hoffnungsvoll."

„Oh, und warum nicht, Major?"

„Weil unsere bisherigen Ermittlungen ergebnislos verlaufen sind. Normalerweise genügt es, eine Belohnung auszusetzen, um Mitwisser aus der Reserve zu locken. In diesem Fall ist es uns nicht gelungen. Deshalb nehme ich an, dass nur zwei oder drei Schurken am Werk sind, die ein ganz bestimmtes Ziel verfolgen. Ich vermute, die Anschläge in der Nachbarschaft wurden verübt, weil sie verschleiern sollten, auf wen es die Missetäter wirklich abgesehen haben – nämlich auf Cavanagh."

Bei diesen Worten spähte er zur Tür hinüber, wo Barton immer noch neben seiner Stiefmutter stand. Hätte der Major nicht die Lippen verkniffen, wäre es schwierig gewesen, seine

Miene zu deuten. Aber so war Abbie sicher – zwischen den beiden Gentlemen herrschte kein allzu herzliches Einvernehmen. „Wenn Sie glauben, dass jemand einen persönlichen Groll gegen Mr. Cavanagh hegt, Major – zu dieser Überzeugung bin auch ich gelangt", bekannte sie freimütig. „Andererseits weiß ich, wie beliebt er in der Gegend ist."

„Das habe ich bereits festgestellt. Und in der Armee genoss er den Ruf eines überaus gerechten Offiziers, der seine Untergebenen stets korrekt behandelte. Doch da macht sich jeder Feinde, und Cavanagh bildet keine Ausnahme. Ich hörte, dass Sie ihn schon seit Jahren kennen, Ma'am. Also wissen Sie sicher, dass er sich oft nicht diplomatisch verhält und kaum je davor zurückschreckt, seine Meinung zu äußern."

„Ja, da haben Sie recht, Major", musste sie zugeben. „Trotzdem irritieren ihn natürlich der Versuch, sein Haus niederzubrennen, und die Anschläge auf sein Leben."

Als die Musik verklungen war, führte Wetherby sie von der Tanzfläche. „Anscheinend genießen Sie Cavanaghs Vertrauen, Ma'am. Deshalb will ich offen sprechen. So, wie ich ihn kenne, muss die Ursache für seine Probleme in der Vergangenheit liegen. Ich glaube, jemand will sich an ihm rächen. Darauf wies ich ihn hin, als wir bei den Warrens dinierten. Bedauerlicherweise hatte ich das Gefühl, dass er meine Theorie nicht ernst nimmt. Bitte, Ma'am, fragen Sie ihn, ob er sich irgendwann jemandes Feindschaft zugezogen hat. Bis in alle Ewigkeit kann ich nicht in dieser Gegend bleiben und ihn schützen."

Allmählich langweilte es den Hausherrn, an Eugenies Seite auszuharren und auf säumige Gäste zu warten. Er schaute sich im Salon um und sah Abbie, in ein Gespräch mit Wetherby vertieft. Wie ihre Miene verriet, machte sie sich Sorgen, und das beunruhigte ihn. Er hatte den Major noch nie leiden können.

„Zum Teufel mit dem Profoss“, murmelte er, ohne zu ahnen, dass seine Stiefmutter die Verwünschung hörte.

Unsicher wandte Eugenie sich zu ihm um. „Wenn du dich lieber mit den Gentlemen unterhalten möchtest, Barton – du musst nicht hierbleiben. Es stört mich nicht, die Leute allein zu begrüßen.“

„An einem so bedeutsamen Abend werde ich nicht von deiner Seite weichen, Eugenie“, beteuerte er lächelnd. In letzter Zeit war sie ihm ans Herz gewachsen. Gewiss, er würde sich immer über ihre Unselbstständigkeit ärgern. Aber diesen kleinen Fehler glich sie mit ihrem gutmütigen Wesen aus.

Eugenie errötete wie eine junge Dame, die ihre erste Saison erlebte. „Oh Barton, es war wirklich nett von dir, dieses Fest für mich zu organisieren. Eine so große Gesellschaft haben wir schon lange nicht mehr gegeben. Und ich bin überglücklich, weil all die Freunde und Nachbarn zu uns gekommen sind.“

Zu seiner eigenen Verblüffung genoss auch er das Fest. Abgesehen von den wenigen Wochen in Bath, hatten sie seit dem Tod seines Vaters nur selten gesellschaftliche Kontakte gepflegt. „Dafür musst du Kitty und Abbie danken. Mein Verdienst war es lediglich, den Vorschlägen der beiden zuzustimmen, was ich indes gern tat. Einen runden Geburtstag muss man feiern. Allerdings – so, wie du heute Abend aussiehst, würde niemand glauben, dass du bereits ein halbes Jahrhundert lang auf dieser Erde weilst.“

Die Röte in Eugenies Wangen vertiefte sich, und er war hochzufrieden mit sich selbst, nachdem sie sein Kompliment zu würdigen wusste. Doch seine Genugtuung verflog sofort, als er bemerkte, dass Cedric Abbie zur Tanzfläche führte. Abbies Miene verriet deutlich ihr Unbehagen.

„Vielleicht sollten wir uns unter die Gäste mischen, Eugenie“, meinte er. „Barryman wird uns rechtzeitig auf die Ankunft der Nachzügler hinweisen.“

Damit war seine Stiefmutter einverstanden, und er geleitete sie in eine Ecke des Salons, wo sich ein paar Damen ihres Alters versammelt hatten. Dann betrat er den angrenzenden Raum. Hier hatten sich ein paar Damen und Herren zu einer Runde Whist eingefunden, und er gesellte sich zu Giles, der hinter einem der Spieltische stand und die Partie beobachtete.

„So langsam fallen dir die Obliegenheiten des liebenswürdigen Gastgebers auf die Nerven, was, alter Junge?“, bemerkte sein Freund.

„Ein bisschen“, gab Barton zu, „aber ich füge mich in mein Schicksal. Ich bin es Eugenie schuldig, für einen angenehmen Ablauf dieses Abends zu sorgen. Deshalb werde ich meine Pflichten auch weiterhin erfüllen und mich mit den reiferen anwesenden Damen unterhalten. Um die jüngeren kümmert sich meine Schwester.“

Eine Zeit lang musterte Giles ihn nachdenklich. „Irgendwie wirkst du verändert. So zufrieden habe ich dich schon lange nicht mehr gesehen.“

Barton lächelte schmerzlich. „Wenn du diesen Eindruck gewinnst, habe ich meine Berufung verfehlt. Ich hätte Schauspieler werden sollen. Nein, ich bin keineswegs zufrieden – kein Wunder unter den Umständen.“ Er berührte Giles’ Schulter. „Wir reden später darüber. Ich glaube, im Moment wird eine vierte Person für eine Partie Whist gesucht.“

Höflich nahm er bei drei Damen Platz, deren Spielleidenschaft in der Gegend beinahe sprichwörtlich war. Zu seiner Erleichterung wurde er nach einer halben Stunde von einer weiteren enthusiastischen Spielerin abgelöst.

Er kehrte in den Salon zurück, wo sich die jungen Leute gerade bei einem lebhaften Ländler amüsierten. Erstaunt stellte er fest, dass Abbie nicht daran teilnahm. Soviel er wusste, ließ sie sonst kaum eine Gelegenheit zu tanzen aus.

Schließlich entdeckte er sie in einer Gruppe von Damen.

Doch sie schien der Konversation nur mit halbem Ohr zu lauschen und schlenderte nach einer Weile davon. Obwohl sie mehrmals stehen blieb und ein paar Worte mit den anwesenden Gästen wechselte, erriet er ihre Absicht. Bisher hatte er ihre Gesellschaft gemieden, denn er ahnte, er würde den Klatschbasen Gesprächsstoff liefern, wenn er ihr seine Aufmerksamkeit schenkte. Während der letzten Wochen war Abbies Aufenthalt in Cavanagh Court ohnehin schon zum Anlass gewisser Gerüchte geworden. Das hätte ihn nicht gestört, wäre ihre Rolle in seinem zukünftigen Leben nicht so unsicher.

Was seine eigenen Gefühle betraf, gab es keine Zweifel. Aber wie sah es in ihrem Herzen aus? Das wusste er nicht. Trotzdem würde er den deutlich erkennbaren Kummer der Frau, die er liebte – der einzigen, die er jemals geliebt hatte –, nicht ignorieren. Vielleicht konnte er sie beruhigen, wenn sie ihm den Grund ihrer Trübsal anvertraute.

Er folgte ihr auf die Terrasse hinaus und beobachtete, wie sie an der Brüstung stand und in den von Laternen beleuchteten Garten starrte.

Als sie seine Schritte hörte, drehte sie sich um und schenkte ihm ihr ungezwungenes, bezauberndes Lächeln, das die Sorge um ihr Wohl beinahe verscheuchte.

„Sind Sie heute nicht in geselliger Stimmung?“, fragte er betont beiläufig.

„Doch, ich wollte nur ein wenig frische Luft schnappen.“

Ihre Worte überzeugten ihn nicht, indes wollte er sie nicht bedrängen, denn das Gespräch konnte von Gästen belauscht werden, die die Kieswege entlangschlenderten. Zudem fiel es ihm schwer, seine Gedanken von jener anderen Begegnung auf einer dunklen Terrasse abzulenken. Dort waren sie allein gewesen, und ein heißes Verlangen hatte seine Selbstkontrolle besiegt. Niemals würde er vergessen, wie süß und hingebungsvoll sie seinen Kuss erwiderte – und ihn dann so schroff abgewiesen hatte. Ein Wunder, dass sie seine Nähe überhaupt noch ertrug – aber vielleicht hatte sie Vertrauen zu ihm gefasst und sah einen Freund in ihm.

„Was führt Sie hier heraus, Barton? Finden Sie die Pflichten eines Gastgebers lästig?"

„Oh nein, ich genieße den Abend." Er trat an ihre Seite, und zu seiner Freude wich sie nicht vor ihm zurück. „Dank Ihrer und Kittys unermüdlicher Arbeit, die dieses Fest erst ermöglicht haben. Wenn meine Schwester und ihre Mutter aus Brighton zurückkehren, sollten wir solche Gesellschaften öfter veranstalten."

Er hatte erwartet, dass Abbie ihm zustimmte. Stattdessen runzelte sie die Stirn. „Gibt es einen Grund, warum Sie in den letzten Jahren darauf verzichtet haben? Ich finde Ihre Nachbarn sehr nett und sympathisch."

„Das sind sie. Indes muss ich gestehen, ich habe mich vor allem mit der Verwaltung des Landguts befasst und kaum an etwas anderes gedacht. Natürlich hätte ich mich mehr um Kitty und Eugenie kümmern müssen – da war ich wohl etwas zu selbstsüchtig."

„Unsinn, Sie sind nicht selbstsüchtig, Barton", widersprach sie leise. „Manchmal ein bisschen … gedankenlos. Aber nicht egoistisch."

Nur die Furcht, das beglückende Einvernehmen dieses Beisammenseins zu gefährden, hinderte ihn daran, Abbies verlockende Lippen zu küssen. Gewiss war Freundschaft ein armseliger Ersatz für seine wahren Wünsche. Trotzdem musste er die bedrückende Möglichkeit akzeptieren, dass sie ihm vielleicht niemals viel mehr bieten würde.

„Wenn Sie sich erholt haben – darf ich Sie in den Salon zurückführen, bevor unsere Abwesenheit auffällt?", fragte er und trat ein wenig zurück. Ihre Nähe stellte seine Selbstbeherrschung auf eine zu harte Probe.

Bereitwillig nickte sie, doch ehe sie seinen dargebotenen

Arm nahm, glaubte er einen Anflug von Enttäuschung in ihren Zügen zu lesen. Oder hatte er sich getäuscht?

An die schwache Hoffnung, dass eines Tages vielleicht mehr aus der Freundschaft würde, klammerte er sich den ganzen restlichen Abend. Sie beflügelte ihn sogar so weit, dass er sich recht gut amüsierte. Aber er empfand kein Bedauern, als er die letzten Gäste verabschiedete. Danach suchte er den einzigen Menschen auf, dem er seine Probleme anvertrauen konnte.

„Hast du Lust auf einen Schlummertrunk in der Bibliothek, Giles? Oder möchtest du dir ein Beispiel an den Damen nehmen und dich zur Ruhe begeben?“

Nur zu gern begleitete Giles seinen Freund. „Immer wieder erstaunst du mich, alter Junge“, gestand er, nahm ein Glas Brandy entgegen und beobachtete, wie Barton ihm gegenüber in einen Sessel sank. „Obwohl ich stets das Gefühl hatte, dass gesellschaftliche Ereignisse dir wenig bedeuten, warst du heute Abend ein perfekter Gastgeber.“

Lächelnd blickte Barton in sein Glas. „Ich bin toleranter mit meinen Mitmenschen geworden.“

Fragend hob Giles die rotblonden Brauen. „Um die Quelle dieses segensreichen Einflusses aufzuspüren, muss ich nicht lange suchen.“

Dazu gab Barton keinen Kommentar ab. Abrupt wechselte er das Thema. „Ich wünschte, du könntest länger in Cavanagh Court bleiben. Natürlich weiß ich, warum du schon morgen abreisen musst. Wie lange wirst du dich bei deinem Onkel aufhalten?“

„Bis zum bitteren Ende.“ Giles’ Mine verdüsterte sich. „Leider wird er nicht mehr lange bei uns weilen, höchstens noch ein paar Wochen. Und die möchte ich bei ihm verbringen. Immerhin bin ich sein nächster Verwandter und sein Erbe.“

Da Barton seinen Freund seit der Kindheit kannte, wusste er, dass Giles niemals den Wunsch empfunden hatte, in die Fußstapfen seines Vaters zu treten und Jura zu studieren. Stattdessen war er zur Armee gegangen, in der Gewissheit, eines Tages die Ländereien seines Onkels in Somerset zu erben. Er hatte dem alten Gentleman stets sehr nahegestanden.

„Sicher wirst du ihn vermissen, Giles, das verstehe ich. Und ich weiß auch, wie gut du dein Erbe verwalten wirst. Bedauerlicherweise bringt eine solche Position einen schwerwiegenden Nachteil mit sich", fuhr Barton leichthin fort, um die melancholische Atmosphäre etwas aufzulockern. „Man wird sofort auf den Heiratsmarkt geworfen."

Mit dieser eleganten Kehrtwendung hatte er Erfolg, denn Giles verdrehte grinsend die Augen. „Keine Bange, mittlerweile habe ich von dir gelernt, wie man all die zudringlichen jungen Damen auf Abstand hält."

„Wirklich alle?", fragte Barton in sanftem Ton. „Oder gibt es da eine, mit der du deine Zukunft gern teilen würdest?"

Verwirrt zuckte Giles zusammen, machte jedoch keinen Versuch zu leugnen. „Wie, zum Teufel, bist du darauf gekommen? Nicht einmal meine Mutter hat es erraten."

„Vor mir konntest du deine Gefühle verbergen. Es brauchte eine scharfsinnigere Person, um mich aufzuklären. Seither beobachte ich dich, wann immer du meiner Schwester begegnest, und ich musste meiner reizenden Informantin recht geben."

„Ah, natürlich Abbie." In Giles' Augen erschien ein Hoffnungsschimmer. „Glaubst du, Kitty hat ihr erzählt ... wie sie zu mir steht?"

„Nach Abbies Ansicht ist meine Schwester sich über das, was sie für dich empfindet, gar nicht im Klaren. Doch mir ist es nicht entgangen, dass sie dich heute Abend beim Dinner an ihrer Seite platziert hat."

Giles' Lächeln erlosch. „Nun ja, sie mag mich. Aber ich bin zu alt für sie."

„Das dachte ich anfangs auch", gab Barton zu. „Bis Abbie mir erzählte, dass Kitty ältere Männer bevorzugt – vor allem dich. Indes ist sie tatsächlich noch sehr jung, und sie soll Gelegenheit erhalten, andere Gentlemen kennenzulernen. Wenn nach ihrem Aufenthalt in Brighton und ihrer Saison in London keiner ihr Herz erobert hat, werde ich dir erlauben, um sie zu werben."

„Danke ..." Giles' Wangen röteten sich, und plötzlich wirkte er viel jünger, als es seinen dreißig Jahren entsprach. „Mehr kann ich nicht von dir erwarten. Oder vielleicht sollte ich Miss Graham danken, weil sie so aufmerksam war und erkannt hat, was mir deine Schwester bedeutet." Nachdenklich nippte er an seinem Brandy. „Seltsam – warum ist sie nicht genauso scharfsichtig, was *deine* Gefühle betrifft?"

Falls er mit einem wehmütigen Lächeln gerechnet hatte, wurde er enttäuscht. Nach längerem eisigen Schweigen leerte Barton sein Glas und stand auf, um es ein weiteres Mal zu füllen.

„Tut mir leid, mein Freund", entschuldigte sich Giles, „ich wollte dich nicht mit meiner Neugier belästigen."

„Keine Ahnung, ob sie irgendwas gemerkt hat ..." Barton setzte sich wieder. „Offen gestanden, ich bin zu feige, um ihr meine Liebe zu erklären. Womöglich würde sie meinen Heiratsantrag erneut ablehnen."

„Sagtest du nicht, ihr wärt vor sechs Jahren nicht bereit für eine Ehe gewesen?"

„Damals bat ich sie nur um ihre Hand, weil es der Wunsch meines Patenonkels war. Und um ehrlich zu sein – ich fühlte mich sogar erleichtert, als sie nicht meine Frau werden wollte. Wenigstens Abbie erkannte, dass wir zu jung waren."

„Sonst steckte nichts dahinter?"

„Oh doch – viel mehr", bestätigte Barton und schilderte, was bei seinem letzten verhängnisvollen Besuch auf dem Landsitz seines Patenonkels geschehen war.

„Mein Gott!", murmelte Giles.

„Genau das dachte ich auch, nachdem Abbie mir endlich den Grund ihrer Abneigung gegen mich erklärt hatte. Schlimmer hätte ich sie gar nicht beleidigen können – um sie anzuhalten, nachdem ich kurz zuvor den Verführungskünsten einer anderen Frau erlegen war ... Kein Wunder, dass sie nichts von mir wissen wollte!“

„Aber inzwischen wird sie sicher wissen, dass jene Affäre belanglos war – der Übermut eines jungen Mannes, der sich die Hörner abstößt.“

„Ja, vielleicht ...“ Gedankenverloren starrte Barton vor sich hin. „Zumindest hält sie mich jetzt für einen Freund. Und damit sollte ich mich begnügen.“

„Oh nein, auf keinen Fall!“, protestierte Giles. „Sag ihr, was sie dir bedeutet! Sonst wirst du dein Schweigen für alle Zeiten bereuen.“

„Gewiss – wenn ich noch länger zögere, mit ihr zu reden, laufe ich Gefahr, sie an einen anderen zu verlieren. Gleichwohl muss ich es riskieren. Im Augenblick darf ich ihr nicht zu nahe treten. Erst recht nicht hier, unter den gegebenen Umständen. Da ich sie keinesfalls in Gefahr bringen will, muss sie abreisen.“ Erstaunt beobachtete Barton die skeptische Miene seines Freundes. „Was in den letzten Wochen geschehen ist, weißt du. Verstehst du meine Sorge nicht?“

„Nur zu gut. Hast du eigentlich schon einmal daran gedacht, dass die Anschläge vielleicht gar nicht dir gelten, sondern Abbie?“ Ehe Barton diese Möglichkeit verwerfen konnte, fügte Giles hinzu: „Vergiss nicht – sie war in deiner Nähe, als der Stein von der Mauer fiel und die Brücke einstürzte. Außerdem saß sie auf deiner Karriole, als sie das Rad verlor.“

Eine Zeit lang schwieg Barton, dann schüttelte er den Kopf. „Nein, unvorstellbar! Niemand würde einer unschuldigen jungen Frau so etwas antun.“

Erst am folgenden Tag sah er sich gezwungen, die Theorie seines Freundes ernst zu nehmen.

12. KAPITEL

Als Abbie am nächsten Vormittag zum Stall ging, sah sie ihren normalerweise so arbeitsamen Reitknecht auf einer Bank im Hof sitzen und an einem Weidenzweig schnitzen. Keineswegs verlegen, dass er beim Müßiggang ertappt wurde, stand er auf. „Kann ich Ihnen helfen, Miss Abbie?"

„Eigentlich hätte ich nicht erwartet, Sie hier anzutreffen, Josh." Sie reichte ihm eine Decke und einen kleinen Picknickkorb. Den hatte die Köchin ihr gepackt, falls Abigail die Zeit vergessen und den Lunch versäumen würde. „Ich nahm an, Sie würden Miss Cavanagh und Mr. Fergusson auf ihrem Morgenritt begleiten."

„Nein, das hat Mr. Hackman übernommen, weil Mrs. Cavanagh in Lady Penroses Kutsche mitgefahren ist und seine Dienste nicht braucht."

Die Damen hatten Abbie eingeladen, sich ihnen anzuschließen und einige Nachbarn zu besuchen. Doch sie wollte unbedingt noch ein paar Skizzen von Cavanagh Court und dem Garten anfertigen, zur Erinnerung an die Wochen, die sie hier verbracht hatte. Kitty und Giles hatten sie aufgefordert, mit ihnen auszureiten, aber Abbie war sich sicher, dass die beiden lieber allein wären, da Giles im Lauf des Tages nach Somerset zurückkehren würde.

Während sie an Joshs Seite zu einer Gruppe stattlicher Ulmen wanderte, sorgte sie sich erneut um seine Zukunft.

Lady Penrose hatte ihr erzählt, inzwischen sei ihr junger Stallbursche Jem genesen und imstande, seine Pflichten wieder zu erfüllen. Deshalb müsse sie Josh entlassen. Da es Barton widerstrebte, einen Fremden einzustellen – was man ihm unter den derzeitigen Umständen nicht verübeln durfte –, hatte Abbie ihn nicht mehr gebeten, er möge ihren Reitknecht weiterbeschäftigen.

Und dass Josh auf Cavanagh Court so glücklich und zufrieden wirkte, machte ihr die Sache nicht leichter. Da die Zeit jedoch knapp wurde, musste sie das Thema anschneiden. „Mittlerweile ist Jem gesund. Wussten Sie das, Josh?"

„Aye, Miss, der Reitknecht Ihrer Ladyschaft, Mr. Jenkins, hat's erwähnt."

Josh war kein Einfaltspinsel, und daher staunte Abbie über seine Gleichmut. „Was das bedeutet, ist Ihnen sicher klar. Lady Penrose wird Ihnen kündigen."

„Damit habe ich gerechnet."

„Beunruhigt Sie das nicht?" Abbie schaute ihn forschend an, bevor sie die Decke im Gras ausbreitete. „Was haben Sie vor? Werden Sie hier in der Gegend Arbeit suchen? Oder kehren Sie am Freitag mit Lady Penrose und mir nach Bath zurück?"

Lässig hob er die muskulösen Schultern. „Darüber habe ich mir noch keine Gedanken gemacht. Irgendwas wird sich schon ergeben. So wie immer."

Was sollte sie von seiner Sorglosigkeit halten? Jedenfalls würde sie nur ihren Atem verschwenden, wenn sie ihn zu einer Entscheidung drängte. Sie setzte sich auf die Decke und begann ihre Lieblingsansicht von Cavanagh Court zu zeichnen. Hinter ihr ließ Josh sich nieder. Nur zu gern ging er auf ihr Angebot ein, in den Picknickkorb zu greifen.

Die hochgewachsene Gestalt, die sich aus der Richtung des Teichs näherte, sah Abbie nicht. Ebenso wenig bemerkte sie, dass Josh vorsichtig aufstand und nach einem dicken Ast griff, der neben der Decke auf dem Boden lag. Ein plötzlicher warnender Schrei aus einiger Entfernung traf sie ebenso unvorbereitet wie der zischende Luftzug an ihrer Schulter, als der Ast herabsauste und die Finger ihrer ausgestreckten linken Hand nur um Haaresbreite verfehlte.

Ehe sie begriff, was es mit dem verblüffenden Verhalten ihres Reitknechts auf sich hatte, war Barton bereits auf ihn zugestürzt und verpasste ihm einen krachenden Fausthieb.

„Lassen Sie ihn!" Abbie sprang auf, zerrte an Bartons Ärmel und verhinderte einen zweiten kraftvollen Schlag auf den taumelnden Josh. „Schauen Sie hinter sich!"

Sekundenlang schien er sie gar nicht wahrzunehmen. Dann drehte er sich um und entdeckte die zusammengerollte zerschmetterte Schlange am Rand der Wolldecke. „Heiliger Himmel!", flüsterte er, ließ Josh los und umklammerte Abbies Arm so fest, dass sie beinahe stöhnte. „Wurden Sie gebissen?"

„Nein", versicherte sie, „und das verdanke ich Josh. Ich habe die Schlange gar nicht gesehen."

In Bartons Miene zeigte sich nicht die geringste Zerknirschung. Aber er reichte dem Reitknecht die Hand und entschuldigte sich bei ihm.

Statt gegen die ungerechte Behandlung zu protestieren, grinste Josh schief und rieb sich das bereits sichtlich angeschwollene Kinn. „Das war ein ziemlich kräftiger linker Haken, Mr. Cavanagh. Wahrscheinlich haben Sie im Boxring Erfahrungen gesammelt."

Barton gab keine Antwort und lächelte nur ausdruckslos. Dann wandte er sich wieder zu Abbie und musterte ihr blasses Gesicht. In dem übermächtigen Bedürfnis, sie zu beschützen, umschlang er ihre Schultern und zog sie an seine Brust. Sie zitterte am ganzen Körper, viel zu schwach, um sich aus der sanften Umarmung zu befreien.

„Seien Sie so freundlich und kümmern Sie sich um die Sachen Ihrer Herrin, Josh", bat Barton, „wir sprechen uns später." Dann führte er Abbie langsam in Richtung Haus. „Es tut mir leid. Nun müssen Sie mich für einen kompletten Idioten halten, nachdem ich grundlos über den armen Kerl hergefallen bin."

„Oh nein, Sie konnten ja nicht sehen, wonach er schlug."

Ein Schauer rann ihr über den Rücken. „Sie glaubten, er würde mir etwas antun wollen. Wie, um alles in der Welt, kamen Sie auf diese Idee?“

„Keine Ahnung, Abbie“, gestand er beschämt. „ich weiß nicht mehr, was ich denken soll. Und nach dem, was Giles mir gestern Abend vor Augen hielt ...“

„Was hat er gesagt?“, erkundigte sie sich, als er verstummte. Sie blieb stehen und schaute Barton prüfend an. „Hat er etwa behauptet, Josh wäre für die Zwischenfälle in der letzten Zeit verantwortlich?“

„Nein ...“ Nach kurzem Zögern fügte er hinzu: „Aber er meinte, die Angriffe hätten möglicherweise nicht mir gegolten, sondern Ihnen.“

„Was?“, fragte sie entgeistert. „Hat Giles den Verstand verloren? Was für eine lächerliche Vorstellung! Wer hätte ein Interesse daran, mir zu schaden?“

„Das habe ich mich auch gefragt.“ Sie gingen zu einer schattigen Steinbank, setzten sich, und Barton ergriff Abbies Hand. „Vielleicht weiß irgendwer, dass der Colonel gedroht hat, Sie aus seinem Testament zu streichen. Gibt es jemanden, der davon profitieren könnte – dem es einen Vorteil brächte, wenn Sie unfähig wären, den Herzenswunsch Ihres Großvaters zu erfüllen?“

Nur zu gut verstand sie, was er meinte. „Indem er meinem Leben ein Ende setzt ... Also muss ich mich vor demjenigen hüten, der den Colonel beerben würde, wenn ich nicht mehr existiere.“

„Offen gestanden, ja.“

Plötzlich erinnerte sie sich daran, dass ihr Großvater die Absicht geäußert hatte, seine Reise nach Schottland für ein paar Tage in Yorkshire zu unterbrechen und seinen Neffen zu besuchen, Sir Montague Graham. Womöglich hatte der Colonel ihm anvertraut, wie sehr ihm das Verhalten seiner Enkelin missfiel. Trotzdem hielt Abbie es für ausgeschlossen, dass ein ehrenwerter Gentleman wie ihr Onkel Montague jemanden beauftragt haben könnte, sie aus dem Weg zu räumen. Darauf wies sie Barton in aller Entschiedenheit hin. „Abgesehen von der Drohung, mir nichts zu hinterlassen, hat der Colonel mich niemals über den Inhalt seines Letzten Willens informiert. Aber er gab mir auch keinen Grund zu der Annahme, er würde ein anderes Mitglied der Familie Graham bedenken."

„Nicht einmal seinen Neffen Montague?", fragte Barton erstaunt.

„Natürlich hat Großvater ihn sehr gern. Monty ist ein netter, vernünftiger Mann, glücklich verheiratet und gut situiert. Den Großteil des Jahres verbringt er mit seiner Frau und den Kindern in Yorkshire. Soweit ich weiß, besucht er nur ganz selten die Hauptstadt. Und er neigt gewiss nicht dazu, sein Geld am Spieltisch zu verschwenden."

Barton runzelte so enttäuscht die Stirn, dass sie lächeln musste.

„Seien Sie versichert", fuhr sie fort, „wäre Monty in finanziellen Schwierigkeiten, würde er seinen Onkel um ein Darlehen bitten und nicht danach trachten, mich zu beseitigen. Letzteres würde ihm ohnehin nichts nützen, denn ich glaube, Großvater hat *Sie* zu seinem Erben bestimmt."

Bis Barton seine Stimme wiederfand, dauerte es einige Sekunden. „Verdammt!", stieß er hervor. „Dann werde ich ein ernstes Wort mit ihm reden müssen!"

„Bitte nicht, Barton!", flehte sie leise. „Wenn ich mich nicht irre, haben Sie meine Wünsche bereits missachtet und Ihrem Patenonkel geschrieben. Lassen Sie es dabei bewenden."

Da er nicht bestritt, was sie ihm vorwarf, und schweigend zu Boden starrte, hielt sie einen weiteren Versuch, ihn von seinem Plan abzubringen, für sinnlos. Stattdessen griff sie das Thema noch einmal auf, das sie soeben erörtert hatten. „Warum glauben Sie, die Anschläge würden mir gelten? Schon vor meiner Ankunft in Cavanagh Court kam es zu solchen Zwischenfällen – und meistens auf Ihrem Grund und Boden."

„Nein, das stimmt nicht ganz." Er stand auf und fuhr sich durchs Haar. „Erinnern Sie sich an den Unfall mit meiner Karriole?"

Daran hatte sie gar nicht mehr gedacht. „Das war doch nur eine ganz normale Panne."

„Vielleicht. Aber es war das erste Mal, dass mir so etwas passierte. Hackman ist sehr gewissenhaft. Vor jeder Fahrt kontrolliert er das Gefährt, das ich benutzen will, und er schwört, die Karriole sei am Morgen des Picknicks absolut in Ordnung gewesen."

„Also glauben Sie, jemand hätte im Lauf des Tages das Rad beschädigt?" Mühelos erriet sie seine Gedanken. „Und Josh war bei uns … Kam er Ihnen deshalb verdächtig vor?"

„Oft genug hätte er eine Gelegenheit gefunden, Ihnen etwas anzutun, Abbie. Wenn er das wirklich wollte … Auf Cavanagh Court sind Sie mehrmals allein mit ihm ausgeritten. Ebenso in Bath. Aber nachdem er sie vor der Schlange gerettet hat, glaube ich an seine Unschuld."

„Und ich glaube, dass es der unbekannte Schurke auf Sie abgesehen hat. Gestern Abend zog mich Major Wetherby ins Vertrauen. Seiner Ansicht nach waren die Anschläge gegen Ihre Nachbarn nur Ablenkungsmanöver, die verschleiern sollten, wer das wirkliche Opfer ist – nämlich Sie. Alles spricht dafür, dass es sich um gezielte Racheakte handelt. Erinnern Sie sich an jemanden, der einen Grund hätte, Ihnen zu zürnen – der Ihnen irgendetwas heimzahlen möchte?"

Obwohl sie sich für ihren Argwohn schämte, war sie nach dem Gespräch mit dem Major durch den Salon geschlendert, um die anwesenden Damen unauffällig zu mustern. Sie hatte sich gefragt, ob es womöglich noch andere verheiratete Frauen außer Lady Sophia Fitzpatrick gab, deren Gunst Barton genossen hatte.

Offenbar erriet er ihre Gedanken. Seine Augen verengten sich. „Wenn ich als junger Mann auch kein Tugendbold war – meinen Nachbarn und Freunden habe ich niemals Hörner aufgesetzt, trotz der deutlich erkennbaren Bereitschaft diverser Gemahlinnen."

Mit einiger Mühe hielt sie seinem vorwurfsvollen Blick stand. „Ja, wie ich zugeben muss – dieser Gedanke ging mir durch den Sinn. Außerdem wundere ich mich über Ihren Vetter. In Bath erwähnte er seine Absicht, nach London zurückzukehren. Finden Sie es nicht seltsam, dass er plötzlich hier aufgetaucht ist?"

Skeptisch hob er die Brauen, war indes höflich genug, diese Möglichkeit zu erwägen. „Es stimmt, wir mögen uns nicht besonders, und Cedric ist meine Vormachtstellung in der Familie ein Dorn im Auge. Da er überdies im Geld schwimmt, könnte er jemanden bezahlen, der mich ermorden soll, und er müsste sich die eigenen Hände nicht schmutzig machen. Aber eins muss man ihm zubilligen – er legt großen Wert auf die Ehre der Cavanaghs. Niemals würde er etwas tun, das unseren Namen in Misskredit bringt."

Abbie sah keinen Anlass, daran zu zweifeln. „Dann ist der Schuldige woanders zu suchen. Vielleicht liegen seine Beweggründe in längst vergangenen Zeiten ..." Abbie stand auf und trat zu Barton. „Denken Sie darüber nach. Mein Aufenthalt in Cavanagh Court nähert sich dem Ende. Und es wäre schrecklich für mich, wenn ich abreisen müsste, bevor die Sache aufgeklärt ist. Unentwegt würde ich um Ihr Leben bangen."

Halb erwartete sie, einen Funken Spott in seinen Augen zu sehen – oder jene Ungeduld, die er manchmal bekundete, wenn seine Stiefmutter die Nerven verlor. Doch sie entdeckte weder das eine noch das andere. Stattdessen wirkte er verunsichert.

Schließlich zuckte er die Achseln und schlug vor, ins Haus zu gehen.

Den Rest des kurzen Weges plauderte er über belanglose Dinge und versuchte Abbie von seinen Schwierigkeiten abzulenken. Ihre Angst um ihn ging ihm zu Herzen. Und obwohl er es niemals zugeben würde – ihre Vermutung, dass jemand sich an ihm rächen wollte, beunruhigte ihn.

Seine unmittelbare Sorge galt jedoch nicht seiner eigenen Sicherheit, sondern der Frau, die ihm alles bedeutete. Möglicherweise hatte Abbie recht, wenn sie glaubte, sie sei nicht das Ziel der Anschläge. Trotzdem würde er erst erleichtert aufatmen, wenn sie wohlbehalten in Bath eingetroffen war, im Haus ihrer Patentante. In der Zwischenzeit musste er sie vor den Gefahren schützen, die ihr wegen irgendwelcher Vorfälle in seiner Vergangenheit drohen könnten.

Nachdem er sie in die Halle begleitet hatte, eilte er zu den Stallungen, um mit Josh zu sprechen, an dessen ehrlicher Gesinnung er mittlerweile nicht mehr zweifelte. Er entdeckte ihn in einer der Boxen und bat ihn, mit ihm nach draußen zu kommen. Barton ließ sich auf der Holzbank nieder und bedeutete dem jungen Mann, sich ebenfalls zu setzen.

„Ich möchte mich noch einmal für mein Benehmen entschuldigen … Oh ja, Josh“, betonte er, hob eine Hand und wehrte den Protest des verlegenen Reitknechts ab. „Hoffentlich werde ich niemals zu arrogant, um einen Fehler einzugestehen. Ich habe Ihren Charakter falsch beurteilt. Da war Miss Graham wohl etwas scharfsinniger. Von Anfang an hat sie Ihnen rückhaltlos vertraut.“

„Nun …“, begann Josh und blinzelte verwirrt. „Ich versuche der Dame gute Dienste zu leisten.“

„Was Ihnen hervorragend gelingt. Aus diesem Grund bitte ich Sie, Ihre Herrin so wachsam wie irgend möglich zu beschützen, solange sie in Cavanagh Court bleibt. Sie darf nirgendwo allein hingehen – nicht einmal in den Garten. Behalten Sie Miss Graham stets im Auge, auf Schritt und Tritt."

„Weshalb, Sir?", fragte Josh verwundert. „Ist irgendwas Schlimmes zu befürchten?"

„Allerdings ..." Barton überlegte kurz, dann beschloss er, den jungen Mann einzuweihen. „Sicher haben Sie gehört, dass die Brücke angesägt wurde?"

„Aye, Mr. Cavanagh, und Mr. Hackman hat mir auch von dem Feuer in der Bibliothek erzählt."

„Leider waren das nicht die einzigen Zwischenfälle. Es gab weitere. Und ich hoffe, Sie können in ein oder zwei Fällen zur Aufklärung beitragen. Erinnern Sie sich bitte an das Picknick in der Nähe von Bath. Haben Sie irgendjemanden gesehen, der sich an meiner Karriole zu schaffen gemacht hat?"

Josh beugte sich vor, stützte die Ellbogen auf die Knie und starrte ins Leere. „Nur die Stallknechte, Sir. Mr. Hackman und Dodd versorgten die Pferde. Das war ja ihre Pflicht."

„Und der Tag Ihrer Ankunft auf Cavanagh Court ... Da waren Sie mit Ben Dodd in der Küche, nicht wahr?"

„Oh ja, Sir", bestätigte Josh grinsend, „und Miss Figg hat uns einen köstlichen Pflaumenkuchen serviert. Ich bekam sogar ein zweites Stück."

„Sind Sie ganz sicher, dass Dodd Sie in die Küche begleitet hat?"

„Klar, er zeigte mir den Weg. Aber ..."

„Aber was?", hakte Barton nach, als der Reitknecht die Stirn runzelte.

„Wenn ich mich recht entsinne, sagte er, er hätte was vergessen, und rannte wieder raus."

„Wissen Sie, ob er den Stall betrat?"

„Nein, Sir, ich ging in die Küche, und Dodd kam etwas später nach."

Also hätte er Zeit genug gefunden, um aufs Dach zu laufen

und einen Stein unterhalb der Brüstung zu lockern, dachte Barton. Doch wieso? Damals hatte er noch allen Grund, mir dankbar zu sein. Immerhin bekam er bei mir eine Anstellung, nachdem er wochenlang vergeblich eine Beschäftigung gesucht hatte …

Das Feuer konnte der Kerl unmöglich gelegt haben. Zu jenem Zeitpunkt war er in Bath gewesen. Danach allerdings hatte er sich hier aufgehalten. Trug er die Schuld an dem herabgestürzten Stein, an der beschädigten Brücke? Seit er Cavanagh Court verlassen hatte, war nichts mehr geschehen.

Außerdem zählte Dodd zweifellos zu den Schurken, die für Geld alles taten. Es war demnach durchaus denkbar, dass er zwei Herren diente.

Barton schüttelte den Kopf und entschied, später über diese Möglichkeit nachzudenken. Im Augenblick wollte er sich auf eine Angelegenheit konzentrieren, die ihm wichtiger erschien. „Gefällt Ihnen die Arbeit unter Hackmans Aufsicht, Josh? Manchmal behandelt mein Stallmeister seine Leute ziemlich streng.“

Falls Josh die Frage sonderbar fand, ließ er sich nichts dergleichen anmerken und antwortete, ohne zu zaudern: „Nun, er sieht's gern, wenn alles gewissenhaft und pünktlich erledigt wird, Sir. Und daran gibt's nichts auszusetzen.“

„Also hätten Sie nichts dagegen, seine Anweisungen zu befolgen? Natürlich nicht für alle Zeiten. Bis Hackman in den Ruhestand tritt, wird es nur mehr ein paar Jahre dauern. Und dann sind Sie sicher imstande, seine Position zu übernehmen.“ Lächelnd registrierte Barton die Verblüffung des jungen Stallknechts. „Ja, in der Tat, ich biete Ihnen eine feste Stellung an. Am Freitag müssen Sie Lady Penrose und Miss Graham nach Bath begleiten, um die beiden Damen während der Reise zu beschützen. Wenn Sie es wünschen, kommen Sie danach wieder her. Oder würden Sie lieber in Ihre Heimat Yorkshire zurückkehren?“

Josh zuckte die Achseln. „Dort wartet niemand mehr auf mich, Sir. Und in dieser Gegend würde ich mich sehr wohl fühlen. Ein schönes Fleckchen Erde … Und anscheinend bin ich nicht der Einzige, der aus Yorkshire stammt und so denkt."

„Ach, wirklich?", fragte Barton eher aus Höflichkeit als aus echtem Interesse. „Haben Sie einen Landsmann kennengelernt?"

„Aye, Sir. Neulich ritt ich mit Miss Abbie in die Stadt, und auf dem Rückweg begegneten wir dem Gastwirt, für den Dodd jetzt arbeitet. Dem die Taverne an der Evesham Road gehört. Sieht nicht besonders vertrauenerweckend aus. Der Kerl kommt aus West Riding. Nicht aus meinem Teil von Yorkshire."

Bevor der Reitknecht zu einem Vortrag über die verschiedenen Regionen seiner Heimat ausholen konnte, beendete Barton das Gespräch und kehrte zum Haus zurück.

Noch bevor er die Tür erreichte, fiel ihm eine Ungereimtheit auf, die mit Joshs Enthüllungen zusammenhing – und die er plötzlich alles andere als nebensächlich fand. Er selber hatte Abbie bei ihrem Einstellungsgespräch mit dem jungen Mann erklärt, im Allgemeinen blieben die Leute vom Lande in ihrer Gegend, selbst wenn sie Arbeit suchten. *Es sei denn, sie haben einen ganz bestimmten Grund, um woandershin zu ziehen.*

Was mochte diesen Gastwirt hierhergeführt haben?

13. KAPITEL

Erleichtert atmete Barton auf, als seine elegante Reisekutsche vom Hof rollte. Kitty und Eugenie waren endlich auf dem Weg nach Brighton. Dennoch würde er keine Ruhe finden, bevor er die Frau, die er liebte, nicht in Sicherheit wusste. Am Freitag, in zwei Tagen, sollte sie mit ihrer Patentante nach Bath aufbrechen. In der Zwischenzeit musste er zusehen, dass alles getan wurde, um ihre Sicherheit zu gewährleisten, wann immer sie das Haus verließ.

Als er sich zu Abbie umwandte, die zusammen mit Lady Penrose nach draußen gekommen war, um seine Stiefmutter und seine Schwester zu verabschieden, fiel ihm ein, dass er ihr noch etwas mitteilen wollte. Er wartete, bis Ihre Ladyschaft ins Haus gegangen war. „Über dem Abschied von Giles und dem ganzen Getue um die Reisevorbereitungen habe ich ganz vergessen, Ihnen etwas zu sagen, Abbie."

Mit ihren großen blauen Augen schaute sie fragend zu ihm auf, den Kopf leicht zur Seite gelegt.

„Es wird Sie zweifellos freuen, meine Liebe, zu hören, dass Sie sich um die Zukunft Ihres Reitknechts nicht mehr sorgen müssen. Ich habe ihm eine feste Stellung angeboten."

Es war eine flüchtige Geste. Nur ganz kurz berührte Abigail seinen Ärmel, und ihre Lippen streiften seine Wange.

Trotzdem stockte ihm der Atem, sein Blut schien schneller durch die Adern zu strömen, und er stotterte wie die eingeschüchterten Rekruten, die er in Spanien kommandiert hatte. „Nun ... äh ... dann bin ich froh, dass Sie mit mir zufrieden sind."

„Wie soll ich Ihnen bloß danken, Barton!"

„Versuchen Sie es erst gar nicht." Hastig trat er beiseite, ehe ihn der heiße Wunsch überwältigen konnte, Abbie in die Arme zu reißen. Nachdem er seine Selbstkontrolle wochenlang gewahrt hatte, wollte er sie nicht im letzten Augenblick verlieren. „Entschuldigen Sie mich bitte – ich habe noch zu tun."

Mit weit ausgreifenden Schritten marschierte er zum Stall und spürte Abbies Blick in seinem Rücken. Verärgert schüttelte er den Kopf. Ausgerechnet er, ein Mann von Welt, der sonst stets erfahren und beherrscht auftrat, geriet wegen eines flüchtigen Kusses aus der Fassung. Doch es ließ sich nicht leugnen, sein Herz schlug wie rasend – vielleicht weil sie ihre Dankbarkeit auf eine derart unerwartete Weise bekundet hatte, völlig natürlich und unbefangen.

Er stieg auf sein Pferd, das Josh soeben in den Hof geführt hatte, ritt die Auffahrt hinunter und bemühte sich, seine Gefühle ebenso zu zügeln wie den temperamentvollen Hengst.

Ja, eindeutig – trotz allem hatte Abbie eine gewisse Zuneigung für ihn entwickelt. Das bewies ihm nicht nur der zarte Kuss, sondern auch ihre wachsende Sorge um sein Wohl in diesen letzten Tagen. So erstaunlich es anmuten mochte, sie sah ihn in ganz neuem Licht. Und – weit wichtiger – sie hatte Vertrauen zu ihm gefasst. Das war viel, aber es genügte ihm nicht. Nicht einmal annähernd ... Dennoch musste er sich mit der bedrückenden Möglichkeit abfinden, dass eine aufrichtige Freundschaft vielleicht alles war, was sie ihm jemals bieten würde. Kommt Zeit, kommt Rat, versuchte er sich zu beruhigen.

Unglücklicherweise drängte die Zeit. Abbie würde abreisen, und er musste sie gehen lassen, obwohl er fürchtete, die geliebte Frau an einen anderen zu verlieren. Doch er kam nicht umhin, dieses Risiko einzugehen, denn keinesfalls durfte er sie bitten, in Cavanagh Court zu bleiben, und sie in Gefahr bringen. Er konnte nichts weiter tun, als ein baldiges Wiedersehen zu planen. Und bis dahin würde er den oder die Schurken entlarven, die ihm das Leben zur Hölle machten. Von seinem Entschluss beflügelt, gab er Samson die Sporen.

Als Barton kurz darauf Wetherbys Unterkunft in der Stadt

betrat, erfuhr er, dass der Offizier sein Quartier verlassen habe, um Lord Warren zu besuchen.

Und so führte ihn sein nächster Weg nach Warren Hall, wo er den Major in der gut bestückten Bibliothek antraf. Ein Glas Portwein in der Hand, unterhielt er sich mit dem Hausherrn. Nachdem Lord Warren seinem zweiten Besucher einen Platz angeboten und ihn mit einem Drink versorgt hatte, zog er sich taktvoll zurück, denn seinem Eindruck nach wünschte Barton den Mann unter vier Augen zu sprechen.

„Ihr Besuch kommt außerordentlich gelegen, Cavanagh“, gestand Wetherby. „Damit ersparen Sie mir einen Ritt zu Ihrem Landsitz. Allzu lange werden meine Männer diese Gegend nicht mehr sichern. Wir haben Order erhalten, Anfang nächster Woche abzurücken.“

Die Information überraschte Barton nicht sehr. „Wenn das so ist, bin ich froh, dass ich Sie hier treffe, denn ich habe etwas Wichtiges mit Ihnen zu klären. Können Sie sich an die Zeit vor vier Jahren erinnern, als Sie Ihren Kriegsdienst in Spanien antraten? Sie waren damals gerade zum Profoss ernannt worden.“

„Wenn ich mich recht entsinne, haben Sie mich nicht sonderlich geschätzt und Ihre Meinung auch freimütig geäußert.“ Wetherbys volle Lippen verzogen sich zu einem schwachen Lächeln. „Und ich glaube, Sie sprachen sich energisch gegen die Art und Weise aus, wie mit den Soldaten verfahren wurde, die unsere Verbündeten bestahlen.“

„Ja, das stimmt“, bestätigte Barton, ohne dem sarkastischen Blick des Majors auszuweichen. „Ich fand es übertrieben, einen Mann zu hängen, nur weil er sich des Hühnerdiebstahls schuldig gemacht hatte. Aber während meiner Kriegsjahre lernte ich jemanden kennen, dem ich zu gern die Schlinge um den Hals gelegt hätte.“

Nun hatte er Wetherbys ungeteilte Aufmerksamkeit. Barton stand auf und trat ans Fenster. Es fiel ihm nicht schwer, die unangenehmen Bilder aus der Vergangenheit heraufzubeschwören.

„Wie Miss Graham mir erzählte, gehen Sie davon aus, dass eine Person, die sich an mir rächen will, für die Anschläge gegen mein Eigentum und mich selbst verantwortlich ist."

„Das erwähnte ich schon, als wir vor zwei Wochen bei den Warrens dinierten. Es ergaben sich seither keinerlei Anhaltspunkte, die meine Ansicht geändert hätten. Indes kann ich Ihnen eines versichern, Cavanagh – ich bin niemandem begegnet, der Ihnen feindselig gesinnt wäre. Ganz im Gegenteil."

Barton wandte sich um und schenkte dem Major ein schmerzliches Lächeln. „Da sich der Grund Ihres Aufenthalts in dieser Region längst herumgesprochen hat, würde nur ein Narr in Ihrer Gegenwart ein böses Wort über mich verlieren."

„Natürlich, da haben Sie recht. Sie pflegen kein Blatt vor den Mund zu nehmen. So habe ich Sie in Spanien kennengelernt, und seither haben Sie sich gewiss kaum geändert. Deshalb wäre es durchaus denkbar, dass Sie jemanden beleidigt haben, nachdem Sie aus der Armee ausgetreten sind. Wie auch immer – von den anderen Offizieren wurden Sie stets respektiert, ebenso von den Soldaten unter Ihrem Kommando."

„Im Großen und Ganzen, ja. Mit einer Ausnahme." Barton starrte wieder aus dem Fenster. „Nach meiner Beförderung zum Major wurde mir eine Truppe zugewiesen, der ein besonders unerfreulicher Zeitgenosse namens Septimus Searle angehörte. Irgendein Idiot hatte ihn zum Sergeanten befördert. Nun ja." Er kräuselte verächtlich die Lippen. „Dank irgendwelcher fragwürdigen Methoden war es ihm gelungen, das Wohlwollen einiger Leute zu erlangen."

„Aber nicht Ihres", warf der Major ein.

„Nein. Bereits nach kurzer Zeit hatte ich seine niederträchtigen Machenschaften durchschaut. Nachdem er bei einem Diebstahl ertappt worden war, ließ ich ihn auspeitschen, degradierte ihn und ernannte einen Iren, der diese Ehre viel eher verdiente, zum Sergeanten. Wenig später kam es zu den beklagenswerten Ereignissen in Badajoz, wo unsere Soldaten ein furchtbares Blutvergießen anrichteten, zahllose Männer niedermetzelten und Frauen Gewalt antaten. Zu jenen Verbrechern zählte auch Septimus Searle. Er desertierte wie so viele andere. Und kurz darauf erschienen Sie auf der Bildfläche, Major. Am selben Tag, da Sie das Lager verließen, um die Fahnenflüchtigen einzufangen, trat ich meinen überfälligen Urlaub an und begab mich nach Lissabon. Bei meiner Rückkehr nach Spanien teilte man mir mit, Ihre Mission sei erfolgreich verlaufen und Sie hätten den Schlupfwinkel der Deserteure entdeckt, ein verlassenes Dorf oben in den Bergen. Da Wellington bei den letzten Schlachten beträchtliche Verluste erlitten hatte, wollte er die Männer begnadigen, die sich freiwillig stellten und zur Rückkehr in die Armee bereit waren. Wer Widerstand leistete und dabei nicht ums Leben kam, sollte ins Lager zurückgebracht und gehängt werden. Ich ging davon aus, dass Septimus Searle zu den Letzteren gehören würde. Und so vermutete ich – vielleicht irrtümlich –, er habe seine gerechte Strafe erhalten."

Major Wetherby lachte spöttisch. „Erwarten Sie etwa, dass ich mich daran erinnere, ob dieser Searle hingerichtet wurde?"

„Natürlich nicht", versicherte Barton. „Aber ich bitte Sie, mir alles zu erzählen, worauf Sie sich im Zusammenhang mit jener Mission besinnen können."

„Sie haben Glück." Der Major grinste schief. „Da dies mein erster Auftrag war, weiß ich noch sehr gut, was damals passierte. Es fiel uns nicht schwer, das Versteck der Fahnenflüchtigen aufzuspüren." Nach einem großen Schluck Portwein fügte er hinzu: „Das Dorf bestand nur mehr aus ein paar Ruinen. Ein paar Monate zuvor war es von den Franzosen überfallen und geplündert worden. Die meisten Deserteure kapitulierten bereitwillig, als wir kamen. Lediglich ein halbes Dutzend Männer bekämpfte uns. Sie wurden erschossen oder ins Camp transportiert."

„Niemals hätte sich Searle ergeben, das weiß ich."

„Warum sind Sie da so sicher? Wie ich schon sagte, die Franzosen hatten dieses abgeschiedene Dorf restlos ausgeraubt. Dort gab es keine Lebensmittel mehr."

„Mag sein. Doch Searle hätte es nicht gewagt, mir gegenüberzutreten – oder den Männern meiner Kompanie, die stichhaltigere Gründe hatten, ihn zu verachten."

„Nun, vielleicht gehörte er zu denjenigen, die Widerstand leisteten. Oder …"

„Oder was?", fragte Barton, nachdem der Major abrupt verstummt war.

„Ein Großteil der Gefangenen war völlig geschwächt. Und daher dauerte der Rückweg ins Lager beinahe fünf Tage. In der zweiten Nacht flüchteten vier der Deserteure, nachdem sie Vorräte gestohlen hatten. Drei von ihnen wurden wieder eingefangen und gehängt, der vierte schnitt einem meiner Soldaten die Kehle durch, schwang sich auf dessen Pferd und galoppierte davon."

Mit schmalen Augen musterte Barton den Major. „Abgesehen von Searles verabscheuungswürdigem Charakter erinnere ich mich an zweierlei – er konnte hervorragend mit einem Messer umgehen, und er sprach mit ausgeprägtem Yorkshire-Akzent. Wie ich gestern erfuhr, hat ein Mann aus Riding die Taverne an der Evesham Road gekauft – zu Beginn dieses Jahres, kurz bevor die Schwierigkeiten anfingen. Vielleicht ist es ein Zufall. Gleichwohl werde ich dieses Gasthaus besuchen. Wenn der Wirt tatsächlich Searle ist, erkenne ich ihn wieder."

„Wären Sie so freundlich, eine kleine Weile mit Ihrem Vorhaben zu warten, Cavanagh? Es gibt da ein paar Dinge, die ich gern vorher mit Lord Warren besprechen würde. Dann hole ich ein paar Männer aus unserem Quartier und reite sofort zu Ihnen. Falls es tatsächlich Searle sein sollte, würde ich ihn nur zu gern verhaften – insbesondere falls er tatsächlich der Deserteur ist, der mir vor vier Jahren entwischt ist. Denn dann hat dieser Mann einen meiner Lieutenants ermordet – meinen besten Freund."

„Ich verstehe, Major, und ich erwarte Sie in Cavanagh Court."

Abbie trat von der Staffelei zurück, um ihr Werk zu begutachten. Zu Beginn dieser Woche hatte sie die Arbeit an dem Bildnis abgeschlossen. Seither betrat sie das Atelier eigentlich nur noch, um das Ergebnis ihrer Bemühungen zu studieren. Sie war zufrieden mit dem Gemälde und hoffte, es würde auch Barton gefallen.

Ja, es war ihr gelungen, jenen sanften Ausdruck einzufangen, den sein Gesicht zeigte, wenn er nicht direkt lächelte, indes irgendetwas erfreulich zu finden schien. Nun war es an der Zeit, das Porträt dem Auftraggeber zu präsentieren. Sie fragte sich, warum sie Barton nicht schon längst darüber unterrichtet hatte, dass es fertig sei.

Natürlich kennst du den Grund, mahnte ihr Gewissen. Sie hatte geglaubt und gewünscht, dass sie, wenn sie die Vollendung des Gemäldes geheim hielt, ihre Abreise ein wenig hinauszögern könnte. Aber Barton hatte erklärt, sie müsse Cavanagh Court am Freitag verlassen. Und sie wollte seine Gastfreundschaft nicht überstrapazieren.

Allein bei dem Gedanken an den Abschied krampfte sich ihr das Herz zusammen, und sie konnte ihre Augen nicht mehr vor der Wahrheit verschließen. Sie liebte dieses Haus – doch längst nicht so heiß und innig wie seinen Besitzer.

In der Tat, das Unvorstellbare war geschehen. Sie hatte sich hoffnungslos in den Mann verliebt, der ihr sechs Jahre lang so verachtenswert erschienen war. Welch eine Ironie … Entschlossen bekämpfte sie die Tränen, von denen sie wusste, dass sie ihre Seelenqualen ohnehin nur vorübergehend linderten. Die bittere Reue, die sie ihr Leben lang begleiten würde, konnten sie nicht verscheuchen. Hätte sie sich damals nicht so stolz und so prüde verhalten, wäre sie jetzt die Herrin dieses Anwesens – die Gefährtin eines Mannes, der weder ein Heiliger noch ein unverbesserlicher Sünder war und trotz seiner autoritären Art ein gütiges, rücksichtsvolles Wesen besaß. Und der wie kein anderer zu ihr passte …

Mit brennenden Augen starrte sie Bartons Porträt an, das sie – ohne es zu ahnen – voller Liebe gemalt hatte. Vielleicht würde es eines Tages in der Bibliothek hängen, über dem Kamin. Doch auch wenn sie es dort niemals zu sehen bekam – seine Züge, diesen ganz bestimmten Ausdruck, den er in ihrem Atelier so oft gezeigt hatte, würde sie für immer in ihrer Erinnerung bewahren.

Als sie Schritte im Flur hörte, hängte sie hastig ein Leinentuch über die Staffelei. Niemand sollte sie dabei ertappen, wie sie schmachtend vor dem Bild stand, die Augen voller Tränen. Weder ein Dienstbote noch der Hausherr persönlich. Nein, vor allem Barton durfte nicht herausfinden, was sie für ihn empfand. Sonst würde er sich womöglich verpflichtet fühlen, erneut um ihre Hand zu bitten. Und diesmal wäre sie in der Gefahr, seinen Antrag anzunehmen – ohne davon ausgehen zu können, dass er ihre Gefühle erwiderte. Denn sie war sich keineswegs sicher, wie er zu ihr stand.

Nachdem sie ihre Fassung zurückgewonnen hatte, verließ sie das Atelier und begab sich zu ihrer Patentante in den Salon, um die Rückreise nach Bath zu besprechen. Anschließend erklärte sie, sie wolle ausreiten.

Lady Penrose, die die Vorliebe ihrer Patentochter für den Pferdesport kannte, war weniger überrascht von Abbies Ansinnen als Josh, als seine Herrin im Stallhof erschien und ihn bat, ihr Pferd zu satteln.

Kurz danach führte er ihre Stute und einen Wallach aus dem Stall.

„Sie müssen nicht mitkommen, Josh", protestierte sie. „Allzu lange werde ich nicht unterwegs sein, und ich habe nicht vor, das Gelände von Cavanagh Court zu verlassen. Wenn Sie zu tun haben – meinetwegen dürfen Sie Ihre Pflichten nicht vernachlässigen."

„Das wäre der Fall, wenn ich Sie nicht begleite, Miss Abbie. Und ich möchte Mr. Cavanagh nicht verärgern, wo er mir doch eine feste Stellung angeboten hat."

„Ich hörte davon, und ich freue mich für Sie, Josh. Hoffentlich werden Sie glücklich hier."

„Ganz sicher, Miss. Das Anwesen ist es sehr schön, und man fühlt sich sofort heimisch."

Sie wusste, was er meinte, und musste erneut ihre Tränen unterdrücken. Entschlossen wechselte sie das Thema und erklärte Josh, dass sie in den Wald reiten wollte, der zu Bartons Ländereien gehörte.

An diesem Augusttag herrschte drückende Hitze, und Abbie war dankbar, dass das Schatten spendende Laubdach sie vor der sengenden Sonne schützte. Nachdem sie eine Weile neben ihrem Reitknecht hergetrabt war, entdeckte sie plötzlich einen Pferdekarren, halb verborgen zwischen Bäumen. Auch Josh hatte das Gefährt bemerkt und äußerte die Vermutung, dass es vielleicht einem Landarbeiter gehörte, der Brennholz für die kalten Herbst- und Winternächte sammeln wollte. Abbie hätte zugestimmt, wäre ihr nicht die verdächtige Stille aufgefallen. Keine Menschenseele weit und breit … Und nirgendwo erklangen die Geräusche einer Axt oder einer Säge.

Von wachsender Neugier getrieben, ritt sie näher an das Fuhrwerk heran. Der beklagenswerte Zustand des armen Pferdes zwischen den Deichseln konnte ihr Unbehagen nicht mildern. Auf der Ladefläche lagen ein paar leere Säcke, die etwas verdeckten und die sie ohne Zögern hochhob. Beim Anblick der unheilvollen Eisenfallen erschrak Josh ebenso wie Abbie. „Der Allmächtige sei uns gnädig, Miss!“, platzte er heraus. „Niemals würde der Master dieses Teufelszeug auf seinem Grund und Boden aufstellen lassen!“

Trotz ihrer Bestürzung musste Abbie lächeln. Vor ein paar Monaten noch hätte sie lange und gründlich über eine passende Antwort nachgedacht. Doch jetzt bestätigte sie in entschiedenem Ton: „Ganz sicher nicht, Josh. Gewiss, die Ereignisse der letzten Zeit beunruhigen Mr. Cavanagh. Aber er würde nicht einmal daran denken, einen unschuldigen Menschen oder ein Tier mit derart barbarischen Geräten zu quälen. Wer hat diese Fangeisen hierhergebracht? Zu welchem Zweck? Sollen sie im Wald ausgelegt werden?“

Die Stirn grimmig gerunzelt, schwang Josh sich aus dem Sattel. „Am besten schaue ich mal nach, Miss. Vielleicht finde ich jemanden, der sich nicht in diesem Gebiet aufhalten dürfte.“

Abbie war einverstanden. „Seien Sie vorsichtig, Josh! Wir wissen nicht, wie viele dieser grauenhaften Vorrichtungen hier herumliegen.“

Sobald seine breitschultrige Gestalt zwischen den Baumstämmen verschwand, stieg Abigail von ihrem Pferd und eilte zu dem mageren Wallach, der vor den Karren gespannt war. Voller Mitleid hielt sie ihm den Leckerbissen hin, den sie nach dem Ausritt ihrer Stute hatte geben wollen. Offenbar halb verhungert, schnappte das Tier begierig danach. Während es kaute, streichelte sie seinen struppigen Hals. Das Pferd nahm das Zeichen ihrer Zuneigung hin, ohne auch nur die geringste Freude zu zeigen.

Vielleicht hat er in seinem elenden Leben noch keine Liebkosungen erfahren, dachte sie, und deshalb erkennt er nicht, was mit ihm geschieht.

Entsetzt schüttelte sie den Kopf. Wer mochte für den jammervollen Zustand der armen Kreatur verantwortlich sein? Sie würde es in Erfahrung bringen.

Als ein Zweig hinter ihr knackte, drehte sie sich um und erwartete ihren Reitknecht. Stattdessen sah sie sich Ben Dodd und seinem neuen Arbeitgeber gegenüber. Die Genugtuung in den dunklen Augen des älteren Mannes machte ihr Angst und bewog sie, eine Frage zu stellen, die sogar in ihren eigenen Ohren albern klang. „Was machen Sie hier?"

„Das wissen Sie doch", erwiderte Dodds Kumpan und warf einen Blick auf die Fallen, die sie entdeckt hatte. Dann wandte er sich wieder zu ihr und musterte sie von Kopf bis Fuß. Ein unverschämtes Grinsen lag auf seinem Gesicht. „Wer hätte gedacht, dass uns so was Hübsches über den Weg laufen würde, Doddy? Aber ich war mir schon heute Morgen sicher – das ist mein Glückstag. Hab ich's nicht gesagt, nachdem du mir einreden wolltest, wir müssten den Abmarsch der Soldaten abwarten, ehe wir wieder was gegen Cavanagh unternehmen?"

Da Abbie befürchtete, dass sie ihre Stute nicht erreichen würde, verzichtete sie auf einen sinnlosen Fluchtversuch. Irgendwie musste sie die gefährliche Situation überstehen, bis Josh zurückkehrte. Und so starrte sie Dodd durchdringend an. „Überlegen Sie, was passieren wird, wenn Mr. Cavanagh von Ihrem unrechtmäßigen Aufenthalt in seinem Wald erfährt. Immerhin haben Sie sich nicht im allerbesten Einvernehmen von Ihrem ehemaligen Herrn getrennt."

Dodd zuckte gleichmütig die Achseln und überließ es seinem Spießgesellen, zu antworten.

„Ich schätze, der Major hat genug andere Sorgen, und deshalb wird er sich wohl kaum um ein paar Fangeisen kümmern."

Der lüsterne Blick, mit dem er sie maß, beunruhigte Abbie

nicht halb so sehr wie die Schlussfolgerung, die sie aus seinen Worten unweigerlich ziehen musste. Wenn dieser Fremde über Bartons früheren Rang in der Armee informiert war, kannte er ihn seit dem Krieg in Spanien. War er derjenige, der für die Anschläge verantwortlich war? Darauf wies nicht nur die Bemerkung hin, die er soeben geäußert hatte, sondern zudem seine unerlaubte Anwesenheit auf diesem Grund und Boden. „Offensichtlich kennen Sie Mr. Cavanagh."

„Aye, Mädchen, der Major und ich sind alte Kameraden", stimmte der Kerl bereitwillig zu und fuhr sich mit schmutzigen Fingern über die Bartstoppeln am Kinn. „Wir haben uns lang nicht gesehen. Aber ich vergesse meine Freunde niemals – meine Feinde übrigens auch nicht."

Unauffällig spähte Abbie über seine linke Schulter. Wo mochte Josh stecken? Obwohl ihre Angst wuchs, bewahrte sie ihre Selbstkontrolle. „Und ich nehme an, Mr. Cavanagh gehört zur letzteren Kategorie."

„Sagen wir mal, wir sind uns nicht besonders herzlich zugetan." Lächelnd entblößte er eine Reihe verfaulter Zähne. „Für Sie hat der Major sicher mehr übrig. Bestimmt so viel, dass er bereit ist, ein ansehnliches Sümmchen zu zahlen, damit Sie wohlbehalten in seine Arme zurückkehren."

Noch deutlicher hätte er seine Absichten nicht bekunden können. Unwillkürlich trat Abbie einen Schritt zurück und stieß gegen die Seitenwand des Karrens. Es gab kein Entrinnen. „Bedenken Sie, dass ich nicht allein bin", erwiderte sie. Wo blieb Josh? Inständig hoffte sie, dass ihrem Reitknecht nichts zugestoßen war.

Dodds wieherndes Gelächter ließ sie das Schlimmste befürchten. „Wenn Sie glauben, Ihr ergebener Arkwright könnte Sie retten – vergessen Sie's. Dem hab ich ordentlich eins übergebraten. Bis der Trottel aufwacht, wird's eine Weile dauern. Wenn er überhaupt wieder zu sich kommt …"

Am liebsten hätte Abbie ihm sein selbstgefälliges Grinsen aus dem Gesicht geschlagen. Doch sein Kumpan packte ihre Oberarme und hielt sie mit eisernem Griff fest.

Schreiend und tretend setzte sie sich zur Wehr, aber gegen zwei kräftige Männer war sie machtlos. Ihre Handgelenke und Fußknöchel wurden gefesselt, und Dodd stopfte ihr einen Knebel in den Mund. Sein Komplize hob sie hoch, beförderte sie unsanft auf das Fuhrwerk und bedeckte sie mit den schmutzigen Säcken.

Abbie versuchte einen klaren Kopf zu bewahren. Ja, nun wusste sie, auf wessen Konto die Anschläge gingen. Dodd musste sie durchgeführt haben, auf Geheiß seines Freundes. Weshalb der Fremde allerdings einen so bitteren Groll gegen Barton hegte, blieb nach wie vor ein Rätsel. Klar war nur, dass er seinen Rachedurst noch lange nicht gestillt hatte.

Während der kurzen Fahrt musste Abbie ihre gesamte Geschicklichkeit aufbieten, um den scharfkantigen Fangeisen nicht zu nahe zu kommen. Erst als der Karren anhielt, begann sie sich wieder zu ängstigen. Was hatten Dodd und sein Kumpan mit ihr vor?

Die beiden Männer trugen sie über den Hof der heruntergekommenen Taverne in einen halb verfallenen Stall und warfen sie auf einen schmutzigen Strohballen. Dabei rutschten ihre Röcke bis zu den Knien hoch, und das anzügliche Glitzern in den Augen ihrer Entführer ließ ihr das Blut in den Adern gefrieren.

Aber Dodds Komplize gab sich mit einem dreisten Blick auf ihre wohlgeformten Beine zufrieden, bevor er sie in eine Ecke zerrte.

„Eins nach dem anderen, Doddy", meinte er und band sie mit einem Strick, den er mehrmals um ihre Taille schlang, an einem Pfosten fest. „Keine Bange, wir werden schon noch unseren Spaß mit ihr haben – wenn Cavanagh da ist und uns zuschaut." Aus seinen Worten sprach unverhohlener Hass. „Lange genug habe ich auf meine Rache gewartet, und jetzt will ich ihn betteln hören. Für sich selbst wird er nicht um Gnade bitten." Nach einem kurzen Blick auf Abbie fügte er hinzu: „Aber für *sie.* Bevor ich ihn töte, soll er leiden – und außerdem einen Batzen Goldguineen lockermachen, in der Hoffnung, dass er dann seine Liebste wiederbekommt. Sie soll ihm einen Brief schreiben, sonst glaubt er nicht, dass wir sie in unserer Gewalt haben. Doch erst einmal trinken wir auf diesen Glücksfall – und auf den Major, der uns ein Leben in Saus und Braus ermöglichen wird."

Minutenlang schien das hämische Gelächter der beiden von den Wänden widerzuhallen, nachdem die rostigen Türriegel geknarrt hatten und die schweren Schritte verklungen waren. Zornestränen verschleierten Abbies Blick. Entschlossen kämpfte sie dagegen an und versuchte sich von den Fesseln zu befreien.

Dass sie selber die Schuld an ihrer misslichen Lage trug, besserte ihre Stimmung keineswegs. Obwohl sie gewusst hatte, welche Gefahren in der Umgebung von Cavanagh Court lauerten, war sie so unvernünftig gewesen, den verdächtigen Karren zu inspizieren. Schlimmer noch – wenn ihr die Flucht nicht gelang, würde Barton sterben …

Dieser grausige Gedanke machte es ihr leicht, die Schmerzen in ihren Handgelenken zu ignorieren, während sie sich gegen die Stricke stemmte. Schließlich musste sie ihre Niederlage akzeptieren. Ohne Hilfe würde sie ihre Freiheit niemals zurückgewinnen. Bedauerlicherweise wusste kein Mensch – ihr Reitknecht vielleicht ausgenommen –, wo sie sich befand. Aber wenn Dodd recht hatte, war Josh womöglich nicht mehr in der Lage, irgendjemanden zu verständigen. Und Barton? Wenn er den Brief erhielt, würde er geradewegs in die Falle tappen.

Sollte sie sich weigern, die Nachricht zu verfassen? Nein, das war zwecklos – die Schurken würden sie dazu zwingen. Doch was, wenn sie versuchte, eine versteckte Warnung hinzuzufügen? Dodd war des Schreibens und Lesens nicht kundig, da war sie sicher. Aber galt das auch für seinen rachsüchtigen Komplizen? Würde er überprüfen, was sie geschrieben hatte? Wenigstens durfte sie hoffen, dass er die ein oder andere falsche Buchstabierung nicht erkannte. Da sie ohnehin keine Wahl hatte, musste sie es auf diesem Wege probieren.

Kaum hatte sie den Entschluss gefasst, hörte sie erneut schwere Schritte und nahm an, dass ihre Entführer zurückkamen, um ihr die Lösegeldforderung zu diktieren.

14. KAPITEL

Auf dem Heimweg widerstand Barton nur mühsam dem Drang, die Taverne an der Evesham Road gleich aufzusuchen. Je eher er diesem elenden Verbrecher Searle gegenübertrat, desto besser … Doch er kannte sein hitziges Temperament und war sich darüber im Klaren, dass er der Versuchung, nachzuholen, was die Armee an dem Schurken versäumt hatte, womöglich nicht würde widerstehen können.

Er lenkte Samson Richtung Cavanagh Court und nahm die Abkürzung durch den Wald, da er vorhatte, den Lunch gemeinsam mit Abbie einzunehmen – die letzte Mahlzeit vor ihrer Abreise. Nur der Himmel mochte wissen, wann er ernsthaft um sie werben durfte. Aber vielleicht konnte er schon in wenigen Tagen nach Bath fahren – falls es tatsächlich Septimus Searle war, der die Anschläge auf ihn und die Frau, die er liebte, zu verantworten hatte.

Diese beglückende Aussicht hätte seine Gedanken noch länger beherrscht, wäre ihm nicht eine plötzliche Bewegung zu seiner Linken aufgefallen. Als er den Blick in die Richtung wandte, entdeckte er zu seiner Verwunderung nicht das Reh, das er zu sehen erwartet hatte, sondern Abbies gescheckte Stute. Nicht weit entfernt graste der Wallach, den die Reitknechte benutzten, wenn sie die Herrschaften eskortierten.

Abbie hatte erwähnt, wie gern sie in der Sommerhitze durch den schattigen Wald ritt.

Dennoch war er beunruhigt. Wieso ließen sie und ihr Begleiter – zweifellos Josh – die Pferde frei umherstreifen? Eine solche Nachlässigkeit passte nicht zu dem jungen Arkwright. Und zu ihr schon gar nicht …

Bartons Unbehagen verstärkte sich, nachdem er mehrmals die Namen der beiden gerufen und keine Antwort erhalten hatte. Schließlich band er die Tiere fest, auch seinen Hengst, und ging auf die Suche. Nur das Zwitschern der Vögel durchbrach die Stille – bis er ein schmerzliches Stöhnen hörte.

Sekunden später fand er Josh am Boden liegend. Bestürzt kniete er sich neben den Verletzten und setzte ihm den Taschenflakon, den er stets bei sich trug, wenn er ausritt, an die bläulichen Lippen. Wie das verkrustete Blut an Joshs Kopf verriet, war er brutal niedergeschlagen worden. Glücklicherweise weckte der Brandy seine Lebensgeister, und er richtete sich langsam auf.

„Was ist passiert, mein Junge?“, fragte Barton in sanftem Ton.

Im nächsten Moment befürchtete er, sein Reitknecht sei schwerer verletzt, als es den Anschein hatte, denn Josh schien zu fantasieren.

„Fußangeln?“, wiederholte Barton ungläubig.

„Aye, Sir. Miss Abbie und ich haben sie auf einem Pferdekarren entdeckt. Und sie war ganz sicher, Sie würden so ein Teufelszeug niemals auslegen lassen. Also musste irgendjemand was Böses im Schilde führen. Deshalb wollte ich mich umschauen. Was dann geschah … Daran erinnere ich mich nicht.“

Da das Fuhrwerk nirgends zu sehen war, hatte man Abbie offenbar darin fortgeschafft. Nur mühsam verbarg Barton seine Angst. „Haben Sie irgendeine Ahnung, wer Sie so zugerichtet hat, Josh?“

Der junge Mann schüttelte den Kopf. Die Bewegung schien ihm heftige Schmerzen zu bereiten, denn er stöhnte auf. „Der Bastard pirschte sich von hinten an mich heran. Ich sah ihn nicht. Aber bevor ich zusammenbrach, hörte ich ihn lachen. Und da musste ich sofort an Dodds dummes Gewieher denken, das mir oft genug auf die Nerven fiel.“

Bartons Gedanken überschlugen sich. Offenbar war Abbie entführt worden, und es galt, sie so schnell wie möglich zu befreien. Nur zu gut konnte er sich vorstellen, welches Schicksal ihr drohte, wenn Septimus Searle sie in seiner Gewalt hatte. Entschlossen erhob er sich und half Josh auf die Füße. Er konnte nicht auf Major Wetherby warten. Und da die Zeit drängte, konnte er auch nicht nach Cavanagh Court zurückkehren und Hilfe holen. Obwohl er Josh in dessen augenblicklicher Verfassung keinen Ritt zumuten wollte, hatte er keine Wahl.

Langsam kehrten sie zu den Pferden zurück – nicht nur, weil der Reitknecht unsicher auf den Beinen war. Bei jedem Schritt suchten sie den Boden aufmerksam nach versteckten Fallen ab. Zum Glück kamen sie unversehrt bei den Tieren an, und Barton stellte die Frage, die ihm auf der Seele brannte.

„Natürlich schaffe ich es bis Warren Hall, Sir. Keine Bange. Sobald ich im Sattel sitze, werde ich ganz sicher drin bleiben."

Daran zweifelte Barton. Als sie jedoch die Straßenkreuzung erreichten, wo sich ihre Wege trennten, fühlte er sich etwas zuversichtlicher. Nun traute er dem verletzten Reitknecht zu, dass er die Aufgabe erledigen konnte. Der Major würde Barton unverzüglich zu Hilfe eilen. Was auch immer er von Wetherby halten mochte – der Mann war ein gewissenhafter Offizier, der seine Pflichten stets erfüllte. Trotzdem wollte er sich nicht gedulden, bis die Soldaten eintrafen, sondern zur Taverne an der Evesham Road vorausreiten.

Als er seinen Hengst in der Nähe des heruntergekommenen Gasthauses zügelte, hatte er sich einen Plan zurechtgelegt. Zuerst würde er Abbie in den Nebengebäuden suchen. Searle war wohl kaum so leichtsinnig gewesen, seine Gefangene in den Schankraum zu bringen, wo die Gäste sie sahen. Andererseits konnte Barton sich kaum vorstellen, dass diese schäbige Wirtschaft gut besucht war.

Er band sein Pferd an einem Baum fest. Im Schutz der Steinmauern, Hecken und Sträucher schlich er zur Rückseite des Anwesens. Zu seiner Erleichterung lag der Hof verlassen, abgesehen von einem unterernährten Pferd, das vor einen Karren gespannt war. Geduckt eilte er an dem Fuhrwerk vorbei und schob die rostigen Riegel des Stalltors zurück.

Er musste einen Freudenschrei unterdrücken, als er Abbie erblickte. Sie wirkte einigermaßen derangiert, doch offensichtlich war ihr nichts Schlimmes zugestoßen. Welch ein Wunder … Niemals hätte er erwartet, sie aufzuspüren, ohne weitaus größere Hindernisse zu überwinden. Überglücklich kniete Barton neben ihr nieder, um den Knebel aus ihrem Mund zu entfernen.

„Wie, um alles in der Welt, haben Sie mich gefunden?", fragte sie und empfand nicht die geringste Verlegenheit, als er ihre Röcke hochstreifte und die Fesseln von ihren Fußknöcheln löste. „Hat jemand beobachtet, wie ich entführt wurde? Josh?"

„Nein, ich fand den armen Jungen auf dem Waldboden, als er gerade zu sich kam. Er wurde niedergeschlagen."

„Oh Gott, wie entsetzlich … Und wie haben Sie mich trotzdem entdeckt?"

„Das verdanke ich Ihnen, meine Liebe." Lächelnd beobachtete er, wie sie verständnislos die Stirn runzelte. „Sie brachten mich auf die Idee, über meine Vergangenheit nachzudenken und mich zu fragen, wer einen Groll gegen mich hegen könnte."

„Und Sie kamen auf den Eigentümer dieser Taverne?"

„Ja … wenn es sich um den Halunken handelt, für den ich ihn halte."

„Jedenfalls ist er ein ausgesprochen unangenehmer Zeitgenosse." Von den Fußfesseln befreit, verspürte Abbie ein heftiges Prickeln in den Zehen. „Ich sollte Ihnen einen Brief schreiben, Lösegeld für mich verlangen und Sie hierherlocken", erklärte sie. „Aber selbst dann hätte er mich nicht freigelassen …" Ängstlich spähte sie zur Tür, bevor sie sich erneut dem geliebten Mann zuwandte. „Die Kerle können jeden Moment wieder auftauchen. Hoffentlich sind Sie nicht allein gekommen, Barton."

„Sorgen Sie sich nicht, Josh ist unterwegs nach Warren Hall. Bald wird uns der Major beistehen. Außerdem ..." Er griff in die Tasche seines Reitrocks, zog eine Pistole hervor und legte sie auf den Boden. „Ich bin stets bewaffnet – eine Gewohnheit, die ich seit meinem Kriegsdienst beibehalte."

Der Anblick des Schießeisens beruhigte Abbie ein wenig. Trotzdem fand sie es unvernünftig, dass er auf eigene Faust losgeritten war – an seine Sicherheit schien er zuallerletzt zu denken.

Den Kopf gesenkt, biss sie sich auf die bebende Unterlippe. Dies ist der falsche Zeitpunkt für Sentimentalitäten, ermahnte sie sich. Dennoch nutzte der Tadel nichts, und er schützte sie nicht vor quälenden Schuldgefühlen. Wie hatte sie nur so schlecht von Barton Cavanagh denken können? Das würde sie nie begreifen. Er war ein wundervoller, tapferer, großzügiger Mann. Und sie liebte ihn mit jeder Faser.

In ihren Augen brannten Tränen. Hastig kniff sie die Lider zusammen. Nein, sie durfte nicht in Reue und Selbstmitleid versinken.

Geschickt befreite Barton sie von dem Strick, der sie an den Posten fesselte, und begann die Lederriemen an ihren Handgelenken aufzuknoten. Plötzlich hörte Abbie ein beunruhigendes Geräusch und riss die Augen auf. Noch bevor sie einen warnenden Schrei ausstoßen konnte, sah sie Dodd einen schweren Stock durch die Luft schwingen. Ein wuchtiger Schlag traf Barton an der Schläfe und streckte ihn nieder.

Blitzschnell bugsierte Abbie die Pistole unter ihre Röcke, während Barton versuchte, sich wieder aufzurichten. Dadurch war Dodds Aufmerksamkeit ganz auf ihn gerichtet, was Abbie ohne Zögern nutzte, um ihre Hände weiter zu befreien.

Die Stalltür schwang auf, und Dodds Komplize trat ein, eine Pistole im Anschlag. Höhnisch musterte er den taumelnden Barton. „Wenn das nicht der ehrenwerte Herr Major ist! Sie ahnen ja gar nicht, wie ich mich auf dieses Wiedersehen gefreut habe!"

Statt zu antworten, setzte sich Barton neben Abbie. Mühelos verstand er, was ihr Blick ihm bedeutete. Er schob eine Hand unter ihren Reitrock, dann fixierte er seinen Widersacher.

Nie zuvor hatte sie eine derart tiefe Abscheu in seiner Miene gelesen. War es klug von ihm, dass er seine Feindseligkeit so offen zeigte? Täte er nicht besser daran, scheinbar auf die Forderungen der Schurken einzugehen, um Zeit zu gewinnen, bis Wetherby mit seinen Soldaten eintraf? Und falls das zu lange dauerte – sie benötigte nur noch ein oder zwei Minuten, um ihre Hände ganz aus den Fesseln zu lösen. Dann war sie imstande, Barton in seinem Kampf gegen die Entführer zu unterstützen.

Sie entschloss sich, eine Verzögerungstaktik anzuwenden. „Wären Sie so freundlich, mich mit dem Gentleman bekannt zu machen, Barton?", fragte sie höflich.

„Gentleman?", wiederholte er verächtlich. „Glauben Sie mir, Abbie, Gentlemen sind keine kaltblütigen Mörder. Oh ja, Septimus Searle genoss den Krieg in Spanien in vollen Zügen, bis er meinem Kommando unterstellt wurde. Er brachte falsche Anschuldigungen gegen verheiratete Kameraden vor und zwang deren Ehefrauen, ihm zu Willen zu sein, damit den Männern grausame Peitschenstrafen erspart blieben. Was meiner Ansicht nach einer Vergewaltigung gleichkam. Ich brauchte nicht lange, um ihm auf die Schliche zu kommen. Und selbstverständlich bereitete ich seinem widerwärtigen Treiben ein Ende."

„Aye, da haben Sie mir einen schlechten Dienst erwiesen,

Major“, seufzte Searle. „Und als Sie mich degradierten, war mein Leben keinen Pfifferling mehr wert. Wohl oder übel musste ich desertieren, sonst hätten mich ein paar rachsüchtige Kerle ermordet. Und nun frage ich Sie – hatte ich eine Wahl?“

Falls er auf Bartons Verständnis hoffte, wurde er bitter enttäuscht. Auch Abbie empfand kein Mitleid mit diesem Menschen, der keine Spur von Reue über seine Untaten zeigte. Searle schien in Erinnerungen zu versinken, und daran wollte sie ihn nicht hindern. Je länger er über das vermeintliche Unrecht jammerte, das ihm sein ehemaliger Kommandant zugefügt hatte, desto mehr konnte sie hoffen, dass Wetherbys Soldaten rechtzeitig eintrafen.

„Natürlich schwor ich Ihnen Rache, sobald ich der Gefangenschaft entflohen war, Major“, fuhr Searle fort. „Aber bis ich in die gute alte Heimat zurückkehren konnte, dauerte es eine Weile. Und das kostete mich fast alles, was ich während meiner Zeit in der Armee … nun, sagen wir … beiseitegelegt hatte. Trotzdem besaß ich irgendwann wieder ein nettes Sümmchen und begann, nach Ihnen zu suchen.“

„Wie Sie sich dieses Geld angeeignet haben, muss ich wohl nicht fragen“, murmelte Barton laut genug, dass Searle es hörte.

„Aye, Sie sind ein schlauer Mann, Major“, meinte er amüsiert. „Wirklich schade, dass Sie mich von Anfang an nicht leiden konnten … Mit vereinten Kräften hätten wir's weit gebracht.“

„Damit durften Sie niemals rechnen. Ich wähle meine Freunde sehr sorgfältig aus.“

„Klar, Major. Genau wie Ihre Liebhaberinnen. Nicht so wie die armen gemeinen Soldaten, die sich mit gewöhnlichen Marketenderinnen begnügen mussten. Für *Sie* immer nur das Beste …“ Searle warf Abbie einen höhnischen Blick zu. „Was meinst du, Doddy? Willst du dich jetzt mit diesem hübschen kleinen Ding vergnügen? Aber mach schnell, man kann nie wissen, wann die Soldaten anfangen, nach meinem Major und seiner Liebsten zu suchen. Also müssen wir ihre Leichen schleunigst beseitigen."

Abbie wusste nicht, was sie am meisten anwiderte – Searles unverblümte Ankündigung seiner Absichten oder Dodds schmutzige Finger, die sich an den Knöpfen seiner Breeches zu schaffen machten. Mit aller Kraft würde sie sich gegen diesen Bastard wehren. Dazu war sie glücklicherweise imstande, denn inzwischen hatte sie ihre Handgelenke von den Fesseln befreit.

„Wenn Sie Miss Graham anrühren, werde ich Sie töten", erklang in diesem Moment Bartons eisige Stimme.

„Nur zu, mein Junge!", ermunterte Searle seinen Spießgesellen. „Ich halte ihn in Schach. Los, beeil dich!"

Hätte er von der Pistole gewusst, die unter Abbies Röcken verborgen lag, wäre er gewiss nicht so leichtsinnig gewesen, seinem Kumpan diesen Ratschlag zu erteilen. Wie gut Barton Cavanagh mit Feuerwaffen umzugehen verstand, hatte sich in der ganzen Armee herumgesprochen. Gerade war Dodd auf die Knie gesunken, eifrig bestrebt, seine Lust zu stillen, und im nächsten Moment lag er leblos am Boden.

Kaum dass der ohrenbetäubende Schuss verhallt war, sprang Barton auf und schleuderte die Pistole in Richtung des zweiten Peinigers.

Bedauerlicherweise erholte sich Searle viel zu schnell von dem schmerzhaften Schlag gegen seinen Arm und zückte seine Waffe, ehe Barton sich auf ihn stürzen konnte. In kaltem Entsetzen beobachtete Abbie, wie sich der Finger des Schurken um den Abzug krümmte und ein hässliches, boshaftes Grinsen seine Lippen verzerrte. Der Mann, den sie liebte, stand direkt in der Schusslinie, offenbar entschlossen, die Kugel abzufangen, die sie vielleicht treffen würde.

Durfte sie das zulassen? Wenn er sie rettete und dabei starb … Ohne ihn wollte sie nicht weiterleben.

Barton wusste nicht, wie ihm geschah. Während er alle seine Muskeln anspannte und sich darauf konzentrierte, Searle zu entwaffnen, warf Abbie sich auf ihn. Er taumelte seitwärts, der Knall eines zweiten Schusses dröhnte ihm in den Ohren.

Er hielt Abbie fest, sank mit ihr zu Boden und starrte auf den dunklen Fleck, der sich auf dem Oberteil ihres Reitkostüms ausbreitete. Und dann lag sie da, eine reglose Gestalt in seinen Armen. Sollte er wider besseres Wissen hoffen, sie wäre nur ohnmächtig und würde gleich wieder ihre schönen blauen Augen öffnen? Nein, er war nicht der Mann, der eine grausame Realität nicht zu akzeptieren vermochte. Und auch kein Mann, der in Trauer versank, wenn er seine ganze Kraft brauchte, um eine schwere Aufgabe zu erledigen.

Vorsichtig bettete er Abbie ins Stroh und spürte, wie heißer Zorn seine Verzweiflung verdrängte, als er seinen Feind zurückweichen sah. Von wildem Rachedurst getrieben, erhob er sich, stürmte hinter Searle her und holte ihn im Hof ein.

Mit beinahe spielerischer Leichtigkeit zwang Barton ihn zu Boden. In den nächsten Sekunden kannte er keine Gnade. Einen Arm um den Hals des Schurken geschlungen, trachtete alles in ihm danach, zu Ende zu bringen, was die Armee vor Jahren versäumt hatte, und die verdiente Strafe zu vollstrecken. Doch da ermahnte ihn die Stimme seines Gewissens. Während des Krieges in Spanien war er ein tapferer, ehrenwerter Offizier gewesen, der seine Feinde nur auf dem Schlachtfeld getötet hatte, kein kaltblütiger, rachsüchtiger Mörder.

Wie von selbst schienen sich seine Armmuskeln zu lockern. Dann drangen Hufschläge in sein Bewusstsein. Aber er ließ Searle erst los, als jemand ihn beharrlich von ihm wegzog. Schließlich stand Barton auf und sah den Mann an, der ihn nach Abbie fragte. „Sie finden Ihre Herrin im Stall, Josh.“

„Müssen wir uns sonst noch um jemanden kümmern?", Major Wetherby trat zu ihnen, nachdem er seinen Männern befohlen hatte, Searle abzuführen.

„Ja ..." Barton zeigte auf den Stall. „Da drinnen liegt Ben Dodd. Er ist tot."

In diesem Moment kam Josh aus dem halb verfallenen Gebäude gerannt. „Sir! Mr. Cavanagh! Sollten wir Miss Abbie nicht zu einem Arzt bringen?"

Zunächst hatte Barton das Gefühl, kein Wort zu verstehen. Die Schultern gebeugt, starrte er wie betäubt zu Boden. Dann hob er langsam den Kopf, und die beiden Männer, die ihn voller Sorge beobachteten, sahen, wie etwas in seinen Augen aufflammte.

Bevor einer von ihnen noch ein weiteres Wort sagen konnte, eilte er in den Stall und kniete neben Abbie nieder. Mit einem zitternden Fingern berührte er ihren schlanken Hals. Bis er den ersehnten schwachen Puls fühlte, dauerte es eine ganze Weile.

Gegen Abend saß Barton in seiner Bibliothek. Auf den ersten Blick erweckte er den Eindruck eines Mannes, der seine Gefühle unter Kontrolle hatte. Nur jemand, der ihn sehr gut kannte, hätte die angespannten Kiefermuskeln bemerkt, den gequälten Ausdruck in den halb geschlossenen Augen.

Sobald er gespürt hatte, dass das Leben noch durch Abbies Adern pulsierte, hatte er sie auf die Arme gehoben und war mit ihr aus dem Stall gerannt. Natürlich hatte er es nicht riskieren können, die schwer verletzte junge Frau den Erschütterungen auf einem Pferderücken auszusetzen. Und so war er mit ihr auf den schäbigen alten Karren gestiegen, hatte sein Taschentuch auf die Schusswunde gepresst und sich inständig gewünscht, er könnte die Blutung in Grenzen halten. Die Fahrt nach Cavanagh Court schien kein Ende zu nehmen, obwohl Josh den unterernährten Klepper erbarmungslos antrieb.

Inzwischen hatte einer von Wetherbys Soldaten den Doktor verständigt, der bereits in der Halle wartete. Von mehreren Dienstboten unterstützt, übernahm Lady Penrose die Aufsicht im Krankenzimmer. Barton wusste Abbie in den besten Händen. Doch das beruhigte ihn nicht. Schließlich waren seine schlimmsten Befürchtungen bestätigt worden, als der Arzt ihn vor einer Stunde aufgesucht hatte, um mit ihm zu reden.

„Ich habe die Kugel entfernt und die Wunde gereinigt, Cavanagh. Zumindest kann ich Ihnen versichern, dass keine lebenswichtigen Organe getroffen wurden. Aber die junge Dame hat sehr viel Blut verloren, deshalb ist sie ziemlich geschwächt. Wenn sie von einer Infektion verschont wird, bleibt sie vielleicht am Leben. Morgen früh wird meine Diagnose etwas genauer ausfallen."

Kurz nachdem der Doktor das Haus verlassen hatte, war Barton ins Krankenzimmer gegangen. doch auch dort hatte er keinen Trost gefunden. Vollkommen reglos lag Abbie im Bett, und der Anblick ihrer bleichen Wangen schürte seine Schuldgefühle.

Warum hatte er nicht sofort nach einem Lebenszeichen geforscht? Diese vernichtende Frage peinigte ihn unentwegt. War er, von maßloser Rachsucht besessen, zu keinem vernünftigen Gedanken fähig gewesen? Das viele Blut auf der Jacke ihres Reitkostüms hatte ihn zu der Überzeugung geführt, dass die Wunde tödlich gewesen sein musste. In Wirklichkeit war die Kugel oberhalb des Herzens in Abbies Brust gedrungen. Und so hatte er kostbare Zeit vergeudet, um Searle zu überwältigen, statt ihr zu helfen.

Nun saß er verzweifelt in der Bibliothek, von heftigen Gewissensqualen erfüllt. Wetherby war vor einer Weile zu ihm gekommen und hatte erklärt, Searle sei hinter Gittern und warte auf seine Gerichtsverhandlung. Danach hatte Barton die Dienstboten beauftragt, keine weiteren Besucher zu empfangen. Aber er wurde trotzdem in seinen bedrückenden Gedanken gestört.

Erstaunt blickte er auf, als der normalerweise so vertrauenswürdige Barryman die Tür öffnete und verkündete, es sei jemand eingetroffen, der sich nicht abweisen lasse. „Glauben Sie mir, Sir, ich würde ihn wegschicken, wenn ..."

Der Satz blieb unvollendet, denn in diesem Moment schob ein hochgewachsener, distinguierter Gentleman den alten Butler beiseite und herrschte Barton ohne Umschweife an: „Was, zum Teufel, soll das heißen? Warum hast du mir diesen unverschämten Brief geschrieben?"

15. KAPITEL

Von einem Berg Kissen gestützt, saß Abbie im Bett und wartete geduldig darauf, dass eine ihrer selbsternannten Gefängniswärterinnen hereinkam und ihr erlauben würde aufzustehen. Nicht, dass sie unfähig gewesen wäre, sich allein anzukleiden …

Gewiss, am Anfang ihrer Genesungszeit hatte sie sogar, hilflos wie ein Baby, gefüttert werden müssen. Inzwischen war sie zu Kräften gekommen und durchaus imstande, für sich selber zu sorgen. Doch sie wollte sich nicht zu viel zumuten und womöglich zunichtemachen, was Lady Penrose und Miss Felcham, die tüchtige Zofe, einen Monat lang mit unermüdlicher aufopferungsvoller Pflege erreicht hatten. Andererseits fand sie, es sei an der Zeit, wenigstens einen Teil ihrer Unabhängigkeit zurückzuerobern, die ihr so viel bedeutete.

An die ersten Tage nach ihrer Verletzung erinnerte sie sich nur vage. Unter dem Einfluss des Laudanums war sie zumeist benommen gewesen. Von Lady Penrose wusste sie, dass Barton und Josh sie in einem klapprigen alten Karren nach Cavanagh Court gebracht hatten und dass ihr Zustand von Dr. Phelps als kritisch eingeschätzt worden war. Etwa eine Woche lang hatte ihr Leben an einem seidenen Faden gehangen.

Zu ihren wichtigsten Eindrücken gehörte der Anblick ihres Großvaters. Bleich und verhärmt, ein Schatten seiner selbst, hatte er an ihrem Bett gesessen. Angesichts seiner rührenden Besorgnis war es ihr leichtgefallen, ihm alles zu verzeihen, was er ihr in den vergangenen Jahren angetan hatte. Obwohl er niemals zeigte, was ihn bewegte, erkannte sie, wie sehr er sie liebte. Hätte sie sich der Gefühle, die ein anderer Gentleman für sie empfand, doch ebenso sicher sein können …

Immer wieder betonte ihre Patentante, Barton habe in der

ersten Zeit viele Stunden lang neben dem Krankenlager Wache gehalten.

Und Abbie wusste tatsächlich noch, dass sie die Umrisse einer hochgewachsenen Gestalt in ihrem Zimmer wahrgenommen hatte, genauso wie die Berührung einer warmen Hand. Indes konnte es auch ihr Großvater gewesen sein, denn Barton besuchte sie nicht mehr oft, seit ihre Kräfte zurückgekehrt waren. Wenn er zu ihr kam, dann nur in Gegenwart anderer.

Es klopfte an der Tür, und der Colonel trat ein und lenkte seine Enkelin von ihren melancholischen Gedanken ab. Seine Kleidung verriet, wie er diesen Vormittag zu verbringen plante.

„Oh, du willst ausreiten, Großvater", seufzte Abbie wehmütig, nachdem er ihre Wange geküsst hatte – eine zärtliche Geste, die er neuerdings niemals versäumte. „Wie gern würde ich dich begleiten ..."

„Das wird dein Zustand bald wieder gestatten. Und glaub mir, mein liebes Kind, darauf freue ich mich genauso wie du." Ausnahmsweise setzte er sich nicht neben das Bett, sondern ging zum Fenster, bevor er hinzufügte: „Da du fast genesen bist, müssten wir etwas besprechen – nämlich deine Zukunft."

Deutlich genug hörte sie die Reserviertheit aus seiner Stimme heraus. An diesen Ton hatte sie sich im Lauf der Jahre gewöhnt. Aber diesmal schlug er ihn nicht an, weil sie in Ungnade gefallen war. Stattdessen gewann sie den Eindruck, dass er Unbehagen empfand, vielleicht sogar Reue.

Ihre Vermutung bestätigte er wenige Sekunden später. „In diesen letzten Jahren war ich ein verdammter Narr. Und ich kann dich nur inständig ersuchen, mir zu vergeben, dass ich dich so schlecht behandelt habe."

Wie wundervoll wäre es gewesen, diese Worte zu hören, bevor sie Foxhunter Grange verlassen hatte ... Inzwischen dachte sie ganz anders darüber, denn der Colonel hatte völlig zu Recht behauptet, Barton sei genau der Richtige für sie. Eigentlich müsste sic um Nachsicht bitten.

Wahrheitsgemäß erwiderte sie daher: „Es gibt nichts zu verzeihen, Großvater."

„Oh doch, mein Kind", protestierte er leise. „In selbstgerechter Empörung kam ich hierher, voller unbegründeter Vorurteile. Ich dachte, du hättest Barton veranlasst, einen Brief zu schreiben, den ich für eine infame Beleidigung hielt. Aber dann hat er mir einiges klargemacht."

„Gewiss, er pflegt seine Meinung unmissverständlich zu äußern", bemerkte Abbie und lächelte amüsiert. „In mancher Hinsicht ähnelt ihr euch, du und Barton. Ihr seid beide starke, energische Persönlichkeiten. Und es käme euch gar nicht in den Sinn, ein Blatt vor den Mund zu nehmen."

„Ja, das stimmt." Auch Colonel Graham musste lächeln. „Wenigstens sind wir nicht zu stolz, um einen Fehler einzugestehen. Leider war ich sehr ungerecht gegen dich, Abbie." Nun trat er neben das Bett, und sie las tiefes Bedauern in seinen Augen. „Darauf wies Barton mich am Abend meiner Ankunft in Cavanagh Court hin, und er betonte, es wäre grundfalsch gewesen, wenn ihr vor sechs Jahren geheiratet hättet. Ihr beide wart damals noch sehr jung."

Genau das wollte sie *nicht* hören. „Ich glaube, damals wollte er mich nur zur Frau nehmen, um dir einen Gefallen zu erweisen, Großvater."

„Vermutlich hast du recht, mein Kind. Ich entsinne mich, wie erstaunt er war, als ich das Thema am Abend seines letzten Aufenthalts in Foxhunter Grange anschnitt. Sicher wäre es besser gewesen, damit ein oder zwei Jahre zu warten. Das weiß ich jetzt. Doch Barton sollte am nächsten Tag abreisen. Und ich hatte keine Ahnung, wann er uns wieder besuchen würde. Wie sich herausstellte, kam er danach nicht mehr, weil er in die Armee eintrat."

Plötzlich stockte ihr der Atem. Offenbar hatte ihr Großvater die Hochzeit erst vorgeschlagen, *nachdem* Barton von seinem Stelldichein mit Lady Fitzpatrick ins Sommerhaus zurückgekehrt war. ... Mit schmalen Augen musterte sie den alten Mann. „Wann genau hast du diese Heiratspläne mit Barton besprochen?"

„Du meine Güte, Kindchen! Das weiß ich nicht mehr. Immerhin sind seither sechs Jahre verstrichen ..." Er seufzte zerknirscht, als würde er seine Ungeduld bereuen. „Mal sehen, ob's mir noch einfällt ... Ich glaube, den Großteil des Tages verbrachte er nicht im Haus. Also muss es kurz vor dem Dinner gewesen sein." Als er Abbies gerunzelte Stirn bemerkte, fragte er: „Ist das wichtig?"

Vielleicht war es einmal von Bedeutung gewesen. Jetzt nicht mehr. „Nein, Großvater", entgegnete sie lächelnd.

„Wenn das so ist, darf ich dich vielleicht bitten, deine Zukunft mit mir zu besprechen." Unbehaglich wich er ihrem Blick aus. „Würdest du mir meinen Herzenswunsch erfüllen und nach Foxhunter Grange zurückkehren? Natürlich bleibe ich hier und warte, bis du wieder wohlauf bist und die Reise antreten kannst. Du musst nicht befürchten, dass ich dich so lieblos behandele wie in den letzten Jahren. Und ... im Herbst möchte ich dich mit nach London nehmen."

Früher wäre sie glücklich gewesen über die Gelegenheit, in die Hauptstadt zu fahren und vielleicht einen Gentleman kennenzulernen, der ihr Herz eroberte. Aber während der letzten Wochen hatte sich viel geändert. Der einzige Mann, mit dem sie ihr Leben teilen wollte, hielt sich hier auf, in Cavanagh Court. Warum sollte sie ihre Zeit und das Geld ihres Großvaters verschwenden, in der vergeblichen Hoffnung, jemandem zu begegnen, der Barton ebenbürtig wäre? Sie sank tiefer in ihre Kissen. „Es gibt keinen Grund, warum wir nicht schon am Ende dieser Woche aufbrechen sollten."

Vermutlich hatte ihre Stimme enthusiastischer geklungen, als sie sich fühlte, denn ihr Großvater lächelte erfreut. „Großartig! Wenn ich von meinem Ausritt zurück bin, werde ich die nötigen Vorbereitungen treffen. Obwohl Bartons Gastfreundschaft nichts zu wünschen übrig lässt, wird der Junge froh sein, wenn er das Haus wieder für sich allein hat."

Eine Antwort blieb ihr erspart, denn in diesem Moment kam Lady Penrose ins Zimmer, was den Colonel sofort bewog, die Flucht zu ergreifen. Obwohl die beiden überaus höflich miteinander umgingen, hatte Abbie das Gefühl, dass ihr Großvater sich das Wohlwollen ihrer Patentante erst noch verdienen musste.

„Gleich kommt Felchie, um dir beim Ankleiden zu helfen, mein Kind", kündigte Lady Penrose an, sobald sie mit Abbie allein war. Da sie keine Antwort erhielt, schaute sie ihre Patentochter prüfend an. „Hoffentlich hat der Colonel dich nicht ermüdet. Ich fürchte, manchmal vergisst er, wie krank du warst."

„Nein, ich bin völlig in Ordnung." Um ihre Worte zu bekräftigen, schwang Abbie die Beine über den Bettrand und ergriff ihren Morgenmantel. „Heute Vormittag möchte ich mich in den Garten setzen und die letzten warmen Sonnenstrahlen genießen. Höchste Zeit, dass ich wieder in die wirkliche Welt zurückkehre! Wenn Großvater am Wochenende nach Foxhunter Grange zurückfährt, werde ich ihn begleiten."

Lady Penrose ließ sich nicht anmerken, wie gründlich ihr diese Mitteilung missfiel. Aber nachdem sie das Zimmer verlassen hatte, runzelte sie erbost die Stirn. Wenn Abbie schon in wenigen Tagen abreiste, würde sie ihre gesamte Zukunft aufs Spiel setzen.

Was, um alles in der Welt, hatte ihre Patentochter zu diesem Entschluss bewogen? Inzwischen musste sie ihre Abneigung gegen Barton doch überwunden haben, oder? Und nicht nur das – Abbie sollte eigentlich wissen, dass sie hierhergehörte, zu ihm. Trotzdem wollte sie Cavanagh Court den Rücken kehren. Warum? Und wieso zögerte der Hausherr immer noch, den längst fälligen Heiratsantrag auszusprechen?

Plötzlich merkte Lady Penrose, dass sie stocksteif mitten im Flur stand. Als sie zur Treppe gehen wollte, fiel ihr auf, dass aus dem Raum, der an das Zimmer ihrer Patentochter grenzte, ein Luftzug wehte. Offenbar hatte ein Dienstmädchen dort sauber gemacht und vergessen, die Fenster zu schließen. Um dieses Versäumnis nachzuholen, schob Ihre Ladyschaft die halb offene Tür auf, um das Gemach zu betreten – und hielt verblüfft inne, als sie der Staffelei und des darauf befindlichen Bildnisses ansichtig wurde.

Normalerweise pflegte ein lebhafter Galopp Bartons Laune zu bessern. Aber dieser Ausritt bildete eine Ausnahme – kein Wunder, nach der Neuigkeit, die er von seinem Patenonkel erfahren hatte … Trotzdem weigerte er sich, in tiefer Melancholie zu versinken oder die Pflichten eines Gastgebers zu vernachlässigen.

Ins Haus zurückgekehrt, führte er den Colonel in die Bibliothek, um ihm ein Glas Burgunder anzubieten. Verwirrt hielt er inne, als er Lady Penrose vor dem Kamin sitzen sah. Ungeduldig trommelte sie mit den Fingerspitzen auf die Armstütze ihres Sessels.

Nie zuvor war sie in sein privates Heiligtum eingedrungen. Doch jetzt verriet ihre kampflustige Miene, dass sie sich berechtigt fühlte, gegen ein ungeschriebenes Gesetz zu verstoßen.

„Ist irgendetwas nicht in Ordnung, Ma'am?“, erkundigte er sich.

„So könnte man es ausdrücken“, bestätigte sie prompt. „Übrigens, das Problem betrifft auch Sie, Sir“, fügte sie hinzu, als der Colonel sich taktvoll zurückziehen wollte.

Belustigt über ihren schroffen Ton, unterdrückte Barton ein Lächeln und ging zum Büfett mit den Karaffen. Obwohl der Colonel seit seiner Ankunft deutlich genug bewiesen hatte, wie sehr er seine Enkelin liebte und sich um sie sorgte, war Ihre Ladyschaft offenbar nach wie vor nicht bereit, ihm zu verzeihen, dass er Abbie jahrelang so unfreundlich behandelt hatte.

„Darf ich Sie zu einer Erfrischung einladen, Ma'am?", fragte Barton, in der Hoffnung, die streitbare Dame zu besänftigen. „Vielleicht zu einem Gläschen Ratafia?"

„Das dürfen Sie, Sir. Indes würde ich Portwein vorziehen."

Colonel Graham runzelte nachdenklich die Stirn. Er schien Lady Penrose Wahl zu missbilligen.

Gleichwohl reichte Barton ihr das gewünschte Getränk. Dann bat er sie, ihr Anliegen vorzutragen.

„Also, es geht um meine Patentochter ..." begann Ihre Ladyschaft. „Oh, keine Bange, sie hat keinen Rückfall erlitten", fügte sie hinzu, als sie Bartons besorgten Gesichtsausdruck bemerkte. „Heute ist sie sogar zum ersten Mal aus dem Haus gegangen, und jetzt sitzt sie im Garten und genießt die frische Luft."

Damit beruhigte sie Barton keineswegs. „Ist das ratsam, Ma'am? Wo der Doktor doch eigens betont hat, Abbie müsse sich noch eine Zeit lang schonen und ..."

„Unsinn", unterbrach sie ihn, „sie ist so gut wie genesen. Dem Himmel sei Dank!", fuhr sie fort und warf dem Colonel einen vernichtenden Blick zu. „Denn sie wird ja bedauerlicherweise gezwungen sein, schon in ein paar Tage eine lange, beschwerliche Reise anzutreten! Das heißt – wenn Sie es gestatten, Barton."

Wie eine unheilvolle Drohung hingen ihre Worte in der Luft. Der Colonel, dessen Wangen beängstigend rot anliefen, schien seinen Zorn nur mühsam zu zügeln. Genauso deutlich bekundeten Bartons zusammengepresste Lippen sein Missfallen, bevor er sich abrupt zum Fenster wandte. „Bedenken Sie bitte, Ma'am ..." Lediglich seine Hochachtung vor Lady Penrose hinderte ihn daran, mit schärferer Stimme zu sprechen. „In dieser Angelegenheit habe ich nichts zu sagen."

„Was für eine alberne Ausrede!", rief sie verächtlich. „Niemals hätte ich einem Mann Ihres Charakters zugetraut, untätig mit anzusehen, wie die geliebte Frau das Weite sucht."

Verwirrt fuhr er zu ihr herum. Sein Mienenspiel verriet ihr die widersprüchlichen Gefühle, die in ihm kämpften – Hoffnung und Unsicherheit.

„Bilden Sie sich etwa ein, Abbie würde Ihre Liebe nicht erwidern, Barton? Heiliger Himmel! Sind Sie wirklich derart blind? Um Ihr Leben zu retten, wäre sie fast gestorben!"

„Das werde ich niemals vergessen", entgegnete er leise. „Aber so einfach, wie Sie glauben, ist es nicht." In einem Zug leerte er sein Portweinglas, dann stellte er es beiseite. „Es gibt Hürden, die ich überwinden müsste, bevor ..."

„Pah!", fiel sie ihm energisch ins Wort und stärkte sich ebenfalls mit einem großen Schluck Portwein. „Sagen Sie mir eins, Barton ..." Nun stand sie auf und schaute ihm direkt in die Augen. „Haben Sie Ihr Porträt gesehen, das Abbie gemalt hat?"

Erstaunt über den plötzlichen Themenwechsel, schüttelte er den Kopf.

„Das dachte ich mir", verkündete sie selbstzufrieden. „Nun, falls Sie einen stichhaltigen Beweis brauchen, bevor Sie Ihren Entschluss fassen, sollten Sie mir folgen. Und Sie ebenfalls, Colonel", fügte sie hinzu und bedachte den alten Mann mit einem Blick, der jeden Widerspruch im Keim erstickte.

Majestätisch rauschte sie aus der Bibliothek und die Treppe hinauf in Abbies provisorisches Atelier, gefolgt von den beiden Gentlemen. Sie hatte die Staffelei so aufgestellt, dass man das Gemälde sah, sobald man das Zimmer betrat.

Wie vom Donner gerührt blieb Barton davor stehen. Auch der Colonel zeigte sich überrascht. „Ein Meisterwerk“, konstatierte er, nachdem er das Bildnis eingehend betrachtet hatte. „Ihr bemerkenswertes Talent hat Abbie von ihrer Großmutter geerbt“, betonte er voller Stolz.

„Ausnahmsweise sind wir einer Meinung, Colonel“, erwiderte Lady Penrose zufrieden. „Sie hat jenes gewisse Etwas in Bartons Zügen großartig eingefangen, nicht wahr? Diese Zärtlichkeit im Blick, den weichen Zug um den Mund ... Allzu schwer dürfte es ihr nicht gefallen sein – oft genug hat sie diesen Gesichtsausdruck studieren können, der für sie allein reserviert war.“ Lächelnd beobachtete sie, wie ihr Gastgeber mühsam schluckte. „Wenn ich mir eine belanglose Kritik erlauben darf, unsere Abbie hat dem Gentleman, den sie gemalt hat, ein bisschen geschmeichelt. In Wirklichkeit sieht er nicht ganz so gut aus. Doch das muss man ihr zugestehen, weil sie ihn mit den Augen der Liebe betrachtet.“

Zunächst fürchtete Lady Penrose, sie hätte Barton nicht überzeugt. Und dann wusste sie nicht, wie ihr geschah, denn plötzlich hob er sie hoch, drückte ihr einen Kuss auf die Wange und stellte sie wieder auf die Füße.

„Verzeihen Sie, wenn ich Sie allein lasse“, bat er auf halbem Weg zur Tür. „Ich habe etwas zu erledigen. Und es ist wirklich sehr dringend.“

„Gehen Sie nur, mein lieber Junge!“, rief sie ihm nach. „Der Colonel und ich werden unser Bestes tun, um miteinander zurechtzukommen, bis Sie zurückkehren.“

Das Einvernehmen der beiden war Barton im Augenblick herzlich gleichgültig, denn in seinem Innern meldete sich bereits eine warnende Stimme, die ihn zur Vorsicht mahnte und die alten Zweifel wiedererweckte. Abbie hatte ihm ihre Liebe geschenkt, das stand eindeutig fest. Aber bedeutete das auch, dass sie ihn diesmal nicht abwies, wenn er um ihre Hand anhielt?

Zu ihren vielen einzigartigen Vorzügen gehörten ihr Augenmaß und ihre Besonnenheit. Niemals würde sie sich von Gefühlen hinreißen lassen, sondern gründlich nachdenken, bevor sie eine Entscheidung fällte, die ihre Zukunft betraf. Womöglich hegte sie nach wie vor Bedenken und würde seinen Heiratsantrag ein zweites Mal ablehnen. Und dann für immer aus seinem Leben verschwinden …

Als er sie im Garten sitzen sah, die schönen Gesichtszüge friedlich entspannt, fasste er Mut, konnte seine Sorge indes nicht vollends verdrängen.

Dann entdeckte sie ihn und runzelte die Stirn. „Kommen Sie, um mit mir zu schimpfen, weil ich mich schon viel zu lange hier draußen aufhalte? Ich wollte mich mit Ihrer neuesten Errungenschaft anfreunden." Er setzte sich zu ihr, und sie fuhr lächelnd fort: „Noch länger werden Sie mich nicht täuschen, Barton Cavanagh, denn nun weiß ich endgültig, welch weiches Herz sich hinter Ihrer schroffen Fassade verbirgt. Die meisten Gentlemen hätten dieses bedauernswerte Geschöpf dem Rossschlächter übergeben. Und ich muss gestehen – der arme, abgemagerte Klepper, dem ich vor einem Monat begegnet bin, ist nicht wiederzuerkennen. Wie ein verspieltes Fohlen springt er in der Koppel umher."

Das Lob für diese gute Tat durfte er eigentlich nicht für sich beanspruchen. Dem Pferd, das vor den alten Karren gespannt gewesen war, hatte er kaum Beachtung geschenkt und nur ein einziges Ziel verfolgt – die schwer verletzte geliebte Frau dem Doktor anzuvertrauen.

Zum Glück war Josh nicht so nachlässig gewesen und hatte sich der misshandelten Kreatur angenommen. Inzwischen wirkte das Tier kerngesund und kräftig, und Barton konnte sich immerhin zugutehalten, dass er ihm Obdach gewährte.

„Wie ich sehe, geht es dem Wallach ganz ausgezeichnet",

bemerkte er und erwiderte Abbies Lächeln. „Sicher kann er bald arbeiten, um sich für Kost und Logis zu revanchieren."

Lachend verdrehte sie die Augen. „Was zweifellos bedeutet, dass er hauptsächlich dem Müßiggang frönen wird …" Plötzlich wurde sie ernst. „Oh Barton, ich habe Ihnen noch gar nicht gedankt. An jenem Tag haben Sie Ihr Leben aufs Spiels gesetzt, um meines zu retten."

„Und Sie haben mich vor dem sicheren Tod bewahrt, Sie leichtsinniges, dummes Mädchen."

Gewiss hatte er einen sanften Tadel aussprechen wollen. Aber in Abbies Ohren klangen seine Worte wie eine Liebkosung. „Allzu lange müssen Sie meine Dummheit nicht mehr ertragen", konterte sie, um einen beiläufigen Ton bemüht. Doch sie konnte nicht ignorieren, wie schmerzhaft eng es ihr in der Kehle wurde. „Hat Großvater schon erwähnt, dass wir am Freitag abreisen werden?"

„Bleib hier!", sagte er nach einem scheinbar endlosen Moment des Schweigens.

Nicht die Aufforderung als solche bewog Abbie, neben Barton sitzen zu bleiben, obwohl sie im Begriff gewesen war aufzustehen. Nein – es waren die tiefen Gefühle, die in seiner Stimme mitschwangen. „Warum …? Wollten Sie – wolltest du mir etwas sagen?"

„Bleib hier", wiederholte er und starrte einen Punkt zwischen seinen Stiefeln an. „Wenn du mich alleinlässt, bin ich dazu verurteilt, ein reizbarer alter Mann zu werden. Ich brauche dich – damit du mich aufheiterst, wenn ich schlecht gelaunt bin, oder zurechtweist, falls du mein Benehmen wieder einmal zu arrogant findest."

Noch deutlicher hätte er ihr seine Liebe nicht erklären können. Durch einen Tränenschleier hindurch sah sie, wie er aufsprang. Doch sie konnte nicht sprechen, weil ihre Kehle wie zugeschnürt war.

„Sei versichert, ich verstehe deine Skepsis", fügte er hinzu. „Ich weiß, wie sehr ich dich vor sechs Jahren gekränkt habe ..."

Um ihn zu unterbrechen, erhob sie sich und legte einen Finger auf seine Lippen. „Wage es bloß nicht, dich dafür zu entschuldigen, dass du ein Mann bist, Barton Cavanagh!", brachte sie erstickt hervor. „Ich wünsche mir keinen Ausbund an Tugend – sondern dich."

Erst las sie ungläubiges Staunen in seinem Blick, dann ein heißes Glücksgefühl, bevor er sich herabneigte und sie küsste, zärtlich und mit wachsender Leidenschaft. „Nie wieder werde ich dir Kummer bereiten, meine Liebste", beteuerte er, als sie sich in seine Arme schmiegte.

„Müsste ich befürchten, du könntest mir nicht die Treue halten, würde ich deinen Heiratsantrag auch diesmal ablehnen. Und solltest du irgendwann einer Versuchung erliegen, würdest du es bitter bereuen ..."

Mit einem weiteren Kuss brachte er sie zum Schweigen, ohne die beiden Personen zu bemerken, die sie vom Fenster der Bibliothek aus beobachteten.

„Mein Gott, was geht da draußen vor?", rief der Colonel.

Ungeduldig verdrehte Lady Penrose die Augen. „Eine Verlobung, wenn mich nicht alles täuscht. Und zwar ohne Ihre Hilfe, Sir."

„Mein Gott!", wiederholte er. „Also, das wäre endlich einmal eine erfreuliche Wende. Nicht, dass ich jemals bezweifelt hätte, die zwei würden großartig zueinander passen ..."

„In der Tat, Colonel, Sie dürfen zu Recht behaupten, Sie hätten es von Anfang an gewusst. Diese Genugtuung gönne ich Ihnen. Allerdings haben Sie den Fehler begangen, sich einzubilden, *Sie* müssten die Zukunft der beiden bestimmen. Nun, angesichts der wunderbaren Ereignisse denke ich, man sollte Ihnen verzeihen."

„Wie bitte? Verzeihen?“ Irritiert hob der Colonel die Brauen. Ehe er indes eine Erklärung verlangen konnte, schlug Ihre Ladyschaft vor, eine Flasche Champagner aus dem Keller holen zu lassen und auf das Glück des jungen Paares zu trinken, wenn es ins Haus kam.

„Natürlich darf ich meine Pflichten als Anstandsdame meiner Patentochter nicht zu lange vernachlässigen“, betonte sie und sank in einen bequemen Sessel. „Aber ich glaube, bis die beiden kommen, können wir uns schon mal ein Gläschen genehmigen. Was halten Sie davon, Colonel?“

„Bei Jupiter, eine ausgezeichnete Idee, Ma'am! Portwein, nicht wahr?“

Anerkennend lächelte sie ihm zu. „Ich muss sagen, Colonel Graham, ich fange an, Sie ausgesprochen sympathisch zu finden.“

– ENDE –

Nicola Cornick

Verbotene Küsse im Mondschein

Roman

Aus dem Amerikanischen von
Roy Gottwald

MIRA®

1. KAPITEL

Die Saison hatte zwar erst begonnen, doch es hielten sich bereits zahlreiche Kurgäste in Harrogate auf. An einem Spätnachmittag im Juni fuhr die aus Leeds kommende Kutsche auf den Hof der Posthalterei, und sieben Passagiere stiegen aus – eine vierköpfige Familie, eine ältere, von einem sehr viel jüngeren Mann begleitete Dame sowie Lady Annis Feltham, Baroness Wycherley. Lady Wycherley kannte die Stadt, da sie in der Nähe geboren worden war und zahlreiche Sommer mit ihren Cousins und Cousinen hier verbracht hatte, wenn ihr Vater auf Landurlaub gewesen war. Er hatte bei Skipton ein kleines Anwesen erstanden, das sich seit nunmehr fast zehn Jahren in ihrem Besitz befand. Dort hielt sie sich auf, wann immer sich die Gelegenheit dazu ergab. Da sie als Patronesse für Debütantinnen fungierte, weilte sie jedoch auch häufig in London, Brighton oder Bath, wenngleich von allen Städten, die bei der feinen Gesellschaft en vogue waren, Harrogate als der populärste Badeort galt. Unter den auf dem Platz wartenden Leuten entdeckte sie Charles, nahm ihren Portemanteau an sich und eilte zum Vetter.

Die meisten Frauen würden ihn als sehr attraktiv bezeichnen. Wie seine Schwester Sibella hatte er blaue Augen und ein ansprechendes Gesicht, und sein Lächeln war sehr gewinnend. Er arbeitete als juristischer Berater für Mr. Ingram, den erfolgreichsten Kaufmann der Stadt, und bekleidete daher in der Gesellschaft eine gehobene Position.

Annis stellte das Gepäck ab und umarmte ihn herzlich.

Zuneigungsvoll drückte er sie an sich, schob sie dann auf Armeslänge von sich fort und schaute sie belustigt an. Sie war siebenundzwanzig Jahre alt, seit fast acht Jahren verwitwet und sah sehr gut aus. Ihr ovales Gesicht mit den nussbraunen Augen, der ebenmäßigen Nase und den hübsch geschwungenen vollen Lippen war sehr ausdrucksvoll und ihr Teint makellos. Ihre Schönheit kam nicht recht zur Geltung, weil das herrliche blonde Haar von einer Schute bedeckt wurde. Über einem einfachen Reisekleid trug sie eine schlichte graue Pelerine. „Du meine Güte, Annis!“, sagte Charles verdutzt. „Was hast du aus dir gemacht?“

„Wie schön, dich wiederzusehen, Charles“, antwortete sie lächelnd. „Was stört dich an meinem Aussehen? Ich kleide mich schlicht, wie es sich für jemanden gehört, der als Chaperone fungiert.“

„Deine Garderobe, meine Liebe, macht dich um Jahre älter“, erwiderte Charles kopfschüttelnd. „Beinahe hätte ich dich nicht wiedererkannt!“

„Eine allzu elegante Aufmachung wäre bei meiner Tätigkeit gänzlich unangebracht“, entgegnete Annis trocken.

„Hattest du angenehme Mitreisende?“, erkundigte er sich.

„Teils, teils“, antwortete sie und winkte den Fairlies zu, die soeben in die Herberge gingen. „Die Familie mit den beiden Kindern war sehr nett, aber leider kann ich das von den anderen Herrschaften nicht behaupten. Wie geht es dir und Sibella?“

„Sie erwartet ihr viertes Kind“, erklärte Charles. „Folglich ist ihr Befinden den Umständen entsprechend. Und ich kann nicht klagen.“

„Auch du solltest bald ans Heiraten denken“, meinte Annis schmunzelnd. „Findest du das nicht auch?“

„Nein“, sagte Charles auflachend. „Dafür bleibt mir noch viel Zeit. Ich schlage vor, wir fahren gleich in die Church Row“, fügte er an, nahm das Gepäck an sich und reichte der Cousine den Arm. „Du hast hinreichend Zeit, dich dort einzurichten“, setzte er auf dem Weg zu seiner Kutsche hinzu. „Sibella wird dich erst abends aufsuchen. Wann treffen deine Schützlinge ein?“

„Am Freitag. Sir Robert Crossley wird seine Töchter in Begleitung von Mrs. Hardcastle herbringen. Ich hoffe, dass sie ihnen bereits etwas Schliff beigebracht hat.“

„Wie steht es um beider … hm … Mitgift?“, wollte Charles wissen.

„Jede von ihnen wird so viel Geld haben, dass sie sich halb Harrogate kaufen kann“, erklärte Annis schmunzelnd. „Indes wird es bei Miss Fanny in Anbetracht ihrer schlechten Manieren nicht reichen, um einem Mann, der sich für sie interessiert, den Gedanken zu versüßen, sie zu heiraten. Zudem sieht sie nicht besonders gut aus und hat obendrein eine äußerst scharfe Zunge. Ich bin sicher, dass es mir nicht gelingen wird, einen Ehemann für sie zu finden.“

„Stell dein Licht nicht so unter den Scheffel“, erwiderte Charles lächelnd. „Dein Ruf als erfolgreiche Ehestifterin ist selbst bis hierher gedrungen.“

„Nun, vielleicht schaffe ich es, Miss Fanny oder Miss Lucy an den Mann zu bringen, aber beide … nein, das glaube ich nicht. Oder suchst du zufällig eine Frau mit großer Mitgift?“

„Nein!“, antwortete Charles entschieden. „Ich habe jedoch einen Klienten, Sir Everard Doble, der sich vermählen möchte. Er ist ein anständiger, aber ziemlich langweiliger Mensch, dessen Besitz leider hoch belastet ist. Wenn du willst, stelle ich ihn deinen beiden Schützlingen vor.“

„Das ist ein guter Einfall, Charles“, stimmte Annis zu. „Vielleicht hat meine Aufgabe sich dann schon zur Hälfte erledigt. Im Gegensatz zu Miss Fanny ist die jüngere Miss Lucy umgänglich, sodass ich die Hoffnung habe, einer der in der Stadt weilenden Offiziere werde Gefallen an ihr finden. Sollte ich es schaffen, beide Schwestern unter die Haube zu bringen, wenngleich wohl keine von ihnen eine exzellente Partie machen wird, dann kann ich noch einige Zeit in Starbeck bleiben.

Diese Möglichkeit war der eigentliche Grund, weshalb ich Sir Roberts Auftrag überhaupt angenommen habe."

„Über Starbeck müssen wir uns bald eingehender unterhalten, Annis. Leider muss ich dir mitteilen, dass in den vergangenen Monaten kein Pächter es dort lange ausgehalten hat und das Haus in erbärmlichem Zustand ist."

Der Ton, in dem Charles gesprochen hatte, beunruhigte Annis. Seit dem Tod des Vaters hatte der Cousin den Besitz für sie verwaltet und ihr schon öfter vorgehalten, es sei Gefühlsduselei, Starbeck, das mehr Kosten verursachte, als es Gewinn abwarf, nicht abzustoßen. Bei ihrem schmalen Einkommen könne sie sich den Unterhalt nicht länger leisten. Da sie jedoch sehr an ihrem Heim hing, wollte sie es nicht veräußern.

„Natürlich stehe ich dir für ein Gespräch zur Verfügung, Charles", erwiderte sie betroffen und hielt dann inne, weil ein Phaeton mit zwei Insassen viel zu schnell auf den Platz fuhr und etliche Reisende genötigt wurden, ihm hastig auszuweichen. Die üppig gewachsene, schwarzhaarige Dame zog Annis' Blick auf sich, da sie kostspielig gekleidet war. Neugierig ließ sie den Blick über den Hof schweifen und einen Moment lang auf Charles verweilen, ehe sie die braunen Augen auf ihren Begleiter richtete, dessen Hand ergriff und sich von ihm aus der Kutsche helfen ließ.

„Nanu, was will der Earl of Ashwick hier?", murmelte Charles.

Annis fragte sich, ob in seiner Stimme ein neidischer oder ablehnender Unterton mitgeschwungen hatte, und blickte wieder zu Seiner Lordschaft hinüber, der mit einem Angestellten der Posthalterei sprach. Sie hatte von ihm gehört, wie wohl jeder in Londons guter Gesellschaft. Er war mit dem Duke of Fleet und dem Earl of Tallant befreundet, zwei Herren, deren Skandale den ton seit Jahren in Atem gehalten hatten. Und von Lord Ashwick hieß es, er sei wie sie der Spielleidenschaft verfallen und verkehre in recht dubiosen Kreisen. Annis hatte ihn nie kennengelernt, wusste jedoch, dass seine Vorfahren über Generationen hinweg in Yorkshire ansässig waren und seiner Familie hier größere Ländereien gehörten. Wahrscheinlich befand er sich auf der Reise zu seinem Landsitz.

Er und seine Begleiterin hatten das Gespräch mit dem Bediensteten beendet und näherten sich Charles und Annis auf dem Weg zum Haupteingang der Umspannstelle. Als beide mit ihnen auf gleicher Höhe waren, hielten sie zu Annis' Überraschung an, und der Earl verneigte sich leicht.

„Guten Tag, Mr. Lafoy", sagte er kühl und lächelte mokant.

„Guten Tag, Mylord", erwiderte Charles steif.

Sogleich hatte Annis den Eindruck, dass zwischen beiden Männern eine ihr unerklärliche Spannung bestand. Seine Lordschaft war kein besonders gut aussehender Mann, jedenfalls nicht im herkömmlichen Sinn. Er war von hohem, kräftigem Wuchs und hatte ein kantiges, streng wirkendes Gesicht, graue Augen und an den Schläfen leicht ergrautes Haar, wenngleich er wohl höchstens Anfang dreißig war. Er hatte das Flair eines Menschen, der energisch und tatkräftig war, und nicht, wie sie erwartet hätte, die eines ausschweifenden Lebemanns. Mit seiner gebieterischen, selbstbewussten Aura unterschied er sich sehr von Charles, und unwillkürlich fühlte Annis sich von ihm beeindruckt.

Plötzlich richtete er den Blick auf sie. Rasch senkte sie die Lider, weil sie von ihm nicht dabei ertappt werden wollte, dass sie ihn beobachtete.

„Guten Tag, Madam", begrüßte er sie mit einer angedeuteten Verneigung.

„Das ist die Dowager Baroness Wycherley, meine Cousine", stellte Charles sie ihm widerstrebend vor.

Sein unüberhörbar steifer Ton belustigte Annis. Sie sah Seine Lordschaft an und bemerkte, dass auch er amüsiert war.

Erheitert zog er, während er Annis anschaute, die rechte Braue hoch. „Guten Tag, Mylord“, äußerte sie höflich.

„Ihr Diener, Lady Wycherley“, erwiderte er, ergriff ihre Hand und hob sie zum Kuss an die Lippen.

Sie bereute, dass sie ihn in diesem Moment anschaute, da sie seinen prüfenden Blick bemerkte. Zu ihrer Bestürzung verriet der Ausdruck in seinen grauen Augen eindeutig Interesse an ihr, und voller Unbehagen entzog sie ihm ihre Hand.

Aus Verärgerung über die Nichtbeachtung zupfte Margot ihn am Arm, blickte ihn kokett an und äußerte schmollend: „Möchten Sie mich nicht mit den Herrschaften bekannt machen, Ashy?“

Annis biss sich auf die Zunge, um nicht laut aufzulachen. Aus dem Mund dieser Person, die mit französischem Akzent sprach, hatte die Verniedlichung des Titels Seiner Lordschaft einfach lächerlich geklungen.

„Miss Margot Mardyn“, stellte Adam sie in gleichgültigem Ton vor. „Mr. Charles Lafoy und Lady Wycherley.“

„Sehr erfreut“, sagte Margot strahlend. „Ich bin sicher, Sie haben bereits von mir gehört, nicht wahr?“

„Natürlich“, antwortete Annis hastig.

Verständnislos schaute Charles Miss Mardyn an.

„Ich weiß, dass wir im Sommer das Vergnügen haben werden, Sie auf der Bühne des Theatre Royal bewundern zu können“, fuhr Annis fort. „Charles und ich werden ganz gewiss eine der Vorstellungen besuchen.“

„Ich hoffe, Sie nach dem Ballett zu sehen, Mr. Lafoy“, wandte Margot sich lächelnd an ihn und drückte auffordernd den Arm des Earls. „Mir ist kalt, Ashy. Ich begreife nicht, warum das Wetter in England immer so miserabel ist!“

Annis sah ihn an und stellte befremdet fest, dass er sie nicht aus den Augen gelassen hatte. Er verneigte sich und lächelte in einer Weise, die sie ziemlich irritierte. Beunruhigt hoffte sie, nicht zu erröten, und fragte sich, wieso sie sich zu ihm, dessen Lebensstil sich stark von ihrem unterschied, hingezogen fühlte.

„Ich wünsche Ihnen einen angenehmen Aufenthalt und freue mich darauf, Madam, Sie wiederzusehen“, äußerte Adam höflich, bevor er sich mit Miss Mardyn entfernte.

Verhalten seufzend schaute Charles ihr hinterher und erkundigte sich betont gleichmütig: „Was weißt du über Miss Mardyn, Annis?“

„Sie ist Sängerin und Tänzerin und war zuletzt im Drury Lane Theater engagiert“, antwortete Annis. „Kannst du dich endlich von ihrem Anblick losreißen und mir in die Kutsche helfen, Charles?“, fügte sie auflachend hinzu.

„Oh, Pardon!“, entschuldigte er sich, war ihr behilflich und nahm neben ihr Platz. Sobald Thompson das Gespann angetrieben hatte und der Landauer vom Platz fuhr, wiederholte Charles: „Tänzerin? Sie ist doch höchstens siebzehn Jahre alt.“

„Du irrst dich, mein Lieber“, widersprach Annis belustigt. „Sie ist mindestens fünfunddreißig. Die Verjüngungskur hat sie bestimmt den Schminkkünsten ihrer sehr fähigen Zofe zu verdanken. Außerdem stammt sie nicht aus Frankreich, sondern aus Portsmouth, wo sie im Hafenviertel aufgewachsen ist. Wenn du sie unbedingt wiedersehen willst, dann solltest du dich bald um Eintrittskarten für das Ballett bemühen.“

„Wie man sich doch täuschen kann“, murmelte Charles betroffen. „Wie kommt es, dass sie mit Lord Ashwick zusammen ist?“

Annis warf dem Cousin einen bedeutungsvollen Blick zu.

„Nun, das hätte ich mir denken können“, meinte er grinsend.

„Natürlich kann es sein, dass er sie einem Freund zuliebe mitgenommen hat“, meinte Annis. „Vor der Abreise aus London habe ich nämlich gehört, sie sei die Mätresse des Duke of

Fleet. Ich habe jedoch nicht damit gerechnet, diesen Paradiesvogel hier zu sehen."

„Du bist, wie mir scheint, über den neuesten Klatsch bestens auf dem Laufenden", erwiderte Charles amüsiert. „Hoffentlich hältst du deine neuen Schützlinge davon ab, Gerüchten zu glauben!"

„Seit wann legst du so großen Wert auf Moral, Charles?", wunderte sich Annis und schaute auf die am Wagen vorüberziehenden, von der Nachmittagssonne beschienenen Häuser. „Oh, es ist wundervoll, wieder hier zu sein!", rief sie entzückt aus. „Zum letzten Mal war ich vor zwei Jahren in Harrogate, und das auch nur sehr kurz." Sie wandte sich erneut dem Vetter zu, räusperte sich und sagte: „Ich wusste nicht, dass du den Earl of Ashwick kennst, Charles."

„Ich bin ihm im letzten Jahr begegnet, nach dem Tod von Lord Tilney, seinem Schwager", erklärte Charles.

„Ich hatte den Eindruck, dass zwischen euch eine gewisse Spannung besteht."

„Ja, das stimmt", räumte Charles unbehaglich ein. „Viscount Tilney hatte geschäftlich mit Mr. Ingram zu tun. Die Transaktion war jedoch nicht erfolgreich, sodass er hohe Verbindlichkeiten hatte. Die Schuldscheine wurden dann von Mr. Ingram übernommen, und Lord Ashwick willigte ein, die Außenstände zu begleichen, damit seine Schwester, die verwitwete Viscountess, finanziell nicht in Schwierigkeiten geriet. Die Verhandlungen sind nicht immer reibungslos verlaufen."

Samuel Ingram, Charles' wichtigster Klient, hatte den Ruf, in geschäftlichen Dingen nicht mit sich reden zu lassen. Annis konnte sich gut vorstellen, dass es jemandem wie dem Earl of Ashwick zuwider gewesen war, Schulden bei ihm zu haben. „Welcher Art war diese Transaktion?", fragte sie neugierig.

„Eigentlich müsstest du dich erinnern, weil die Zeitungen voll davon waren", antwortete Charles. „Die ‚Northern Prince', die vor eineinhalb Jahren mit Mann und Maus auf der Fahrt zu den Kolonien unterging, gehörte zu gleichen Teilen Mr. Ingram und Lord Tilney. Aufsehen hat dieses Unglück vor allem deshalb erregt, weil ein Teil der Ladung aus Goldbarren, Silbermünzen, Banknoten und anderen Wertgegenständen bestand."

„Das Schiff war doch gewiss versichert", warf Annis ein.

„Ja, aber Lord Tilney hatte sich finanziell derart übernommen, dass er die Einlagen nicht in voller Höhe leisten konnte. Unter normalen Umständen hätte er seine Schulden in einigen Jahren abtragen können. So jedoch beliefen sich seine Verbindlichkeiten schließlich auf dreißigtausend Pfund. Wie gesagt, Mr. Ingram hat diesen Betrag übernommen, damit Lord Tilney nicht noch weiter in die Fänge von gierigen Geldverleihern geriet."

Annis fand es seltsam, dass Mr. Ingram sich derart großzügig verhalten hatte. „Wie generös von ihm", sagte sie trocken und wechselte das Thema. „Ist die ‚Northern Prince' tatsächlich untergegangen? Oder hat Mr. Ingram dem Unglück vielleicht etwas nachgeholfen?"

„Weder das eine noch das andere!", äußerte Charles entsetzt. „Um Himmels willen, sag so etwas nie in der Öffentlichkeit!"

„Ich habe nicht die Absicht, Charles." Annis schüttelte den Kopf. „Ich verstehe nicht, warum du dich so aufregst. Schließlich war das nur eine Frage. Übrigens habe ich gelesen, dass es auf Mr. Ingrams Gut in Shawes gebrannt hat und man den Grund für das Entstehen des Feuers nicht kennt."

„Es war keine Brandstiftung!", verkündete Charles heftig und schaute die Cousine scharf an. „Warum interessiert dich das so?"

„Nun, ich weiß, dass man Drohungen gegen ihn ausgestoßen und schon früher Brände gelegt hat. Schließlich ist er in der Gegend äußerst unbeliebt."

„Nun, ich muss zugeben, dass es der Dorfweiden wegen in Shawes zu Unruhen gekommen ist und man auch Anstoß an seinen Pachtforderungen genommen hat …“

„So parteiisch kann nur ein Advokat reden“, unterbrach Annis seufzend.

„Ich bin Mr. Ingrams Anwalt“, stellte Charles gelassen fest. „Also muss ich auf seiner Seite sein.“

„Dafür wirst du honoriert, und das sicher nicht schlecht.“

„Du nimmst wahrlich kein Blatt vor den Mund, Annis. „Wenn du ebenso freimütig mit den Verehrern deiner Schützlinge redest, wundert es mich, dass dir bei deiner Tätigkeit Erfolg beschieden ist.“

„Übersieh bitte nicht, dass diese Herren eine der jungen Damen, die ich unter meine Fittiche genommen habe, heiraten wollen, und nicht mich!“, entgegnete Annis ein wenig verstimmt. „Und ich habe ohnehin nicht vor, mich ein zweites Mal zu vermählen.“

„Dein Standpunkt ist mir unbegreiflich“, entgegnete Charles. „Wärst du verheiratet, müsstest du nicht für deinen Lebensunterhalt aufkommen.“

„Erstens hasse ich Müßiggang, und zweitens ziehe ich meine Unabhängigkeit vor. In meiner Ehe habe ich mich arg eingeengt gefühlt.“ Annis blickte auf die Straße und dachte daran, dass die Unstimmigkeiten zwischen John und ihr kein Geheimnis gewesen waren. Obwohl seit dem Tod des sehr viel älteren Gatten inzwischen acht Jahre vergangen waren, empfand sie noch immer Kummer darüber, dass sie keine glückliche Ehe mit ihm geführt hatte.

„Entschuldige, Annis“, murmelte Charles kleinlaut. „Ich wollte keine unliebsamen Erinnerungen in dir wecken.“

„Schon gut“, erwiderte sie gedehnt. „Du weißt, John hatte sehr fest umrissene Vorstellungen davon, wie Frauen zu sein haben und wo ihre Grenzen sind. Gottlob bin ich jetzt nicht mehr gezwungen, seine Ansichten zu respektieren. Also kann ich es mir erlauben, meiner Meinung unumwunden Ausdruck zu verleihen."

„Bestimmt gibt es genügend Ehemänner, die nichts dagegen haben, dass ihre Frau Zeitung liest und eine eigene Meinung hat."

„So ein Mann ist mir noch nie begegnet, wahrscheinlich deshalb, weil ich nicht Ausschau nach ihm halte."

In diesem Moment bog die Kalesche auf die Auffahrt eines schmucken Anwesens ab und hielt auf einem von einem langen Gebäude begrenzten Stallplatz. „Hinter dem Haus befindet sich ein mit einer Mauer umgebener Garten", erklärte Charles. „Personal habe ich bereits für dich eingestellt, abgesehen von der Wirtschafterin."

„Danke, Charles. Mrs. Hardcastle wird bald eintreffen und die Leitung des Haushaltes übernehmen."

„Das Haus ist sehr gut eingerichtet und hat die für dich notwendigen Räumlichkeiten. Ich bin überzeugt, es wird dir gefallen", fügte Charles hinzu, stieg aus und half der Cousine aus dem Wagen. „Geschäfte für den täglichen Bedarf sind in der Nähe und leicht zu erreichen. Ansonsten ist das hier eine recht beschauliche Gegend."

„Gut, denn ich möchte nicht, dass meine neuen Schützlinge von Betrunkenen oder aufdringlichen Nachbarn belästigt werden", erwiderte Annis erleichtert, vernahm im gleichen Augenblick lautes, grelles Gelächter und drehte sich befremdet um. Sie sah noch einen grüngelb lackierten Phaeton von der Straße abbiegen und auf das angrenzende Grundstück fahren, zog die Augenbrauen hoch und fragte, irritiert den Vetter ansehend: „Sind das meine Nachbarn?"

„Hm, ja", antwortete er betreten.

„Was würde wohl Ihre Mutter sagen, Ashy, wüsste sie, dass Sie mich hierher mitgenommen haben?", fragte Margot und setzte sich auf die Armlehne des Fauteuils, in dem Lord Ashwick Platz genommen hatte.

Er hob den Kopf, blickte flüchtig auf ihre straffen Brüste und sagte, während er die Augen wieder auf die Lektüre richtete: „Bitte, setzen Sie sich woanders hin, Miss Margot. Sie sind mir im Licht. Außerdem wird Tranter gleich den Tee servieren."

Schmollend stand Margot auf, ging zur Chaiselongue und ließ sich in aufreizender Haltung darauf nieder. „Sie haben meine Frage nicht beantwortet, Ashy", sagte sie pikiert.

Seufzend ließ er die Zeitung sinken. Ihm war klar, dass er keine Ruhe haben würde, bis er Miss Mardyn ins Hotel gebracht hatte. Dummerweise hatte ein Pferd ein Hufeisen verloren, sodass er genötigt gewesen war, in der Umspannstelle Station zu machen. Danach hatte Miss Mardyn darauf bestanden, von ihm zum Tee eingeladen zu werden. „Ich bin überzeugt, dass meine Mutter entzückt sein wird, Sie hier anzutreffen, Margot", erwiderte er ironisch.

„Fein!", äußerte sie zufrieden. „Müssen wir Tee trinken, oder können wir die Zeit auch anders nutzen? Sebastian muss ja nichts davon erfahren."

„Ich denke nicht daran, ihn zu hintergehen", erwiderte Adam abweisend. „Das wäre schäbig von mir."

„Männer und ihr Ehrgefühl!", äußerte Margot abfällig, stand auf und ging zum Fenster. Zum nächsten Grundstück blickend, bemerkte sie Mr. Lafoy und dessen Cousine und sagte geringschätzig: „Du meine Güte, Ashy! Wie kann man nur einen so fürchterlichen Hut tragen! Sind Mr. Lafoy und Lady Wycherley unsere Nachbarn?"

So unerwartet an die Baroness erinnert, dachte Adam daran, wie belustigt sie über Miss Mardyns Äußerungen gewesen war. Im ersten Augenblick war er nicht sonderlich von ihr angetan gewesen, doch dann hatte er gemerkt, dass sie offenbar

Gefallen an ihm fand. Sie hatte zwar versucht, ihr Interesse zu verhehlen, aber das war ihr nicht restlos gelungen. Ihre Befangenheit war bezaubernd gewesen, sodass er den Wunsch verspürt hatte, sie wiederzusehen.

Adam erhob sich, gesellte sich zu Miss Mardyn und schaute über den Rasen und die seinen Besitz begrenzende niedrige Mauer hinweg in den Garten des angrenzenden Anwesens. Lady Wycherley ging dort mit ihrem Vetter spazieren. Natürlich konnte er ihr nicht anlasten, dass ihr Cousin der Anwalt des ihm verhassten Mr. Ingram war. Mr. Lafoy war ihm der Rolle wegen, die er bei den Verhandlungen zwischen ihm und Mr. Ingram bezüglich der Verbindlichkeiten seines verstorbenen Schwagers gespielt hatte, von Herzen zuwider.

Überhaupt hätte Humphrey nie in ein gemeinsames Besitzrecht mit Mr. Ingram an der „Northern Prince" einwilligen dürfen. Der Schwager hatte jedoch jede Gelegenheit genutzt, zu Geld zu kommen, und war leicht zu beeinflussen gewesen. Durch den Untergang des Schiffes, der gewiss auf widrige Witterungsverhältnisse zurückzuführen war, hatte Humphrey ein Vermögen verloren, sodass Della nach seinem Tod in höchste finanzielle Bedrängnis geraten war.

Als Adam das Ausmaß der Schulden seines Schwagers festgestellt hatte, war es für ihn eine Sache der Ehre gewesen, sie zu begleichen. Die vorausgehenden Gespräche mit Mr. Ingram waren äußerst unerfreulich verlaufen, denn der Kaufmann hatte keinen Hehl aus der Freude über den für ihn gewinnträchtigen Vorgang gemacht.

Adam beobachtete Lady Wycherley und kam plötzlich durch die Tatsache, dass sie seine Nachbarin war, auf den Einfall, länger denn geplant in Eynhallow zu bleiben, wo er sich ursprünglich nur kurze Zeit hatte aufhalten wollen. Vielleicht gestaltete die Zeit in Harrogate sich dadurch abwechslungsreicher und interessanter.

„Finden Sie nicht auch, dass Lady Wycherley einen wirklich scheußlichen Hut trägt?“, fragte Margot verächtlich. „So ein grässliches Ding würde ich nie aufsetzen!“

„Ach, seien Sie still, Miss Mardyn“, erwiderte Adam ungehalten, wenngleich er ihr im Stillen recht gab. Lady Wycherley war in der Tat nicht sehr vorteilhaft gekleidet. Der Hut war nicht besonders hübsch, und die graue Farbe ihres Tageskleides machte sie blass. Sie bewegte sich jedoch mit einer natürlichen Grazie, die ihm gefiel. Plötzlich lachte sie über etwas, das ihr Vetter geäußert hatte, und schaute ihn belustigt an. Sie sah sehr jung aus, gelöst und glücklich.

Im nächsten Moment knüpfte sie die Bänder der Schute auf, nahm sie ab und strich sich über das in der Sonne wie Gold schimmernde blonde Haar. Der Anblick faszinierte Adam, und irgendwie bedauerte er, dass es zu einem Knoten aufgesteckt war. Er hätte es gern gelöst gesehen, auf die Schultern fallend, und es zwischen den Fingern hindurchgleiten gespürt. Unvermittelt entsann er sich, dass er gehört hatte, sie sei als Patronesse tätig und habe den Ruf, selbst hoffnungslos erscheinende Fälle erfolgreich an den Mann zu bringen. Die Aufgabe, der sie sich widmete, bedingte es, sich unauffällig im Hintergrund zu halten, denn keine junge, nach einem Gatten Ausschau haltende Dame sah es gern, wenn ihre Anstandsdame attraktiver war als sie.

Adam wandte sich vom Fenster ab, kehrte zu seinem Sessel zurück und nahm wieder Platz. Schon im Begriff, die unterbrochene Lektüre des Artikels über Mr. Ingram fortzusetzen, der die Absicht hatte, die Zollrechte für die Straße nach Skipton zu kaufen, wurde er durch ein Klopfen an der Salontür gestört. „Herein!“, rief er und sah gleich darauf Tranter, gefolgt von Latchem, der den Teewagen schob, ins Gesellschaftszimmer kommen.

Tranter servierte den Tee und zog sich dann diskret wieder mit Latchem zurück.

Missmutig ging Margot zu Seiner Lordschaft, ließ sich ihm gegenüber in einem Fauteuil nieder und äußerte spitz: „Hätte ich geahnt, Sir, dass Sie ein so schlechter Gesellschafter sind, wäre es besser gewesen, das mir in Cheltenham angebotene Engagement anzunehmen!"

„Es tut mir leid, Miss Mardyn, wenn ich Sie langweile", erwiderte er kühl. „Ich bin jedoch überzeugt, dass Sie in Harrogate genügend Herren kennenlernen werden, die Sie besser unterhalten können als ich, zum Beispiel Mr. Lafoy."

„Ich weiß nicht, ob es amüsant wäre, ihn zu erobern", entgegnete Margot schulterzuckend. „Ich befürchte, nach einer Weile wird er sich als verknöchert und ermüdend herausstellen. Gibt es sonst niemanden, der reizvoller für mich wäre?"

Adam warf einen Blick auf die Gesellschaftskolumne der Zeitung und antwortete trocken: „Ja, der Earl of Glasgow und seine Gattin sind in diesem Sommer in der Stadt. Allerdings ist er nicht mehr der Jüngste und außerdem nicht sehr freigiebig. Des Weiteren ist Baron Boyles anwesend, ein reichlich dicker, ständig verschwitzter Patron, sowie Sir Everard Doble, den ich Ihnen schon eher empfehlen kann, da er jung und einigermaßen vermögend ist."

„Sir Everard Doble", wiederholte Margot nachdenklich. „Nun, wenn er begütert ist ..." Vielsagend hielt sie inne, schaute den Earl of Ashwick an und erkundigte sich leichthin: „Und was gedenken Sie zu unternehmen, um sich die Zeit zu vertreiben?"

„Ich habe eine Menge geschäftlicher Dinge zu erledigen", antwortete er, vernahm im gleichen Moment Lady Wycherleys helles Lachen und beschloss, sie näher kennenzulernen.

„Du meine Güte, wie anödend!", erwiderte Margot abfällig.

„Ganz im Gegenteil!", widersprach Adam lächelnd. „Ich rechne ganz fest damit, dass ich viele interessante Augenblicke erleben werde."

Karten für das Ballett waren schwer zu bekommen. Charles war es erst nach Tagen gelungen, für die in zwei Wochen stattfindende Donnerstagsvorstellung eine Loge im Theatre Royal zu buchen. Er besuchte die Aufführung mit seiner Schwester, deren Mann, seiner Cousine und deren Schützlingen, die sich seit ihrer Ankunft begeistert ins gesellschaftliche Leben der Stadt gestürzt hatten.

Nachdem der Vorhang am Ende des ersten Aktes gefallen und Beifall aufgebrandet war, äußerte Annis begeistert: „Bisher war das wunderbar, nicht wahr, Sibella?“

Sibella nickte und erwiderte mit einem Blick auf Mann und Bruder: „Ja, aber ich habe gehört, dass Miss Mardyn auf einem ganz anderen Gebiet noch begabter sein soll.“

Annis schmunzelte. Miss Mardyn war zwar keine besonders talentierte Tänzerin, bekam indes viel Applaus, vornehmlich von den Herren im Zuschauerraum. Eine Künstlerin, die sich wie sie derart lasziv und aufreizend auf der Bühne bewegte, war noch nie in Harrogate aufgetreten, und unwillkürlich fragte sich Annis, ob die Aufführung für ihre beiden Schützlinge geeignet sei. „Möchten Sie sich in der Pause die Beine vertreten, Miss Fanny, Miss Lucy?“, erkundigte sie sich freundlich.

„Nein, vielen Dank, Madam“, antwortete Fanny und schüttelte den Kopf. „Meine Schwester und ich sind hier gut aufgehoben.“

Miss Lucy kicherte verhalten. Annis war klar, dass die beiden jungen Damen in der Loge bleiben wollten, um all die attraktiven Herren im Auditorium zu beobachten, die sich nicht in die Foyers begaben.

„Sieh dir diesen seltsamen Menschen an, Lucy“, fuhr Fanny fort und wies mit dem zusammengeklappten Fächer ins Parterre. „Er ist furchtbar dürr und hat obendrein eine lange, spitze Nase!“

Annis ärgerte sich erneut über Miss Fannys schlechte Manieren. In den vergangenen zwei Wochen hatte sie versucht, dem Mädchen etwas Schliff beizubringen, mittlerweile jedoch eingesehen, dass ihre Bemühungen vergebens sein würden. Miss Fanny war nicht gewillt, sich Belehrungen anzuhören und gute Ratschläge zu befolgen. Im Gegenteil, jedes Mal, wenn man ihr Vorhaltungen machte, führte sie sich noch schlimmer auf. Sie war wie ein verzogenes kleines Kind, das ständig seinen Willen haben musste. Annis hatte resigniert und sich vorgenommen, gute Miene zum bösen Spiel zu machen, was ihr durch das ihr von Sir Robert gezahlte Honorar etwas versüßt wurde. Manchmal fühlte sie sich jedoch versucht, Miss Fanny zu packen und zu schütteln. „Das ist der Marquess of Midlothian", erklärte sie, „der hohes Ansehen genießt."

„Midlothian?", wiederholte Fanny fragend. „Ist das ein irischer Titel? Wie man mir berichtete, soll der irische Adel ein ziemlich wüster Haufen sein."

„Erstens stimmt das nicht, und zweitens handelt es sich um einen schottischen Titel", erwiderte Annis kühl.

„Na, wenn schon", äußerte Fanny frech. „Macht das einen Unterschied? Oh, Lucy, schau mal nach links. Siehst du die fürchterlich dicke Person in dem auffallend schillernden rotgelb gestreiften Kleid? Ist sie nicht grässlich angezogen? Wie kann man eine violette Bayadère dazu tragen?"

Annis begriff sofort, dass die Kritik gegen sie gerichtet war, da auch sie einen Spitzenschal in dieser Farbe umgelegt hatte.

Vor Verlegenheit wurde Lucy rot und warf Lady Wycherley einen gequälten Blick zu.

Aufmunternd lächelte Annis sie an. Es bedurfte einer größeren Gemeinheit, um sie aus der Fassung zu bringen.

„Auch Lord Ashwick und seine Angehörigen sind heute in der Vorstellung", raunte Sibella ihr zu. „Im letzten Jahr war er zwar die meiste Zeit in London, doch seine Verwandten hielten sich in Eynhallow auf und sind wiederholt in die Stadt gekommen. Das war eine für mich sehr unangenehme Situation, denn hier bleibt niemandem etwas verborgen. Mit anderen Worten, alle Leute wissen von den Auseinandersetzungen zwischen Mr. Ingram, Charles und Seiner Lordschaft. Wenn ich seiner Mutter oder seiner Schwester begegnet bin, wusste ich kaum, was ich sagen sollte", fügte sie hinzu und schaute verhalten seufzend zu Charles, der sich leise mit ihrem Mann unterhielt.

„Dein Bruder ist nun einmal Mr. Ingrams Anwalt", flüsterte Annis und tätschelte ihr tröstend die Hand.

„Ich weiß", murmelte Sibella. „Leider haben weder er noch ich von unseren Eltern etwas geerbt, sodass er gezwungen ist, sich den Lebensunterhalt zu verdienen. Aber es gefällt mir nicht, dass er diesen Beruf ausübt. Und besonders stört mich, dass ich freundlich zu den Ingrams sein muss. Oh, da sind sie! Von hier aus gerechnet, in der siebten Loge rechts. Siehst du sie?"

Annis nickte. In all den Jahren, die sie Mr. Ingram nicht mehr begegnet war, hatte er sich äußerlich nicht sehr verändert. Zum Abendfrack trug er eine auffallend bestickte Weste, die sicher viel Geld gekostet hatte, und an der rechten Hand einen protzigen Ring, beides Zeichen dafür, dass er ein gemachter Mann war. Die Wirkung, die er erzeugen wollte, wurde indes sehr durch sein wichtigtuerisches Gehabe geschmälert. Mit stolzer Miene geleitete er seine Frau, von der es hieß, sie sei seine einzige Schwäche, aus der Loge ins Foyer. Schmunzelnd dachte Annis daran, dass ältere Männer oft auf schöne junge Frauen hereinfielen, sagte sich jedoch im gleichen Moment, sie habe sich diese Neigung häufig zu Nutze gemacht, wenn sie einen ihrer Schützlinge unter die Haube zu bringen hatte.

„Wer ist die hinreißend aussehende Dame neben dem alten Herrn?", wollte Fanny wissen.

Annis meinte, in ihrer Stimme einen neidischen Unterton wahrgenommen zu haben.

„Das ist Mrs. Ingram", antwortete Sibella. „Aber Mr. Ingram ist noch nicht so alt, wie Sie zu glauben scheinen."

„Er muss sehr reich sein, wenn eine derartige Schönheit eingewilligt hat, seine Gattin zu werden", äußerte Lucy seufzend.

Im Stillen gab Annis ihr recht. Männer und Frauen vermählten sich oft nur des Geldes oder eines Titels wegen.

„Ich lege Ihnen, Miss Fanny, Miss Lucy, nahe, mit uns ins Foyer zu gehen", schlug Sibella vor. „Zu langes Sitzen schadet nur der Figur. Bitte, begleitet uns", wandte sie sich dann an ihren Gatten und den Bruder.

Annis war für die Ablenkung dankbar. Cousine Sibella fand die beiden Mädchen zwar nicht besonders nett, hatte sich in den letzten Tagen jedoch bereit erklärt, sie zum Einkaufen mitzunehmen und mit anderen jungen Damen und deren Anstandsdamen zusammenzubringen. Geteiltes Leid war bekanntlich halbes Leid.

Plötzlich entdeckte Fanny zwei vertraute Gesichter, ergriff Lucy bei der Hand und sagte aufgeregt: „Da sind Lieutenant Greaves und Lieutenant Norwood, die wir gestern in der Wandelhalle kennengelernt haben. Komm schnell, sonst verpassen wir sie womöglich!"

„Pardon", murmelte Lucy und spürte sich erröten, während sie aufstand und sich an Sibella Granger vorbeizwängte.

Hastig verschwand sie mit ihrer Schwester im Foyer, strebte nur einen Moment später die drei Stufen zum Parterre hinunter und winkte eifrig den beiden sich mit anderen Zuschauern unterhaltenden Offizieren zu.

„Du wirst es nie schaffen, Annis, Miss Fanny klarzumachen, wie eine wahre Dame sich zu benehmen hat", meinte Sibella kopfschüttelnd. „Das Beste ist, du bringst sie möglichst rasch unter die Haube, damit du deine Ruhe hast. Miss Lucy ist zwar kein hoffnungsloser Fall, steht jedoch ganz unter dem

Einfluss ihrer Schwester. Wie kommst du bei deinen Bemühungen voran, jemanden für die beiden zu interessieren?"

„Nun, Sir Everard Doble hat Gefallen an Miss Fanny gefunden", antwortete Annis trocken, „wenngleich ich befürchte, dass es bei ihm mehr ihre Mitgift ist, die ihn anlockt, und bei ihr sein Titel. Bedauerlicherweise ist sie sehr launisch, sodass sie vielleicht Sir Everard nicht mehr haben will, wenn ihr jemand über den Weg läuft, der ihr reizvoller erscheint. Lieutenant Greaves sieht zwar sehr stattlich aus, ist aber leider mittellos und obendrein charakterlich wenig gefestigt. Dummerweise ist er sehr gut mit Lieutenant Norwood befreundet, der mir für Miss Fanny entschieden lieber wäre. Entschuldige, Sibella", fügte sie an und stand auf. „Es ist ratsam, zu den Mädchen zu gehen und ein Auge auf sie zu halten."

„Nein, bleib du hier", entgegnete Sibella hilfsbereit. „Ich werde an deiner Stelle zu ihnen gehen. Kommt mit!", forderte sie Charles und David auf. „Mit vereinten Kräften können wir sicher Unheil verhüten!"

Sobald Annis allein in der Loge war, lehnte sie sich zurück und schloss die Augen. Unvermittelt hatte sie jedoch den Eindruck, dass jemand sie beobachtete, öffnete die Augenlider und sah im Parterre den Vetter mit der Viscountess Tilney sprechen, die halb hinter einer Säule verborgen war. Lord Ashwicks Schwester, eine dunkelhaarige, temperamentvolle Schönheit, trug eine exquisite Abendrobe. Es verwunderte Annis, dass ihr Cousin und Lady Tilney auf so vertrautem Fuß standen, da er schließlich der Anwalt des Mannes war, der ihren Gatten ruiniert hatte.

Einen Moment später fiel ihr der neben der Säule stehende Earl of Ashwick auf, der sie, wie sie merkte, gespannt beobachtete. Als ihre Blicke sich trafen, verneigte er sich leicht, setzte sich dann in Richtung ihrer Loge in Bewegung.

Annis war verwirrt und konnte sich nicht erklären, warum

sie derart von ihm beeindruckt war. Nervös zupfte sie an ihrer Bayadère, klappte fahrig den Fächer auf und zu und starrte zur anderen Seite des Theaters, um ihre Beunruhigung zu verhehlen. Hoffend, Lord Ashwick möge nicht zu ihr kommen, sah sie sich jedoch sehr schnell getäuscht.

„Guten Abend, Lady Wycherley", grüßte Adam beim Betreten ihrer Loge.

Sie zuckte leicht zusammen und drehte sich unbehaglich zu ihm um. „Guten Abend, Sir", erwiderte sie steif. „Was verschafft mir die Ehre?"

„Gestatten Sie, dass ich mich einen Moment zu Ihnen setze?", fragte er höflich.

„Bitte", antwortete sie irritiert, weil sie nicht damit gerechnet hatte, dass er an ihr Interesse bekundete. Sein Wunsch, mit ihr zu plaudern, überraschte sie, und noch mehr der forschende Ausdruck in seinen Augen. Als sie ihm in der Posthalterei begegnet war, hatte sie sich höchst unverhofft zu ihm hingezogen gefühlt. Nach der unglücklich verlaufenen, zu früh eingegangenen Ehe mit John hatte es keinen Mann mehr in ihrem Leben gegeben, und diesen Zustand gedachte sie auch nicht zu ändern. Daher befremdete es sie, dass der Earl of Ashwick sie dermaßen aus dem inneren Gleichgewicht bringen konnte.

„Wie ich gehört habe, waren Sie seit einigen Jahren nicht mehr in der Stadt", begann er die Unterhaltung.

„Das stimmt", bestätigte sie mit leicht gezwungenem Lächeln. „Aber obwohl ich nicht viel Zeit hier verbringe, werde ich Harrogate stets als meine Heimatstadt betrachten. Und wie sagt Ihnen der Aufenthalt zu?"

„Nun, für eine Weile kann man es in Harrogate aushalten", antwortete Adam und schaute Lady Wycherley gespannt an.

Es kam ihr vor, als habe er die ersten Züge in einem Spiel unternommen, das er bis zum Ende fortzusetzen gedachte.

Entschlossen, sich von ihm nicht aus der Ruhe bringen zu lassen, erkundigte sie sich in beiläufigem Ton: „Gefällt es Ihnen nicht in Yorkshire?"

„Oh, doch!", sagte Adam ehrlich. „Die Landschaft ist sehr reizvoll. Harrogate hat jedoch nicht viel zu bieten. Und zudem trifft man bei allen Festivitäten stets dieselben Leute."

„Das ist in London doch nicht anders", erwiderte Annis erstaunt.

„Ich stimme Ihnen zu", räumte Adam mit verlegenem Lächeln ein. „Die Saison dort unterscheidet sich kaum von der in einer anderen Stadt. Aber in London weiß ich, wo ich mich am besten mit meinen Freunden amüsieren kann."

„Es hat sich herumgesprochen, welchen Vergnügungen Sie mit ihnen nachgehen", äußerte Annis kühn und war froh, dass sie ihn mit ihrer Offenheit anscheinend nicht gekränkt hatte. Er schmunzelte, und auch sein Blick war belustigt. Wahrscheinlich war es ohnehin schwer, ihn aus der Fassung zu bringen, da er über genügend Lebenserfahrung verfügte. Und dieser Gedanke erzeugte Annis noch mehr Unbehagen. Zudem drückte Lord Ashwicks Blick so etwas wie Bewunderung aus. Jäh hoffte sie, den besten Eindruck auf den Earl zu machen, rief sich indes sogleich zur Ordnung, weil es äußerst unangebracht war, sich zu wünschen, er möge sie attraktiv finden.

„Sie halten sich oft in London auf, nicht wahr, Madam?"

„Ja."

„Dann finde ich es verwunderlich, dass wir uns dort noch nie begegnet sind."

„So seltsam ist das nicht", widersprach Annis. „London ist groß, und der Feste gibt es viele. Folglich muss man sich nicht zwangsläufig über den Weg laufen."

„Wie wahr", stimmte Adam zu. „Nun, in dieser Hinsicht ist eine Kleinstadt von Vorteil. Hier kennt jeder jeden, und man kann es nicht vermeiden, sich hin und wieder zu sehen. Daher war es eine zwangsläufige, wenngleich für mich sehr erfreuliche Folge, dass wir uns begegnet sind."

„Sie sind ein Schmeichler, Sir", erwiderte Annis lächelnd.

„Wollen Sie andeuten, ich hätte Ihnen nur ein leeres Kompliment gemacht?", fragte Adam mit gespielter Entrüstung. „Ich versichere Ihnen, ich habe es ernst gemeint!"

„Ach, die Komplimente der Männer dienen doch nur einem ganz bestimmten Zweck!", sagte Annis trocken. „Das ist mir in all den Jahren, die ich als Patronesse tätig bin, immer wieder aufgefallen."

„Sie sind boshaft, Madam", äußerte Adam schmunzelnd. „Aber diese Einstellung hilft Ihnen wahrscheinlich, die Spreu vom Weizen zu trennen, wenn Sie den geeigneten Ehemann für einen Ihrer Schützlinge suchen. Doch nun verraten Sie mir bitte, welche Absicht ich Ihrer Meinung nach mit meinem Kompliment verbinde."

„Wie bitte?" Annis spürte die Röte in die Wangen steigen, schaute betroffen den Earl of Ashwick an und befürchtete, auf gefährliches Terrain zu geraten. „Ich habe keine Ahnung", antwortete sie ausweichend.

„Pardon, aber ich glaube Ihnen nicht", entgegnete Adam. „Sie vermuten, ich hätte etwas Bestimmtes im Sinn und sei daher bemüht, mich bei Ihnen einzuschmeicheln."

„Mein soeben vertretener Standpunkt fußt zwar auf den Erfahrungen, die ich mit Herren gemacht habe, die sich für einen meiner Schützlinge interessieren und daher bestrebt sind, mich für sie einzunehmen. Es würde mich indes nicht erstaunen, wenn der mir von Ihnen unterstellte Argwohn berechtigt wäre", setzte Annis ehrlich hinzu. „Vielleicht sind Sie auf Brautschau und möchten, dass ich Sie Miss Lucy oder Miss Fanny Crossley vorstelle, die ich zurzeit unter meine Fittiche genommen habe."

„Oh, nein, das ist nicht der Fall“, widersprach Adam und bezwang den Drang, laut aufzulachen. „Auch wenn es Sie enttäuschen mag, aber die beiden Damen interessieren mich nicht im Mindesten. Was Sie betrifft, Madam, sieht die Sache allerdings ganz anders aus.“

Verblüfft starrte Annis Seine Lordschaft an und nahm sich verschreckt vor, hinfort genau zu überlegen, was sie äußerte, damit sie ihm nicht unbedacht ein zu unangenehmen Folgen führendes Stichwort lieferte.

Adam merkte, dass er sie in Verlegenheit gebracht hatte, und erkundigte sich, um das Thema zu wechseln: „Hat Ihnen die Ballettaufführung gefallen, Madam? Ich bin skeptisch, ob die Zuschauer auf diese Art der Darbietung vorbereitet waren.“

„Das kann ich nicht beurteilen, Sir“, erwiderte Annis schulterzuckend. „Miss Mardyn hat jedoch frenetischen Beifall bekommen, ein Zeichen dafür, dass die Leute von ihr bisher begeistert sind. Falls Sie indes etwas Gehobeneres vorziehen, dann sollten Sie in der kommenden Woche eine Vorstellung von ‚Hamlet‘ besuchen.“

„Noch weiß ich nicht mit Sicherheit, ob ich dann in der Stadt sein werde. Möglich ist es, da ich geschäftlich in Eynhallow zu tun habe und wiederholt zwischen meinem Landsitz und Harrogate hin- und herfahren muss.“

Durch den Hinweis auf den bei Skipton gelegenen Landsitz des Earls wurde Annis daran erinnert, dass Seine Lordschaft ebenso wie Mr. Ingram, der ein Gut bei Linforth hatte, in Starbeck ihre Nachbarn waren.

„Wenn ich mich nicht irre, hat Mr. Lafoy, Ihr Cousin, dort einen Besitz namens Starbeck“, fuhr Adam fort.

„Nein, das Anwesen gehört mir“, stellte Annis richtig. „Er verwaltet es nur für mich.“

„Oh, wie angenehm“, äußerte Adam erfreut. „Das bedeutet, dass ich in Eynhallow nicht nur von mir feindlich gesonnenen Menschen umgeben bin."

„Wie kommen Sie darauf?", fragte Annis und zog leicht die Augenbrauen hoch.

„Ich nehme an, Sie haben von den Differenzen zwischen mir, Mr. Ingram und seinem Anwalt gehört", antwortete Adam ernst. „Ich hoffe, Sie sind nicht parteiisch."

„Ich bilde mir meine eigene Meinung, Sir", erwiderte Annis kühl und hielt Lord Ashwicks prüfendem Blick Stand. Die Vorstellung, er könne sie gegen Charles ausspielen wollen, behagte ihr ganz und gar nicht.

„Nun, mehr kann wohl nicht erwarten?"

„Nein."

„Sie sind eine sehr bemerkenswerte Frau, Madam", sagte Adam lächelnd.

„In welcher Hinsicht?", fragte sie steif.

„Sie könnten gewiss gut darauf verzichten, einer Beschäftigung nachzugehen", erklärte Adam. „Ich habe jedoch den Eindruck gewonnen, dass Sie gern als Chaperone tätig sind. Und bei einer Dame Ihres Standes ist das zweifellos etwas ungewöhnlich."

„Leider bin ich genötigt, mir den Lebensunterhalt zu verdienen", erwiderte Annis befremdet. „Zudem hasse ich Müßiggang. Im Übrigen widme ich mich der mir selbst gestellten Aufgabe mit Freude."

„Ich verstehe", murmelte Adam. „So kann nur jemand sprechen, der unabhängig ist und seine Freiheit schätzt."

Bestürzt erkannte Annis, dass sie zu offenherzig gewesen war. Im Allgemeinen war sie ziemlich zurückhaltend und sprach wenig über sich, erst recht nicht mit Fremden. „Ja, ich genieße es, eigenständig zu sein", erwiderte sie ernst. „Die Position einer Patronesse ist gesellschaftlich nicht mit der einer Gouvernante zu vergleichen und lässt mir sehr viel Spielraum in der Wahl meiner Schützlinge und des Arbeitszeitraums. Zudem komme ich viel herum und lerne neue Menschen kennen." Ärgerlich auf sich hielt sie inne, da sie soeben dem Vorsatz untreu geworden war, nicht so viele persönliche Dinge preiszugeben.

„Sie entsprechen in nichts dem Bild, das man sich üblicherweise von einer Anstandsdame macht", warf Adam ein. „Ich gebe jedoch zu, dass ich nicht über umfangreiche Erfahrungen mit Patronessen verfüge. Wie Sie vorhin zu Recht bemerkten, verkehren wir beide in unterschiedlichen Kreisen."

„Vermutlich sind viele der Damen dafür dankbar", erwiderte Annis spitz, „da sie somit nicht ständig vor Ihnen auf der Hut sein müssen."

„Wie darf ich das verstehen?", fragte Adam belustigt.

„Ihnen geht der Ruf voraus, ein Lebemann zu sein."

„Falls Sie darauf anspielen, ich könne daran interessiert sein, eine der Schwestern Crossley oder beide zu verführen, so kann ich Sie beruhigen", sagte Adam erheitert. „Ich bin kein prinzipienloser Frauenheld."

„Nein?"

„Nein!", bestätigte Adam mit Nachdruck. „Sie wirken jedoch nicht sehr überzeugt auf mich."

„Ihnen kann es nicht wichtig sein, Sir, was ich von Ihnen halte. Ich glaube nicht, dass wir in Zukunft oft Gelegenheit zu weiteren Gesprächen haben werden. Ich nehme meine Aufgabe ernst und bin nicht gewillt, meinen Schützlingen ein schlechtes Beispiel zu geben, indem ich Umgang mit Ihnen pflege."

„Sie nehmen wahrlich kein Blatt vor den Mund, Madam!", erwiderte Adam kopfschüttelnd. „Finden Sie nicht, dass Sie reichlich voreingenommen sind?"

„Ich bin der Ansicht, dass ein offenes Wort zu Beginn einer Bekanntschaft notwendig ist, um späteren Missverständnissen vorzubeugen."

„In diesem Punkt stimme ich Ihnen zu", räumte Adam ein. „Ich finde es jedoch höchst bedauerlich, dass Sie eine so schlechte Meinung von mir haben. Wahrscheinlich wäre das nicht der Fall, hätten wir uns früher kennengelernt. Wenn ich berücksichtige, dass Sie wie ich in der Umgebung von Harrogate aufgewachsen sind, ist es verwunderlich, dass wir uns nicht eher getroffen haben. An Ihren Vetter und Ihre Cousine erinnere ich mich noch gut. Mein Bruder war zu Tode betrübt, weil Miss Sibella Mr. Granger ihm vorgezogen hat. Wo waren Sie zu jener Zeit, Madam?"

„Mit der Annahme, ich sei in Starbeck groß geworden, sind Sie einem Irrtum erlegen", antwortete Annis und wandte den Blick ab. „Mein Vater war bei der Königlichen Marine, sodass meine Eltern und ich oft den Wohnort gewechselt haben. Ich war selten in Starbeck zu Besuch."

Adam konnte dem Drang nicht widerstehen, Lady Wycherley auszufragen. „Haben Sie nach Ihrer Heirat in London gelebt?", erkundigte er sich.

„Nein. Mein Gatte und ich haben in Lyme Regis gewohnt."

Die Stimme der verwitweten Baronin hatte etwas bedrückt geklungen, sodass Adam befürchtete, zu weit gegangen zu sein. „Verzeihen Sie, Madam, habe ich etwas Falsches gesagt?", äußerte er betroffen und schaute sie beunruhigt an.

„Nein", antwortete sie leise. „Aber ich möchte nicht über meine Ehe sprechen."

„Warum nicht?", platzte Adam unhöflich heraus. „Waren Sie nicht glücklich?"

Annis ärgerte sich über seine Aufdringlichkeit. „Nein", sagte sie knapp. „Und das ist der Grund, warum ich nicht darüber reden will!", setzte sie hinzu und ging davon aus, dass Lord Ashwick sich jetzt seiner Manieren besinnen werde.

„Das tut mir leid zu hören", fuhr er mitfühlend fort und merkte plötzlich, wie unverschämt er sich benahm. „Verzeihen Sie bitte meine Impertinenz“, entschuldigte er sich hastig. „Leider habe ich die Neigung, hartnäckig zu sein, wenn ich etwas in Erfahrung bringen möchte.“

„Schon gut“, murmelte Annis und rang sich ein mattes Lächeln ab. „Wir kennen uns nicht gut, und folglich hätten Sie nicht über so persönliche Dinge sprechen dürfen. Mir ist nicht klar, warum ich Ihnen überhaupt geantwortet habe.“

„Vielleicht besteht zwischen uns eine natürliche Geistesverwandtschaft“, meinte Adam und berührte sacht Lady Wycherleys Hand. „Es wird mir immer eine Ehre sein, mich mit Ihnen zu unterhalten, ganz gleich, worüber.“

„Guten Abend, Sir.“

Überrascht drehte Annis sich um und sah, dass der Vetter in die Loge gekommen und sichtlich verärgert war. Hinter ihm erschienen die laut schwatzenden Geschwister Crossley, gefolgt von Sibella und ihrem Gatten.

Adam stand auf und erwiderte höflich: „Guten Abend, die Herrschaften.“ Er verneigte sich leicht vor den Damen und wandte sich dann wieder Lady Wycherley zu. „Ich habe es sehr genossen, mich mit dem Feind einzulassen, Madam“, scherzte er. „Hoffentlich ergibt sich bald wieder Gelegenheit dazu.“

„Auf Wiedersehen, Sir“, erwiderte Annis kühl.

Kaum hatte er die Loge verlassen, äußerte Sibella bezaubert: „Er ist wirklich so charmant, wie man behauptet.“

„Was hast du dir dabei gedacht, Annis, ausgerechnet mit ihm zu reden?“, fragte Charles schroff, während er sich auf seinen Platz setzte.

„Warum sollte ich nicht mit ihm sprechen?“, wunderte sie sich. „Schließlich sind wir miteinander bekannt.“

„Er ist ein Frauenheld, Annis!“, erwiderte Charles streng. „Er spielt, trinkt und hat Liebschaften …“

„Ach, sei still“, unterbrach sie ihn ungehalten. „Gibt es einen Mann, auf den das alles nicht zutrifft?“

„Wenn dein guter Ruf dir so gleichgültig ist, solltest du zumindest Rücksicht auf mich nehmen", erwiderte Charles verärgert. „Mr. Ingram wird es nicht billigen, wenn du mit Lord Ashwick verkehrst."

„Erstens verkehre ich nicht mit Seiner Lordschaft, und zweitens bin ich zum Glück nicht von Mr. Ingrams Wohlwollen abhängig!", entgegnete Annis spitz. „Du machst aus einer Mücke einen Elefanten, Charles! Lord Ashwick ist mein Nachbar und hat mir lediglich aus Höflichkeit die Aufwartung gemacht."

Der Vorhang zum zweiten Akt öffnete sich, doch Annis konnte sich nicht mehr richtig auf die Vorstellung konzentrieren. Der Wortwechsel mit Charles hatte sie verstimmt. Flüchtig blickte sie zum Vetter und bemerkte erstaunt, dass er den Blick auf die Loge gerichtet hielt, in der die Viscountess Tilney neben ihrem Bruder saß.

Aus dem Augenwinkel nahm Charles wahr, dass die Cousine ihm das Gesicht zugewandt hatte. Er fühlte sich ertappt und sah verlegen zur Bühne.

Nach dem Ende der Aufführung begab man sich ins Foyer und wartete darauf, dass die Kutschen vor dem Portal vorfuhren. Miss Fanny und Miss Lucy plapperten unaufhörlich; Sibella machte einen abgespannten Eindruck und stützte sich auf den Arm ihres Gatten, und Charles wirkte in sich gekehrt und nachdenklich.

Lord Ashwick begab sich mit seiner Mutter und Schwester zu seiner Kalesche, half den Damen in den Wagen und stieg dann ebenfalls ein. Die Chaise setzte sich in Bewegung, und Charles' und Davids Kutschen rollten vor den Haupteingang.

Sobald sie gehalten hatten, begleitete Annis ihre Schützlinge zum Landauer, bemerkte dabei eine Berline, die soeben vom Seiteneingang des Theaters abfuhr, und erhaschte einen flüchtigen Blick auf Miss Mardyn. Sofort kam ihr der Argwohn, die Tänzerin könne zu einem Rendezvous mit Lord Ashwick unterwegs sein. Verärgert sagte sie sich, alle Männer seien gleich, und stellte einen Moment später überrascht fest, dass sie eifersüchtig auf Miss Mardyn war.

2. KAPITEL

Am Vormittag traf ein an die Geschwister Crossley gerichteter Brief ein, in dem Lady Anstey, eine sehr gute Freundin Sibellas, sie ersuchte, einige Tage mit ihrer Tochter Clara zu verbringen. Natürlich nahmen die beiden jungen Mädchen die Einladung gern an. Nachdem sie abgereist waren, beschloss Annis, da sie so unerwartet ihrer Pflichten ledig war, zu ihrem Gut zu fahren, wo sie, sobald sie sich nicht mehr mit den Schwestern befassen musste, noch einige Zeit verweilen wollte, bis sie zur Nachsaison nach London zurückkehrte.

Es war ein warmer, windstiller Tag, und die Hitze flirrte über den Feldern, während Annis von Wilcox durch die im Sonnenschein liegende Landschaft kutschiert wurde. Vor einer der neuen Zollstationen, die Mr. Ingram einrichten ließ, musste man anhalten. Bisher handelte es sich nur um ein Provisorium, doch die Maurer waren bereits damit beschäftigt, ein Steinhaus zu errichten.

Mr. Harry Castle, der frühere Dorfschullehrer von Starbeck und jetzige Zolleinnehmer, näherte sich dem Landauer, begrüßte höflich Ihre Ladyschaft und erkundigte sich nach ihrem Befinden.

„Danke, es geht mir gut", antwortete sie freundlich. „Wieso versehen Sie den Schuldienst nicht mehr?", fragte sie dann befremdet.

„Nun, Mr. Ingram entlohnt mich besser", erklärte Harry verlegen. „Er zahlt mir 36 Schillinge im Monat. Pardon, aber Sie müssen jetzt neun Pence für die Passage entrichten, Mylady."

Im gleichen Moment hielt ein Bauer vor der die Straße sperrenden Eisenkette, sprang vom Kutschbock und begann, sein Pferd auszuschirren.

„Das geht nicht, Mr. Marchant!", rief Harry ihm ärgerlich zu. „Sie müssen für Pferd und Wagen zusammen sechs Pence zahlen."

„Ich denke nicht daran", weigerte sich Jeremiah. „Wir armen Bauern können es uns nicht leisten, Mr. Ingrams überhöhte Preise zu zahlen. Das Pferd für sich kostet nur zwei Pence und der Karren drei, sodass ich billiger wegkomme! Guten Tag, Madam", fügte er hinzu, während er das Tier am Kopfhalfter nahm.

„Guten Tag", erwiderte sie freundlich und sah, dass einige Passanten stehen geblieben waren und neugierig die beiden Männer beobachteten. Auch die Maurer hatten die Arbeit unterbrochen und schauten gespannt zu Mr. Castle, der zu dem Karren gegangen war und ihn misstrauisch beäugte.

„Was ist auf dem Wagen?", fragte er scharf.

Mr. Marchant beachtete ihn nicht, führte das Pferd zur Barriere und begann, die Kette auszuhaken.

„Ich habe Sie gefragt, was auf dem Karren ist!", rief Harry ihm erbost zu.

„Sehen Sie selber nach!", antwortete Jeremiah Marchant dreist und spuckte mit einem wütenden Blick auf die Handwerker aus. „Lauter Fremde!", äußerte er abfällig. „Einheimische, die für Mr. Ingram die Drecksarbeit erledigen, würde er nicht bekommen!"

Aus der Gruppe der Bauarbeiter wurden Drohungen und Beschimpfungen laut. Annis bemerkte, dass mittlerweile noch mehr Gaffer hinzugekommen waren, die Partei für Mr. Marchant ergriffen.

„Wer ist die feine Dame in der Kutsche?", rief jemand aus der Menschenmenge.

Annis bekam es mit der Angst. Sie befürchtete, die Situation könne eskalieren und in eine Rauferei ausarten.

„Das ist Lady Wycherley aus Starbeck", antwortete Harry.

„Sie ist zwar Mr. Lafoys Cousine, aber nicht in die Machenschaften ihres Vetters und Mr. Ingrams verwickelt."

Jeremiah band das Pferd am Schlagbaum fest, stapfte zu ihrem Landauer und blieb in drohender Haltung vor dem Wagenschlag stehen. „Richten Sie Mr. Lafoy aus, dass wir hier keine Straßensperren haben wollen, Mylady! Sollte er sich hier blicken lassen ..."

„Moment mal!", schaltete Ellis Benson sich wütend ein und stapfte zu Mr. Marchant. „Wie können Sie es wagen, Mann, Ihre Ladyschaft zu behelligen?", herrschte er ihn scharf an.

Mr. Marchant schlug zu, und dann geschah das, was Annis befürchtet hatte. Es kam zu einem wüsten Handgemenge zwischen den verfeindeten Parteien, und plötzlich flogen Steine durch die Luft. Sie sah eins der Wurfgeschosse auf sich zusausen, versuchte noch, ihm auszuweichen, verspürte jedoch einen Moment später einen Schlag an der rechten Stirnseite und schrie auf. Entsetzt griff sie sich an die Schläfe, merkte, dass Blut durch ihre Handschuhe drang, und sah im gleichen Augenblick einen Reiter in vollem Galopp auf die Zollstation zukommen.

„Lord Ashwick!", rief jemand warnend, und gleich darauf ließen die Männer mehr und mehr voneinander ab.

Jäh riss Adam an den Zügeln, brachte den Hengst vor den Leuten zum Stehen und fragte kalt: „Zum Teufel, was ist hier los, Mr. Benson? Ich glaube nicht, dass Mr. Ingram Sie und Ihre Handwerker dafür bezahlt, sich mit Dorfbewohnern zu prügeln!"

„Ich habe lediglich versucht, Ihre Ladyschaft zu schützen", antwortete Ellis und verbeugte sich dann höflich.

„Das ist Ihnen hoch anzurechnen", erwiderte Adam ironisch. „Von nun an werde jedoch ich mich um sie kümmern."

„Ja, Mylord", erwiderte Ellis. „Geht wieder an die Arbeit!", wandte er sich dann an seine Leute. „Ihr habt Besseres zu tun, als hier untätig herumzustehen!"

„Was ist passiert?", fragte Adam Mr. Ingrams Verwalter.

Ellis Benson berichtete ihm, wie es zu der Auseinandersetzung gekommen war.

„Ich sollte Sie, Mr. Marchant, wegen Störung der öffentlichen Ordnung belangen lassen", sagte Adam kalt.

„Ich bitte um Entschuldigung, Mylord", erwiderte Jeremiah betreten. „Es war nicht meine Absicht, Ihre Ladyschaft in Bedrängnis zu bringen."

„Zahlen Sie den Wegezoll, und verschwinden Sie!", befahl Adam streng und schaute dann Lady Wycherley an. „Kann ich Ihnen irgendwie behilflich sein, Madam?", fragte er freundlich.

„Nein, danke", antwortete sie. „Ich werde die verlangte Abgabe entrichten und dann die Fahrt nach Starbeck fortsetzen."

„Wenn es Ihnen recht ist, möchte ich vorher noch mit Ihnen reden, und zwar unter vier Augen."

„Hier?"

„Warum nicht?", fragte er und schwang sich aus dem Sattel. „Wenn Sie bitte aussteigen würden."

Unschlüssig schaute Annis ihn an und entschied sich nach einem Moment, seiner Aufforderung zu entsprechen.

Als sie sich erhob, öffnete Adam den Wagenschlag für sie und half ihr beim Aussteigen. „Fahren Sie zur nächsten Straßenkreuzung voraus", rief er dann dem Kutscher zu, „und warten Sie dort auf Lady Wycherley."

Brian Wilcox warf ihr einen fragenden Blick zu und erkundigte sich: „Ist Ihnen das genehm, Madam?"

„Ja, Wilcox", antwortete sie, wenngleich sie nicht begriff, warum der Earl unbedingt mit ihr reden wollte.

Adam hielt den Rappen kurz am Zügel und äußerte entschuldigend: „Es tut mir leid, dass ich Sie aufhalte, Madam."

„Was wünschen Sie?"

Er überging die Frage und sagte, während er sich langsam

in Bewegung setzte: „Ich hoffe, der Zwischenfall belastet Sie nicht zu sehr, Madam. Aller Wahrscheinlichkeit nach wäre Ihnen nichts geschehen, aber die Lage sah sehr bedrohlich aus."

„Dummerweise bin ich zwischen die Fronten geraten", erwiderte Annis und berührte erneut die schmerzende, aber nicht mehr blutende Schläfe. „Zum Glück sind Sie rechtzeitig eingetroffen", fuhr sie dankbar fort. „Wer weiß, was sonst passiert wäre."

„Sie sind verletzt, Madam", stellte Adam betroffen fest. „Kommen Sie näher, damit ich mir die Wunde ansehen kann."

„Ach, das ist nicht nötig", entgegnete Annis. „Das ist nur ein Kratzer."

„Gleichviel, ich möchte sicher sein, dass Sie nicht ernsthaft verletzt sind", erwiderte Adam, zog sie unter eine Eiche und ließ die Zügel des Rappen fallen. Dann umfasste er Lady Wycherleys Kinn und drehte sacht ihr Gesicht ins Sonnenlicht.

Seine Berührung war behutsam und unpersönlich, aber dennoch stockte Annis der Atem, und sie musste sich zwingen, nicht zurückzuzucken. Auf diese zarte Weise war sie noch nie von jemandem angefasst worden.

„Sie haben eine kleine Wunde an der Schläfe", stellte Adam fest, „die jedoch bald verheilen und keine Narbe hinterlassen wird." Er ließ die Hand sinken und blickte auf Lady Wycherleys Mund.

Plötzlich hatte Annis das Gefühl, zwischen ihnen beiden bestehe eine starke sinnliche Spannung. Innerlich zitternd, äußerte sie leise: „Ich muss zu meiner Kutsche, Sir."

Schweigend trat er zur Seite. „Selbstverständlich begleite ich Sie", versicherte er, hob die Zügel des grasenden Rappen auf und führte ihn zur Straße zurück.

Dort angelangt, sagte Annis kopfschüttelnd: „Ich finde es unfassbar, dass das Reisen in dieser Gegend plötzlich so gefährlich geworden ist!"

„Wir leben in harten Zeiten, Madam“, meinte Adam, „und Mr. Ingram schröpft die kleinen, ohnehin schon ihr Leben mehr schlecht als recht fristenden Leute noch mehr. Sie haben miterlebt, wie sehr sie die Einrichtung weiterer Zollstationen ablehnen. Die Frage ist, wen sie mehr hassen – Mr. Ingram seiner Habgier wegen oder Ihren Vetter, der ihm zur Seite steht.“

Flüchtig presste Annis die Lippen zusammen. Sie billigte es nicht, dass Charles Mr. Ingram juristisch vertrat, und war gleichzeitig um sein Wohlergehen besorgt. Zwar hatten der auf dem Gelände von Starbeck wohnende Mr. Shepard ihr in einem Brief von den Unruhen berichtet, doch nun war sie selbst Augenzeugin der Auseinandersetzungen geworden. „Mir war nicht bewusst, wie ernst die Situation ist“, erwiderte sie betroffen, „obwohl ich in den Zeitungen über den Aufruhr gelesen habe, den es nach der Einzäunung des öffentlichen Weidegrundes von Shawes gegeben hat. Ich bin auch über die Brandanschläge informiert, die auf Mr. Ingrams Gut unternommen wurden. Dennoch habe nicht damit gerechnet, dass die Antipathie der Leute so stark ist.“

„In der Stadt vergisst man schnell, welche Auseinandersetzungen es auf dem Land gegeben hat, und geht zur Tagesordnung über. Ich bin mir nicht sicher, ob Ihr Cousin weiß, wie sehr man gegen ihn eingenommen ist. Aber vielleicht ist ihm das Honorar, das Mr. Ingram ihm zahlt, den Ärger wert.“

Erbost warf Annis dem Earl einen Blick zu. „Ich finde es nicht richtig, Sir, dass Sie Charles Gleichgültigkeit unterstellen. Sie kennen ihn nicht gut und haben keine Ahnung, warum er ausgerechnet Mr. Ingram vertritt.“

„Hat er Ihnen seine Beweggründe mitgeteilt?“, fragte Adam skeptisch. „Verständlicherweise ergreifen Sie Partei für ihn, aber es kann sein, dass Ihre Loyalität unangebracht ist. Falls ich mich nicht sehr täusche, wird sie bald auf die Probe gestellt werden.“

Jäh blieb Annis stehen und erwiderte scharf: „Erklären Sie mir bitte, Sir, was Sie damit meinen!"

„Gern", willigte er ein. „Es ist allgemein bekannt, dass Mr. Ingram ein Auge auf Ihren Besitz geworfen hat. Möglicherweise hat er Ihnen bereits ein Kaufangebot unterbreiten lassen. Nein?", fügte er angesichts von Lady Wycherleys überraschter Miene hinzu. „Nun, dann wird er das gewiss bald über Ihren Vetter tun, der bereits entsprechende Vorkehrungen getroffen hat."

„Vorkehrungen?", warf Annis verständnislos ein.

„Ja", bestätigte Adam nickend. „Er hat dafür gesorgt, Madam, dass in den letzten beiden Jahren kein Pächter auf Starbeck gewohnt hat und das Haus vernachlässigt wurde. Vermutlich will er erreichen, dass Sie die notwendigen Reparaturen nicht vornehmen lassen können. Und wenn es so baufällig geworden ist, dass es kaum in Stand gesetzt werden kann, wird Mr. Ingram Ihnen anbieten, es zu erstehen, natürlich weit unter Wert."

„Dessen war ich mir nicht gewahr", murmelte Annis betroffen und schüttelte den Kopf. „Nehmen Sie es mir nicht übel, Sir, doch ich glaube Ihnen nicht. Sie versuchen lediglich, mich gegen Charles und Mr. Ingram einzunehmen."

„Ich leugne nicht, dass ich Mr. Ingram nicht ausstehen kann", räumte Adam ein. „Doch das hat nichts mit der Sache zu tun. Und was Ihren Cousin betrifft, so tut es mir leid, dass Sie den Eindruck gewonnen haben, ich wolle einen Keil zwischen Sie beide treiben. Das ist nicht der Fall. Sie werden bald merken, dass meine Behauptung der Wahrheit entspricht. Überzeugen Sie sich mit eigenen Augen", setzte er hinzu und wies auf den an der Straßenkreuzung stehenden Landauer. „Fahren Sie nach Starbeck. Sie werden sehen, dass ich nicht übertrieben habe. Zuvor möchte ich Ihnen jedoch eine letzte Frage stellen. Sind Sie mir jetzt persönlich gram, weil ich Sie vorgewarnt habe?"

Zwischen Zorn über seine Anschuldigungen und erwachtem Misstrauen schwankend, sah Annis ihn unsicher an und sagte ehrlich: „Nein, auch wenn ich Anstoß an Ihren für meine Begriffe ungerechtfertigten Andeutungen genommen habe."

„Danke", äußerte Adam erleichtert. „Wie schön zu hören, dass Sie zu differenzieren wissen. Auf Wiedersehen, Madam", fügte er hinzu, ergriff ihre Hand und hob sie zum Kuss an die Lippen.

„Leben Sie wohl, Sir", erwiderte sie höflich und ließ sich, als man den Landauer erreicht hatte, widerwillig in den Wagen helfen. „Wir können fahren, Wilcox", rief sie und lehnte sich zurück.

Ohne Ashwick noch eines Blickes zu würdigen, fragte sie sich, als der Landauer anfuhr, ob die gegen Charles erhobenen Anschuldigungen wirklich nur aus der Luft gegriffen waren und warum sie Seine Lordschaft nicht entrüsteter zurechtgewiesen hatte.

Auf der Rückfahrt nach Harrogate war Annis kaum fähig, die in Starbeck gewonnenen Eindrücke zu verarbeiten, denn Ashwicks Andeutungen entsprachen tatsächlich der Wahrheit. Über die Gründe nachgrübelnd, die Charles veranlasst haben mochten, sie zu belügen, traf sie schließlich zu Hause ein, ließ sich bald nach der Ankunft das Abendessen servieren und war soeben im Begriff, sich in ihr Boudoir zurückzuziehen, als Mrs. Hardcastle ihr den Besuch ihres Vetters ankündigte.

Verstimmt darüber, gestört zu werden, erwiderte sie ungehalten: „Bitten Sie ihn in den Salon, Mrs. Hardcastle."

„Sehr wohl, Madam." Die Haushälterin knickste und zog sich zurück.

Annis wartete, bis sie überzeugt war, dass der Cousin sich im Empfangszimmer eingefunden hatte, und begab sich zu Charles. Er stand mit einem großen Blumenbouquet in der

Hand mitten im Raum und zupfte sichtlich nervös an seinem Krawattentuch.

Als er die Cousine sah, ging er auf sie zu und erkundigte sich ängstlich: „Ist mit dir alles in Ordnung, Annis? Mr. Benson hat mir erzählt, was heute Nachmittag bei der neuen Zollstation passiert ist."

„Sei unbesorgt, Charles", antwortete Annis lächelnd. „Ich fühle mich wohl, möchte so etwas jedoch nicht noch ein zweites Mal miterleben müssen. Wie reizend von dir, mir diese prächtigen roten Rosen mitzubringen!"

„Sie sind nicht von mir, sondern von Mr. Ingram", stellte Charles richtig. „Er ist sehr bestürzt über den unangenehmen Zwischenfall."

„Dann danke ihm bitte in meinem Namen für die freundliche Geste", sagte Annis, nahm den Strauß entgegen und legte ihn auf das Sideboard. „Bitte, setz dich", forderte sie den Vetter auf, ließ sich in einem Fauteuil nieder und schüttelte dann beim Anblick von Charles' immer noch ernster Miene lächelnd den Kopf. „Nun hör auf, dir meinetwegen Gedanken zu machen."

„Ich habe gehört, dass Lord Ashwick die Leute zur Raison gebracht hat", äußerte Charles fragend.

„Ja, das stimmt", bestätigte Annis ruhig.

„Seltsam!", murmelte Charles.

„Wieso findest du das seltsam?", wunderte sie sich.

„Nun, mir ist nicht zum ersten Mal zu Ohren gekommen, dass er bei einem solchen Aufruhr zugegen war. Manchmal habe ich den Eindruck, dass er dahintersteckt!"

Befremdet zog Annis die Augenbrauen hoch. „Was für eine absurde Annahme, Charles!", entgegnete sie irritiert. „Im Übrigen ist er erst hinzugekommen, als die Leute sich bereits prügelten. Die Handgreiflichkeiten wurden durch Mr. Marchant ausgelöst, wie Mr. Benson dir gewiss berichtet hat."

„Ja", musste Charles zugeben. „Aber man kann die Bevölkerung auf mancherlei Weise aufstacheln. Schließlich ist Lord Ashwicks Bruder Vikar in Eynhallow und dafür bekannt, dass er flammende Predigten gegen jede Art von Ausbeutung hält."

„Wenn er Ashwick auch nur im Mindesten ähnlich ist, kann ich mir gut vorstellen, wie harsch er formuliert."

„Nanu, was hat Seine Lordschaft gesagt, das dich zu dieser Äußerung veranlasst hat?", wunderte sich Charles.

„Nichts Besonderes", antwortete Annis ausweichend, weil sie ihm nicht sagen wollte, dass sie von Ashwick über den augenblicklichen Zustand von Starbeck informiert worden war. „Ich finde seine Ausdrucksweise gelegentlich jedoch reichlich unpassend."

„Ich dachte, er gefällt dir", erwiderte Charles verdutzt.

Im Stillen gab Annis ihm recht, beabsichtigte jedoch nicht, ihm anzuvertrauen, dass sie tatsächlich ein Faible für Ashwick hatte. „Ach, wirklich?", fragte sie leichthin.

„Ja", sagte Charles überzeugt. „Bei der Ballettvorstellung hatte ich den Eindruck, dass ihr beide euch gut versteht."

„Soweit ich weiß, ist es Miss Mardyn, mit der er sich bestens versteht", sagte Annis spitz und spürte sich leicht erröten. „Ich bin jedoch nicht gelaunt, mich über ihn zu unterhalten. Vielmehr muss ich mit dir über Starbeck reden." In diesem Moment wurde an die Tür geklopft, und auf Annis' Geheiß kam Tottenham, den Servierwagen vor sich herschiebend, in den Salon.

Charles wartete, bis der Butler den Tee eingeschenkt und sich entfernt hatte. Dann fragte er: „Welchen Eindruck hast du von Starbeck gewonnen, Annis?"

„Ich bin entsetzt, Charles!", antwortete sie ehrlich. „Das Dach ist undicht. Wasser dringt in mehrere Räume ein, insbesondere in eins der Schlafzimmer. Auf Grund der Feuchtigkeit, die durch die zerbrochenen Fensterscheiben dringt, ist die Eingangstür stark verzogen und hat außerdem Risse bekommen.

Zu allem Überfluss habe ich auch noch Mäuse im Haus gesehen. Es ist vollkommen vernachlässigt. Die Instandsetzungsarbeiten würden mich ein Vermögen kosten, das ich nicht habe."

Müde strich Charles sich über das Haar und erwiderte: „Ich habe versucht, das Gebäude vor dem Verfall zu bewahren, und das mir von dir geschickte Geld an Mr. Shepard weitergegeben, damit er es für notwendig gewordene Reparaturen verwendet."

„Das hat er mir erzählt und hinzugefügt, diese Mittel würden nicht ausreichen. Zudem wärst du selten in Starbeck, weil du sehr beschäftigt seist."

„Leider trifft das zu", räumte Charles schuldbewusst ein. „Die Wahrnehmung von Mr. Ingrams Interessen nimmt viel Zeit in Anspruch."

„Mr. Shepard hat auch erwähnt, die Ernten der letzten beiden Jahre seien schlecht ausgefallen und der vergangene Winter sei sehr hart gewesen, sodass die Bauern in Not geraten sind."

„Ich weiß, dass du Starbeck nicht verkaufen willst, Annis, lege dir jedoch dringend nahe, deinen Standpunkt zu überdenken."

Ungehalten stand sie auf und entgegnete heftig: „Nein! Ein Grund für den desolaten Zustand von Starbeck ist, dass zwei Jahre lang kein Pächter dort gewohnt hat. Hast du wirklich alles versucht, um jemanden zu finden?", setzte sie hinzu und dachte an Lord Ashwicks Äußerungen über Charles.

Charles schaute die Cousine an, wandte sofort verlegen den Blick ab und versicherte ihr heuchlerisch: „Selbstverständlich, Annis! Zu meinem Bedauern wollte jedoch niemand die vertraglichen Bedingungen akzeptieren. Aber so schlimm, wie die Sache aussieht, ist sie nicht. Mr. Ingram ist gewillt, Starbeck zu kaufen. Bitte, zieh sein Angebot doch in Betracht. Du hättest ein großes Problem weniger, wenn du seine Offerte annimmst.

Ich muss jetzt fort", fügte er hinzu, erhob sich, ging zur Cousine und drückte ihr einen Kuss auf die Wange.

Es kostete Annis Überwindung, nicht zurückzuzucken. „Auf Wiedersehen, Charles", murmelte sie verkniffen, schaute ihm hinterher, als er den Raum verließ, und setzte sich dann wieder. Sie konnte und wollte Starbeck nicht abstoßen, weil sie dann das Gefühl gehabt hätte, einen Teil ihrer Unabhängigkeit aufzugeben. Und das Misstrauen, das Ashwick gegen Charles gesät hatte, war, wie sie erschüttert feststellte, auf fruchtbaren Boden gefallen.

3. KAPITEL

Die Geschwister Crossley waren zurückgekehrt und schwatzten unaufhörlich über ihren Aufenthalt bei Lady Anstey. Abends nahm man im „Granby“ an einem Ball teil, nach dem Miss Lucy verkündete, Lieutenant Norwood habe sie am nächsten Tag zu einer Kutschfahrt am Nidd nach Howden eingeladen. Annis war unschlüssig, ob sie ihre Erlaubnis erteilen solle, wenngleich sie längst gemerkt hatte, dass sich zwischen Miss Lucy und dem Offizier etwas anbahnte. Allerdings sollte auch der leichtlebige Lieutenant Greaves mit von der Partie sein, und sie hatte große Bedenken, Miss Fanny könne Gefallen an ihm finden. Schließlich überwand sie die Bedenken und war einverstanden, da auch Sir Everard Doble an der Landpartie teilnehmen sollte.

Am folgenden Nachmittag brach man bei herrlichem Wetter auf. Angeregt unterhielten die Offiziere sich mit den beiden jungen Damen, derweil Sir Everard in einem Gedichtband las. Am Ziel angekommen, stieg man aus und schlenderte am Wasser entlang. Zufrieden bemerkte Annis, dass Sir Everard sich Miss Fanny angeschlossen hatte.

Plötzlich erblickte sie Lord Ashwick, der sichtlich in Gedanken versunken am Ufer stand und über den Nidd zur Dorfkirche von Howden schaute. Im gleichen Augenblick drehte er sich um und lächelte erfreut.

Rasch ging er auf Lady Wycherley zu, hielt vor ihr an und verneigte sich höflich. „Guten Tag, Madam“, sagte er freundlich. „Wie geht es Ihnen?“

„Danke, gut. Das hier ist ein hübsches Fleckchen Erde, nicht wahr?“

„Ja“, stimmte er zu. „Ich bin gern hier, wenn ich meine Ruhe haben will.“

Die Ironie war Annis nicht entgangen. Sie konnte jedoch

nichts daran ändern, dass Miss Fanny und Miss Lucy mit ihrem Geplapper und Gelächter die friedliche Stille störten. „Dann sind Sie gewiss nicht erbaut darüber, dass wir jetzt da sind“, erwiderte sie trocken. „Folglich werde ich Sie allein lassen.“

„Nein, bitte, bleiben Sie, Madam“, forderte er sie rasch auf. „Meine Bemerkung war nicht so zu verstehen, dass ich mich über Ihre Anwesenheit ärgere. Im Gegenteil, ich würde es genießen, wenn Sie mir eine Weile Gesellschaft leisten.“

Annis spürte sich leicht erröten. „Nun gut, wenn ich Ihnen wirklich nicht ungelegen komme“, sagte sie zögernd.

„Setzen wir uns dort auf die Bank?“

Annis nickte, ging mit ihm zu der schlichten, im Schatten einer Trauerweide stehenden Holzbank und nahm Platz.

Adam ließ sich neben ihr nieder, schaute sie an und erkundigte sich: „Haben Sie sich inzwischen von dem unangenehmen Zwischenfall erholt, Madam?“

„Ja“, antwortete sie gleichmütig. „So schlimm war das Erlebnis nicht, als dass ich noch heute unter Nachwirkungen leiden würde.“

„Das freut mich zu hören. Allerdings machen Sie auf mich auch nicht den Eindruck, zimperlich und wehleidig zu sein.“

„Ich wäre wohl kaum fähig, meinen Weg im Leben zu gehen, wäre ich ein Kräutlein Rühr-mich-nicht-an!“

Schmunzelnd legte Adam den rechten Arm auf die Rücklehne der Bank und fragte: „Wie lange sind Sie schon genötigt, für sich selbst zu sorgen?“

„Seit dem Tod meines Mannes vor acht Jahren.“

„Haben Sie keine Verwandten, an die Sie sich Hilfe suchend hätten wenden können?“

„Meine Cousine und ihr Gatte haben mir ebenso wie mein Vetter angeboten, mich bei sich aufzunehmen“, antwortete Annis. „Ich wollte jedoch niemandem zur Last fallen. Außerdem hätte es mir nicht behagt, mein Leben in Beschaulichkeit zu verbringen, weil ich Müßiggang verabscheue und für den Unterhalt von Starbeck aufkommen muss. Ich werde mich nie von dem Besitz trennen, denn er ist mein Zufluchtsort. Leider liegt dort vieles im Argen, wie ich feststellen musste."

„Ich habe befürchtet, dass Sie entsetzt sein würden", warf Adam ein. „Vielleicht verstehen Sie jetzt, warum ich die Andeutungen über Ihren Cousin gemacht habe."

„Ja", räumte Annis widerstrebend ein. „Ich habe bereits mit ihm über Starbeck gesprochen."

„Hoffentlich hat das Gespräch nicht zu Missstimmigkeiten zwischen Ihnen beiden geführt", erwiderte Adam ernst. „Da Sie für sich verantwortlich sind, wäre es im höchsten Maße bedauerlich, im Unfrieden mit ihm und womöglich auch mit seiner Schwester zu sein."

„Ich stimme Ihnen zu, Sir", sagte Annis ruhig. „Beide sind meine einzigen Verwandten, zu denen ich mir ein gutes Verhältnis bewahren möchte."

Adam hielt es für angebracht, das Thema zu wechseln. „Meine verstorbene Gattin liebte die Aussicht, die man von hier über den Fluss hat", äußerte er nachdenklich. „Wir sind oft am Nidd spazieren gegangen und haben dann an dieser Stelle eine Rast eingelegt. Ich hatte ein Gemälde dieses Blicks auf Howden in Auftrag gegeben, doch leider ist Mary verstorben, ehe das Bild vollendet war."

Der leichte Wind kräuselte das Wasser und trug die Stimmen von Annis' Begleitern herüber, die sich weiter flussaufwärts amüsierten. „Es tut mir leid, dass Sie Ihre Frau so früh verloren haben", erwiderte sie ernst. „Ich habe gehört, Sie hätten jung geheiratet und sie sehr geliebt."

„Fünf Jahre lang war sie mein Augenstern", gestand Adam freimütig und lächelte schwach.

„Ich beneide Sie", erwiderte Annis und erhob sich dann.

„Bitte, entschuldigen Sie mich jetzt, Sir. Ich möchte meine Schützlinge nicht zu lange unbeaufsichtigt lassen."

Sogleich stand Adam auf und verneigte sich leicht.

Annis setzte den Weg fort, war sich jedoch bewusst, dass Lord Ashwick ihr hinterherschaute. Sie fühlte sich elend und musste nicht nach dem Grund forschen, da ihr klar war, dass sie den Earl um seine glückliche Ehe beneidete. Bei ihren Begleitern eingetroffen, blieb sie stehen, drehte sich wie zufällig um und sah enttäuscht, dass er verschwunden war.

Die Geschwister Crossley waren zeitig zu Bett gegangen. Annis las noch eine Weile im Salon, klappte gegen Mitternacht das Buch zu und beschloss, ebenfalls schlafen zu gehen. Sie verließ den Raum, stellte im Korridor zu ihrer Überraschung fest, dass die Tür zu Miss Fannys Zimmer nicht geschlossen war, und zog sie weiter auf. Erschrocken sah sie, dass Miss Fanny nicht im Bett und das Fenster weit geöffnet war. Die Schlussfolgerung lag auf der Hand. Das Mädchen war ausgerissen, wahrscheinlich um sich heimlich mit Lieutenant Greaves zu treffen.

Annis eilte zum Fenster, schloss es und machte nach dem Verlassen des Raums die Tür zu. Sie vergewisserte sich, dass Miss Lucy in ihrem Zimmer war, lief dann geschwind in ihr Ankleidekabinett und wechselte die Escarpins gegen Stiefeletten. Hastig zog sie ihre dunkelbraune Pelisse an, setzte die Kapuze auf und strebte in den Garten.

„Ich glaube, die ganze Stadt nimmt an, dass du neulich nach dem Ballettabend ein Rendezvous mit Miss Mardyn gehabt hast", sagte Edward und schaute grinsend den Bruder an.

„Die Leute können über mich denken, was sie wollen", erwiderte Adam schulterzuckend. „Du weißt, ich mache mir nichts daraus. Nein, ich war nicht mit ihr zusammen." Nach kurzer Pause fuhr er fort: „Der Abend war dennoch sehr interessant. Ich fand es nett von Della, dass sie sich kurz mit Mr. Lafoy unterhalten hat."

„Ich stimme dir zu", sagte Edward nickend. „Manchmal frage ich mich, warum unsere Schwester nach Humphreys Tod in Eynhallow geblieben ist. Schließlich fühlt sie sich seit ihrer Jugend in London sehr wohl."

„Vielleicht hat das Stadtleben inzwischen den Reiz für sie verloren", meinte Adam. „Außerdem ist sie erst seit einem knappen Jahr Witwe. Möglicherweise verlegt sie, wenn die Trauerzeit vorbei ist, ihren Wohnsitz nach London."

„Sie hat mir immer leidgetan", murmelte Edward. „Humphrey, dieser kränkelnde Verschwender, war nicht der richtige Mann für sie. Sie hätte nicht so früh heiraten dürfen. Das hat sie mit deiner Lady Wycherley gemein."

„Wie kommst du darauf, von ‚meiner' Lady Wycherley zu reden?", fragte Adam kühl. „Das ist eine Unterstellung, die nicht der Wahrheit entspricht."

„Nein?" Skeptisch schaute Edward ihn an. „Zum einen hast du dich im Theater ziemlich angeregt mit Lady Wycherley unterhalten, zum anderen sie dann vor den wütenden Leuten an der Zollschranke bewahrt."

„Und drittens habe ich sie heute getroffen!", warf Adam belustigt ein.

„Tatsächlich? Das beweist doch, dass du an ihr interessiert bist."

„Es macht mir Freude, mit ihr zu plaudern und Mr. Lafoy damit zu ärgern. Ich bin sicher, es stört ihn empfindlich, zu wissen, dass sie hin und wieder Umgang mit mir hat."

„Spielst du sie gegen ihn aus?", fragte Edward befremdet.

„Nein, natürlich nicht", antwortete Adam ehrlich. „Ich mag sie, sogar sehr."

„Ich verstehe", erwiderte Edward schmunzelnd.

„Nein, du verstehst gar nichts!", entgegnete Adam amüsiert.

„Komm nicht auf den Einfall, ich würde umgehend das Aufgebot bei dir bestellen! Sie hat durchblicken lassen, dass sie sich nicht wieder vermählen will, weil sie ihre Unabhängigkeit schätzt. In dieser Hinsicht unterscheidet sie sich von vielen Frauen."

„Wenn ich an ihren verstorbenen Mann denke, begreife ich gut, dass sie jetzt eine Abneigung gegen die Ehe hat. Er war bei der Marine, ohne jedoch eine große Karriere zu machen. Wie es heißt, soll er seine Untergebenen schlecht behandelt haben, und nicht nur sie, sondern auch seine Frau. Sie muss sehr duldsam sein, da sie sich nicht gegen ihn aufgelehnt hat."

Nun war Adam klar, weshalb sie sich gegen eine zweite Ehe sträubte. Es war ihm jedoch nicht erklärlich, warum sie den Baron überhaupt geheiratet hatte. Offenbar war sie damals noch sehr jung gewesen und hatte Geborgenheit gesucht.

„Hast du sie heute in Howden getroffen?", fragte Edward neugierig.

„Ja", bestätigte Adam. „Wir sind uns zufällig dort begegnet, wo ich oft mit Mary war. Lady Wycherley war in Begleitung ihrer Schützlinge und dreier Herren, zwei Offizieren und Sir Everard Doble, diesem Langweiler."

„Angeblich hält er Ausschau nach einer begüterten Frau", sagte Edward trocken. „Vielleicht schwärmt er für eine der beiden Schwestern. Ich bezweifele indes, ob eine der jungen Damen in Hansard Court eine gute Figur machen wird."

„Ihre Mitgift wird dieses Manko gewiss ausgleichen", meinte Adam auflachend und dachte wieder an Lady Wycherley. Sie strahlte etwas aus, das ihn, seit er sie kennengelernt hatte, so faszinierte, dass sie ihm ständig durch den Sinn ging. Ihre Offenheit und ihre Unbefangenheit gefielen ihm, und daher hatte er sich ihr gegenüber, als er über Mary sprach, ebenso aufgeschlossen gezeigt. Es war zwar nicht seine Art, über Gefühle zu reden, doch in diesem Fall hatte er die übliche Zurückhaltung fallen lassen.

„Hast du vor, in den nächsten Tagen nach Eynhallow zurückzukehren?“, erkundigte Edward sich beiläufig.

„Ja“, antwortete Adam seufzend. „Du weißt, dass ich mir, seit ich Humphreys Schulden bei Mr. Ingram beglichen habe, keine großen Ausgaben leisten kann, andererseits jedoch sehr viel in Eynhallow investieren müsste. Ich bedauere jetzt, wie wenig ich mich in den letzten neun Jahren um das Gut gekümmert habe.“

„Ich bin mir bewusst, warum du es vermieden hast, dort zu sein“, sagte Edward einfühlsam. „Bist du mittlerweile davon überzeugt, mit den Erinnerungen leben zu können?“

„Ja“, sagte Adam bedächtig.

„Nun, dann wünsche ich dir, dass du wieder glücklich in Eynhallow bist“, erwiderte Edward und lächelte zufrieden.

Adam dachte daran, dass seine Gefühle für Lady Wycherley erstaunlich schnell größer geworden waren und er das Bedürfnis hatte, öfter mit ihr zusammen zu sein. Er stand auf, ging zur Terrassentür und öffnete sie. „Ich brauche etwas frische Luft vor dem Schlafengehen“, erklärte er. „Wir sehen uns morgen früh.“

„Gute Nacht, Adam.“

„Eine angenehme Nacht, Edward“, sagte Adam und schlenderte in den dunklen Garten.

Annis hatte überall im Garten nach Miss Fanny gesucht, ohne jedoch eine Spur von ihr zu entdecken. Das verwunderte sie, da sie der festen Überzeugung gewesen war, Miss Fanny halte sich mit ihrem Verehrer auf dem von einer Mauer umfriedeten Grundstück auf. Jäh kam ihr der Gedanke, die junge Dame könne mit ihrem Bewunderer durchgebrannt sein, doch im gleichen Moment sah sie in der Nähe des hinteren Gartentors ein weißes Taschentuch im Gras liegen. Sie bückte sich, hob es auf und bemerkte sogleich die eingestickten Initialen „FC“.

Seufzend öffnete sie das Gartentor, ging einige Schritte auf die Straße und bemühte sich, in der Dunkelheit etwas erkennen zu können. Da sie Miss Crossley nirgendwo sah, machte sie kehrt und prallte unversehens gegen einen Mann, den sie nicht kommen gehört hatte. „Oh, Pardon“, sagte sie erschrocken.

Unwillkürlich schlang er die Arme um sie und presste sie an sich.

Vor Angst schlug ihr das Herz bis zum Hals, bis sie plötzlich Lord Ashwick erkannte. „Sie?“, fragte sie erleichtert. „Bitte, verzeihen Sie mir! Es ist mir peinlich, dass ich Sie beinahe umgerannt hätte.“

„Sie konnten nicht wissen, dass ich direkt hinter Ihnen stand“, erwiderte er höflich und ließ sie los. „Ich muss mich bei Ihnen entschuldigen. Ich hätte mich bemerkbar machen müssen.“

„Also lassen wir die Sache auf sich beruhen“, sagte Annis gelassen.

Adam war nicht so ruhig. Ihre Nähe verunsicherte ihn, brachte ihn aus dem inneren Gleichgewicht und weckte unerwartet Verlangen. „So leicht kann ich das unerwartete Zusammentreffen nicht abtun“, entgegnete er schmunzelnd. „Ich gestehe, es war mir ein Vergnügen, Sie in den Armen zu halten.“

„Ich muss doch bitten, Sir!“, warf Annis befremdet ein.

„Worum?“, fragte er schelmisch. „Soll ich Sie wieder an mich schmiegen?“

„Sir!“ Wider Willen lachte Annis auf. „Diese Frage müsste ich Ihnen eigentlich übel nehmen, doch das fällt mir schwer. Dabei habe ich meine jeweiligen Schützlinge immer wieder vor Männern gewarnt, die so sind wie Sie!“

„Und wie bin ich?“

„Das wissen Sie besser als ich!“, antwortete Annis erheitert. „Außerdem dürfte es Ihnen nichts Neues sein, wenn ich Ihnen sage, dass Sie als Frauenheld gelten.“

„Ich, ein Lebemann?“, erwiderte Adam schmunzelnd. „Sie täuschen sich, Madam.“

„Wirklich?“

Ihre Stimme hatte sehr skeptisch geklungen. Dennoch war er entzückt. Sie benahm sich jetzt ganz anders, als er sie bisher kannte, nicht mehr so steif und förmlich, sondern viel gelöster, um nicht zu sagen koketter.

„Hm, ich gebe zu, dass Sie sich bei Tageslicht mir gegenüber korrekt verhalten haben“, fuhr sie fort. „Aber wer weiß, was mir jetzt im Dunklen bevorsteht? So gut kenne ich Sie schließlich auch nicht.“

„Ich versichere Ihnen, dass ich vollkommen harmlos bin“, behauptete er, ergriff ihre Hand und verschränkte seine Finger mit ihren. „Vielleicht erinnern Sie sich, dass ich Ihnen in Eynhallow gesagt habe, Patronessen müssten über gebührend eigene Erfahrungen verfügen, wenn sie ihren Schützlingen gute Ratschläge erteilen wollen. Was würden Sie Miss Fanny oder ihrer Schwester nahelegen, wie sie mit einer Situation, in der wir uns befinden, umzugehen hat?“

Annis atmete tief durch. „Ich würde ihr empfehlen, unverzüglich ins Helle zu gehen“, antwortete sie fest. „In der Dunkelheit kann so manches geschehen, das man hinterher bitter bereut. Und außerdem würde ich Miss Fanny oder wem auch immer dringend raten, sich unverzüglich zu verabschieden und das Weite zu suchen.“

„Welch vernünftiger Ratschlag!“, meinte Adam lächelnd. Je länger er sich mit Lady Wycherley unterhielt, desto mehr wurde er sich ihrer betörenden Nähe bewusst. Er glaubte zu wissen, dass auch sie bereit war, das Gespräch mit ihm fortzusetzen, denn sonst hätte sie sich längst zurückgezogen. „Würden Sie Ihrem Schützling auch empfehlen, zu etwas … hm … drastischen Mitteln der Verteidigung zu greifen?“, erkundigte er sich grinsend.

„Selbstverständlich! Nichts ist wirkungsvoller, Sir, als ein heftiger Stoß mit dem Knie an der richtigen Stelle!"

„Wie gut, dass Sie nicht so weit gegangen sind", sagte Adam trocken, zog Lady Wycherley zum vom Mondlicht matt erhellten Gartentor und hielt dort an. Nicht mehr fähig, sich weiterhin Zurückhaltung aufzuerlegen, berührte er flüchtig ihr Haar, das sich sehr weich und seidig anfühlte, und blickte ihr dabei verlangend in die weit geöffneten Augen. Jäh bestand wieder diese Spannung zwischen ihnen beiden, die ihm schon bei der ersten Begegnung mit ihr aufgefallen war, dieses sinnliche Bedürfnis, intim mit ihr zu werden, ein Drang, den er in dieser starken, überwältigenden Form noch nie erlebt hatte. Er war sich gewahr, dass er sich bald von ihr verabschieden musste, doch noch wollte er sich nicht von ihr trennen. „Darf ich wissen, warum Sie, noch dazu ohne jemanden zu Ihrem Schutz bei sich zu haben, mitten in der Nacht hier sind?", fragte er stirnrunzelnd.

„Ja", antwortete sie verdutzt. „Ich habe Miss Fanny gesucht. Und nun entschuldigen Sie mich bitte", fügte sie hinzu, entzog ihm rasch ihre Hand und trat hinter das Gartentor.

Er hatte damit gerechnet, dass sie es schließen würde, blieb indes erstaunlicherweise stehen. Offenbar war sie doch nicht gewillt, die Unterhaltung zu beenden. „Bitte, warten Sie einen Moment", sagte er und streckte die Hand nach ihr aus. „Darf ich Ihnen morgen die Aufwartung machen?"

„Nein, besser nicht", erwiderte sie und furchte die Stirn. „Sie wissen, dass ich auf meinen guten Ruf achten muss. Schließlich bin ich als Anstandsdame tätig."

„Ich sehe keinen Zusammenhang zwischen Ihrer Beschäftigung und meinem Besuch. Oder wollen Sie andeuten, dass ich Sie in Verruf bringen könnte?"

„Nein, so habe ich das nicht gemeint", äußerte Annis betreten. „Aber wenn die Leute mitbekommen, dass ich Herrenbesuche empfange, dann gerate ich gewiss ins Gerede, und das wäre mir sehr peinlich."

Adam war nicht willens, sich mit dieser Erklärung zu begnügen. „Sie haben das Recht auf Privatleben, Madam", entgegnete er irritiert. „Ihre freie Zeit ..."

„Ich bin nicht abkömmlich", fiel sie ihm ins Wort. „In meiner Stellung muss ich ständig auf meine Schutzbefohlenen aufpassen. Deshalb muss ich jetzt weiter nach Miss Fanny suchen."

„Nein, gehen Sie noch nicht", bat Adam eindringlich, beugte sich schnell vor und ergriff Lady Wycherley an den Armen.

Sie war so überrascht, dass sie keine Möglichkeit mehr fand, rasch zurückzuweichen, als er sie auf den Mund küsste.

Ihre Lippen waren weich und warm. Ungestüm schlang er einen Arm um Lady Wycherley, zog sie näher und küsste sie noch verlangender. Schließlich öffnete sie die Lippen und erwiderte seine Zärtlichkeiten in einer Weise, die ihn berauschte. Begierig strich er ihr über das Haar, umfasste ihren Kopf und spürte sie unter dem Ansturm seiner Liebkosungen erbeben.

Jäh stemmte sie ihm die Hände auf die Brust, drängte ihn entschlossen von sich und flüsterte atemlos: „Nein, das geht nicht! Das darf ich nicht tun!"

„Wieso nicht?", fragte er verständnislos.

„Ich ... tue so etwas nicht."

„Ihr Verhalten straft Ihre Behauptung Lügen", erwiderte Adam spröde. „Ich bin sicher, dass Sie ebenso beteiligt waren wie ich."

„Ja ... nein ...", stammelte sie hilflos. „Warum haben Sie mich geküsst?"

„Warum küsst ein Mann eine Frau?", äußerte er rau. „Hätte ich Sie vorher um Erlaubnis gebeten, wären Sie gewiss nicht einverstanden gewesen. Sie hätten mir erwidert, das sei ungehörig, und abgelehnt."

„Allerdings!“, sagte Annis. „Ich fasse es noch immer nicht, dass Sie sich so vergessen haben.“

„Es war mir ein Vergnügen, das ich hoffe, bald erneut zu haben.“

„Oh, nein!“ Bestürzt wich sie mehrere Schritte vom Gartentor zurück. „Ich habe einen guten Ruf zu verlieren und denke nicht daran, ihn Ihretwegen aufs Spiel zu setzen.“

„Bitte, machen Sie das Gartentor auf.“

„Nein!“

Adam überlegte, ob er es öffnen und ihr folgen solle. Sie hätte ihn nicht daran hindern können. Erwartungsvoll schaute er sie an und sah ihrer Miene an, dass sie mit sich rang, ob sie nicht doch seiner Aufforderung entsprechen solle. Schließlich schüttelte sie nachdrücklich den Kopf. Ihre Willenskraft beeindruckte ihn und nötigte ihm Respekt ab. Daher bezwang er das Verlangen nach ihr und erwiderte seufzend: „Dann wünsche ich Ihnen eine angenehme Nacht, Madam.“

„Gute Nacht, Sir“, äußerte sie lächelnd. „Es erleichtert mich, zu sehen, dass Sie doch nicht der hemmungslose Frauenheld sind, als den man Sie hinstellt.“

„Das hatte ich Ihnen doch gesagt“, erwiderte er lakonisch. „Darf ich Sie wiedersehen?“

„Ich bin sicher, Sir, dass Sie morgen anderen Sinns sein werden“, antwortete sie ausweichend. „Bei Tageslicht sieht alles ganz anders aus. Schlafen Sie gut!“ Rasch wandte sie sich ab und strebte zum Haus.

Nachdenklich ging Adam zu seinem Anwesen zurück, betrat das Grundstück und schlenderte durch den Garten zur Terrasse. Er war erst dreiundzwanzig Jahre alt gewesen, als Mary starb, und hatte sich, um den Verlust zu verwinden, nach Ablauf der Trauerzeit allen Vergnügungen hingegeben, die er geglaubt hatte, genießen zu müssen. Es war ihm jedoch nicht gelungen, Mary zu vergessen. Alle Frauen, zu denen er eine

Beziehung gehabt hatte, waren ihm so oberflächlich und bedeutungslos erschienen, dass er schließlich der Armee beigetreten und in den Krieg gegen die Franzosen gezogen war.

Er war sehr jung gewesen, als er sich in Mary verliebt hatte. Er war ihr von Herzen zugetan gewesen und hatte sehr unter ihrem Tod gelitten. Nachdem er aus dem Krieg zurückgekehrt war, hatte er zwar viele Liebschaften gehabt, indes nie eine Frau getroffen, für die er so entbrannt war wie für Mary. Der Gedanke an eine zweite Ehe war ihm in den vergangenen neun Jahren nie gekommen. Nun jedoch begriff er, dass Lady Wycherley ihm mehr bedeutete, als er für möglich gehalten hätte.

Sie war kein junges Mädchen mehr und strahlte dennoch eine Aura der Unberührtheit aus, die ihn fesselte. Ihre anfängliche Befangenheit war ihm ebenso wenig entgangen wie ihre wachsende, ihn betörende Leidenschaft. Gewiss, es war begreiflich, warum sie solchen Wert auf ihr gutes Ansehen legte, doch das würde ihn nicht davon abhalten, weiterhin um sie zu werben.

4. KAPITEL

Im Allgemeinen war Annis sehr zurückhaltend, was Äußerungen über private Belange anging, doch als sie mittags mit der Cousine speiste, konnte sie nicht widerstehen, ihr zu erzählen, dass sie auf der Suche nach der verschwundenen Miss Fanny, die sie schließlich essend in der Küche angetroffen hatte, mitten in der Nacht Lord Ashwick begegnet war. Sie unterließ es jedoch, allzu sehr ins Detail zu gehen, um sich vor Sibella keine Blöße zu geben. Vor allem wollte sie nicht, dass die Cousine falsche Schlüsse zog und auf den Gedanken kam, zwischen ihr und dem Earl bahne sich eine Romanze an.

„Hast du Lord Ashwick gefragt, wieso er sich zu dieser Zeit auf der Straße befand?“, wollte Sibella wissen.

„Nein“, antwortete Annis und war selbst verblüfft darüber, dass sie das unterlassen hatte.

„Vielleicht hat Miss Fanny dich mit ihrem mitternächtlichen Festgelage nur ablenken sollen, weil ihre Schwester sich mit Lord Ashwick treffen wollte“, vermutete Sibella.

„Das halte ich für höchst unwahrscheinlich“, entgegnete Annis. „Miss Lucy ist rettungslos in Lieutenant Norwood verliebt. Im Gegensatz zu Miss Fanny würde sie nie so töricht sein, eine für sie vorteilhafte Verbindung aufs Spiel zu setzen. Der junge Lieutenant sieht gut aus und ist zudem der jüngere Sohn Lord Norwoods.“

„Hm, auch Lord Ashwick ist jung und attraktiv.“

„Mit zweiunddreißig Jahren ist er kein Jüngling mehr“, entgegnete Annis lächelnd. „Und über sein Aussehen kann man geteilter Meinung sein.“

„Du meine Güte! Bist du kleinlich! Wann hört für dich die Jugend auf, und ab wann ist man gesetzten Alters?“

Belustigt dachte Annis daran, dass Sibella zu den Frauen

zählte, die es vorzogen, ihr Alter zu vergessen. „Ab dem fünfundzwanzigsten Geburtstag gerät man ins reifere Alter“, antwortete sie schmunzelnd. „Und diesen Stichtag haben wir beide längst hinter uns.“

„Nun, so gesehen, habe ich nichts dagegen, als reife Frau zu gelten“, erwiderte Sibella trocken. „Ich habe einen mich vergötternden Mann, drei entzückende Kinder, ein wunderbares Heim und ...“

„Und das alles vor deinem dreißigsten Geburtstag“, warf Annis erheitert ein.

„Musst du mich daran erinnern, dass wir nicht jünger werden?“, fragte Sibella schmollend.

„Warum nicht?“, äußerte Annis mit maliziösem Lächeln. „David ist bereits dreißig, Charles begeht im Dezember seinen dreißigsten Geburtstag, und bis zu meinem verbleiben weniger als drei Jahre.“

„Ach, sei still!“, unterbrach Sibella ungehalten. „Wir beide bleiben mindestens noch zwei oder drei Jahre so alt, wie wir jetzt sind!“

„Dir wird man diese Schwindelei abnehmen, Sibella“, sagte Annis schmunzelnd, „denn du hast dich so gut gehalten, dass man meinen könnte, du seist erst knapp über zwanzig.“

„Danke“, erwiderte Sibella entzückt. „Ich würde gern das Gleiche über dich sagen, aber in diesem Kleid siehst du um Jahre älter aus, als du bist. Man könnte dich für meine Gouvernante oder meine Tante halten, sähe man uns jetzt zusammen. Musst du dich so farblos anziehen?“

„Du bist der Charme in Person, meine Liebe“, äußerte Annis ironisch. „Nach diesem Vergleich kann ich nur hoffen, dass niemand mich das Haus betreten gesehen hat, denn sonst würdest du deinen Ruf als tonangebende Dame der Gesellschaft einbüßen. Du weißt, warum ich es für richtig erachte, nicht auffallend gekleidet zu sein. Das muss ich dir doch nicht immer wieder klarmachen!“

„Ja, ja, aber in diesem Ding siehst du wirklich unattraktiv aus. Wo, in aller Welt, hast du es gekauft?"

„Bei Mr. Frankland. Er hat mir erzählt, in diesem Sommer seien Foulard und Brokatelle die bevorzugten Stoffe."

„Das stimmt, weil sie Seide enthalten und daher nicht so warm sind", bestätigte Sibella. „Warum legst du dir nicht ein deinen Teint betonendes Kleid aus Musselin zu? Du könntest viel hübscher aussehen, wenn du nur wolltest! Ich wünschte, ich hätte deine Figur!"

„Sei froh, dass du nicht so groß bist wie ich."

„Du solltest wirklich helle Farben tragen, Annis, und deine Reize besser zur Geltung bringen."

Jäh dachte Annis an die verflossene Nacht und spürte sich erröten.

„Nanu, habe ich etwas Falsches gesagt?", wunderte sich Sibella. „Du bist plötzlich so rot geworden."

„Ach, das liegt an der Wärme", schwindelte Annis. „Ich bin etwas erhitzt."

„Das kommt nur davon, weil du dieses hochgeschlossene Kleid trägst!", meinte Sibella.

„Kannst du nicht aufhören, auf diesem Thema herumzuhacken?", fragte Annis ungehalten. „Lass uns bitte über etwas anderes reden."

„Ja, gleich. Ich versuche nur, dir gute Ratschläge zu geben. Du solltest dir eine andere Frisur zulegen ..."

„Was hast du daran auszusetzen?", unterbrach Annis verstimmt und erinnerte sich, wie Ashwick ihr nur Stunden zuvor übers Haar gestrichen und sie geküsst hatte. Die Begegnung mit ihm erschien ihr so unwirklich, dass sie kaum glauben mochte, sie habe tatsächlich stattgefunden. Sie fand es unfassbar, dass er sie geküsst hatte, sie, eine siebenundzwanzigjährige Witwe, die als Anstandsdame tätig war.

„Du solltest dir Locken machen lassen", schlug Sibella unbeirrt vor, „durch die der Blick auf dein hübsches Gesicht und deinen makellosen Teint gelenkt wird."

„Ich habe Sommersprossen, Sibella!", erwiderte Annis seufzend.

„Überdeck sie mit Schminke!"

„Ich bin dieses Thema leid", äußerte Annis ärgerlich.

„Ich möchte doch nur, dass du mehr aus dir machst, Annis. Fang damit an, dich nicht dauernd wie eine Vogelscheuche anzuziehen."

„Würde ich mich nicht wie eine Vogelscheuche kleiden, wie du das so liebenswürdig ausgedrückt hast, Sibella, dann käme kein gut situierter Herr auf den Einfall, mir sein Mündel oder seine Tochter anzuvertrauen, damit ich die junge Dame unter die Haube bringe! Denk daran, welche Debatte es mit Tennyson gegeben hat, als ich bei ihm als Gouvernante eingestellt war und mich weigerte, eine Haube zu tragen. Ich hatte den Eindruck, allein der Anblick meines blonden Haars verleite ihn zu der Annahme, alle Männer müssten mir Avancen machen."

„Nun, ich weiß aus eigener Erfahrung, dass dem so ist", warf Sibella schmunzelnd ein.

„Ich kann nicht behaupten …", begann Annis und hielt überrascht inne, weil ihr unversehens einfiel, dass Ashwick ihr Haar bewundert hatte. Plötzlich bereute sie, Sibella überhaupt von der Begegnung mit ihm berichtet zu haben. Die Schilderung des nächtlichen Zusammentreffens hatte Erinnerungen an Gedanken geweckt, durch die sie danach lange Zeit um den Schlaf gebracht worden war.

„Bist du sicher, dass mit dir alles in Ordnung ist?", fragte Sibella besorgt und schaute Annis prüfend an. „Heute wirkst du ziemlich unkonzentriert auf mich. Vielleicht hat die Begegnung mit Lord Ashwick dich mehr aus der Fassung gebracht, als du zugeben willst."

„Was für eine dumme Unterstellung!“, sagte Annis kopfschüttelnd.

„Wie dem auch sei, ich meine, es muss sehr aufregend gewesen sein, ihm mitten in der Nacht auf der Straße zu begegnen.“

Am liebsten hätte Annis die Cousine erwürgt. Es ärgerte sie, dass Sibella so hartnäckig bei diesem Thema blieb. Aber wenn sie es abrupt wechselte, würde Sibella misstrauisch werden. Resignierend beschloss sie, gute Miene zum bösen Spiel zu machen, und erwiderte so gelassen, wie es ihr möglich war: „Ja, es war aufregend, weil ich unvermutet gegen ihn geprallt bin!“

„Ich bin sicher, in diesem Moment hätten viele Frauen gern mit dir getauscht.“

„Vielleicht, aber ich habe mich zu Tode erschrocken. Sehr angenehm war das nicht.“

„Nein? Fandest du es nicht erregend, ihm so nah zu sein?“

„Was willst du jetzt hören, Sibella? Es mag sein, dass er für einige Frauen eine gewisse Anziehungskraft hat …“

„Für dich nicht?“, unterbrach Sibella spöttisch. „Dann bist du die große Ausnahme. Im ‚York Herald‘ stand etwas ganz anderes über ihn.“

„Das wundert mich nicht. Der Herausgeber will schließlich viele Exemplare verkaufen. Also lässt er in seiner Gesellschaftskolumne Ashwick in einem Licht darstellen, das ihn für die weibliche Leserschaft höchst interessant macht.“

„Wie zynisch du bist, Cousine!“

„Was hat das mit Zynismus zu tun?“, fragte Annis befremdet. „Ich habe dir lediglich zu erklären versucht, dass es rein geschäftliches Kalkül ist, wenn in der Zeitung in einem bestimmten Tenor über Ashwick berichtet wird.“

„Ich finde, er ist es wert, dass man sich für ihn interessiert.“

„Außer dir gibt es bestimmt noch mehr Frauen in Harrogate, die dieser Ansicht sind.“

„Warum auch nicht? Schließlich geht ihm der Ruf voraus, ein Frauenkenner zu sein."

„Ach, das trifft auf die meisten Männer zu, die aus London herkommen."

„Willst du behaupten, dass er keinen Eindruck auf dich gemacht hat? Allein die tragische Aura, die ihn umgibt, ist doch fesselnd, nicht wahr?"

Annis dachte daran, dass er sie zwar auf der Straße vor ihrem Garten leidenschaftlich geküsst hatte, seine Gefühle für sie jedoch gewiss nicht mit seiner Liebe für seine verstorbene Gattin verglichen werden konnte, und war unwillkürlich etwas niedergeschlagen. „Ich kann mir vorstellen, dass sein persönliches Schicksal so manche junge Dame zu der Annahme verleiten wird, sie sei genau die Richtige, um ihn zu trösten", erwiderte sie betont gleichmütig. „Wie peinlich!"

„Ich begreife dich nicht, Annis", sagte Sibella und schüttelte den Kopf. „Du hattest eine Gelegenheit, um die viele Frauen dich beneiden würden, und was machst du daraus? Nichts! Du hättest viel entgegenkommender sein müssen!"

„Sollte ich ihm noch einmal im Dunklen auf der Straße begegnen, werde ich deinen Rat beherzigen", äußerte Annis spitz und erhob sich. „Jede Patronesse, die darauf bedacht ist, ihrem Schützling zu einer guten Partie zu verhelfen, wird dir für diesen Hinweis auf den Knien dankbar sein!"

Mit gespielter Entrüstung ergriff Sibella ein Kissen und schleuderte es auf die Cousine.

Lachend fing Annis es auf und sagte belustigt: „Das habe ich nicht verdient."

„Doch!", widersprach Sibella schmollend, nahm die Tischglocke zur Hand und läutete. „Sind deine Schutzbefohlenen noch nicht zurück? Ich bin heilfroh, dass du ohne sie hier bist."

„Heute Abend sind sie mit Lady Anstey im Theater und treffen danach bei mir ein", antwortete Annis. „Wenn ich mich richtig erinnere, wird ein Schauerdrama gegeben, dessen Titel mir entfallen ist, genau das Richtige für Miss Fanny. Aber Miss Clara tut mir leid. Ich bin überzeugt, dass sie keineswegs über die Gesellschaft glücklich ist, die ihre Mutter ihr aufgezwungen hat. Miss Fanny bringt sie immer zum Weinen."

„Das überrascht mich nicht", sagte Sibella. „In einigen Jahren wird Miss Fanny eine der unbeliebtesten Damen der Gesellschaft sein. Du wirst es nicht glauben, aber sie hat mir tatsächlich ins Gesicht gesagt, dass ich für eine Bürgerliche einen recht guten Geschmack hätte!"

„Sie ist frech und unverfroren", erwiderte Annis und schüttelte den Kopf. „Allerdings möchte ich sie in diesem Fall in Schutz nehmen. Sie hat sich meiner Meinung nach nur unglücklich ausgedrückt. Es wird noch sehr lange dauern, bis sie einigermaßen akzeptable Manieren hat."

„Mir reichen ihre Unverschämtheiten!", entrüstete sich Sibella. „Im Übrigen stammt David aus einer sehr guten adligen Familie, wie du weißt."

„Welch ein Glück für dich! Es soll Leute geben, die sich ihren Lebensunterhalt verdienen müssen."

„Ach, sei nicht so direkt, Annis!"

„Dir könnte ich raten, nicht so hochnäsig zu sein", erwiderte Annis lachend. „Geld regiert bekanntlich die Welt."

„Nein", widersprach Sibella. „Das ist die Liebe."

Annis wollte vermeiden, dass die Cousine erneut auf das ihr lästige Thema zu sprechen kam. „Bitte, nimm es mir nicht übel, doch ich muss fort", sagte sie hastig. „Es gibt nicht viele Tage, an denen ich mich nicht um Miss Fanny und Miss Lucy kümmern muss, und deshalb habe ich mir für heute viel vorgenommen."

„Willst du einkaufen gehen?"

„Ja."

Sogleich stand Sibella auf und sagte eifrig: „Ich werde dich begleiten. Ich brauche nur einen Moment, bis ich fertig bin."

Es passte Annis nicht im Mindesten, dass die Cousine sich ihr anschließen wollte. „Gut, dann beeile dich!", äußerte sie resigniert. „Aber halt mich unterwegs nicht auf, nur weil du etwas siehst, das dir gefällt, du dich dann jedoch stundenlang nicht entscheiden kannst."

„Ich weiß immer, was ich will", erwiderte Sibella fröhlich. „Und jetzt möchte ich, dass du meinen Rat beherzigst und dir etwas Hübsches zum Anziehen kaufst."

Annis ließ sich vom Butler die Einkäufe abnehmen und erkundigte sich, ob in ihrer Abwesenheit jemand nach ihr gefragt habe.

„Ja, Lady Copthorne war da", antwortete Tottenham, nachdem er die Päckchen auf den Konsoltisch gelegt hatte. „Sie hat gesagt, ich solle Ihnen ausrichten, dass sie beeindruckt davon ist, wie Sie Miss Fanny Crossley in die hiesige Gesellschaft eingeführt haben. Und dann hat sie hinzugefügt, es sei ihr Wunsch, dass Sie ihre Tochter zur Nachsaison nach London mitnehmen. Sie wird jedoch erneut herkommen und die Angelegenheit mit Ihnen besprechen."

„Danke, Tottenham", erwiderte Annis. „Wissen Sie etwas über dieses Mädchen?"

Nicholas half Ihrer Ladyschaft aus dem Mantel, räusperte sich und äußerte vorsichtig: „Es steht mir zwar nicht zu, Madam, mir eine Meinung über Lady Copthornes Tochter zu erlauben, aber da Sie mich gefragt haben, muss ich Ihnen sagen, dass Miss Copthorne noch … hm … unmanierlicher ist als Miss Fanny."

„Soso", murmelte Annis. „Vielleicht sollte ich diesen Auftrag dann nicht annehmen." Aller Wahrscheinlichkeit nach würde sie sich jedoch einverstanden erklären, da sie es sich in ihrer finanziellen Lage nicht erlauben konnte, zu wählerisch zu sein, denn ein Großteil ihrer Einnahmen aus ihrer Tätigkeit war für die Instandsetzung von Starbeck gedacht. „Ist sonst noch jemand vorstellig geworden?", erkundigte sie sich. Im Stillen hatte sie gehofft, Lord Ashwick möge ihr die Aufwartung machen, fand jetzt jedoch, es sei wahrscheinlich besser, dass er nicht gekommen war. „War Mrs. Bartle nicht hier?", fuhr sie fort. „Sie hat beiläufig erwähnt, wir beide sollten in der nächsten Woche ins Theater gehen."

„Nein, sie war nicht da, aber ein Herr."

„Ach ja? Hat er seine Karte hinterlassen?"

„Ja, Madam." Tottenham drehte sich um und nahm die Visitenkarte aus der Silberschale. „Bitte, Madam", fuhr er fort und überreichte sie ihr.

„Mr. Flitwick?", las Annis laut. „Was wollte er von mir?"

„Er wollte ein weiteres Mal Maß für Ihre neuen Stiefeletten nehmen", erklärte der Butler.

Annis hatte den Eindruck, dass der Schuhmacher nur einen Vorwand gesucht hatte, um sie wiederzusehen, weil er sehr an ihr interessiert war. „Er wird halt wiederkommen müssen", murmelte sie gleichmütig.

„Außer ihm war der Earl of Ashwick hier", verkündete Tottenham.

Sogleich klopfte Annis das Herz schneller. „War er enttäuscht, mich nicht angetroffen zu haben?", fragte sie hoffnungsvoll.

„Ja", bestätigte Tottenham trocken. „Indes hat er durchblicken lassen, er sei davon überzeugt, Sie ließen sich verleugnen, weil Sie ihm zu verstehen gegeben haben, sein Besuch sei Ihnen unerwünscht."

„Das stimmt", räumte Annis leise seufzend ein.

„Dann hat er jedoch hinzugefügt, er habe sich über Ihren Wunsch hinweggesetzt, weil es ihm ein großes Vergnügen gewesen sei, Sie im Mondschein auf der Straße zu treffen, und er nun, entgegen Ihrer Anordnung, das Bedürfnis habe, Ihnen bei Tageslicht die Aufwartung zu machen."

„Hübsch formuliert", meinte Annis schmunzelnd.

„Mehr Besucher waren nicht da."

„Danke, Tottenham", erwiderte sie freundlich und fragte sich auf dem Weg in die obere Etage, ob sie Lord Ashwick wirklich wiedersehen wollte oder ob es ratsamer sei, ihn hinfort zu meiden. Über sich selbst den Kopf schüttelnd, erkannte sie, dass sie nicht wusste, was sie wollte.

5. KAPITEL

Kein Wölkchen war zu sehen, und die Sonne brannte vom Himmel. Annis war mit ihren Schützlingen in High Harrogate zum Einkaufen gewesen und hatte dann vorgeschlagen, über den Stray zu promenieren.

„Muss das sein, Mylady?“, fragte Fanny verstimmt. „Die armen Leute lassen ihre Schafe dort weiden. Wir würden uns nur die Schuhe schmutzig machen.“

In diesem Moment entdeckte Lucy drei berittene Offiziere und rief erfreut aus: „Sieh mal da, Fanny! Da kommen Captain Hammond, Lieutenant Greaves und Lieutenant Norwood. Können wir uns Ihnen ein Stück anschließen, Madam?“, wandte sie sich bittend an Ihre Ladyschaft. „Wir müssen ja nicht weit gehen, nur bis zu den Stallungen.“

„Ja, natürlich habe ich keinen Einwand“, antwortete Annis freundlich und amüsierte sich im Stillen über Miss Lucys Eifer. Da sie jedoch den Eindruck gewonnen hatte, dass Lieutenant Norwood sich Miss Lucy bald zu erklären gedachte, wollte sie den beiden jungen Leuten Gelegenheit geben, möglichst oft zusammen zu sein.

Die Offiziere waren eingetroffen, saßen ab und begrüßten die Damen. Lieutenant Norwood reichte Miss Lucy den Arm und plauderte angeregt mit ihr. Zu Annis' Belustigung schien Miss Fanny sich nicht entschließen zu können, wem der beiden verbliebenen Herren sie den Vorzug geben solle – Lieutenant Greaves oder Captain Hammond. Ersterer sah eindeutig besser aus, aber rangmäßig stand der Hauptmann eine Stufe höher.

Plötzlich schaute Miss Fanny jedoch an ihr vorbei. Neugierig drehte Annis sich um, sah zu ihrer Überraschung Lord Ashwick auf sich zukommen und bereute, dass sie keinen Sonnenschirm mitgenommen hatte, weil sie, um ihn besser gegen das gleißende Licht erkennen zu kennen, die Hand über die Augen halten musste.

Er hielt vor den Herrschaften an, verneigte sich vor den Damen und sagte dann höflich: „Darf ich mich Ihnen anschließen, Madam? Ich nehme an, Sie und Ihre Begleiter wollen über den Stray, nicht wahr?"

„Es wäre reizend, Lieutenant Greaves, wenn Sie ...", begann Fanny lächelnd, entschied sich dann jedoch eines anderen und schaute, leicht die Augen verengend, den Earl of Ashwick an. Den verdutzten Lieutenant nicht mehr beachtend, ging sie zu Seiner Lordschaft, stellte sich zwischen ihn und Lady Wycherley und fragte, um seine Aufmerksamkeit auf sich zu lenken: „Sind wir uns nicht zu Beginn der Saison in London begegnet, Mylord?"

„Ja, ich entsinne mich", antwortete er kühl, da er die junge Dame unsympathisch fand. „Ich hoffe, Sie und Ihre Schwester sind bei bestem Wohlbefinden."

„Danke, ja", erwiderte Fanny. „Wie lange werden Sie in Harrogate bleiben, Sir?"

Annis fand Miss Fannys Verhalten aufdringlich und befürchtete, Lord Ashwick werde brüsk reagieren. Es war ihm anzusehen, dass er das Mädchen nicht mochte.

„Ich gedenke, einige Zeit hier zu sein", antwortete er ausweichend. „Und jetzt habe ich vor, sie zu nutzen, indem ich Lady Wycherley begleite."

„Wie bitte?", fragte Fanny pikiert und warf Ihrer Ladyschaft einen verächtlichen Blick zu. „Sie ist doch nur unsere Patronesse, Sir", fuhr sie geringschätzig fort. „Ich wusste nicht einmal, dass Sie sich kennen."

Er warf Lady Wycherley einen amüsierten Blick zu und erwiderte trocken: „Nun, jetzt haben Sie gemerkt, dass Lady Wycherley und ich uns nicht fremd sind! Darf ich bitten, Madam?“, wandte er sich an die Baronin und reichte ihr den Arm.

Durch sein Verhalten begriff Fanny, dass ihm nichts an der Fortsetzung des Gesprächs mit ihr gelegen war. Verärgert wandte sie sich ab, sah huldvoll Lieutenant Greaves an und fragte mit kokettem Augenaufschlag: „Würden Sie mir die Ehre geben, Sir?“

„Mit dem größten Vergnügen“, antwortete er und legte ihre Hand in seine Armbeuge. „Sei so nett, Gary, und nimm du die Pferde“, bat er den Freund grinsend, ließ den Verblüfften stehen und schlenderte mit Miss Fanny hinter ihrer Schwester und Barnaby her.

„Der arme Captain“, murmelte Annis mitfühlend, während sie sich bei Ashwick einhängte. „Ich bin Ihnen dankbar, Sir, dass Sie Miss Fannys ungehöriges Benehmen übergangen haben.“

„Diese ungezogene Person hätte wirklich eine gehörige Standpauke verdient“, erwiderte Adam kopfschüttelnd. „Wie konnte sie es wagen, so despektierlich über Sie zu reden? Sie müsste Ihnen dankbar dafür sein, dass Sie geruhen, sich mit ihr abzugeben. Sie sollte sich ein Beispiel an Ihnen nehmen, statt so unerträglich arrogant zu sein. Ich befürchte jedoch, dass sie nie lernen wird, sich wie eine Dame zu benehmen.“

Überrascht sah Annis ihn an und bemerkte, dass er die Stirn gefurcht und die Miene verkniffen hatte.

Aus dem Augenwinkel nahm er wahr, dass sie ihn anschaute. Sogleich lächelte er und äußerte entschuldigend: „Pardon, Madam! Ich hätte mich nicht so verärgert über Ihren Schützling äußern dürfen.“

„Sie haben keinen Anlass, sich zu entschuldigen, Sir“, entgegnete Annis beschwichtigend. „Ich weiß, dass Miss Fanny sich überschätzt und glaubt, dank des Vermögens ihres Vaters etwas Besseres zu sein.“

„Man sollte ihr die Augen öffnen und ihr klarmachen, dass sie eine verzogene, unleidliche Person ist, die keine Manieren hat!“

„Ach, regen Sie sich nicht auf, Sir. Ich habe mir längst abgewöhnt, Anstoß an ihrem Betragen zu nehmen. Ich streiche das mir von Sir Robert Crossley gezahlte Honorar ein und bemühe mich, meine Aufgabe so gut wie möglich zu erfüllen.“

„Es muss anstrengend sein, sich mit so unsäglich impertinenten Geschöpfen abmühen zu müssen“, meinte Adam mitfühlend.

„Ja, manchmal ist das wirklich deprimierend“, gestand Annis. „Wie ich hörte, waren Sie gestern bei mir?“, fuhr sie fort, um dem Gespräch eine Wende zu geben.

„Ja“, bestätigte er. „Leider waren Sie nicht daheim. Umso erfreuter bin ich darüber, dass wir uns jetzt getroffen haben.“

Annis fühlte sich leicht erröten. „Tottenham hat mir gesagt, dass Sie mich sprechen wollten.“

„Ich kenne Ihren Butler schon länger“, erwiderte Adam, „weil seine Eltern in Eynhallow für meinen Vater gearbeitet haben. Die Familie ist seit Langem in Yorkshire ansässig. Soweit ich weiß, stammen auch Sie aus dieser Gegend, nicht wahr?“

„Ja“, bestätigte Annis. „Ich bin allerdings nicht hier aufgewachsen, da mein Vater bei der Königlichen Marine war und meine Eltern oft den Wohnsitz gewechselt haben.“

„Das haben Sie mir bereits einmal erzählt“, sagte Adam und schaute lächelnd Lady Wycherley an.

Sie hatte befürchtet, dass er, wenn sie ihm erneut begegnete, ein vertrauliches Verhalten bekunden würde. Das wäre ihr peinlich gewesen, insbesondere wenn er sich in der Öffentlichkeit so benommen hätte. Zum Glück unterließ er jedoch jede Anspielung auf das nächtliche Zusammentreffen, sodass sie beruhigt war. „Lebt Ihre Familie auch schon seit Generationen hier?“, erkundigte sie sich beiläufig.

„Ja. Meine Eltern stammen aus dieser Gegend. Und was unserer beider Vorfahren betrifft, so ist es in der Vergangenheit oft zu Heiraten zwischen den beiden Familien gekommen."

„Das erscheint mir nicht sehr glaubhaft", entgegnete Annis überrascht. „Meine Ahnen waren einfache Leute. Ich kann mir nicht vorstellen, dass einer Ihrer Vorväter eine solche Mesalliance eingegangen ist. Und im Lauf der Jahrhunderte sind die Grafen von Ashwick immer mächtiger geworden, und Sie sind heute einer der bedeutsamsten Großgrundbesitzer der Gegend."

„Das kann ich nicht leugnen", erwiderte Adam gleichmütig. „Ich meine indes, dass Sie, was Ihre Herkunft angeht, nicht so bescheiden sein müssen. Immerhin sind Sie die Enkelin des Marquess of Overbury und über seine Linie mit vielen adligen Familien verwandt."

„Sie sind sichtlich gut über mich informiert", sagte Annis erstaunt. „Sicher ist Ihnen daher auch geläufig, dass meine Angehörigen mütterlicherseits mich ignorieren, weil meine Mutter heimlich eine nicht standesgemäße Verbindung mit meinem Vater, der nur Schiffskapitän war, eingegangen ist. Das Getuschel darüber ist längst verstummt, sodass ich heute Ruhe vor dem Klatsch habe. Über Sie, Sir, wird jedoch sehr viel geredet."

„Ach, wirklich? Und geben Sie etwas auf diesen Klatsch?"

„Nein."

„Ich wüsste gern, Madam, welche Einstellung Sie zu mir haben", äußerte Adam ernst und schaute sie gespannt an.

Die Eindringlichkeit seines Blicks trieb ihr ein weiteres Mal die Röte in die Wangen. Jäh wurde ihr bewusst, dass jetzt der Moment gekommen war, bestimmte Dinge klarzustellen. „Bitte, fragen Sie mich nicht, Sir", antwortete sie ruhig, „weder jetzt noch in Zukunft. Die Art meiner Tätigkeit erlaubt es mir nicht, Zeit damit zu verbringen, mit Ihnen zu tändeln."

„Wenn Sie es so ausdrücken, vermitteln Sie mir das Gefühl, als sei es mein größtes Vergnügen, mit Damen aller Art zu schäkern“, entgegnete Adam auflachend. „Ich versichere Ihnen, dass ich das gewiss nicht tue und auch nicht die Absicht habe, daran etwas zu ändern.“

„Nein?“, fragte Annis und zog eine Augenbraue hoch. „Als wir uns vorgestern auf der Straße begegnet sind … Nun, ich befürchte, Sie haben mich falsch eingeschätzt, Sir. Ich neige nicht dazu, im wahrsten Sinne des Wortes zwischen Tür und Angel Zärtlichkeiten mit fremden Männern zu tauschen.“

„Das müssen Sie fürwahr nicht betonen, Madam“, warf Adam rasch ein. „Diesen Eindruck habe ich wirklich nicht von Ihnen gewonnen!“

„Das beruhigt mich“, erwiderte sie erleichtert. „Ich gehe also davon aus, dass wir beide den … kleinen Zwischenfall vergessen und dergleichen sich nicht wiederholen wird.“

„Ich kann nicht einfach so darüber hinweggehen, Madam, wie Sie das gern möchten“, entgegnete Adam ernst. „Und ich gestehe freimütig, dass ich, sollte ich in eine ähnliche Situation geraten, mich nicht zurückhalten werde.“

Annis ärgerte sich über ihn und seine Uneinsichtigkeit. Er machte ihr die Sache wahrlich nicht leicht. In Wahrnehmung ihrer Pflichten als Anstandsdame musste sie natürlich in Gesellschaft verkehren, und in einer Kleinstadt wie Harrogate war es so gut wie unmöglich, Lord Ashwick aus dem Weg zu gehen. Das musste er begreifen. „Bitte, übersehen Sie nicht, Sir, dass ich genötigt bin, mir den Lebensunterhalt zu verdienen“, sagte sie eindringlich. „Es würde mir sehr schaden, wenn Sie …“ Verlegen hielt sie inne.

„Befürchten Sie, dass ich nur mit Ihnen spiele, Madam?“, fragte er leicht vorwurfsvoll. „Falls Sie das annehmen, kann ich Ihnen versichern, dass Ihre Sorge unbegründet ist. Ich habe jedoch den Wunsch, Sie besser kennenzulernen. Ich hoffe, damit habe ich alle Missverständnisse zwischen uns ausgeräumt.

Aber wenn meine Absicht Ihnen derart ungelegen kommt, dann sagen Sie es mir bitte jetzt. Ich verspreche Ihnen, Sie dann nie mehr zu behelligen."

Annis war unschlüssig, wie sie sich verhalten solle. Sie konnte nicht abstreiten, dass sie Lord Ashwicks Gesellschaft genoss. Andererseits war sie gezwungen, auf ihr Ansehen in der Öffentlichkeit zu achten, und außerdem nicht bereit, ihre Unabhängigkeit aufzugeben.

„Ihr Schweigen ist sehr beredt, Madam", äußerte Adam trocken.

Befangen schaute sie ihn an und erwiderte: „Sie sind sehr direkt, Sir!"

„Dafür bin ich bekannt", sagte er und lächelte flüchtig.

Annis rang sich endlich zu der Antwort durch, die sie ihm geben musste. „Meine Lebensumstände gestatten es mir nicht, Sir", sagte sie streng, „Umgang mit Ihnen zu pflegen, ganz gleich, wie ich zu Ihnen stehe. Durch die Tätigkeit, die ich ausübe, kann ich es mir nicht leisten, ins Gerede zu kommen. Bitte, haben Sie Verständnis für mich."

„Ich kann Ihren Standpunkt nachvollziehen", erwiderte Adam enttäuscht. „Ihre Willenskraft nötigt mir sogar Bewunderung ab. Dennoch kann und mag ich Ihre Entscheidung nicht akzeptieren."

„Das werden Sie tun müssen", entgegnete Annis entschieden.

„Dann muss ich mich ihr beugen", äußerte er und zuckte leicht mit den Schultern. „Muss ich mich jetzt von Ihnen verabschieden, oder erlauben Sie, dass ich Sie zu Ihren Schützlingen begleite?"

„Natürlich dürfen Sie das!", antwortete Annis mit gezwungenem Lächeln, denn das Herz war ihr schwer. Gewiss, sie hatte ihn unmissverständlich aufgefordert, sich von ihr zurückzuziehen, litt jedoch unter dieser Entscheidung und fand es sehr schwer, sich damit abzufinden. Plötzlich bemerkte sie, dass Miss Fanny den Kopf in ihre Richtung drehte, sie neugierig anstarrte und fast gestolpert wäre. Sogleich zwang sie sich, eine unbeteiligte Miene aufzusetzen, und erkundigte sich in bemüht gelassenem Ton: „Ich habe gehört, Sir, dass Sie vor einigen Jahren den Militärdienst quittiert haben. Fehlt Ihnen dadurch nicht etwas?"

„Ja", antwortete Adam, etwas über den jähen Themenwechsel irritiert. „Der Tagesablauf bei der Armee ist so geregelt und unterliegt einer Disziplin, der man sich als Zivilperson nicht beugen muss. Aber ich kann nicht über Untätigkeit klagen. Eynhallow wurde lange vernachlässigt und erfordert meine häufige Anwesenheit, damit es wieder in guten Zustand versetzt wird. Und wie verbringen Sie Ihre Zeit, Madam? Ich wüsste gern, welchen Vergnügungen Sie und Ihre jeweiligen Schützlinge sich hingeben."

„Ich bezweifele, dass Sie das interessiert", erwiderte Annis leichthin.

„Im Gegenteil!", widersprach er. „Ich möchte wirklich hören, womit Sie beschäftigt sind."

„Das können Sie sich doch denken, Sir!", sagte Annis kopfschüttelnd. „Ich unternehme mit den mir anvertrauten jungen Damen Ausflüge, gehe mit ihnen einkaufen, mache Spaziergänge, besuche das Theater ... Soll ich die Aufzählung fortsetzen? Abends geht man zu Bällen oder Empfängen oder Soireen oder nimmt Einladungen auf Landsitze wahr. Beispielsweise waren meine augenblicklichen Schutzbefohlenen sehr von Fountains Abbey und Knaresborough beeindruckt, insbesondere von der düsteren, verfallenen, fast schaurig wirkenden Burgruine, in der sie ständig mit dem Erscheinen eines Gespenstes gerechnet haben."

Adam lachte, blieb stehen und schaute sehr eindringlich Ihre Ladyschaft an.

Sie hielt seinem Blick Stand und empfand plötzlich wieder diese ihr unerklärliche Anziehungskraft.

„Sie machen es mir nicht leicht, auf Ihre Gesellschaft zu verzichten", fuhr er ernst fort. „Ich genieße es, mit Ihnen zusammen zu sein, Madam, und möchte dieses Vergnügen nicht entbehren."

Betreten wandte sie den Blick ab und murmelte: „Danke für das nette Kompliment, Sir."

„Es überrascht mich, Madam, dass Sie sich nicht wieder verheiratet haben, obwohl Sie gewiss viele interessante Männer kennenlernen. Gibt es dafür einen bestimmten Grund?"

„Ja", antwortete sie schmunzelnd. „Ich versuche stets, die mir geltende Aufmerksamkeit auf meine Schützlinge zu lenken, da sie eine für sie vorteilhafte Verbindung eingehen sollten."

„Wäre ich einer der besagten Herren, könnten Sie mein Interesse von sich gewiss nicht auf eine Ihrer Schutzbefohlenen lenken, und wenn Sie sich noch so anstrengten", erwiderte Adam ehrlich.

Annis fand ihn unwiderstehlich, und es fiel ihr äußerst schwer, dem Vorsatz treu zu bleiben, kein zu persönliches Verhältnis zu ihm zu bekommen. „In der augenblicklichen Situation wären diesbezügliche Bemühungen ohnehin vergeblich, da die Geschwister Crossley schon so gut wie verlobt sind", sagte sie steif. „Und was mich betrifft, so habe ich Ihnen unmissverständlich erklärt, dass ich bereits einmal verheiratet war und keine Neigung verspüre, mich wieder zu vermählen."

„Ich vermute, Sie haben sehr jung geheiratet."

„Ich war siebzehn Jahre alt", äußerte Annis und war froh, dass man den Stray überquert und den Granby fast erreicht hatte. „Ich danke Ihnen für Ihre Begleitung, Sir", fügte sie höflich hinzu. „Hier trennen sich jetzt unsere Wege."

„Sind Sie fest entschlossen, mich nicht wiedersehen zu wollen? Kann ich Sie nicht dazu bewegen, Madam, anderen Sinns zu werden?"

Sie zwang sich, Lord Ashwicks Charme nicht erneut zu erliegen. „Es wird sich kaum vermeiden lassen, Sir, dass wir uns irgendwann in dieser Kleinstadt begegnen", erwiderte sie kühl.

„Das habe ich nicht gemeint."

„Das war mir klar", gab sie zu. „Ja, ich bin fest entschlossen, Sie nicht mehr zu sehen. Die Gründe für meine Entscheidung habe ich Ihnen bereits erläutert."

„Sie enttäuschen mich, Madam", gestand Adam verstimmt. „Warum muss ich mich Ihrem Diktat beugen?"

„Können Sie das Thema nicht endlich fallen lassen? Wir waren übereingekommen, dass wir keinen persönlich Umgang miteinander pflegen werden."

„Ich bereue mein Einverständnis!", sagte Adam seufzend und hob ihre Hand zum Kuss an die Lippen.

„Ich verlasse mich auf Ihre Einsicht", erwiderte Annis ernst. „Leben Sie wohl, Sir", setzte sie freundlicher hinzu, da Miss Fanny und Miss Lucy sich fröhlich von ihren Begleitern verabschiedeten.

„Auf Wiedersehen, Madam."

6. KAPITEL

Seit der Trennung von Lady Wycherley war Adam sehr mit sich im Unreinen und so schlecht gelaunt, dass seine Mutter, seine Schwester und auch sein Bruder sich sehr über die in den letzten Tagen mit ihm geschehene Veränderung wunderten. Schließlich wurden ihre neugierigen Fragen ihm lästig, und er rang sich dazu durch, ihnen zu gestehen, dass er sehr an der Dowager Baroness Wycherley interessiert sei, sie ihn jedoch aus Rücksicht auf ihren guten Ruf nicht mehr sehen wolle.

„Hast du ehrbare Absichten auf Sie?“, erkundigte Annabelle sich skeptisch.

„Ja“, antwortete er freimütig.

„Wenn dem so ist, könnte ich dir helfen“, warf Della ein.

Annabelle nickte zustimmend. „Auch ich versichere dich meiner Unterstützung, Adam“, sagte sie, „denn es ist mir ein Herzensanliegen, dass du dich wieder verheiratest.“

„Ich danke euch“, erwiderte er überrascht. „Indes wäre es mir lieber, ich wüsste, was ihr vorhabt.“

„Della und ich werden es einzurichten wissen, dass du wieder mit Lady Wycherley sprechen kannst“, erklärte Annabelle lächelnd. „Danach musst du dafür sorgen, dass sie dir gewogen ist. Ja, was gibt es?“, rief sie ungehalten, weil jemand an die Tür geklopft hatte.

Ambrose betrat den Salon, verbeugte sich und sagte höflich: „Bitte, verzeihen Sie die Störung, meine Herrschaften. Mr. Ingram wünscht Sie zu sprechen, Mylord. Ich habe ihn in den Empfangssalon gebeten.“

Della fühlte das Blut aus den Wangen weichen, erhob sich und murmelte: „Ich werde mich zurückziehen, Mama. Nein, beunruhige dich meinetwegen nicht. Ich möchte lediglich vermeiden, Mr. Ingram zu sehen.“

„Ich bin ganz deiner Meinung“, sagte Annabelle und stand ebenfalls auf. „Komm, lass uns darüber nachdenken, welches Kleid du zum Ball tragen sollst.“

Nachdem Mutter und Schwester den Raum verlassen hatten, erkundigte sich Edward: „Soll ich dich mit Mr. Ingram allein lassen, Adam?“

„Nein, es ist mir lieber, du bleibst“, antwortete Adam. „Mr. Ingram ist durchtrieben, und daher ziehe ich es vor, einen Zeugen für das Gespräch zu haben.“

„Wie du möchtest“, erwiderte Edward und begleitete den Bruder in den Empfangssalon.

Beim Erscheinen der beiden Herren stand Samuel sofort auf und verneigte sich. „Guten Abend, Mylord, Reverend“, begrüßte er sie. „Bitte, entschuldigen Sie, dass ich Sie zu dieser späten Stunde störe.“

„Schon gut“, sagte Edward leichthin und lächelte kühl, während er sich in einen Fauteuil setzte.

Adam verzichtete darauf, Mr. Ingram die Hand zu geben und ihn aufzufordern, wieder Platz zu nehmen. „Was kann ich für Sie tun, Sir?“, fragte er frostig.

„Ich möchte Sie um einen Gefallen ersuchen, Sir“, antwortete Samuel.

„Wie bitte?“ Erstaunt schaute Adam ihn an.

Auch Edward richtete verblüfft den Blick auf den Kaufmann.

„Ich weiß, dass ich hier nicht gern gesehen bin“, äußerte Samuel etwas unbehaglich.

„Das ist freundlich ausgedrückt“, warf Adam trocken ein.

„Der Vorgang um die Begleichung der Schulden Ihres Schwagers hat zu Missstimmigkeiten zwischen uns geführt, Sir“, fuhr Samuel unbeirrt fort, „aber Geschäft ist Geschäft.“

„Ich kann dazu nur sagen, dass ich es sehr befremdlich finde, welcher Fehlschlag ausgerechnet die einzige Transaktion geworden ist, an der Sie und mein Schwager beteiligt waren“, sagte Adam abweisend und dachte an die dreißigtausend Pfund, die er an Mr. Ingram gezahlt hatte.

Samuel überging die Anspielung und erwiderte gleichmütig: „Ich bin nicht hergekommen, um diese alte Geschichte aufzuwärmen, meine Herren, sondern weil ich glaube, dass Sie mir in einer anderen Angelegenheit behilflich sein können.“

„Wir?“, schaltete Edward sich verblüfft ein. „Worum geht es?“

„Um Ihr Gut in Linforth, Mylord“, erklärte Samuel, „das an meinen Besitz grenzt. Es heißt, Sir, es sei nicht sehr profitabel, sodass ich auf den Einfall gekommen bin, es Ihnen abzukaufen. Ich bin überzeugt, dass es nach den nötigen Veränderungen im Arbeitsablauf gute Gewinne abwerfen wird.“

„Mir ist zu Ohren gekommen, dass Ihre ‚nötigen Veränderungen im Arbeitsablauf‘, wie Sie das nennen, überall dort, wo Sie sie vorgenommen haben, unter der Bevölkerung zu großer Aufregung führten“, sagte Edward vorwurfsvoll.

„Die Leute werden lernen müssen, sich damit abzufinden“, entgegnete Samuel leichthin und wandte sich wieder Seiner Lordschaft zu. „Was halten Sie von meinem Vorschlag, Sir?“, fragte er gespannt. „Ich bin bereit, Ihnen das Gut abzukaufen, natürlich zu einem Preis, der dem schlechten Zustand Rechnung trägt.“

„Ich denke nicht daran, es abzustoßen“, sagte Adam verärgert, „ganz abgesehen davon, dass es zurzeit von einem Pächter bewirtschaftet wird.“

„Ich betrachte Ihre Entscheidung nicht als endgültig“, entgegnete Samuel gelassen. „Sie werden sie wahrscheinlich gleich überdenken. Zunächst möchte ich Sie jedoch im Namen meiner Gattin um den erwähnten Gefallen bitten.“

„Kommen Sie endlich zur Sache, Sir!“, erwiderte Adam ungehalten.

„Meine Frau hat es sich in den Kopf gesetzt, in Ihren Kreisen zu verkehren, Sir. Da Sie sehr einflussreich sind, könnten Sie und Ihre Familienangehörigen ihr dabei behilflich sein, Einladungen zu Festlichkeiten zu bekommen, zu denen wir leider nicht gebeten werden."

Adam wusste genau, dass die treibende Kraft bei diesem dreisten Ansinnen Mr. Ingram und nicht dessen Frau war. „Ich sehe keinen Anlass, Ihnen in irgendeiner Weise den Weg zu ebnen, Mr. Ingram", entgegnete er schroff, „ganz abgesehen davon, dass Sie bereits eine gesellschaftliche Stellung haben."

„Sie wissen genau, Sir, dass ein einfacher Bürger in den Zirkeln, auf die es mir und meiner Gattin ankommt, nicht gern gesehen ist. Mein Geld verschafft mir natürlich so manches Entree, aber dennoch bleiben uns gewisse Türen verschlossen." Samuel bemerkte, dass Lord Ashwick und sein Bruder einen amüsierten Blick tauschten, und fuhr verstimmt fort: „Manche Herrschaften sind so von ihrer eigenen Wichtigkeit durchdrungen, Sir, dass sie einen Kaufmann nicht zur Kenntnis nehmen. Deutlicher muss ich wohl nicht werden."

„Nein, aber ich bedauere, Ihrer Bitte – oder soll ich es Forderung nennen? – nicht entsprechen zu können", sagte Adam kalt.

„Ich bin überzeugt, Sir, Sie werden anders denken, wenn ich Sie darauf hinweise, dass es äußerst peinlich für Sie sein dürfte, wenn alle Welt über das Ausmaß der Schulden Ihres Schwagers Bescheid weiß", äußerte Samuel süffisant.

„Sie wagen mir zu drohen?", fragte Adam scharf. „Ist Ihnen entfallen, dass Sie mir Diskretion versprochen haben?"

„Ich muss so viel im Kopf haben, Sir, dass ich mich wahrlich nicht an alles erinnern kann", antwortete Samuel boshaft. „Im Übrigen bin ich in Ihren Augen doch ein so kleines Licht, dass Sie von mir nicht erwarten können, den Ehrenkodex Höhergestellter zu kennen. Ich halte mich indes für sehr lernfähig und bin gern bereit, meine rasche Auffassungsgabe unter Beweis zu stellen, beispielsweise bei einem Dinner, zu dem Sie mich und meine Gattin eingeladen haben."

Angewidert starrte Adam Mr. Ingram an und musste sich zwingen, nicht die Beherrschung zu verlieren. Der unverschämte Mensch wagte es, ihn zu erpressen! Nachdem er Humphreys Schulden beglichen hatte, war er der Meinung gewesen, die Sache sei erledigt. Nun stellte sich heraus, dass Mr. Ingram keineswegs geneigt war, den Vorgang als abgeschlossen zu betrachten. Im Gegenteil! Erst hatte er versucht, Adams finanziell beengte Situation auszunutzen, indem er das Angebot unterbreitete, das Gut in Linforth weit unter Wert zu kaufen. Dann hatte er ihn mit dem frechen Ansinnen, ihm zu höherer gesellschaftlicher Geltung zu verhelfen, unter Druck gesetzt. Natürlich wäre es ein Leichtes für Adam gewesen, die Ingrams in seinen Kreisen gesellschaftsfähig zu machen, aber das kam überhaupt nicht in Frage, weil er sich weder von diesem impertinenten Neureichen noch von irgendjemand anderem nötigen ließ.

„Ihre Vermessenheit kennt offensichtlich keine Grenzen, Sir", entgegnete er verächtlich. „Außerdem verkehre ich hier nicht in der Gesellschaft, sodass ich keine Gelegenheit hätte, Sie zu protegieren."

„Nun, Sie müssen jetzt nicht hier und auf der Stelle eine endgültige Entscheidung treffen, Sir", erwiderte Samuel unbeirrt. „Allerdings gebe ich Ihnen ein weiteres Mal zu bedenken, dass es sicher sehr peinlich für Sie ist, wenn die geschäftliche Unfähigkeit Ihres verstorbenen Schwagers zum allgemeinen Gespött der Leute wird."

Adam war an die Grenzen seiner Duldsamkeit gekommen. „Dann tun Sie sich keinen Zwang an, Sir", äußerte er verbissen, „und fahren Sie zur Hölle! Verständlicherweise kann es mir nicht recht sein, wenn Sie Ihr niederträchtiges Vorhaben ausführen, aber ich würde nie so tief sinken, um meinen Unmut über Sie in die Öffentlichkeit zu tragen. Wären Sie ein Gentleman, könnten Sie begreifen, warum ich jetzt so reagiere."

„Nehmen Sie den Mund nicht etwas zu voll, Sir?", fragte Samuel höhnisch. „Sie können gern auf Ihrem hohen Ross sitzen bleiben. Doch wie sähe die Situation dann für Ihre Schwester aus? Seit dem Tod ihres Herrn Gemahls ist sie nicht mehr die Allerkräftigste, nicht wahr?"

Adam bemerkte, dass Edward ihm einen warnenden Blick zuwarf, und begriff, dass er nichts überstürzen sollte. „Also gut, Mr. Ingram, ich werde Ihre ... Bitten ... in Erwägung ziehen", sagte er, um Zeit zu gewinnen. „Ich brauche jedoch etwas Bedenkzeit."

„Selbstverständlich", willigte Samuel erleichtert ein. „Leider ist Geduld nicht die größte Stärke meiner Gattin. Ich befürchte, sie wird bald wissen wollen, wie Sie sich entschieden haben. Wenn Sie erlauben, suche ich Sie übermorgen wieder auf. Ich wünsche Ihnen weiterhin einen angenehmen Abend, meine Herren! Nein, bitte, bemühen Sie sich nicht! Ich kenne den Weg", setzte er hinzu und verließ hämisch grinsend den Empfangssalon.

Einen Moment später hörte man die Haustür ins Schloss fallen. „Wie gut, dass Della und Mutter bei diesem Gespräch nicht anwesend waren", sagte Edward seufzend. „Es wäre diesem durchtriebenen Kerl gewiss nicht gut bekommen, hätte Della gehört, was er über sie geäußert hat. Sie ist alles andere als schwächlich."

„Wie kann dieser aufgeblasene Wicht es wagen, mich zu erpressen!", erwiderte Adam wütend. „Ich hätte ihm raten sollen, mich nicht zu weit zu treiben!"

„Ach, beruhige dich! Dieser Popanz ist es nicht wert, dass du dich so über ihn aufregst."

„Ich wünschte, ich hätte einen Beweis dafür, dass beim Untergang der ‚Northern Prince' nicht alles mit rechten Dingen zugegangen ist!", sagte Adam aufgebracht.

„Leider gibt es keine Beweise. Humphrey hat einfach Pech gehabt."

„Ich wüsste gern, wie es Mr. Ingram gelungen ist, ihn zu dieser gemeinsamen Transaktion zu überreden."

„Dummerweise hat unser Schwager in einer Zeit allgemeiner wirtschaftlicher Unsicherheit zu viel Geld aufgenommen und dadurch ein schlechtes Urteilsvermögen bewiesen. Du weißt, dass er nie ein guter Geschäftsmann war."

„Ja, leider", räumte Adam seufzend ein und setzte sich in einen Fauteuil. „Du ahnst nicht, Edward, wie sehr ich mir wünsche, einen stichhaltigen Hinweis darauf zu haben, dass Mr. Ingram illegale Geschäfte macht."

„Du bist nicht der Erste, der sich das wünscht", erwiderte Edward ruhig. „Mr. Ingram ist jedoch viel zu gerissen, um sich in die Karten blicken zu lassen. Zudem kannst du ihm nicht ungesetzliche Machenschaften unterstellen, nur weil er so erfolgreich ist. Gewiss, er ist rücksichtslos ..."

„Das ist gelinde ausgedrückt", warf Adam ärgerlich ein. „Er ist ein Erpresser!"

„Der, zeigtest du ihn an, kühl behaupten würde, er hätte dich lediglich um einen Gefallen gebeten", gab Edward dem Bruder zu bedenken.

„Tue ich nicht, was er von mir verlangt, wird er Humphreys guten Ruf besudeln und damit auch den unserer Schwester! Er befindet sich auf dem Holzweg, wenn er glaubt, dass ich ihn zum Dinner einlade oder geneigt sein könnte, ihm zu höherem gesellschaftlichen Ansehen zu verhelfen."

„Ich befürchte, wir werden bald feststellen, dass er noch ganz andere Dinge im Sinn hat", meinte Edward bedächtig. „Wie ich hörte, bietet er den Bauernhof in Shawes zu einer weit überhöhten Pacht an. Die Dorfbewohner hassen ihn bereits, weil er den Gemeindeweidegrund hat einzäunen lassen. Die Abneigung gegen ihn wird sich in einem Aufruhr Bahn brechen, wenn die Leute, falls der Sommer zu trocken oder zu nass ausfällt, nicht genügend Einnahmen haben."

„Bei einer der neuen Zollstationen hat es in dieser Woche bereits Ärger gegeben", sagte Adam stirnrunzelnd und dachte daran, dass sein Bruder dank seines Amtes weitaus besser über das informiert war, was in der Umgebung von Harrogate geschah, als jeder der dort lebenden Grundeigentümer. „Befürchtest du, dass die Situation sich verschlechtern könnte?"

„Ja", antwortete Edward ernst. „Wie sich in der Vergangenheit gezeigt hat, können Nahrungsmittelknappheit, schlechte Ernten und niedrige Löhne sehr schnell zu einem Aufstand der Landbevölkerung führen. Und Mr. Ingram nimmt die einfachen Leute in einer Weise aus, die sie sich nicht gefallen lassen werden. Die Brandanschläge in Shawes waren sicher als Warnung an ihn gedacht, doch er ist so dickfellig, dass er sich nicht davon erschüttern lässt."

„Ich werde die Ohren offen halten, Edward", erwiderte Adam entschlossen. „Sollte es wieder irgendwo zu einem Aufruhr kommen, könnte mir das dienlich sein."

Zu Annis' großer Erleichterung hatte Miss Fanny Sir Everard Doble erhört und Miss Lucy sich nur eine Woche später mit Lieutenant Norwood verlobt. Die beiden jungen Paare tanzten, während Annis die im Ballsaal des „Dragon" versammelten Leute beobachtete. Langsam ließ sie den Blick zur Eingangstür schweifen und sah Mr. Ingram mit seiner Frau den Raum betreten, gefolgt von Charles, seiner Schwester und deren Ehemann. Zu ihrer Überraschung erblickte sie plötzlich auch den Earl of Ashwick in Begleitung seiner Mutter und seiner Schwester. Sogleich klopfte ihr das Herz schneller, und sie spürte die Röte in die Wangen steigen.

Sofort ermahnte sie sich zur Gelassenheit und hielt sich vor, es sei unsinnig, sich Seiner Lordschaft wegen zu beunruhigen, da er wahrscheinlich nicht zu ihr kommen würde. Andererseits würde es sie enttäuschen, wenn er nicht zu ihr kam, da sie ihn vermisst hatte und seither stets etwas reizbar gewesen war.

Betroffen bemerkte sie, dass der Earl und seine Verwandten sich, während sie Bekannte begrüßten und einige Worte mit ihnen tauschten, mehr und mehr der Stelle näherten, wo sie saß. Plötzlich schaute Lord Ashwick in ihre Richtung, und ihrer beider Blicke trafen sich. Jäh stieg ihr die Hitze ins Gesicht. Nicht gewillt, mit ihm zusammenzutreffen, erhob sie sich und wollte sich entfernen.

Annabelle sah, dass Lady Wycherley Anstalten machte, sich unter die Gästeschar zu mischen. „Komm, Della!“, sagte sie eindringlich, nahm sie am Arm und ging rasch hinter der Baronin her. Sobald sie auf gleicher Höhe mit ihr war, vertrat sie ihr den Weg und äußerte freundlich: „Wie reizend, Madam, Sie wiederzusehen.“

Annis konnte sich nicht erklären, warum die Dowager Countess Ashwick und deren Tochter ihr gefolgt waren. „Guten Abend, meine Damen“, erwiderte sie höflich.

„Meinen älteren Sohn kennen Sie schon, nicht wahr?“, fragte Annabelle leichthin, wies auf ihn und winkte ihn diskret zu sich.

Unbehaglich sah Annis ihn sich hinzugesellen.

„Guten Abend, Madam“, begrüßte er sie und verneigte sich. „Es ist mir ein Vergnügen, Sie wiederzusehen.“

„Guten Abend, Sir“, erwiderte sie steif.

Er ergriff ihre Hand und hob sie zum Kuss an die Lippen, während er sie lächelnd anschaute.

Ihr wurde warm ums Herz, und unwillkürlich wandte sie verlegen den Blick ab.

„Entschuldigen Sie uns bitte, Madam“, schaltete Annabelle

sich ein. „Della und ich haben Bekannte gesehen, mit denen wir sprechen möchten."

„Selbstverständlich", murmelte Annis verstimmt, weil ihr klar war, dass Lady Ashwick sie mit ihrem Sohn allein lassen wollte.

„Möchten Sie tanzen, Madam?", erkundigte er sich und drückte leicht Lady Wycherleys Hand.

Annis schaute ihn an und erwiderte: „Ich bin in meiner offiziellen Funktion hier, Sir, und eine Patronesse tanzt nicht, wenn ihre Schützlinge anwesend sind."

„Warum nicht?", wunderte er sich. „Ist das gesetzlich verboten?"

„Nein, natürlich nicht", antwortete Annis kopfschüttelnd.

„Dann tun Sie das, was Sie für richtig halten. Außerdem hatte ich nicht wissen wollen, ob eine Anstandsdame tanzt oder nicht. Ich frage Sie, ob Sie mit mir tanzen möchten."

„Sie sind so direkt wie eh und je, Sir", sagte Annis und lächelte schwach. „Jetzt haben Sie mich in eine prekäre Lage gebracht. Wie kann ich Ihnen die Bitte abschlagen, ohne Sie zu kränken?"

„Schicken Sie sich in Ihr Los, Madam", antwortete Adam schmunzelnd.

„Also gut, tanzen wir", gab sie nach.

„Danke", sagte er erfreut, geleitete sie auf das Parkett und begann mit ihr zu tanzen. „Ich freue mich wirklich, Sie wiederzusehen", raunte er ihr zu. „Ich hoffe, Ihnen ist nicht entgangen, dass ich mich Ihnen ferngehalten habe, obwohl mir das recht schwer gefallen ist."

„Ich dachte, Sie hätten sehr viel in Eynhallow zu tun gehabt."

„Ich versichere Ihnen, dass ich alles stehen und liegen gelassen hätte, wäre mir die Möglichkeit gegeben gewesen, mit Ihnen zusammen sein zu können. Gleichviel, es schmeichelt mir, dass Sie an mich gedacht haben. Ich gestehe, Sie haben mir gefehlt. Haben Sie mich zumindest etwas vermisst?“

Befremdet sah Annis ihn an.

„Dieser Blick spricht Bände, Madam“, fuhr er amüsiert fort. „Ich entnehme ihm, dass Sie mich vermisst haben. Wie ermutigend!“

„Sie täuschen sich, Sir. Ich war viel zu beschäftigt, um oft an Sie zu denken.“

„Wie ich hörte, haben Ihre Schützlinge sich verlobt, sodass Sie bald nicht mehr für sie verantwortlich sein werden. Sie können stolz darauf sein, Miss Fanny mit Sir Everard Doble und ihre Schwester mit Norwoods jüngerem Sohn zusammengebracht zu haben.“

„Danke für das Kompliment.“

„Gern geschehen. Wie gedenken Sie, Ihre Zeit zu verbringen, wenn Sie nicht mehr mit den Geschwistern Crossley befasst sind?“

„Ich habe vor, mich eine Weile in Starbeck aufzuhalten und dann zur Nachsaison nach London zurückzukehren“, antwortete Annis ehrlich.

„Warten dort neue Aufgaben auf Sie?“

„Natürlich. Mein nächster Schützling wird Miss Eustacia Copthorne sein.“

„Du meine Güte!“, äußerte Adam trocken. „Mir scheint, mit ihr kommen Sie vom Regen in die Traufe! Miss Copthorne geht nicht der Ruf voraus, sehr umgänglich zu sein. Meiner Ansicht nach sollten Sie darauf verzichten, sie unter Ihre Fittiche zu nehmen, und Ihre Zeit lieber mit mir verbringen. Ich bin vermessen genug zu behaupten, das wäre für Sie sehr viel amüsanter, und ich würde es sehr genießen, Ihre Gesellschaft zu haben.“

Unvermittelt fiel Annis auf, dass etliche Leute sie neugierig beobachteten. Zum Glück war der Tanz zu Ende, sodass sie an

Ashwicks Arm das Parkett verlassen und sich unter die Gäste mischen konnte.

„Würden Sie mir erlauben, Ihnen in Starbeck die Aufwartung zu machen, Madam, ehe Sie sich für Miss Copthorne engagieren?“, erkundigte Adam sich beiläufig.

Annis kam nicht mehr dazu, ihm eine Antwort zu geben, da plötzlich ihr Cousin neben ihr stand.

„Guten Abend, Mylord, Annis“, sagte Charles höflich und verneigte sich leicht.

Erneut hatte sie den Eindruck, dass zwischen dem Vetter und Seiner Lordschaft die Stimmung sehr gespannt war.

„Mr. Ingram lässt anfragen, Sir“, wandte Charles sich an Seine Lordschaft, „ob es Ihnen recht wäre, mit Annis zu ihm zu kommen.“

Adam versteifte sich, weil er befürchtete, in eine Falle zu geraten.

Annis fand, die Einladung habe eher wie ein Befehl geklungen. Erstaunt blickte sie zwischen dem Cousin und Mr. Ingram hin und her, der mit unverkennbar zufriedener Miene zu ihr und Lord Ashwick herüberschaute. Offenbar war er sicher, dass der Earl seinem Ersuchen stattgeben werde.

Adam spürte die Zornesröte ins Gesicht steigen und überlegte verbissen, wie er sich der unangenehmen Situation entziehen könne. Nach einem Moment wandte er sich Lady Wycherley zu und sagte entschuldigend: „Bitte, nehmen Sie es nicht persönlich, wenn ich Sie nicht zu Mr. Ingram begleite. Aus Gründen, die ich Ihnen jetzt nicht erläutern kann, bin ich nicht gewillt, mit ihm zu reden.“ Er verbeugte sich knapp vor ihr und entfernte sich dann rasch.

„Ich muss schon sagen!“, murmelte Charles verblüfft. „Seine Manieren lassen wirklich zu wünschen übrig!“

„Du kannst es ihm nicht verargen, dass er nichts mit deinem Klienten zu tun haben will“, nahm Annis den Earl in Schutz.

„Ganz abgesehen davon finde ich es ziemlich unverschämt von Mr. Ingram, sich Lord Ashwick in dieser peinlichen Weise aufzudrängen.“

„Mr. Ingram wird sich gewiss brüskiert fühlen“, erwiderte Charles betreten. „Er legt großen Wert darauf, dass ich Lord Ashwick ...“

„Wer fühlt sich jetzt wohl mehr blamiert, du oder er?“, unterbrach Annis kühl. „Du hast doch nur Angst, bei ihm in Ungnade zu fallen! Ich finde, du solltest mehr Rückgrat zeigen, Charles! Mr. Ingram ist zwar dein Hauptauftraggeber, aber sollte er dir das Mandat entziehen, wirst du andere Klienten bekommen.“ Da sie aus Erfahrung wusste, dass es keinen Sinn hatte, auf Charles einzureden, ließ sie das Thema fallen und fuhr in besänftigendem Ton fort: „Gräme dich nicht, Charles. Auch wenn ich Mr. Ingram nicht ausstehen kann, werde ich dir den Gefallen tun und zu ihm gehen.“

7. KAPITEL

Widerwillig schloss Annis sich dem Vetter an, plauderte ein Weilchen mit Mr. Ingram, verabschiedete sich dann und bemerkte, während sie sich mit ihrer Cousine und deren Gatten unterhielt, dass sie Miss Fanny nirgendwo sehen konnte. „Entschuldigt mich", bat sie hastig, machte sich auf die Suche nach ihrem Schützling und begegnete plötzlich deren sichtlich beunruhigter Schwester.

„Gut, dass ich Sie treffe, Madam", sagte Lucy erleichtert. „Haben Sie Fanny gesehen?"

„Nein", musste Annis einräumen.

„Sie hat mir vor einiger Zeit gesagt, sie wolle sich in den Damensalon begeben, doch dort ist sie nicht", erklärte Lucy aufgeregt. „Ich befürchte, sie ist im Park, aber nicht mit Sir Everard, sondern mit Lieutenant Greaves."

„Ich verstehe", murmelte Annis erschüttert. „Hoffentlich vergisst sie nicht, dass sie mit Sir Everard verlobt ist!"

„Sie wissen, dass sie für Lieutenant Greaves schwärmt. Und Barnaby hat mir erzählt, sein Freund sei der schlimmste Frauenheld in der ganzen Stadt."

„Sie bleiben hier, Miss Lucy", erwiderte Annis entschieden. „Ich werde versuchen, Ihre Schwester zu finden. Sollte Sir Everard Sie fragen, wo sie ist, dann antworten Sie bitte, ich sei bei ihr und wir würden gleich in den Ballsaal zurückkehren. Und kein indiskretes Wort! Haben Sie verstanden?"

„Ja, Madam."

„Gut! Ich will hoffen, dass wir keinen Grund zur Besorgnis haben", erwiderte Annis seufzend, da sie keineswegs davon überzeugt war, dass Miss Lucy sich nicht verplappern würde. Sollte ihre Befürchtung sich bewahrheiten, würden die Klatschmäuler sich begierig auf diesen Skandal stürzen, und dann war es um Miss Fannys guten Ruf geschehen. Möglicherweise nahm Sir Everard sogar Abstand von der Verlobung, wenn er erfuhr, welche Torheit seine Braut begangen hatte. Das Unangenehmste an der ganzen Sache war, dass Annis von Sir Robert Crossley noch nicht das vereinbarte Honorar erhalten hatte.

Die Suche nach Miss Fanny war vergeblich. Auf dem Weg in die Eingangshalle kam Annis an der Bibliothek vorbei, deren Tür geöffnet war. Sie schaute in den Raum, sah Miss Fanny nicht, hörte jedoch aus dem angrenzenden Schreibkabinett Lord Ashwicks Stimme. Neugierig betrat sie die Bibliothek, blickte ins Nebenzimmer und sah den Earl an der entfernten Seite im Gespräch mit einem ihr unbekannten Mann stehen, der ihr den Rücken zuwandte.

„Mir wurde zugetragen, Mylord, dass Sie Informationen über Mr. Ingram haben wollen“, sagte Marcus Woodhouse in gedämpftem Ton. „Ich könnte Ihnen einiges über ihn erzählen, erwarte jedoch, dass Sie mich gut dafür belohnen.“

„Wie viel wollen Sie haben, Mr. Woodhouse?“, erkundigte Adam sich misstrauisch.

„Zweihundert Guineen, Sir.“

„Und was bekomme ich dafür?“

„Hinweise auf Leute, die Ihnen mehr über Mr. Ingram berichten können“, antwortete Marcus grinsend.

„Das ist nicht viel“, meinte Adam. „Gut, ich erhöhe den Betrag um einhundert Guineen, aber dafür will ich en detail informiert werden und stichhaltige Beweise für jede gegen Mr. Ingram gerichtete Beschuldigung haben!“ Gelassen zog er die Couverttasche aus dem Abendfrack, klappte sie auf und entnahm ihr einhundertundfünfzig Guineen. „Hier, nehmen Sie das Geld als Anzahlung“, fuhr er fort und hielt es Mr. Woodhouse hin. „Den Rest erhalten Sie, wenn Sie mir Bericht erstattet haben.“

Annis wurde sich bewusst, dass sie sich längst hätte zurückziehen müssen, weil sie gegen den Anstand verstieß und es sie nichts anging, was Lord Ashwick mit Mr. Woodhouse zu verhandeln hatte.

„Danke, Sir“, sagte Marcus feixend und steckte flink die Banknoten ein. „Ich gebe Ihnen jetzt einen guten Rat. Behalten Sie Mr. Lafoy im Auge, und lassen Sie diskret dessen Aktivitäten überprüfen. Ich bin sicher, Sie werden fündig und auf ein vergrabenes Vermögen stoßen, das man eigentlich auf dem Meeresgrund wähnt.“

„Sie reden in Rätseln“, erwiderte Adam stirnrunzelnd.

„Mehr kann ich Ihnen jetzt nicht sagen“, äußerte Marcus ausweichend. „Ich melde mich wieder bei Ihnen“, fügte er hinzu, verbeugte sich beflissen und verließ geschwind das Schreibkabinett durch die geöffnete Terrassentür.

Annis hatte nicht mehr die Zeit, sich unbemerkt zu entfernen. Lord Ashwick blickte in ihre Richtung, sah sie und kam sofort auf sie zu.

„Pardon, darf ich wissen, warum Sie hier sind, Madam?“, fragte er scharf. „Haben Sie gelauscht?“

Sie spürte die Röte der Verlegenheit ins Gesicht steigen. „Ich bin auf der Suche nach Miss Fanny“, antwortete sie betreten. „Verständlicherweise konnte ich, als ich nachsah, nicht verhindern, dass mir ein Teil Ihres Gesprächs zu Ohren kam.“

„Und was genau haben Sie gehört?“

„Nun, ich habe mitbekommen, dass jemand Ihnen Informationen über Mr. Ingram angedient hat und Sie ihm dafür Geld gaben. Mit Verlaub, aber ich befürchte, Sir, das wird Ihnen nichts einbringen, da der Mann etwas wunderlich sein soll.“

„Es wird sich herausstellen, ob ich mich auf ihn verlassen kann“, entgegnete Adam schulterzuckend. „Im Moment ist mir wichtiger, zu wissen, ob ich Ihrer Diskretion sicher sein kann oder damit rechnen muss, dass Sie Ihrem Cousin von dieser Unterredung erzählen werden."

Betroffen schwieg Annis. Erst jetzt wurde sie sich gewahr, dass ihr nicht klar war, wie sie sich verhalten solle. „Abhalten könnten Sie mich nicht davon, Charles zu informieren", platzte sie unbedacht heraus.

Adam lachte verhalten und erwiderte: „Das würde ich nicht einmal versuchen, meine liebe Lady Wycherley. Ich kann Sie lediglich bitten, nichts über mein Gespräch mit Mr. Woodhouse verlauten zu lassen. Es steht voll und ganz in Ihrem Ermessen, ob Sie meinem Wunsch entsprechen oder nicht. Ich betone jedoch, dass meine Absicht, mehr über Mr. Ingrams Machenschaften zu erfahren, nichts mit Ihrem Cousin zu tun hat."

„Das mag sein", sagte Annis skeptisch. „Indes würden Sie auch ihn treffen, wenn Sie seinem Klienten schaden."

„Das kann ich nicht ausschließen", räumte Adam ein.

„Sie werden verstehen, dass ich damit nicht einverstanden sein kann."

„Etwas anderes kann ich auch nicht von Ihnen erwarten, Madam", gestand Adam und legte seufzend die Hände zusammen. „Gut, kann ich Ihnen einen Kompromiss vorschlagen?"

„Welchen?"

„Ich werde Ihnen mitteilen, was ich über Mr. Ingram erfahren habe, vorausgesetzt, Sie bewahren Schweigen über mein Zusammentreffen mit Mr. Woodhouse."

„Werden Sie, ehe Sie irgendwelche Maßnahmen ergreifen, sich mit mir in Verbindung setzen?"

„Ja", versprach Adam.

„Gut, dann akzeptiere ich Ihre Bedingung", willigte Annis ein.

„So schnell?"

„Hätte ich mit Ihnen verhandeln, womöglich ein Bestechungsgeld verlangen sollen?", fragte sie verdutzt. „Der Gedanke ist nicht schlecht", fügte sie verschmitzt hinzu. „Leider sind meine Mittel immer etwas knapp bemessen."

„Sie wissen genau, dass ich mit meiner letzten Frage etwas ganz anderes gemeint habe", erwiderte Adam schmunzelnd. „Ich bezog mich darauf, dass ich nicht damit gerechnet habe, eine Frau wie Sie, die sehr scharf umrissene Prinzipien hat, werde mein Ansinnen ohne nennenswerten Widerspruch hinnehmen. Macht es Ihnen etwas aus, mir zu sagen, warum Sie auf meiner Seite sind?"

„Das ist schnell erklärt", antwortete Annis lächelnd. „Ich billige Mr. Ingrams Geschäftsmethoden nicht."

„Das freut mich zu hören", sagte Adam erleichtert, ergriff Lady Wycherleys Hand und hob sie zum Kuss an die Lippen. „Ich danke Ihnen, Madam. Haben Sie Vertrauen zu mir."

Unvermittelt hatte seine Stimme spröde geklungen. Annis schaute ihm in die Augen, sah in ihnen unverhülltes Verlangen und versuchte sogleich, ihm ihre Hand zu entziehen.

Er ließ sie jedoch nicht los, sondern sah sie weiterhin sehnsüchtig an.

„Ich muss gehen, Sir", begann sie.

Er verschloss ihr den Mund mit einem Kuss.

Sie hatte das Gefühl, alles drehe sich um sie, und ergriff Halt suchend Lord Ashwicks Schultern.

Er kostete den Kuss aus, langsam, genießerisch, und brachte sie dazu, seine Zärtlichkeiten zu erwidern. Unvermittelt spürte er ihre Hände über seinen Nacken in sein Haar gleiten und sie sich an ihn drängen. Von Leidenschaft übermannt, küsste er sie begehrlicher, fordernder, drückte sie enger an sich und hörte im gleichen Moment jemanden sich im Korridor räuspern.

Im selben Augenblick, als er sich straffte, zuckte Annis erschrocken zurück und murmelte betroffen: „Mein Benehmen ist alles andere als untadelig! Und dabei ist es mein erklärtes

Ziel, meine Schützlinge davon abzuhalten, sich unschicklich aufzuführen! Ich weiß nicht, was in mich gefahren ist."

„Sehen Sie die Sache von dieser Warte, Madam?", fragte Adam irritiert. „War das alles für Sie nur eine unpassende Schäkerei, der Sie aus einer Laune des Augenblicks heraus nicht widerstehen konnten?"

„Verzeihen Sie", flüsterte Annis beklommen. „Es lag mir fern, den Eindruck zu erwecken, wir hätten uns frivol benommen."

„Frivol?", wiederholte Adam verärgert.

„Ich wollte lediglich zum Ausdruck bringen, dass ich Anstoß an meinem Benehmen nehme", murmelte Annis verstört.

„Warum?" Adam zog sie, ehe sie ahnen konnte, was er beabsichtigte, erneut in die Arme. „Ich fühle mich versucht, Sie jetzt so lange zu küssen, bis Sie zugeben, dass ich Ihnen nicht gleichgültig bin!", sagte er rau.

Sie senkte den Kopf und flüsterte befangen: „Ich gestehe, dass ich ein Faible für Sie habe, Sir."

Überwältigt drückte er sie an sich und küsste sie wieder. Nach einer Weile ließ er sie widerstrebend los, schaute sie belustigt an und äußerte erheitert: „Ausnahmsweise ist es die Anstandsdame, die auf Abwege geraten ist. An Ihrer Stelle würde ich jetzt im Wintergarten nach Miss Fanny suchen. Im Allgemeinen ziehen Liebespaare sich dorthin zurück."

Annis hatte Mühe, sich zu fassen. „Sie haben recht, Sir", erwiderte sie in gezwungen ruhigem Ton. „An den Wintergarten habe ich bisher noch nicht gedacht. Haben Sie Miss Fanny zufällig hineingehen gesehen?", fügte sie misstrauisch hinzu. „Wenn ja, hätten Sie mir das gleich mitteilen müssen."

„Nein, ich habe sie nicht gesehen, sondern nur eine Vermutung ausgesprochen. Andererseits kenne ich Miss Fanny ein wenig und könnte mir daher vorstellen, dass sie sich, um ungestört zu sein, in den Wintergarten zurückgezogen hat."

„Bisher haben Sie nie erwähnt, dass Sie mit ihr bekannt sind."

„Sie sind sehr vergesslich, Madam", entgegnete Adam und schüttelte den Kopf. „Beim Spaziergang über den Stray habe ich kein Geheimnis daraus gemacht, dass Miss Fanny und ich uns kennen."

„Das hätten Sie mir früher erzählen sollen!"

„Warum hätte ich das eher andeuten sollen? Für sie wäre es doch nur von Nachteil gewesen, hätte jemand erfahren, dass ausgerechnet ich sie kenne. Und wenn ihre Chancen auf dem Heiratsmarkt sich dann verringert hätten, wären Sie mir gram gewesen. Außerdem wäre es gut möglich gewesen, dass Sir Robert Crossley Ihnen das zugesagte Honorar nicht gezahlt hätte."

„Gleichviel, ich finde, Sie hätten mich informieren müssen. Gleichen Sie Ihr Versäumnis wenigstens jetzt aus, und erzählen Sie mir, wie Sie Miss Fannys Bekanntschaft gemacht haben."

„John, der Bruder eines meiner Freunde, hat ein Faible für sie entwickelt und sich, wie Adolph und ich fanden, ihretwegen ziemlich zum Narren gemacht", begann Adam und verließ mit Lady Wycherley den Raum. „Zu seinen Gunsten muss ich sagen, dass er noch recht jung ist und Miss Fanny sehr charmant sein kann, wenn sie will. Nachdem sie jedoch erfahren hatte, dass nicht John den Baronstitel erben wird, sondern Adolph, verlor sie jedes Interesse an ihm und wandte sich dem Earl of Burley zu, den sie eines Tages in einem Wintergarten zu verführen versuchte."

„Du meine Güte!", warf Annis betroffen ein und ging schneller. „Weiß sie, dass diese Geschichte Ihnen geläufig ist?"

„Ich bin mir nicht sicher", antwortete Adam. „Natürlich habe ich ihr gegenüber nie durchblicken lassen, dass ich über den Vorfall im Bilde bin. Ich weiß indes, dass man über sie geredet hat, und vermute, das ist der Grund, warum es ihr trotz ihrer beträchtlichen Mitgift nicht gelungen ist, einen Mann an sich zu binden."

„Ich habe geahnt, dass mit ihr und ihrer Schwester etwas nicht so ist, wie es sein sollte", murmelte Annis kopfschüttelnd. „Es kam mir ziemlich seltsam vor, dass beide in London keinen Erfolg hatten. Als ich Sir Robert fragte, warum ich seine Töchter in die hiesige Gesellschaft einführen solle, hat er mir eine sehr ausweichende Antwort gegeben."

Vor der zum Wintergarten führenden Tür angekommen, machte Annis sie auf und hörte im gleichen Moment Miss Fanny sagen: „Ich bin rettungslos in Sie verliebt, seit wir uns in London kennengelernt haben."

„Ach, Miss Fanny, wir haben doch nur ein wenig miteinander getändelt", erwiderte Lieutenant Greaves unverkennbar belustigt. „Hätte ich geahnt, dass Sie ernste Absichten haben ..."

„Das wussten Sie, Sir!", fiel Miss Fanny ihm ins Wort. „Ihnen muss klar gewesen sein, wie viel Sie mir bedeuten!"

Annis hatte genug vernommen. Entschlossen betrat sie den Wintergarten und sah sowohl Miss Crossley als auch den Leutnant erschrocken zusammenzucken. Lieutenant Greaves wurde bleich und kam Annis wie ein bei einem Streich ertappter Schuljunge vor.

Adam war ihr gefolgt und sagte kopfschüttelnd: „Ein Offizier sollte sich stets seines Ehrenkodexes besinnen, Lieutenant Greaves! Sie müssten wissen, dass man nicht mit der Zuneigung einer jungen Dame spielt!"

„Ja, Sir", murmelte James betroffen. „Aber hier liegt ein Missverständnis vor."

„Das freut mich zu hören", erwiderte Adam. „Dann müssen wir kein weiteres Wort mehr darüber verlieren, nicht wahr, Lady Wycherley?"

Sie nickte zustimmend.

„Nein!", platzte Fanny wütend heraus und begann zu weinen.

Annis ahnte, dass Miss Crossley den Lieutenant nicht so leicht davonkommen lassen wollte. „Ich bin überzeugt, Miss Crossley, dass Sie, wenn Sie Zeit zum Nachdenken hatten, der Ansicht sein werden, Sie hätten sich getäuscht", äußerte sie besänftigend. „Sie dürfen sich zurückziehen, Lieutenant", wandte sie sich dann an den jungen Mann.

„Danke, Madam, Sir", erwiderte er, verneigte sich hastig und verließ eilends den Raum.

„Das Weitere überlasse ich Ihnen, Madam", sagte Adam lächelnd. „Weiterhin einen angenehmen Abend, Miss Crossley", fügte er ironisch hinzu und folgte Lieutenant Greaves.

„Ach, hören Sie zu heulen auf, Miss Fanny!", herrschte Annis sie an. „Sie wollen doch gewiss nicht, dass jemand Ihre geröteten Augen sieht und sich fragt, warum Sie geweint haben. Was soll Sir Everard denken? Nehmen Sie sich jetzt zusammen, und kommen Sie!"

„Ich will ihn nicht heiraten! Ich will Lieutenant Greaves heiraten! Es ist Ihre Schuld, dass er mir keinen Heiratsantrag gemacht hat! Sie hätten ihn dazu zwingen müssen!"

„Beruhigen Sie sich, Miss Fanny. Männer wie er sind nicht daran interessiert, sich so früh zu binden. Sie sind töricht, wenn Sie glauben, Sie hätten ihn in die Ehefalle locken können. Seien Sie froh, dass die Sache so glimpflich ausgegangen ist und Sie nicht zum Gespött der Leute geworden sind." Entschlossen ergriff Annis Miss Crossley am Arm, zog sie mit sich in den Korridor und begab sich ins Entree, wo sie sich von Lakaien die Mäntel bringen ließ. Nur wenige Augenblicke später kamen Miss Lucy und Sir Everard Doble die zur Eingangshalle führende Treppe herunter. „Tun Sie so, als sei überhaupt nichts vorgefallen", raunte Annis Miss Fanny zu. „Sie möchten doch nicht, dass Sir Everard Ihnen unangenehme Fragen stellt, nicht wahr? Ich bin sicher, es ist Ihnen lieber, übermorgen Ihre Verlobungsanzeige in der Zeitung zu sehen."

„Sie haben recht, Madam", flüsterte Fanny einsichtig.

„Bitte, Mylady", sagte Tottenham höflich und überreichte ihr den für sie eingetroffenen Brief. „Er wurde soeben von Mr. Shepards Sohn überbracht. Sein Vater leidet am Hexenschuss."

„Der Ärmste", erwiderte Annis mitfühlend, nahm das Schreiben entgegen und öffnete es. „Oh, ehe ich es vergesse, Tottenham. Miss Fanny und Miss Lucy sind heute Morgen nicht im Haus. Da ich unabkömmlich bin, werden sie mit meiner Cousine in die Wandelhalle gehen. Ich habe etwas in der Stadt zu erledigen."

„Sehr wohl, Madam." Der Butler verbeugte sich und verließ den Salon.

Annis entfaltete das Blatt Papier und las: „Madam, Mr. Ingrams Mittelsmann war wieder hier und hat uns mitgeteilt, Sie hätten vor, das Gut zu veräußern. Danach würde die Pacht angehoben. Mit Verlaub, aber wir möchten nicht Mr. Ingrams Pächter sein. Außerdem könnten wir uns die erhöhten Ausgaben nicht leisten. Wir wissen nicht, was wir von der Sache halten sollen, denn wir bezweifeln, dass Mr. Bensons Angaben der Wahrheit entsprechen. Bitte, lassen Sie uns wissen, womit wir zu rechnen haben. Hochachtungsvoll, Tom Shepard."

Erzürnt ließ Annis den Brief sinken. Es ärgerte sie, dass die Shepards, die ohnehin ums Überleben kämpften, erneut von Mr. Benson belästigt worden waren. Es traf sich gut, dass sie die Nachricht noch rechtzeitig vor dem für diesen Vormittag anberaumten Gespräch mit Mr. Ingram erhalten hatte, bei dem sie ihm endgültig zu verstehen geben wollte, Starbeck stünde keinesfalls zum Verkauf.

Sie faltete das Papier zusammen, schob es in den Umschlag und steckte das Schreiben ins Réticule. Flüchtig erwog sie den

Gedanken, Charles um Rat zu fragen, doch als Mr. Ingrams Advokat war er natürlich nicht unparteiisch. Er würde ihr gewiss nahelegen, das Gut abzustoßen. Unter finanziellen Gesichtspunkten betrachtet, wäre es natürlich vernünftig gewesen, sich von dem Besitz zu trennen, aber dazu konnte sie sich nicht durchringen. Außerdem war sie nicht bereit, sich von Mr. Ingram derart unter Druck setzen zu lassen.

Sie kleidete sich zum Ausgehen an und verließ das Haus. Mr. Ingrams Büro war nicht weit entfernt. In der Park Row bemerkte Annis Miss Mardyn, die in Begleitung eines Herrn, bei dem es sich um Lord Ashwick handeln konnte, in eine Seitenstraße abbog. Der Gedanke, es könne tatsächlich der Earl gewesen sein, trug nicht dazu bei, ihre schlechte Stimmung zu heben.

Verärgert betrat sie Mr. Ingrams Kontor, wurde höflich von einem Angestellten begrüßt und gebeten, sich einige Minuten zu gedulden. Nach einer Weile hatte sie indes den Eindruck, dass der Kaufmann sie absichtlich warten ließ. Ihr Zorn wuchs und legte sich auch nicht, als schließlich die Tür zu Mr. Ingrams Büro geöffnet wurde und Charles ins Vorzimmer kam. Hinter ihm erblickte sie Mr. Ingram und zu ihrer großen Überraschung auch Mr. Woodhouse, der, als er ihrer angesichtig wurde, sichtlich betroffen wirkte.

Samuel beendete das Gespräch mit ihm, ging zu Lady Wycherley und begrüßte sie freundlich. „Leider bin ich sehr beschäftigt, Mylady“, sagte er entschuldigend und bat sie in sein Büro. „Bitte, haben Sie Verständnis dafür, dass ich nicht lange mit Ihnen sprechen kann“, fuhr er fort. „Bitte, nehmen Sie Platz. Was kann ich für Sie tun?“

Sie setzte sich und antwortete: „Ich werde Ihre kostbare Zeit nicht über Gebühr in Anspruch nehmen, Sir. Ich bin wegen Ihres Kaufangebotes für Starbeck hergekommen.“

„Ach ja? Haben Sie endlich eingesehen, dass es besser für

Sie ist, das Gut an mich zu veräußern? Ich befürchte jedoch, dass die Shepards mit dem Besitzerwechsel nicht einverstanden sein werden."

„Sie sind es leid, von Mr. Benson belästigt zu werden", erwiderte Annis kühl. „Ich erwarte von Ihnen, dass Sie ihm untersagen, sie weiterhin zu behelligen, denn Starbeck steht nicht zum Verkauf!"

„Was wollen Sie mit dem halb verfallenen Haus und dem wenigen dazu gehörenden Land?"

„Und weshalb legen Sie so großen Wert darauf, ein angeblich so minderwertiges Anwesen zu kaufen? Aus Gründen, die sich meiner Kenntnis entziehen, scheint es Ihnen sehr viel zu bedeuten. Und bei dieser Gelegenheit möchte ich meinem Befremden darüber Ausdruck geben, dass just zu der Zeit, als Ihr Mr. Benson in Starbeck war, schon wieder etliche Schafe aus Mr. Shepards Herde verschwunden sind."

„Was wollen Sie damit andeuten, Madam?", fragte Samuel kalt. „Das eine hat gewiss nichts mit dem anderen zu tun."

„Du solltest vorsichtig sein, Annis …", warf Charles warnend ein.

„Misch dich nicht ein, Charles!", unterbrach sie ihn kühl.

„Er ist in einer schwierigen Lage, Madam", schaltete Samuel sich ein. „Einerseits ist er mein juristischer Berater, andererseits das Oberhaupt Ihrer Familie. Sie sollten sich von ihm beraten lassen. Er hat nur Ihr Bestes im Sinn."

„Darüber kann man sehr geteilter Meinung sein, Sir", entgegnete Annis frostig und stand verärgert auf. „Leben Sie wohl. Auf Wiedersehen, Charles."

„Bitte, warten Sie einen Moment, Madam", sagte Samuel hastig. „Ich bedauere, Ihnen mitteilen zu müssen, dass es Mittel und Wege gibt, um Leute, die sich mir widersetzen …"

„Wagen Sie es tatsächlich, mir zu drohen?", fiel Annis ihm scharf ins Wort.

„So würde ich es nicht nennen, Madam“, antwortete er und lächelte süffisant. „Aber Sie wissen am besten, wie schwierig es ist, Starbeck zu bewirtschaften. Die Probleme, die Sie und Ihre Pächter bereits haben, könnten noch gravierenderer Natur werden, falls auf dem Grundstück ein Brand ausbricht, der das Haus, die Stallungen oder den verbliebenen Viehbestand vernichtet. Ganz abgesehen davon, dass auch Sie ins Gerede kommen könnten, etwas, das Ihnen gewiss nicht angenehm sein dürfte. Eine Dame wie Sie muss auf ihren untadeligen Ruf achten.“

„Was wollen Sie damit sagen?“, fragte Annis zornig.

„Nun, mir ist zu Ohren gekommen, dass Sie und Lord Ashwick …“, begann Samuel anzüglich.

„Glauben Sie nicht alles, was Sie hören“, unterbrach Annis ihn. „Bitte, machen Sie sich nicht die Mühe, mich zur Tür zu begleiten“, fügte sie kühl hinzu, drehte sich um und verließ, sich zur Ruhe ermahnend, das Büro. Sie hatte die Haustür noch nicht erreicht, als sie den Cousin sie rufen hörte. Zornbebend blieb sie stehen und wandte sich zu ihm um. „Was willst du?“, herrschte sie ihn ungehalten an.

„Ich … ich hoffe, Annis“, antwortete er beklommen, „dass ich dir bald … behilflich sein kann.“

„Was soll das, Charles? Wem gilt deine Loyalität, Mr. Ingram oder mir? Vergiss nicht, auf wessen Seite du stehen solltest. Früher konnte ich mich immer auf dich verlassen, jetzt nicht mehr!“, setzte sie schroff hinzu, zog die Haustür auf und verließ das Gebäude, bei dem Gedanken an Mr. Ingrams infame Drohung, ihren guten Ruf durch Gerüchte über sie und Lord Ashwick zu gefährden, gegen die Tränen ankämpfend.

Plötzlich bemerkte sie den Earl, der sich ihr näherte, und war sicher, dass er bei seiner Mätresse gewesen war. Und dieser Gedanke brachte sie noch mehr aus der Fassung.

Nachdem er sie erreicht hatte, schloss er sich ihr an und sagte höflich: „Guten Morgen, Madam. Wohin so eilig des Wegs? Sie wirken etwas echauffiert. Ich hoffe, Sie haben keinen Ärger! Kann ich Ihnen irgendwie behilflich sein?“

Sie fühlte sich versucht, ihren Kummer bei Lord Ashwick abzuladen, da sie einen Verbündeten benötigte. Andererseits wollte sie Rücksicht auf Charles nehmen, obwohl er das eigentlich nicht mehr verdient hatte. „Danke, nein, Sir. Ich habe mich nur über eine geschäftliche Angelegenheit geärgert, die sich nicht nach meinen Vorstellungen entwickelt.“

„Ich verstehe“, murmelte Adam und begriff, dass es sich um Starbeck handeln musste, da er Lady Wycherley aus Mr. Ingrams Kontor kommen gesehen hatte. „Würden Sie mir gestatten, Sie zur Church Row zu begleiten?“

„Sehr freundlich, aber ich habe noch einige Einkäufe zu machen.“

„Gut, dann bleibe ich bis zur Park Street bei Ihnen, wenn es Ihnen recht ist. Auch ich habe einiges zu erledigen“, fügte er an und reichte Lady Wycherley den Arm.

Zögernd legte sie die Hand in seine Armbeuge.

„Ich hoffe, das Problem, vor das Sie gestern Abend von Miss Fanny Crossley gestellt wurden, hat sich in Wohlgefallen aufgelöst. Oder hat Sir Everard Abstand von der Verlobung mit ihr genommen?“

„Nein“, antwortete Annis und lächelte matt.

„Dann kann dieser Vorgang nicht der Grund für Ihre Verstimmung sein“, stellte Adam fest. „Vermutlich handelt es sich um Starbeck, nicht wahr?“

„Ja, zum Teil“, räumte Annis seufzend ein. „Mr. Ingram will unbedingt, dass ich es an ihn verkaufe, und mein Vetter … Nun, auch er ist der Meinung, ich solle mich von Starbeck trennen.“

„Mr. Ingram verlangt von Ihnen, ihm Starbeck zu überlassen?“, fragte Adam überrascht und furchte ungehalten die Stirn.

„Ja", bestätigte Annis. „Ich habe ihm jedoch deutlich zu verstehen gegeben, dass ich nicht daran denke, das Gut abzustoßen."

„Das hat ihn gewiss verärgert", vermutete Adam. „Haben er und Ihr Cousin Druck auf Sie ausgeübt?"

„Ja, leider", antwortete Annis missmutig.

„Können Sie es sich leisten, den Besitz zu behalten?"

„Nein, jedenfalls nicht auf lange Sicht", gestand Annis und schüttelte bedauernd den Kopf. „Meine finanziellen Mittel sind nicht so bemessen, dass ich den Unterhalt von Starbeck garantieren kann."

„Mir ist die Vorstellung zuwider, dass das Anwesen Mr. Ingram gehören könnte, aber Sie wissen, in welch prekärer Lage ich bin", erwiderte Adam ernst. „Leider kann ich es mir nicht leisten, es Ihnen abzukaufen. Sonst würde ich das gewiss tun."

„Ich danke Ihnen für Ihre Einstellung, Sir", sagte Annis beeindruckt. „Hoffentlich fällt mir bald eine Lösung für dieses Problem ein."

„Und welches ist das zweite?", wollte Adam wissen.

„Es ist persönlicher Natur", antwortete Annis ausweichend. „Es wäre nicht richtig, würde ich darüber sprechen."

„Warum nicht?", wunderte sich Adam. „Werden Sie von Mr. Ingram erpresst?"

„Nein", sagte sie und schüttelte den Kopf. „Allerdings hat er Andeutungen gemacht, die mich sehr beunruhigen." Plötzlich dachte sie daran, wie unwillig Lord Ashwick gewesen war, sich beim Ball zu Mr. Ingram zu gesellen, und unversehens kam ihr ein Gedanke. „Werden Sie von ihm erpresst?", platzte sie heraus.

Verdutzt schaute Adam sie an, blieb stehen und äußerte befremdet: „Wie kommen Sie auf diesen Einfall?"

„Sie weichen mir aus, Sir, aber keine Antwort ist auch eine Antwort", erwiderte sie ernst.

„Ich muss einräumen, dass ich wie Sie von Mr. Ingram unter Druck gesetzt werde“, gestand Adam. „Sie wissen, dass mein Schwager hohe Schulden bei ihm hatte. Inzwischen hat er mir damit gedroht, das Ausmaß von Humphreys Verbindlichkeiten publik zu machen.“

„Was will er dadurch erreichen? Hat er es auf Eynhallow abgesehen?“

„Noch hat er nicht von mir verlangt, dass ich es ihm verkaufen soll“, äußerte Adam grimmig. „Nein, er erwartet, dass ich ihm zu höherem gesellschaftlichen Ansehen verhelfe. Aber darauf kann er lange warten!“

„Jetzt verstehe ich, warum Sie gestern Abend seinem Ansinnen nicht stattgegeben haben“, sagte Annis.

„Er ist wohl davon ausgegangen, dass ich ihm mehr Geltung verschaffe, wenn er mit mir gesehen wird. In meinen Augen ist er jedoch nur ein unkultivierter Neureicher.“

„Er war gewiss sehr wütend auf Sie. Es freut mich, dass Sie ihn ignoriert haben. Übrigens haben Lady Trumpton und Lady Cardew im Verlauf des Balls mir gegenüber geäußert, Mr. Ingram sei ein aufgeblasener Wicht, den sie nie bei sich empfangen würden. Wie gut, dass Sie ihn gemieden haben, denn sonst hätte man sich bestimmt über Sie gewundert.“

„Ja, und zu Recht“, stimmte Adam zu. „Sie haben mir noch nicht erzählt, welcher Art die Andeutungen sind, die Sie so beunruhigen. Was haben Sie getan, wodurch er Ihnen schaden kann?“

„Ach, Sie sehen die Sache viel zu dramatisch, Sir“, antwortete Annis leichthin. „Ich werde mich seiner zu erwehren wissen.“

Adam kam ein Verdacht, den er sogleich aussprach: „Hat die Sache mit mir zu tun, Madam?“

„Ja“, bekannte sie seufzend. „Er hat den Eindruck erweckt, er wolle Gerüchte über uns beide in die Welt streuen.“

„Er ist ein widerlicher Verleumder", sagte Adam zornig.

„Ich pflichte Ihnen bei, Sir", äußerte Annis.

„Sind wir schon Mittelpunkt irgendwelchen Klatsches geworden?"

„Nicht dass ich wüsste."

„Und was wäre, wenn man behauptete, ich würde Ihnen den Hof machen?", fragte Adam. „Sie wissen, dass ich mich sehr für Sie interessiere. Wir könnten den Schandmäulern den Wind aus den Segeln nehmen. Dann müssten Sie nicht mehr um Ihren guten Ruf fürchten."

„Ich habe Ihnen bereits erklärt, warum ich keinen persönlichen Umgang mit Ihnen wünsche, Sir", äußerte Annis steif.

„Ihre Begründung ist hinfällig, sobald Ihre Schützlinge nicht mehr in der Stadt sind."

„Nein, denn ich werde weiterhin als Patronesse tätig sein. Wie ich Ihnen bereits gesagt habe, werde ich meine nächste Aufgabe in der Nachsaison in London wahrnehmen."

Adam ergriff Lady Wycherleys Hände und fragte eindringlich: „Welche Einwände haben Sie noch gegen eine persönliche Beziehung zu mir?"

„Etliche", antwortete Annis und hatte das Gefühl, auf verlorenem Posten zu stehen. „Ich liebe meine Unabhängigkeit."

„In diesem Punkt könnte ich Sie anderen Sinns machen."

Stirnrunzelnd dachte Annis daran, dass ihm das sicher gelingen werde, erwiderte jedoch kühl: „Sind Sie nicht etwas zu sehr von sich eingenommen, Sir?"

„Vielleicht", gestand er auflachend. „Welche anderen Gegenargumente haben Sie noch?"

„Ich habe Sie vorhin mit Ihrer Mätresse gesehen."

„Wahrscheinlich meinen Sie Miss Mardyn", vermutete Adam. „Sie irren sich indes. Ich habe keine Geliebte. Also können Sie nicht mich mit ihr gesehen haben."

„Dann entschuldigen Sie bitte", murmelte Annis betreten

und entzog ihm ihre Hände. „Gleichviel, ich begreife nicht, warum Sie mir den Hof machen wollen. Wir kennen uns doch kaum!“

„Das bedeutet keineswegs, dass wir unsere Bekanntschaft nicht vertiefen könnten“, entgegnete Adam lächelnd. „Ich habe den Eindruck gewonnen, dass ich Ihnen nicht unsympathisch bin.“

„Sie wissen genau, dass ich ein Faible für Sie habe, Sir.“

„Dann erlauben Sie mir, um Sie zu werben.“

Annis erinnerte sich daran, wie eingeengt sie sich in der Ehe mit John vorgekommen war, und sagte entschieden: „Es tut mir leid, Sir, aber ich kann Ihnen diesen Wunsch nicht gewähren. Und nun entschuldigen Sie mich bitte. Ich muss weiter.“

Adam blickte ihr hinterher und sah sie nach einem Moment kurz zu ihm zurückschauen. Rasch verneigte er sich und wusste, dass sie sich eines anderen besinnen würde, auch wenn er jetzt hatte nachgeben müssen.

8. KAPITEL

Sir Robert Crossley hatte seine Nichten abgeholt und Annis das ausstehende Honorar gezahlt. Kurz nach seiner Abreise war Sibella eingetroffen und hatte strahlend verkündet, sie fände, Annis habe sich eine Belohnung verdient, weil sie die grässliche Miss Fanny nicht eigenhändig erwürgt hatte. Auf Annis' verblüffte Frage, was sie meine, hatte Sibella geantwortet, sie lade sie ins Dampfbad ein. Begeistert hatte Annis die Einladung angenommen und beim Betreten des „Crown" festgestellt, dass bereits viele Gäste anwesend waren.

Mr. Thackwray, der für seine Schwefelbäderkuren die gesamte erste Etage des Hotels angemietet hatte, führte die Damen in eins der durch Ruheräume verbundenen Badezimmer, in dem zwei Holzzuber standen. Es roch nach Schwefel, und in der dampfigen Luft fiel das Atmen schwer. Eine Bedienstete half Annis und ihrer Cousine beim Auskleiden und zog sich dann mit der Bemerkung zurück, sie werde in einer Stunde zurückkommen und den Damen beim Ankleiden zur Hand gehen.

Annis und Sibella streckten sich in den mit heißem Wasser gefüllten Wannen aus. Wohlig seufzend entspannte sich Annis und schloss die Augen.

„Bist du froh, die Geschwister Crossley nicht mehr um dich zu haben?", fragte Sibella schläfrig.

„Oh, ja, sehr!", antwortete Annis wahrheitsgemäß. „Miss Fanny ist mir mit ihrer Durchtriebenheit und ihrem Dünkel weidlich auf die Nerven gegangen. Da ist es nur recht und billig, dass ihr Onkel mich sehr gut honoriert hat."

„Miss Lucy war nett, nicht wahr?", erwiderte Sibella. „Oh, soeben fällt mir ein, dass Charles mir beim Mittagessen gesagt hat, ihr beide hättet euch gestritten. Kannst du dich nicht mit ihm vertragen?"

„Es tut mir leid, Sibella. Ich weiß, dass du ihn gernhast und es dich stört, wenn es Unfrieden gibt. Aber es ist mir zuwider, dass er für diesen anmaßenden, rücksichtslosen Mr. Ingram arbeitet."

„Ach, so schlimm, wie du Mr. Ingram hinstellst, kann er nicht sein", murmelte Sibella. „Gewiss, ich habe schreckliche Dinge über ihn gehört, nehme jedoch an, dass sie stark übertrieben sind. Und für Starbeck hat er dir doch einen guten Preis geboten."

„Bitte, lass uns nicht darüber reden!", äußerte Annis hastig. „Das würde meiner guten Stimmung schaden. Ich gedenke, diesen Nachmittag in aller Ruhe auszukosten."

„Charles hat erwähnt, in Linforth habe es schon wieder Ärger gegeben", fuhr Sibella unbeirrt fort. „Gestern Abend soll es dort zu einem Aufstand gekommen sein. Angeblich wurde eine von Mr. Ingrams Scheunen geplündert und dann in Brand gesteckt. Charles war wütend."

„Ich kann die Dorfbewohner gut verstehen", erwiderte Annis ruhig. „Schließlich werden sie ständig von Mr. Ingram provoziert. In der vergangenen Woche sollen auf seine Anweisung hin einige Leute aus ihren Häusern vertrieben worden sein, weil sie nicht im Stande waren, die von ihm verlangte höhere Miete zu zahlen."

„Es heißt, der Anführer der Aufrührer sei ein Mann aus gutem Haus. Er soll sich gepflegt ausdrücken und einen Rotfuchs reiten. Mr. Ingram hat eine Belohnung dafür ausgesetzt, dass man ihm Informationen über diesen Mann liefert."

Unvermittelt fiel Annis ein, dass Lord Ashwick einen Rotfuchs besaß.

„Ich habe den Verdacht, dass es sich bei dem Anführer um Sir Everard Doble handeln könnte oder vielleicht um Mr. Shepard. Auch Mr. Benson kommt in Frage. Jeder von ihnen reitet einen Rotfuchs."

„Mr. Benson ist für Mr. Ingram tätig“, warf Annis ein.

„Ja, und daher nehme ich an, dass nicht er derjenige ist, der die Dörfler aufstachelt. Aber was ist mit Lord Ashwicks Bruder?“

„Er ist ein Mann der Kirche!“, äußerte Annis befremdet.

„Na und? Würde ihn das davon abhalten, die Leute aufzuwiegeln? Gleichviel, wer immer der Aufrührer ist, man wird ihn fassen. Dessen bin ich mir sicher. Jemand wird sich bestimmt die Belohnung von einhundert Pfund verdienen wollen.“

„Nur ein geldgieriger Verräter aus den eigenen Reihen würde ihn verraten“, entgegnete Annis. „Meiner Ansicht nach werden die Unzufriedenen sich schützend vor ihn stellen, weil sie ihn als zu ihnen gehörig betrachten.“

„Wie du meinst“, erwiderte Sibella gleichmütig und wechselte das Thema. „Findest du nicht, dass du wieder heiraten solltest?“, fragte sie träge. „Irgendwann wirst du bestimmt einen Mann kennenlernen, in den du dich verliebst, wer weiß, vielleicht schon in diesem Sommer hier in Harrogate.“

Versonnen dachte Annis daran, dass sie bereits jemanden kannte, der ihr sehr gefiel, auch wenn sie nicht gewillt war, ihm zuliebe ihre Unabhängigkeit aufzugeben. „Ach, hör auf, bei mir die Ehestifterin zu spielen“, sagte sie belustigt. „Ich bin mit meinem Leben auch so zufrieden.“

„Wirklich? Ich habe gehört, du würdest ständig in Lord Ashwicks Begleitung gesehen. Außerdem hat er im ‚Dragon‘ mit dir getanzt. Magst du ihn?“

„Ja“, antwortete Annis ehrlich.

„Ich habe es gewusst!“, erwiderte Sibella triumphierend. „Wenn du schon zugibst, ihn zu mögen, dann musst du ihn sogar sehr gernhaben. Also heirate ihn!“

„Hör auf, Sibella!“, entgegnete Annis seufzend. „Ich will mich nicht mehr binden.“

„Johns wegen?“, fragte Sibella neugierig. „Nicht alle Männer haben ein so dominantes Wesen wie er. Ich bin sicher, dass du eine andere Meinung über die Ehe bekommst, wenn du dem Richtigen begegnest und Vertrauen zu ihm hast.“

Annis hielt es für unnötig, etwas darauf zu erwidern. Was Lord Ashwick anging, hatte sie der Versuchung widerstanden, ihren Vorsätzen untreu zu werden, und sich für ihre Freiheit entschieden. Insofern war es müßig, darüber nachzugrübeln, was geschehen wäre, hätte sie eine andere Entscheidung getroffen.

Sibella setzte sich auf, verließ den Zuber und hüllte sich in das Badehandtuch. „Ich ruhe mich eine Weile aus, ehe wir ins kalte Tauchbad steigen“, kündigte sie an. „Auch du solltest einige Zeit in dem Raum dort entspannen, wohin die Angestellte deine Sachen gebracht hat. Ich benutze das andere, gegenüberliegende Zimmer hier auf dieser Seite.“

„Gut“, erwiderte Annis. Nachdem die Cousine gegangen war, verweilte sie noch einige Zeit in der Wanne, verließ sie schließlich ebenfalls und beschloss, Sibellas Rat nicht zu beherzigen, sondern sich anzukleiden, im Teesalon etwas zu trinken und dort auf sie zu warten. Sie wickelte das Badetuch um sich, machte die Tür zum angrenzenden Zimmer auf und blickte auf einen Paravent, der zum großen Teil das dahinterstehende Bett verdeckte. Ihre Kleidungsstücke lagen ordentlich auf einem Stuhl.

Statt der Bedienung zu läuten, entschied sie, sich ohne Hilfe anzuziehen, trocknete sich gründlich ab, nahm das die Frisur schützende Handtuch ab und kleidete sich an. Dann setzte sie sich vor den Frisiertisch, um sich das Haar zu richten, vernahm plötzlich ein Geräusch und starrte erschrocken in den Spiegel. Entsetzt erblickte sie zwei nackte Füße am Fußende des Betts. Verstört stand sie hastig auf, lugte um den Wandschirm und erstarrte, als sie Ashwick schlafend, bis zu den Hüften zugedeckt, auf dem Bett liegen sah.

Fasziniert betrachtete sie ihn, seine kräftige Brust und die muskulösen Arme bewundernd. Das Haar hing ihm wirr in die Stirn. Sein Gesicht wirkte weicher, jugendlicher, wie das eines schlafenden Kindes. „Wachen Sie auf, Sir!“, sagte Annis laut.

Er gab sich weiterhin den Anschein zu schlafen. Im Stillen amüsierte er sich darüber, dass ihr nicht aufgefallen war, wie er sie mit halb geöffneten Augen im Spiegel beobachtet hatte. Natürlich war das unfein vom ihm gewesen, aber er hatte nicht die mindesten Gewissensbisse. Im Gegenteil, die Tatsache, dass Lady Wycherley plötzlich hier bei ihm war, kam ihm sehr gelegen.

„Sir! Wachen Sie auf!“, wiederholte sie eindringlich.

Schließlich schlug er die Augen auf und täuschte schläfrige Benommenheit vor. Er blinzelte, als sei er noch nicht ganz munter, starrte einen Moment lang, bewusst Ahnungslosigkeit heuchelnd, Lady Wycherley an und setzte sich dann jäh auf. „Was machen Sie hier, Madam?“, fragte er betroffen, beugte sich vor und ergriff ihre Hand. „Fürwahr, das nenne ich eine angenehme Überraschung!“, fügte er träge lächelnd hinzu und zog Lady Wycherley so nah ans Bett, dass sie sich zu ihm setzen musste. Ungestüm schlang er dann die Arme um sie, presste sie an sich und küsste sie begierig.

Sie war so überrascht, dass sie ihm keinen Widerstand leistete. Mehr und mehr betört von seinen Zärtlichkeiten, erwiderte sie seine Liebkosungen, schmiegte sich verlangend an ihn und empfand plötzlich den Wunsch, bei ihm zu liegen und von ihm geliebt zu werden. Unvermittelt wurde sie sich jedoch bewusst, auf welche Abwege ihre Gedanken geraten waren, stemmte die Hände auf Lord Ashwicks Brust und zwang ihn so, sie loszulassen.

Hastig stand sie auf, strich sich fahrig über die Frisur und bemerkte entsetzt, während sie das Kleid glättete, eine andere offene, in ein weiteres Badezimmer führende Verbindungstür. Erschüttert wünschte sie sich, dass Mr. Thackwray so vorausschauend gewesen wäre, einige dieser Türen zu schließen. „Ich befürchte, Sir, Sie haben sich im Zimmer geirrt“, sagte sie verlegen.

Umständlich die Blöße verdeckend, verließ Adam das Bett, wickelte die Decke fest um sich und sah im gleichen Moment die Bedienstete mit einem Arm voller Badehandtücher durch das angrenzende Zimmer in den Raum kommen.

Als sie Lady Wycherley und den Herrn bemerkte, ließ sie die Handtücher fallen, schlug fassungslos die Hand vor den Mund und starrte entgeistert das Paar an. „Oh, Pardon, Sir, Madam“, äußerte sie betreten. „Ich … ich … wollte nicht stören.“

„Seine Lordschaft muss sich im Zimmer geirrt haben“, erwiderte Annis peinlich berührt und wünschte sich, im Erdboden zu versinken, weil in diesem Augenblick auch noch Mr. Thackwray hinzukam.

„Darf ich fragen, meine Herrschaften, was hier vorgeht?“, erkundigte er sich befremdet und schaute fragend zwischen dem Earl of Ashwick und der Dowager Baroness Wycherley hin und her.

„Ich bin versehentlich ins falsche Zimmer gegangen“, antwortete Adam leichthin. „Bitte, begleiten Sie Lady Wycherley hinaus, und schließen Sie hinter sich die Tür.“

Annis hörte, dass hinter ihr noch jemand den Raum betrat, drehte sich bestürzt um und erblickte die sie verstört ansehende Cousine. „Auch das noch“, flüsterte sie seufzend.

„Bitte, verzeihen Sie mir, Madam, dass ich Sie in diese äußerst prekäre Situation gebracht habe“, bat Adam. „Überlassen Sie es mir, die Angelegenheit aufzuklären. Haben Sie jetzt die Güte, das Zimmer zu verlassen.“

Unschlüssig schaute Annis ihn an.

„Bitte, ziehen Sie sich zurück, Madam“, drängte er sie. „Ich werde Sie aufsuchen, sobald ich die Möglichkeit dazu finde, und der Form Genüge tun.“

„Was meinen Sie damit?“, fragte Annis verständnislos.

„Ist Ihnen nicht klar, Madam, dass wir kompromittiert sind?“, äußerte er kopfschüttelnd.

Sie spürte die Röte ins Gesicht steigen, wandte sich hastig ab und strebte zu Sibella ins Nebenzimmer.

Innerlich schmunzelnd, sah Adam die Tür sich schließen. Er liebte Lady Wycherley, bewunderte ihre Integrität, ihren Scharfsinn, ihre Courage, ihre Eigenständigkeit und war entschlossen, sie zu der Seinen zu machen. Jetzt hatte sie sich ihm in die Hände gegeben und würde seinen Heiratsantrag annehmen müssen.

„Der Earl of Ashwick wünscht Sie zu sprechen, Lady Wycherley“, verkündete der Butler.

„Bitten Sie ihn herein, Tottenham“, erwiderte Sibella.

Einige Minuten später betrat Seine Lordschaft den Salon, begrüßte die Damen und versicherte Sibella, sie solle des Zwischenfalls im Hotel wegen nicht beunruhigt sein, da er gekommen sei, um den guten Ruf ihrer Cousine wiederherzustellen.

„Das hoffe ich, Sir!“, erwiderte Sibella streng und erhob sich. „Ich lasse Sie jetzt mit meiner Cousine allein“, fuhr sie kühl fort. „Solltet ihr etwas benötigen, Annis, läute bitte.“

Adam verneigte sich leicht und wandte sich, nachdem Mrs. Granger aus dem Raum gegangen war, an Lady Wycherley. „Ich bedauere, Madam, dass es zu diesem unangenehmen Zwischenfall gekommen ist“, sagte er ernst. „Mr. Thackwray hat mich irrtümlich ins falsche Zimmer gewiesen.“

„Nun, wenigstens unterstellen Sie mir nicht, ich hätte Sie absichtlich in eine kompromittierende Situation gebracht!“, erwiderte Annis etwas spitz.

„Selbstverständlich nehme ich das nicht an, Madam! Darf ich mich setzen?“

„Bitte!“ Sie wartete, bis er Platz genommen hatte, und äußerte dann: „Da es sich um ein peinliches Missverständnis handelt, sehe ich keinen Grund, die Sache aufzubauschen."

„Ich befürchte, Madam, Sie täuschen sich. Man redet bereits über uns. Wahrscheinlich hat die Bedienstete ihren Mund nicht gehalten. Und leider gibt man immer der Frau die Schuld. Ich irre mich gewiss nicht, wenn ich annehme, dass Ihnen sehr viel an Ihrem guten Ansehen gelegen ist, nicht wahr?"

„Selbstverständlich!", antwortete Annis knapp.

„Jetzt werden die Leute, die ohnehin schon über uns klatschen, Ihnen jedoch nachsagen, Sie hätten es bewusst darauf angelegt, mich in diese heikle Lage zu bringen."

Annis war klar, dass Lord Ashwick recht hatte. Unvermittelt fiel ihr Mr. Ingram ein, und sie war sicher, dass er begierig diese Gelegenheit ausnutzen und viel Nachteiliges über sie verbreiten werde.

„Bis jetzt habe ich nur Bezug auf Sie genommen, Madam", fuhr Adam fort. „Aber Sie müssen auch mich berücksichtigen. Man würde mir nachsagen, ich sei ein prinzipienloser Frauenheld, der kein Ehrgefühl hat. Und da ich das nicht bin, bitte ich Sie, meine Gattin zu werden."

Zwischen Freude und Angst um ihre Unabhängigkeit schwankend, erwiderte Annis ausweichend: „Ich danke Ihnen für Ihr Entgegenkommen, Sir, kann Sie jedoch nicht erhören."

„Warum nicht? Wollen Sie leugnen, dass Sie sich zu mir hingezogen fühlen?"

„Nein, aber es gibt mehrere Gründe, weshalb ich Ihren Heiratsantrag nicht annehmen kann", sagte Annis fest.

„Bitte, erläutern Sie mir, warum Sie mich zurückweisen."

„Ich wäre Ihnen sehr verbunden, Sir, wenn Sie mich nicht bedrängten!", entgegnete Annis, um Fassung ringend.

„Wie Sie wünschen", äußerte er resignierend. „Haben Sie schon daran gedacht, welche Auswirkungen Ihre Weigerung und der Skandal, in den wir bereits verwickelt sind, auf Ihre

Tätigkeit als Patronesse haben werden? Ich wünsche es Ihnen nicht, aber Sie werden vermutlich feststellen, dass man Ihnen keine junge Dame mehr anvertrauen wird. Bitte, denken Sie gut darüber nach. Ich werde Sie in einigen Tagen wieder aufsuchen, um zu hören, ob Ihre heutige Entscheidung endgültig ist."

Annis dachte an Starbeck, an Mr. Ingram und überlegte, ob alles sich gegen sie verschworen hatte. Flüchtig erwog sie, nach Starbeck zu flüchten, doch das wäre feige gewesen. Außerdem war sie überzeugt, dass Lord Ashwick sehr schnell herausbekommen würde, wo sie sich aufhielt, und sie dann umgehend dort aufsuchte. „Ich werde nicht mehr lange in der Stadt sein", erwiderte sie bedächtig und erhob sich.

„Ja, Sie haben gesagt, dass Sie auf Ihr Gut wollen", erwiderte Adam und stand ebenfalls auf.

„Welche Ironie des Schicksals, Sir, dass es, falls wir heiraten, in Ihren Besitz übergehen und Mr. Ingram das Nachsehen haben würde", äußerte Annis und lachte trocken auf. „Würden Sie tatsächlich die Ehe mit mir in Kauf nehmen, nur um Starbeck zu bekommen?"

Befremdet schaute Adam Ihre Ladyschaft an. „Ich gebe zu, dass ich das Gut gern hätte. In erster Linie möchte ich jedoch, dass Sie meine Gemahlin werden. Ich möchte Ihnen beistehen, damit Sie mit Ihren Schwierigkeiten nicht allein auf sich angewiesen sind", fügte er eindringlich hinzu und ergriff Lady Wycherleys Hände.

„Ich bin es gewohnt, für mich einzustehen", sagte sie leise.

Sacht zog er sie an sich, schloss sie in die Arme und erwiderte weich: „Ich bin überzeugt, dass Sie es als sehr angenehm empfinden werden, nicht mehr alle Verantwortung tragen zu müssen." Er neigte sich zu Lady Wycherley, beherrschte sein Verlangen und gab ihr nur einen zärtlichen Kuss. Widerstrebend ließ er sie los und äußerte spröde: „Wie gesagt, ich werde

Sie bald wieder aufsuchen. Ach, übrigens, wie lange waren Sie schon in dem Schlafgemach, bevor ich die Lider aufschlug?"

„Nur einige Augenblicke, Sir", antwortete sie und spürte sich erröten.

„Ich hoffe, Sie haben meinen Anblick genossen", sagte Adam schmunzelnd, verneigte sich und wollte den Salon verlassen.

Unvermittelt kam ihr ein Verdacht. „Sie haben doch geschlafen, nicht wahr, Sir?", fragte sie zweifelnd.

„Darauf werde ich Ihnen keine Antwort geben, Madam, um Sie nicht noch mehr in Verlegenheit zu stürzen", sagte er. „Leben Sie wohl", fügte er mit einer leichten Verneigung hinzu und verließ den Raum.

Er war erst einige Augenblick fort, als die Cousine den Salon betrat.

„Berichte!", forderte sie Annis neugierig auf.

„Lord Ashwick hat mich gebeten, ihn zu heiraten", antwortete Annis. „Ich habe seinen Antrag jedoch abgelehnt. Er meinte indes, ich solle in Ruhe darüber nachdenken, und versprach dann, mich in einigen Tagen wieder aufzusuchen."

„Du hast ihn doch lieb, nicht wahr?", fragte Sibella und setzte sich zur Cousine.

„Ja", gestand Annis. „Aus Gründen, die dir geläufig sind, möchte ich indes nicht wieder heiraten."

„Die Ehe mit Lord Ashwick würde meiner Meinung nach ganz anders als die mit John verlaufen", entgegnete Sibella, „und zwar in jeder Hinsicht."

„Ich kann Lord Ashwick nicht erklären, dass John und ich keine intime Beziehung zueinander hatten, weil mein Mann sich nicht für Frauen interessierte", erwiderte Annis bedrückt.

„Das müsstest du nicht umgehend tun", sagte Sibella ernst. „Wenn du ihn dann besser kennst, wirst du gewiss mit ihm über diese Dinge sprechen können. Du musst Vertrauen zu ihm haben."

„Ich fühle mich nicht zu einer weiteren Ehe bereit", wandte

Annis kläglich ein. „Andererseits müsste ich ihn, um meinen guten Ruf zu wahren, unverzüglich heiraten. Ach, ich weiß nicht, was ich tun soll, Sibella!"

„Ich glaube, du solltest ihn erhören. Wenn er merkt, dass du Hemmungen hast, mit ihm zusammen zu sein, wird er sich dir gewiss nicht aufzwängen."

„Er hat seine Frau sehr geliebt, wie er mir gestand."

„Sie ist seit Langem tot, Annis", gab Sibella ihr zu bedenken. „Er mag dich doch, nicht wahr?"

Annis nickte.

„Na bitte, das ist ein guter Anfang."

„Er wird sicher Kinder haben wollen."

„Natürlich! Dieser Aufgabe wirst du dich nicht entziehen können. Aber alles zu seiner Zeit. Sprich erst mit ihm über deine persönlichen Probleme."

„Charles wird verärgert sein, wenn ich Lord Ashwick heirate. Beide haben ein sehr gespanntes Verhältnis zueinander. Ach Sibella, das ist alles so kompliziert!"

„Ich bin sicher, Charles wird Verständnis für dich haben", erwiderte Sibella beschwichtigend.

Seufzend stand Annis auf und murmelte: „Ich habe das Bedürfnis nach frischer Luft. Nimm es mir bitte nicht übel, dass ich jetzt allein sein will, aber ich möchte in Ruhe über alles nachdenken."

„Lass mich wissen, wie du dich in Bezug auf Lord Ashwick entschieden hast", sagte Sibella und erhob sich ebenfalls. „Kann ich dich morgen wieder besuchen kommen?"

„Selbstverständlich", antwortete Annis freundlich. „Und es versteht sich von selbst, dass du die Erste sein wirst, die erfährt, ob ich Ashwicks Frau werde."

Zwei Tage nach dem peinlichen Zwischenfall im Hotel erhielt Annis ein Schreiben von Lady Copthornes Sekretär, in dem ihr mitgeteilt wurde, in den Augen Ihrer Ladyschaft sei sie nicht die richtige Patronesse für ihre Tochter. Für Annis war dieser Brief Beweis genug, dass bereits üble Gerüchte über sie in Harrogate kursierten. Bedrückt grübelte sie darüber nach, wie sie sich nun den Lebensunterhalt verdienen solle. Sie würde viel Zeit verstreichen lassen müssen, bis sie erneut als Anstandsdame tätig werden konnte, doch selbst dann war nicht sicher, ob der Skandal sie nicht einholte.

In sehr niedergeschlagener Stimmung speiste sie daheim zu Abend und wünschte sich, Lord Ashwick möge bei ihr sein und ihr raten, was sie tun solle. Vorläufig war jedoch nicht damit zu rechnen, dass er ihr die Aufwartung machte, und sie wusste seine Zurückhaltung zu schätzen.

Seufzend erhob sie sich, läutete und teilte dem kurze Zeit später eintretenden Butler mit, sie hätte nichts dagegen, wenn er und das übrige Personal sich den Abend freinähmen. Nachdem er sich höflich bedankt hatte, begab sie sich in ihr Boudoir und versuchte zu lesen, konnte sich indes nicht konzentrieren.

Plötzlich hörte sie zu ihrer Verwunderung irgendwo im Haus Dielen knarren. Da mittlerweile alle Dienstboten fort waren, wurde sie argwöhnisch, lauschte, vernahm wieder das seltsame Knarren und stand auf. Entschlossen, der Sache auf den Grund zu gehen, ergriff sie den Feuerhaken und verließ den Salon. Leise huschte sie durch den schwach von Nachtlampen erhellten Korridor zum Arbeitszimmer, durch dessen zu ihrer Überraschung einen Spalt geöffnete Tür Licht fiel. Vorsichtig blieb sie stehen, hörte Papier rascheln und war sicher, einen Einbrecher anzutreffen.

Mutig zog sie die Tür weiter auf, ging in den Raum und hob schlagbereit den Feuerhaken. Im gleichen Augenblick drehte der am Schreibtisch stehende Mann sich zu ihr um, und fassungslos erkannte sie Lord Ashwick.

„Sie haben mich auf frischer Tat ertappt, Madam", murmelte er betreten.

Sie legte den Schürhaken auf den Konsoltisch, starrte entgeistert, zwischen Zorn und Enttäuschung schwankend, den Earl an und begriff, dass sie ihm fälschlicherweise zu vertrauen begonnen hatte. „Es überrascht mich nicht, Sir, Sie hier anzutreffen", erwiderte sie kalt. „Ich nehme an, Sie befolgen Mr. Woodhouses Rat und spionieren selbst mir hinterher! Wie sind Sie ins Haus gelangt?"

„Durch den Hintereingang", antwortete Adam gleichmütig.

„Dann verlassen Sie bitte das Haus auf demselben Weg, denn sonst wäre ich genötigt, die Nachtwache zu rufen", sagte Annis barsch. „Ich frage mich ohnehin, was Sie hier suchen. Die oberste Schublade des Schreibtischs enthält lediglich eine Aufstellung der Termine, die ich in den letzten Wochen wahrgenommen habe."

„Mich interessiert weniger das, womit Sie beschäftigt waren. Viel größeren Wert lege ich darauf, Informationen über Ihren Cousin zu erhalten."

„Man muss kein Hellseher sein, um sich das denken zu können", äußerte Annis spitz. „Waren Sie schon auf dem Dachboden? Im Allgemeinen werden Geheimnisse dort aufbewahrt."

„Ich hatte vor, ihn bei meinem nächsten ... hm ... Besuch in Augenschein zu nehmen."

„Sie enttäuschen mich, Sir!", erwiderte Annis verärgert. „Wie können Sie sich unterstehen, mein Vertrauen auf diese schäbige Weise zu missbrauchen?"

„Man hat mir erzählt, Sie seien nicht zu Hause, sondern zum Dinner bei Ihrer Cousine", antwortete Adam.

„Soll das eine Entschuldigung dafür sein, dass Sie ohne mein Wissen hier eingedrungen sind?", fragte Annis fassungslos.

„Nein, nur eine Erklärung dafür, warum ich Ihre vermeintliche Abwesenheit genutzt habe", sagte Adam betreten. „Ich weiß, dass ich einen unverzeihlichen Fehler begangen habe. Leider hatte ich jedoch nicht die Zeit, mich mit Ihnen abzustimmen."

„Sie hatten mir versprochen, erst mit mir zu reden, ehe Sie irgendetwas zu Charles' Nachteil unternehmen", äußerte Annis erregt. „Offenbar haben Sie kein Vertrauen zu mir! Das ist ein weiterer Grund, Ihren Heiratsantrag nicht anzunehmen."

„Ich kann verstehen, dass Sie mir böse sind, Madam. Können wir die Sache nicht in Ruhe regeln?"

„Wie Sie wünschen! Bitte, nehmen Sie Platz!", forderte sie barsch den Earl auf und setzte sich in einen Sessel. „Mr. Woodhouse hat Ihnen geraten, nach Dingen zu forschen, die meinen Vetter belasten", fuhr sie erbost fort, während Lord Ashwick sich in einem Fauteuil niederließ. „Sie hatten mir versichert ..."

„Pardon, ich muss Ihnen etwas mitteilen, das Sie gewiss erschüttern wird", unterbrach Adam. „Mr. Woodhouse wurde heute Nachmittag tot aufgefunden. Angeblich ist er ertrunken. Jedenfalls lag er mit dem Gesicht nach unten im Becken eines Trinkbrunnens. Ich glaube indes nicht, dass es sich um einen tragischen Unfall handelt. Sein Tod kommt Mr. Ingram sehr gelegen."

„Soll ich Sie jetzt bedauern, weil Sie Ihren Spitzel verloren haben?", fragte Annis ironisch. „Sie hatten mir versichert, ohne mein Wissen nichts gegen meinen Cousin zu unternehmen, und sind wortbrüchig geworden. Ich begreife sowieso nicht, wieso Sie hier nach Material suchen, das Sie gegen Charles verwenden könnten. Schließlich hat er dieses Haus nur für mich angemietet."

„Ich habe bereits gesagt, dass ich mich für mein ungehöriges Benehmen entschuldige. Und ich versichere Ihnen, Madam, in Zukunft keine Geheimnisse mehr vor Ihnen zu haben. Bitte, glauben Sie mir", setzte er beschwörend hinzu, stand auf und ging zu ihr. Sacht legte er ihr die Hand auf den Arm und fuhr verlegen fort: „Ich bedauere mein Verhalten, möchte Ihnen jedoch sagen, dass ich Sie unverzüglich in Kenntnis gesetzt hätte, wäre mir etwas Ihren Cousin Belastendes in die Hände gefallen. Wie kann ich meinen Fehler gutmachen und Sie davon überzeugen, dass ich es ehrlich meine? Ich hoffe, Sie sind nicht nachtragend und verzeihen mir. Ich möchte Ihr Vertrauen nicht verlieren!“

„Nun gut, ich vergebe Ihnen“, erwiderte Annis seufzend. „Sie müssen mir jedoch versprechen, dergleichen nie wieder zu tun!“

„Ich gebe Ihnen mein Ehrenwort, dass ich nicht wieder hier eindringen werde“, sagte Adam erleichtert, neigte sich zu ihr und drückte ihr einen Kuss auf die Schläfe. „Danke für Ihre Großmut“, setzte er weich hinzu.

„Sie wissen, dass ich mich nicht nur auf das unerlaubte Betreten meines Hauses bezogen habe“, äußerte Annis und wünschte sich, er möge sie nicht mit seinen Zärtlichkeiten ablenken.

„Nein? Also gut, dann gelobe ich, mich hinfort stets nach allen Ihren Wünschen zu richten. Sind Sie jetzt zufrieden?“

„Ja“, antwortete Annis lächelnd.

„Darf ich Sie küssen?“

Sie nickte.

Lächelnd zog er sie aus dem Sessel, schlang die Arme um sie und gab ihr einen stürmischen Kuss.

Sie schmolz dahin, genoss seine Liebkosungen und erwiderte sie zunehmend leidenschaftlicher. Eifrig drängte sie sich an ihn, schloss beglückt die Augen und ließ sich von ihm betören.

„Heirate mich!“, raunte er.

„Ich bin viel zu verwirrt, um dir jetzt eine Antwort zu geben“, flüsterte sie atemlos. „Du wirst sie morgen erhalten.“

9. KAPITEL

Nur wenige Augenblicke nachdem Annis mit der Cousine die Wandelhalle betreten hatte, wurde sie sich bewusst, dass allgemeine Unruhe unter den Anwesenden herrschte. „Kannst du mir sagen, warum die Leute so aufgeregt sind? Ist etwas Schreckliches passiert?"

„Ja", bestätigte Sibella. „Gestern Abend hat es auf Mr. Ingrams Besitz in Linforth einen Aufstand gegeben. Die Dorfbewohner haben die Versorgungsgebäude in Brand gesetzt, dann die Scheiben des Gutshauses eingeworfen und eine um einen Stein gewickelte Nachricht ins Entree geschleudert. Sie fordern Mr. Ingram auf, seine üblen Machenschaften sofort einzustellen und sie nicht noch mehr in finanzielle Bedrängnis zu bringen, denn sonst würden sie ihm den roten Hahn auf jedes Dach aller seiner Landgüter setzen. Außerdem haben sie ihm damit gedroht, ihn umzubringen, wenn sie seiner habhaft werden."

„Wie schrecklich!", erwiderte Annis betroffen. „Ist schon bekannt, wie er reagiert hat?"

„Ja. Er hat eine Belohnung von eintausend Pfund auf die Ergreifung des Anführers der Aufständischen ausgesetzt und angekündigt, zu seinem Schutz werde er die Miliz anfordern. Für diesen Betrag ist sicher so mancher Mann bereit, die eigene Großmutter ans Messer zu liefern."

„Vielleicht", sagte Annis ausweichend und schaute sich um. Plötzlich entdeckte sie unter den Promenierenden, von denen etliche den Anschein erweckten, sehr zufrieden über das Mr. Ingram widerfahrene Malheur zu sein, Lord Ashwick in Begleitung seiner Geschwister und seiner Mutter.

Im gleichen Moment bemerkte Adam Lady Wycherley, entschuldigte sich bei seinen Angehörigen und strebte zu ihr. „Guten Morgen, meine Damen", begrüßte er sie und hob galant Lady Wycherleys Hand zum Kuss an die Lippen. „Wie ist das werte Befinden?“

„Danke, gut“, antwortete Annis lächelnd.

„Wir haben soeben über die heute Vormittag alle Welt bewegende Neuigkeit gesprochen, Sir“, wandte Sibella sich an ihn. „Ist es nicht furchtbar, was gestern Nacht in Linforth geschehen ist?“

„Nicht alle Leute reden über diesen Vorfall, Madam“, entgegnete er. „Das zweite Thema ist Mr. Woodhouses tragischer Tod. Es ist ...“ Sich plötzlich bewusst werdend, dass eine seltsame Stille in der Wandelhalle eingetreten war, hielt er inne und drehte sich verwundert um. Sein Blick fiel auf Mr. Ingram, der mit seinem, wie er fand, ziemlich abgespannt aussehenden Anwalt und dem Friedensrichter in den Raum gekommen war.

Annis sah Charles sich umschauen und zusammenzucken, als er die Viscountess Tilney bemerkte. Dann richtete er die Augen auf Annis und schüttelte leicht den Kopf.

Die Leute begannen wieder zu plaudern, während die drei Herren durch die lange Wandelhalle auf Adam zukamen, rasch gefolgt von seiner Mutter und seinen Geschwistern.

Charles schien sich unbehaglich zu fühlen, und die Anwesenheit seiner Schwester war ihm sichtlich unangenehm.

Bei Lord Ashwick und seinen Begleitern angelangt, blieb Michael Pallen stehen, verneigte sich kurz und sagte: „Bitte, verzeihen Sie die Störung, Mylord. Es ist mir peinlich, Sie zu behelligen, aber Mr. Ingram hat des gestrigen Aufruhrs in Linforth wegen Anzeige gegen Unbekannt erstattet. Ich sehe mich genötigt, Ihnen im Zusammenhang mit diesem Vorfall einige Fragen zu stellen.“

„Mir?“ Ungläubig zog Adam die Brauen hoch. „Wollen Sie damit andeuten, Mr. Pallen, dass ich in die Sache verstrickt sein könnte?“

„Mir wäre es lieber, Mylord, wir könnten ohne neugierige

Zuhörer über diese Angelegenheit konferieren", erwiderte Michael höflich.

„Jeder kann hören, was ich dazu zu sagen habe", äußerte Adam kühl. „Es ist eine Unverschämtheit sondergleichen, mir zu unterstellen, ich wüsste irgendetwas über den von Ihnen erwähnten Aufruhr."

„Pardon, Mylord", schaltete Samuel sich ein. „Aber Sie besitzen doch einen Rotfuchs mit weißer Blesse, nicht wahr?"

„Ja, und?" Hochmütig schaute Adam den Kaufmann an.

„Zeugen haben gesehen, dass der Anführer des Aufstandes, ein kräftiger, sich gepflegt ausdrückender Mann wie Sie, ein solches Pferd reitet."

„Erstens kann diese Beschreibung auf viele Männer zutreffen, und zweitens rate ich Ihnen, Mr. Ingram, sich sehr sorgfältig zu überlegen, was Sie sagen!"

„Ich muss Sie unumwunden fragen, Mylord, ob Sie gestern Nacht in Eynhallow waren", warf Michael entschlossen ein.

„Nein", antwortete Adam nicht minder fest. „Ich war hier in der Stadt."

„Haben Sie für diese Behauptung Zeugen?"

„Ich war bei meinem Bruder zum Abendessen."

„Das könnte bedeuten, dass Sie dennoch genügend Zeit hatten, im Anschluss nach Linforth zu reiten", wandte Michael ein. „Der Aufruhr ist dort erst gegen Mitternacht ausgebrochen."

„Sie stellen Mutmaßungen an, Sir, die, was mich betrifft, jeder Grundlage entbehren", erwiderte Adam kalt.

Annis argwöhnte, dass er vielleicht doch in dem Ort gewesen war. Um ihn aus der Bedrängnis zu befreien und von allem Verdacht reinzuwaschen, fasste sie sich ein Herz und warf tapfer ein: „Zur fraglichen Zeit war er bei mir, Mr. Pallen."

Verblüfft starrte Sibella sie an.

Annis vernahm erstauntes Raunen, sah den Friedensrichter

und Mr. Ingram einen anzüglichen Blick tauschen und Charles finster die Stirn furchen. „Lord Ashwick kam gegen zehn Uhr abends zu mir“, behauptete sie dreist. „Wir haben uns sehr angeregt unterhalten. Ich erinnere mich genau, dass er sich kurz nach ein Uhr verabschiedet und das Haus verlassen hat.“

„Jetzt werden Sie verstehen, Mr. Pallen, dass ich zunächst meinen Aufenthaltsort nicht preisgegeben habe“, schaltete Adam sich wieder ein. „Ein Kavalier nimmt stets Rücksicht auf den guten Ruf einer Dame, auch wenn es sich um seine Verlobte handelt.“

Annis wusste nicht, wie sie reagieren solle. Lord Ashwicks Mutter und seine Geschwister waren unübersehbar bemüht, das Erstaunen über diese unerwartete Neuigkeit zu verhehlen.

„Nun, wenn die Dinge so liegen, Mylord, muss ich mich erneut für die Störung entschuldigen“, murmelte Michael. „Bei dem von den Zeugen beobachteten Reiter kann es sich folglich nicht um Sie gehandelt haben.“

„Ich bin ganz Ihrer Ansicht, Mr. Pallen“, erwiderte Adam lächelnd, deutete eine Verneigung an und wandte sich dann an Lady Wycherley. „Komm, Annis“, forderte er sie auf und reichte ihr den Arm, „lass uns ein wenig promenieren. Bitte, entschuldigt uns“, fügte er, an Mutter und Geschwister gewandt, hinzu und entfernte sich mit Lady Wycherley. Bei einer der großen Fensternischen angekommen, blieb er stehen, schaute ernst Lady Wycherley an und sagte kopfschüttelnd: „Ich weiß Ihre Unterstützung sehr zu würdigen, Madam, aber dennoch hätten Sie das nicht tun dürfen.“

„Warum nicht?“, fragte sie erstaunt. „Hätte ich um meinen guten Ruf fürchten sollen? Seit der peinlichen Szene im Hotelzimmer ist er ohnehin schon angegriffen. Und um ihn zu retten, wollen Sie sich doch mit mir vermählen, nicht wahr?“

„Heißt das, Sie nehmen meinen Heiratsantrag an?“

Annis bedauerte, dass sie sich nunmehr nicht mehr frei entscheiden konnte. „Ja", antwortete sie schlicht.

„Im Herzen bist du nicht davon überzeugt, den richtigen Schritt zu tun, nicht wahr?", fragte Adam leise. „Du erhörst mich nur der Umstände wegen."

„Ja und nein", sagte sie ausweichend. „Du weißt, dass ich kein zweites Mal heiraten wollte. Bitte, können wir dieses Gespräch jetzt beenden?", setzte sie gedämpft hinzu. „Ich befürchte, die Leute in der Nähe hören uns zu."

Adam warf einen flüchtigen Blick auf die Herrschaften und nickte dann zustimmend. „Das ist mir recht. Außerdem muss ich bald eine Verabredung wahrnehmen, die sich nicht mehr verschieben lässt. Hast du noch immer vor, heute Nachmittag nach Starbeck zu reisen?"

„Ja", bestätigte Annis. „Ich möchte mich eine Weile zurückziehen."

„Mir ist ein meiner Meinung nach besserer Einfall gekommen", erwiderte Adam. „Was hältst du davon, einige Tage bei mir in Eynhallow zu verbringen? Dann hätten wir hinreichend Zeit, um über die Hochzeit zu sprechen. Zudem ist es mir entschieden lieber, dich bei mir zu haben, statt zu wissen, dass du in Starbeck womöglich schutzlos den Aufständischen ausgeliefert bist. Wir könnten gemeinsam zu deinem Besitz fahren und darüber nachdenken, was mit ihm geschehen soll."

„Ich weiß nicht recht", begann Annis.

„Nein, keine Widerrede", sagte Adam streng, nahm sie beim Arm und kehrte mit ihr zu seiner Mutter und seinen Geschwistern zurück. Rasch erzählte er ihnen von dem Lady Wycherley soeben unterbreiteten Vorschlag und freute sich, als die Mutter sogleich einverstanden war.

Annis sah keinen Ausweg und erklärte sich zögernd einverstanden, im Verlauf des Abends nach Eynhallow zu kommen. Innerlich seufzend dachte sie daran, dass sie ihre Unabhängigkeit schneller aufgeben musste, als sie bisher angenommen hatte.

Die Dämmerung war bereits angebrochen, als die Kutsche die nach Eynhallow führende Bergstraße hinunterrollte. Blutrot versank die Sonne am Horizont; ihre letzten glühenden Strahlen tauchten die Landschaft in feuriges Licht, und dunkel zeichneten die Silhouetten der Bäume sich gegen den flammenden Himmel ab. Angesichts des ländlichen Charakters der Umgebung hätte man meinen können, weitab jeder größeren Ansiedlung zu sein, doch in Wirklichkeit hatte der Wagen erst ungefähr fünfzehn Meilen zurückgelegt. Der zwischen dem gepflegten Ambiente in Harrogate und der wilden Unberührtheit der Moore bestehende krasse Unterschied vermochte Annis immer wieder aufs Neue zu faszinieren.

Bedrückt dachte sie daran, dass sie sich die Freiheit hatte bewahren wollen, durch Rücksichtnahme auf Konventionen jetzt jedoch genötigt war, ihre Unabhängigkeit aufzugeben. Sie kam sich eingeengt vor, so wie damals, nachdem sie aus dem Bedürfnis nach finanzieller Sicherheit John geheiratet hatte.

Plötzlich riss das Rucken des Wagens sie aus den Gedanken. Sie hob den Kopf, sah rötlichen Widerschein den dunkler gewordenen Himmel färben und rief betroffen dem Kutscher zu: „Was mag das sein, Wilcox?"

„Da vorn brennt ein Haus, Mylady", antwortete er und brachte die Pferde zum Stehen. „Ich glaube, es ist besser, nicht weiterzufahren, ehe wir wissen, was dort genau vor sich geht."

„Das muss die Zollstation sein", vermutete Annis, zog die Sitzschublade auf und entnahm ihr den Kasten mit den Pistolen. „Die Castles sind gewiss auf Hilfe angewiesen", fügte sie an, holte eine der Waffen aus der lederbeschlagenen Holzschatulle und machte sie schussbereit.

Wilcox' Warnungen nicht beachtend, stieg sie aus und strebte zur brennenden Zollstation. Je näher sie kam, desto größere Hitze schlug ihr entgegen, sodass sie schließlich genötigt war, langsamer zu gehen. Man hatte das Gebäude offensichtlich schon vor einer Weile angezündet, denn es brannte lichterloh, und ein Teil war bereits eingestürzt. Unvermittelt brachen auch die Reste des Dachs mit einem Funkenregen ein. Von den Castles war nirgendwo etwas zu sehen.

Unvermittelt nahm sie hinter der in Flammen aufgegangenen Zollstelle einzelne Lichter wahr, die sich schwankend näherten, und hörte gleich darauf laute Schreie. Im gleichen Moment vernahm sie hinter sich Hufschlag, drehte sich erschrocken um und sah Wilcox mit dem Landauer auf sich zukommen.

„Bitte, steigen Sie sofort ein, Madam!“, rief er ihr eindringlich zu. „Sie sind hier nicht mehr sicher.“

Hastig raffte sie mit einer Hand die Röcke und strebte zu der noch nicht zum Halten gekommenen Kutsche. Sie hörte Geschrei, blickte über die Schulter und nahm auf das brennende Gebäude zulaufende, maskierte, mit allerlei Waffen und Gerätschaften ausgerüstete Gestalten wahr.

Sie hastete in den Schatten eines Busches, drückte sich, um von den Aufwieglern nicht bemerkt zu werden, zwischen das Geäst und lugte furchtsam zu dem brennenden Haus. Zwischen den wild gestikulierenden Leuten war ein Reiter aufgetaucht, der sein Pferd vor der Zollschranke angehalten hatte.

„Weg mit diesem Ding!“, schrie er.

„Ja“, stimmten die Leute ihm begeistert zu und begannen grölend, an den in der Straße verankerten Pfosten zu rütteln und mit Beilen auf die Holzschranke einzuhacken. Es dauerte nicht lange, bis sie splitterte und in Stücke brach, die dann ebenfalls unter wüstem Geschrei zerhackt, schließlich aufgeschichtet und dann in Brand gesteckt wurden.

Annis klopfte das Herz bis zum Hals. Ihr war klar, dass man sie nicht entdecken durfte. Verzweifelt blickte sie zu Wilcox, der den Landauer in einigem Abstand von ihr angehalten hatte, und überlegte, ob sie es wagen könne, zu ihrer Kutsche zu rennen. Im gleichen Moment hatten jedoch einige der Aufständischen den Wagen gesehen und liefen johlend auf ihn zu. Sie drückte sich noch tiefer ins Gebüsch, verlor unvermittelt den Halt, glitt aus und stürzte einen Abhang hinunter. Verschreckt presste sie die Hand auf den Mund, hörte in einigem Abstand von sich Leute vorbeihasten und zuckte zusammen, als das Geäst sich bewegte und jemand sich durch das Gesträuch zwängte.

Adam bückte sich, zog sie auf die Füße und legte ihr warnend den Zeigefinger auf die Lippen. „Wie gut, dass du daran gedacht hast, dieses Mal eine Pistole mitzunehmen“, raunte er ihr zu.

Sie klammerte sich an ihn und flüsterte erleichtert: „Ich bin so froh, dass du hier bist.“

„Hast du dich verletzt?“, erkundigte er sich besorgt.

„Nein. Ich habe mich nur gestoßen und werde sicher einige blaue Flecke bekommen“, antwortete sie leise.

„Wir müssen von hier fort! Ich glaube nicht, dass wir in Gefahr sind. Dennoch ist es ratsamer zu verschwinden.“

„Ich habe Angst, Adam. Diese Leute sind gefährlich!“

„Uns werden sie nichts tun“, versicherte er, ergriff Annis bei der Hand und zog sie vom Graben fort in die Dunkelheit. Der durch die Sträucher dringende Widerschein des Feuers wurde schwächer, und schließlich nahm man nur noch in der Ferne einen rötlichen Glanz wahr.

Nach einer Weile taten Annis die Füße weh. Sie hielt an, lehnte sich an die niedrige Feldmauer und sagte seufzend: „Ich muss mich etwas ausruhen, Adam.“

„Nein, wir müssen uns beeilen“, entgegnete er drängend.

„Wäre es nicht sinnvoller, zu meiner Kutsche zurückzukehren?“, fragte sie erschöpft.

„Nein“, antwortete er entschieden.

Seufzend setzte Annis sich wieder in Bewegung, fand nach

einer Weile den Weg jedoch durch eine weitere Feldmauer versperrt. Mit Adams Hilfe stieg sie hinüber und lehnte sich dann erneut matt gegen die Steine. „Ich kann nicht weiter“, äußerte sie müde.

Er schwang sich über die Mauer, stellte sich neben Annis und sagte widerstrebend: „Also gut, dann bleiben wir eine Weile hier.“

„Bis jetzt hast du mir noch nicht erklärt, warum du bei der Zollstation warst“, äußerte sie nachdenklich und schaute ihn fragend an. „Hast du doch etwas mit dem Aufstand zu tun?“

„Hältst du mich für einen Aufwiegler?“, erwiderte Adam trocken. „Wenn ja, dann hast du eine sehr niedrige Meinung von mir.“

„Du hast mir keine Antwort gegeben.“

„Dessen bin ich mir bewusst. Auch ich wüsste gern, warum du auf dem Weg zur Zollstelle warst, Annis. Hast du Verbindung zu den Aufständischen?“

„Mach dich nicht lächerlich, Adam“, antwortete sie ärgerlich. „Natürlich habe ich nichts mit ihnen zu schaffen! Oder denkst du, ich ginge wachen Auges das Risiko ein, mit dem Tod bestraft zu werden, weil ich am Niederbrennen einer Zollstation beteiligt war?“

„Du bist Mr. Ingram nicht gewogen.“

„Das trifft auch auf dich zu.“

„Mit anderen Worten, man könnte uns beide verdächtigen, hinter der Sache zu stecken“, sagte Adam belustigt. „Hoffentlich ist dir jetzt klar, wie gefährlich es ist, im Dunkeln durch diese Gegend zu fahren. Warum bist du nicht früher nach Eynhallow aufgebrochen?“

„Du willst mich nur ablenken, Adam“, sagte Annis verstimmt. „Aber du kannst mich nicht von dem Verdacht abbringen, dass du in irgendeiner Art und Weise in den Aufstand der Dorfbewohner verstrickt bist.“

„Du solltest nicht als Patronesse, sondern als Konstabler tätig sein“, entgegnete Adam auflachend. „Dank deines Spürsinns hättest du längst geklärt, wer der Anführer der Rebellen ist. Wie hast du herausgefunden, dass ich der Reiter bin?“

„Zum einen habe ich sofort deine Stimme erkannt, als du mit den Bauern gesprochen hast. Zum anderen bist du von der Straße durchs Gebüsch gekommen, also aus der Richtung der abgebrannten Zollstation.“

„Ich war nicht am Niederbrennen des Gebäudes beteiligt.“

„Das glaube ich dir sogar. Aber du hast dich dort eingefunden, um die Leute davor zu warnen, dass die Miliz bald eintreffen wird, nicht wahr?“

„Du bist scharfsinniger, als ich angenommen habe“, antwortete Adam staunend. „Leider weißt du jetzt mehr, als gut für dich ist.“

Annis atmete tief durch und fragte: „Ich irre mich also nicht?“

„Nein. Mein Bruder wusste, was die Dörfler vorhatten. In der Stadt haben wir gehört, dass Mr. Ingram die Miliz angefordert hat. Wir kennen viele der Bauern persönlich und wollten vermeiden, dass sie in eine Falle geraten. Die Folgen für sie und ihre Angehörigen wären schlimm gewesen.“

„Mr. Ingram war, wie ich jetzt merke, nicht weit von der Wahrheit entfernt, als er in dir den Anführer vermutete. Selbst wenn du nicht an der Spitze des Aufruhr stehst, hast du doch den Dörflern geholfen. Möglicherweise weißt du sogar, wer hinter dem Widerstand gegen Mr. Ingram steckt.“

„Nein, denn die Leute sind maskiert, und Nachrichten werden nur mündlich weitergegeben. Folglich weiß niemand, wer am Aufstand beteiligt ist. Auch ich würde gern herausfinden, wer der Kopf der Aufrührer ist, denn schließlich kann ich auf Grund des von ihm gerittenen Pferdes, das meinem Rotfuchs so ähnlich sieht, schnell mit ihm verwechselt und vielleicht doch noch an seiner Stelle dingfest gemacht werden."

„Hast du ihn heute Abend gesehen?"

„Ja. Auch du musst ihn bemerkt haben. Gegen wen richtet sich dein Verdacht?"

„Ich möchte niemanden zu Unrecht beschuldigen", antwortete Annis ausweichend. „Du hast zwar abgestritten, an der Spitze der Protestbewegung zu stehen, könntest aber trotzdem der Anführer sein. Abgesehen davon, habe ich dich nicht mit ihm zusammen gesehen."

„Ich bleibe bei meiner Behauptung", erwiderte Adam ernst. „Hast du keine Vermutung, wer der Mann sein könnte?"

„Bei meinem letzten Aufenthalt in Starbeck standen mehrere Pferde im Stall, darunter auch ein Rotfuchs mit weißer Blesse", äußerte Annis bedächtig. „Gut, es kann sich um einen Zufall handeln ..."

„Das bezweifele ich", unterbrach Adam. „Warum hast du das nicht gleich gesagt? Der Mann, der diesen Rotfuchs dort untergestellt hatte, könnte dein Cousin gewesen sein oder Thomas Shepard."

„Charles?", fragte Annis verblüfft. „Wie kommst du auf den meiner Ansicht nach vollkommen abwegigen Gedanken, dass er die Aufrührer anführt? Du selbst hast mir erzählt, dass man ihn in Starbeck abgrundtief hasst. Wenn du ihn im Sinn hast, kannst du auch deinen Bruder in den Kreis der Verdächtigen aufnehmen."

„Nein", widersprach Adam lächelnd. „Er spielt eine ganz andere Rolle."

„Welche?"

„Ohne sein Einverständnis kann ich dir das nicht sagen", antwortete Adam ausweichend.

„Heißt das mit anderen Worten, ihr beide nehmt die Gewalttaten billigend in Kauf?"

„Nein, doch ich gebe freimütig zu, dass ich in diesem Fall auf der Seite der Aufrührer stehe. Mr. Ingram ist schuld am Elend und der Not der einfachen Bevölkerung, und du weißt, wer den Wind sät, wird Sturm ernten." Zur Straße zurückblickend, nahm Adam plötzlich in einigem Abstand von der niedergebrannten Zollstelle Feuerschein wahr. „Jetzt hat man deine Kutsche angezündet, Annis", äußerte er betroffen.

„Oh, nein!", erwiderte sie entsetzt. „Hoffentlich ist Wilcox und den Pferden kein Leid geschehen!"

„Ich nehme an, dass er so vernünftig war, vor den Aufrührern wegzulaufen", sagte Adam beschwichtigend. „Falls sie ihn doch erwischt haben sollten, werden sie ihm wohl nichts antun. Schließlich ist er ein einfacher Mann wie sie, der ihnen nichts getan hat. Ihr Hass richtet sich gegen Mr. Ingram und dessen Handlanger."

„Und was ist mit den Pferden?", fragte Annis bang.

„Wenn du Pech hast, werden sie dir gestohlen", antwortete Adam schulterzuckend. „So, und nun komm weiter. Wir werden bald in Eynhallow sein."

Widerwillig setzte Annis sich in Bewegung.

Eine Weile ging er schweigend neben ihr her, blieb dann plötzlich stehen und zog sie an sich. „Seit wir uns heute Vormittag getrennt haben, musste ich dauernd an dich denken", sagte er ernst. „Überhaupt gehst du mir in den letzten Tagen nicht mehr aus dem Sinn." Er hob die Hand, strich Annis sacht über die Wange und küsste sie dann voller Verlangen.

Sie konnte seinen Zärtlichkeiten nicht widerstehen, schmiegte sich an ihn und genoss es, von ihm liebkost zu werden.

Schließlich hob er den Kopf und flüsterte: „Hätte ich das schon an dem Abend getan, an dem ich dich kennenlernte ..."

„Ich wäre ins Haus geflohen", gestand sie freimütig.

„Jetzt kannst du nicht vor mir fliehen", äußerte Adam spröde und küsste sie wieder. „Mir scheint, ich habe einen schlechten

Einfluss auf dich", fuhr er schmunzelnd fort. „Seit wir uns begegnet sind, hast du dich sehr verändert."

„Ja", räumte sie lächelnd ein. „Manchmal bin ich über mich selbst erschrocken, weil ich mir nicht erklären kann, wieso ich meine Prinzipien so schnell vergesse, wenn ich mit dir zusammen bin."

„Dennoch kann ich mich des Eindrucks nicht erwehren, dass du gelegentlich vor etwas Angst hast", erwiderte er ernst. „Wovor fürchtest du dich, Annis?"

„Darüber möchte ich jetzt nicht sprechen", antwortete sie unbehaglich.

„Wie du willst", gab er nach. „Reden wir morgen darüber." Er ergriff sie bei der Hand und setzte den Weg fort.

Sie war sich seiner Nähe sehr bewusst, dachte verträumt an seine Küsse, seine sie betörenden Liebkosungen und verspürte ein Sehnen, wie sie es bisher noch nie empfunden hatte. Tief in Gedanken verloren, schritt sie neben ihm aus, hin und wieder eine kurze Pause einlegend, um wenigstens für einige Augenblicke die schmerzenden Füße zu vergessen, und war froh, als man endlich an eine Parkmauer gelangte.

„Nur noch ein Stückchen weiter", sagte Adam tröstend und stützte sie bis zum Parktor.

Erschöpft blieb Annis davor stehen und äußerte matt: „Es widerstrebt mir, in diesem Aufzug das Haus zu betreten. Ich komme mir wie eine Bettlerin vor. Meine Schuhe und der Saum meines Mantels sind schmutzig, und an meine Frisur wage ich gar nicht zu denken!"

„Du machst dir ganz unnütz Sorgen", erwiderte Adam lächelnd und zog eine Hälfte des Tores auf. „Meine Schwester wird dir Sachen leihen. Morgen früh können wir dann jemand zu dir nach Hause schicken, der dir alles bringt, was du benötigst."

Leise seufzend nahm Annis ihn bei der Hand, ging mit ihm

die Allee hinunter und erkundigte sich beiläufig: „Hast du schon entschieden, wann wir heiraten werden?"

„Ich bin der Ansicht, dass wir das Aufgebot unverzüglich bestellen und uns danach trauen lassen sollten", antwortete er lächelnd. „Ich kann es kaum erwarten, die Freuden der Ehe mit dir zu genießen."

„Körperliche Leidenschaft allein ist keine ideale Grundlage für die Ehe", murmelte Annis betroffen. „Man sollte sich in jeder Hinsicht bestens verstehen."

„Du hast recht", stimmte er ihr zu. „Physisches Begehren darf jedoch nicht ausgeschlossen sein. Es gehört ebenso zu einer erfolgreichen Ehe wie gegenseitige Zuneigung, Verständnis und Freundschaft."

„Trifft das alles auf deine erste Ehe zu?", flüsterte Annis.

„Ja", bestätigte er ruhig. „Und ich bin überzeugt, dass unsere ebenso glücklich werden wird", fügte er zuversichtlich hinzu und gab Annis einen weichen Kuss.

Sie konnte sich seinen Zärtlichkeiten nicht mehr so hingeben wie zuvor, weil der Gedanke sie ablenkte, wie glücklich er in der Ehe mit seiner Gattin gewesen war. Dieses Glück hatte sie mit John nicht erlebt. Beschämt gestand sie sich ein, dass sie es Adam neidete, und befürchtete gleichzeitig, er könne von ihr enttäuscht sein.

10. KAPITEL

Adam ritt bei strahlendem Sonnenschein aus, schlug den Waldweg ein und gelangte auf die Anhöhe. Von dort aus ließ er dem Rotfuchs freien Lauf und galoppierte auf einem halb überwachsenen Fahrweg durchs Moor. Weit unten im Tal konnte er das Dorf Eynhallow sehen, eingebettet zwischen den Hügelausläufern – den Herrensitz, die Häuser und die Kirche. Es war eine alte Ansiedlung, die ihm sehr gefiel. An diesem Morgen war das Gefühl der Verbundenheit besonders stark, wahrscheinlich deshalb, weil er sich entschlossen hatte, wieder zu heiraten.

Nach Marys Tod war er überzeugt gewesen, sich nicht mehr vermählen zu wollen. Er hatte angenommen, der Sohn seines Bruders werde eines Tages den Titel erben. Dann hatte er jedoch Annis kennengelernt und kurze Zeit später den Beschluss gefasst, sie zu seiner Frau zu machen. Er war sicher, den richtigen Schritt zu tun, da er keinen Zweifel daran hegte, dass sie die Richtige für ihn war.

Er hielt den Hengst an und genoss die Aussicht. Es war eine Ironie des Schicksals, dass ausgerechnet die Frau, die er unbedingt zu der Seinen machen wollte, nicht von der Idee begeistert war, ihn zu heiraten.

Er trieb den Rotfuchs an und ließ ihn im Schritt den Abhang hinuntergehen. Erneut dachte er an Annis und lächelte. Es war ihm eine heilsame Lehre gewesen, dass sie seinen ersten Heiratsantrag abgelehnt hatte. Zunächst hatte er geglaubt, sie habe das getan, weil man sich noch nicht sehr gut gekannt hatte und sie möglicherweise befürchtete, Verrat an den guten Erinnerungen an ihren verstorbenen Mann zu begehen. Er war zu selbstsicher gewesen, als er gedacht hatte, eine mehr oder weniger mittellose Dame wie sie würde leichten Herzens seinen Heiratsantrag annehmen, erst recht, nachdem ihr guter Ruf derart aufs Spiel gesetzt worden war. Ihr Widerstreben hatte jedoch tiefer reichende Wurzeln, wie sie zugegeben hatte, ohne ihm indes einen Grund zu nennen. Es musste etwas geben, das ihr Angst machte.

Er furchte die Stirn. Angst vor den körperlichen Freuden der Ehe konnte es nicht sein, denn Annis hatte wiederholt bewiesen, dass sie ihn begehrte. Sie schien zwar nicht sehr erfahren zu sein, war jedoch keineswegs gefühlskalt. Im Gegenteil! Wann immer er zärtlich zu ihr gewesen war, hatte er gemerkt, dass sie sich nach ihm sehnte.

Wahrscheinlich beruhte ihre Angst auf etwas, das sie ihm bis jetzt verschwiegen hatte. Er war indes entschlossen, den Grund dafür herauszufinden und ihre Bedenken auszuräumen. Nichts konnte sie ihm mehr nehmen, ebenso wenig wie Mr. Ingram ihn dazu bewegen würde, ihm sein Gut zu überlassen. Er konnte sehr energisch sein, wenn er wollte, und jetzt hatte er sich ein fest umrissenes Ziel gesetzt.

An der Straßenkreuzung bog er ab und ritt auf die abgebrannte Zollstation zu. Die Ruinen qualmten noch und boten bei Tageslicht einen schaurigen Anblick. Der Schlagbaum war ebenso in Flammen aufgegangen wie das Gebäude, und überall lagen rußgeschwärzte Steine, verkohlte Balken und Aschehaufen. Ein Stück entfernt sah Adam die geborstenen Überreste der verbrannten Kutsche.

Etliche Leute waren damit beschäftigt, den Schaden zu begutachten. Adam erkannte Mr. Benson und andere Männer, die auf Mr. Ingrams Gut angestellt waren. Die schlechten Neuigkeiten hatte sich sichtlich schnell herumgesprochen. Bestimmt erschien auch bald Mr. Ingram, um zu sehen, was geschehen war. Zweifellos drang er dann darauf, dass die Aufrührer dingfest gemacht wurden. Adam hatte bereits einen Boten zu Mr. Lafoy geschickt, der diesem mitteilen sollte, Lady Wycherley sei in Sicherheit. Vermutlich war auch der

Anwalt schon auf dem Weg zur in Flammen aufgegangenen Zollstelle.

Zahlreiche Neugierige hatten sich eingefunden, wie immer, wenn irgendwo etwas Ungewöhnliches passiert war. Viel gab es nicht zu sehen. Dennoch lungerten die Leute herum. Adam erkannte Bewohner aus Eynhallow und den umliegenden Ortschaften. Die meisten Gaffer waren Frauen und Kinder. Die wenigen Männer unter ihnen bemühten sich, ihre Freude über den Brand zu verhehlen. Mr. Ingram war geschädigt worden, und das tat offenbar niemandem leid.

Adam lenkte das Pferd zu den Zuschauern und wechselte einige Worte mit Mr. Benson, der ihn unfreundlich anschaute. Dann redete er kurz mit den Dorfbewohnern und hörte plötzlich Hufschlag. Er drehte sich um und sah seinen Bruder heranreiten. Edward trug eine bekümmerte Miene zur Schau und äußerte sich betroffen über den Zwischenfall.

„Wie schrecklich!“, sagte er kopfschüttelnd. „Das ist wirklich furchtbar!“

Unwirsch wandte Mr. Benson sich ab.

Adam ritt neben den Bruder und raunte ihm zu: „Übertreib nicht, Edward. Jeder weiß, dass du auf der Seite der Aufrührer stehst.“

Befremdet sah Edward ihn an und erwiderte, Verständnislosigkeit heuchelnd: „Ich weiß nicht, wovon du redest, Adam.“

„Wirklich nicht? Denk an deine Predigt vom letzten Sonntag. Ich meine die Bemerkung über denjenigen, der Wind sät und Sturm ernten wird.“

„Das war eine gute Anspielung, nicht wahr?“, fragte Edward lächelnd.

„Ja, und jetzt siehst du, was du damit angerichtet hast.“

„Mr. Benson macht ein reichlich schiefes Gesicht.“

„Wundert dich das? Mr. Ingram wird vermutlich ihm die Schuld an dieser Katastrophe geben und ihm vorwerfen, er hätte den Leuten Einhalt gebieten, den Brand verhindern müssen. Bestimmt hat jeder Schuld, nur er nicht!“

„Dann ist es ein Glück für ihn, dass er so willfährige Leute um sich hat, die bereit sind, die Schuld zu tragen.“

„Mr. Benson und Mr. Lafoy“, sagte Adam nachdenklich. „Es ist bemerkenswert, dass er Männer ausgesucht hat, die aus guter Familie stammen.“

„Ingram ist eitel“, erwiderte Edward. „Die Tatsache, dass sie von seinen Entscheidungen abhängig sind, gibt ihm gewiss ein Gefühl der Überlegenheit.“

„Ich stimme dir zu.“

„Was ist hier gestern Nacht geschehen?“, fragte Edward, während er mit dem Bruder die rauchenden Trümmer der Zollstation hinter sich ließ und den Weg durchs Tal nach Eynhallow einschlug.

Adam blickte über die Schulter, sah, dass man außer Hörweite der Zuschauer war, und erwiderte: „Deine Vermutung hat sich bewahrheitet. Ungefähr vierzig bewaffnete Männer haben erst das Haus und dann Lady Wycherleys Kutsche in Brand gesteckt. Zum Glück war Lady Wycherley nicht mehr im Wagen und weit genug entfernt, denn sonst hätte ich die größten Schwierigkeiten gehabt, sie in Sicherheit zu bringen.“

„Wilcox ist kein Leid geschehen. Er ist unbeschadet bei mir eingetroffen. Ich habe ihm gesagt, er solle, sobald er sich etwas erholt habe, sofort nach Hause gehen. Es wird Lady Wycherley freuen, zu hören, dass ihm nichts passiert ist. Das Erlebnis muss sie ziemlich mitgenommen haben.“

Adam nickte. „Ja, sie wird froh sein, dass ihm kein Haar gekrümmt wurde“, erwiderte er.

„Hat sie dich gefragt, wieso du bei der Zollstation warst?“, erkundigte Edward sich schmunzelnd.

„Ja.“

„Hast du ihr den Grund genannt?“

„Natürlich."

„Du hast ihr anvertraut, dass du die Aufrührer warnen wolltest?", fragte Edward alarmiert.

„Sie ist nicht dumm und hatte bereits erraten, dass ich nicht grundlos vor Ort war", antwortete Adam grinsend.

„Ich habe sie nicht für einfältig gehalten", äußerte Edward und furchte die Stirn. „Aber die Sache ist gefährlich für sie, Adam. Sie ist Mr. Lafoys Cousine. Je mehr sie weiß, desto riskanter wird die Geschichte für sie."

„Ihr ist bekannt, dass ich es darauf anlege, Mr. Ingram seiner üblen Machenschaften zu überführen, und auch sie ist daran interessiert. Sie hat nichts für ihn übrig."

„Wir sind der Frage, wer der Anführer der Aufrührer ist, keinen Schritt näher gekommen, nicht wahr?", sagte Edward seufzend.

„Nein. Ich weiß über ihn nicht mehr als du, Edward. Uns ist geläufig, dass er sich gebildet ausdrückt und einen Rotfuchs reitet, der meinem ähnlich sieht. Hast du einen Verdacht, wer er sein könnte?"

Bedächtig schüttelte Edward den Kopf.

„Was hast du gestern Nacht getan?"

Erschüttert schaute Edward den Bruder an. „Was willst du damit andeuten?"

„Ich will damit sagen, dass du der Anführer sein könntest. Du drückst dich kultiviert aus, bist ein guter Reiter und hegst wie ich und Lady Wycherley einen Groll gegen Mr. Ingram. Sie und ich können uns jedoch gegenseitig ein Alibi liefern, weil wir zusammen waren. Wen hast du als Zeugen dafür, dass du nicht bei der Zollstation warst?"

„Du weißt so gut wie ich, dass ich keinen Rotfuchs reite!", antwortete Edward fassungslos. „Du verdächtigst doch hoffentlich nicht mich, hinter dem Aufruhr zu stecken!"

„Warum sollte ich das nicht tun?", fragte Adam leichthin, bemerkte die entgeisterte Miene des Bruders und grinste. „Nein, natürlich verdächtige ich dich nicht, Edward. Also, wer könnte deiner Meinung nach der Anführer sein? Schließlich sind Rassepferde teuer. Es muss sich um jemanden handeln, der genügend Geld hat, um sich ein solches Tier leisten zu können. Vielleicht ist sogar Mr. Ingram derjenige, der die Bauern aufstachelt. Du weißt, wie schwierig es ist, sie zu belangen, weil sie nicht gegeneinander aussagen werden. Möglicherweise ist er auf den Einfall gekommen, sich für den Anführer auszugeben, um auf diese Weise die Leute identifizieren zu können, die hauptsächlich an den Aufständen beteiligt sind."

„Von seinem Standpunkt aus gesehen, wäre das sehr gerissen", meinte Edward stirnrunzelnd. „Ich glaube jedoch nicht, dass die Aufwiegler auf ihn hereinfallen würden. Schließlich kennen sie sich und wissen, wer jeweils bei ihrer Gruppe das Kommando führt."

„Du weißt genau, um wen es sich bei den Rädelsführern handelt."

„Ja, einige sind mir bekannt", räumte Edward unbehaglich ein, „zum Beispiel Mr. Marchant und Mr. Pierce. Aber keiner von ihnen kann sich den Kauf und Unterhalt eines Rassepferdes leisten."

„Mr. Ingram hingegen hat diese Möglichkeit. Vielleicht hat er einige der Aufständischen bestochen, ihm Informationen zu liefern."

„Das halte ich für unwahrscheinlich", entgegnete Edward. „Sie hassen ihn wie den Teufel!"

„Dann wüsste ich nicht, wer aus dieser Gegend als Anführer in Frage käme", erwiderte Adam nachdenklich. „Linforth, Eynhallow und Starbeck sind die einzigen Güter, die so viel Gewinn abwerfen, dass der Besitzer sich den Unterhalt eines solchen Pferdes erlauben kann. Lady Wycherley hat tatsächlich mehrere Pferde im Stall von Starbeck stehen gesehen, weiß jedoch nicht, wem sie gehören."

„Wie interessant!", meinte Edward. „An Starbeck habe ich bisher nicht gedacht. Mr. Ingram und Mr. Lafoy werden dich jetzt noch mehr hassen, weil es bald in deinen Besitz übergeht."

„Das ist mir klar. Ich kann nicht leugnen, dass es nützlich ist, Starbeck zu haben. Ich möchte jedoch nicht, dass Lady Wycherley denkt, das sei der einzige Grund, weshalb ich sie heiraten will."

„Ich dachte, du willst dich mit ihr vermählen, weil du sie kompromittiert hast."

„Das ist der Grund, warum ich um ihre Hand angehalten habe", erwiderte Adam. „Sie soll jedoch nicht glauben, das sei der einzige. Ich ... ich fühle mich sehr zu ihr hingezogen."

Edward hielt das Pferd an, beugte sich vor und entriegelte das Tor, durch das man in den Park von Eynhallow gelangte. „Du kennst sie doch erst zwei Monate", wandte er ein.

„Manchmal genügen zwei Tage oder zwei Minuten, um zu wissen, dass man jemanden mag."

„Hm, vielleicht. Wenn du dir so sicher bist ..."

„Das bin ich."

„Und Mary?"

„Ich habe sie geliebt", antwortete Adam seufzend. „Aber man kann mehrere Menschen lieben, nicht wahr?"

„Hast du Lady Wycherley schon gesagt, dass du sie liebst?"

„Noch nicht", gestand Adam. „Nach der Verlobung hatten wir kaum Gelegenheit zu einem Gespräch persönlicher Natur", sagte Adam und furchte die Stirn. „Außerdem muss ich Rücksicht auf Lady Wycherleys Gefühle nehmen. Ich habe den Eindruck gewonnen, dass sie durch ihre Ehe gegen eine weitere Heirat eingenommen ist, kenne jedoch nicht den Grund für diese Abneigung."

„Vielleicht ist er schnell gefunden, falls ihr Gatte der Despot war, als den man ihn hingestellt hat“, erwiderte Edward stirnrunzelnd. „Das würde bedeuten, dass du sehr feinfühlig sein und behutsam um sie werben musst.“

„Ja.“ Adam lächelte, weil diese Vorstellung ihm sehr gefiel. „Ich werde sehr liebevoll um sie werben.“

Als Annis nach dem Frühstück die Bibliothek betrat, stand Adam im Sonnenlicht vor dem Fenster. Nach allem, was am vergangenen Abend zwischen ihnen geschehen war, empfand sie einen solchen Aufruhr der Gefühle, dass sie keinen Laut herausbrachte. Zwar hatte sie geahnt, dass Adam ungekannte Leidenschaft in ihr wecken konnte, indes nicht damit gerechnet, ihre Hemmungen zu verlieren. In der vergangenen Nacht hatte körperliches Verlangen sie beinahe überwältigt.

Adam ging zu ihr und begrüßte sie.

Er lächelte sie an, und ihr stockte das Herz. Aus irgendeinem Grund hatte sie angenommen, dass sie bei Tageslicht nicht mehr so unter seinem Bann stehen würde.

„Ich hoffe, du fühlst dich wohl, Annis.“ Mit einladender Geste bat er sie, auf dem Sofa Platz zu nehmen. „Ich nehme an, du hast schon gehört, dass Wilcox nichts passiert ist. Mein Bruder hat mir erzählt, er habe dich benachrichtigen lassen.“

„Ja, ich bin sehr erleichtert“, erwiderte sie nickend. „Der Verlust der Kutsche ist bedauerlich, aber nicht mit dem eines Menschenlebens zu vergleichen.“

„Nun, du hast auch die Pferde eingebüßt“, sagte Adam lächelnd. „Ich bezweifele, dass du sie je zurückbekommen wirst. Falls sie dennoch irgendwo gesehen werden sollten, wird derjenige, der sie dann hat, gewiss behaupten, sie seien seit Jahren in seinem Besitz.“

„Das waren Charles’ Pferde“, murmelte Annis bedrückt. „Er hat sie mir zur Verfügung gestellt, damit ich meine Kutsche benutzen konnte.“

„Nun, dann hat auch er gestern einen beträchtlichen Schaden erlitten, vorausgesetzt, du hast recht und er ist nicht in die Aufstände verwickelt."

„Warst du heute schon bei der abgebrannten Zollstation?"

„Ja", antwortete Adam nickend. „Sie ist vollkommen zerstört. Die Castles sind jedoch in Sicherheit. Bis jetzt wird niemand der Brandstiftung verdächtigt, und folglich hat es auch noch keine Verhaftungen gegeben", setzte er schmunzelnd hinzu. „Die Miliz hatte den Aufrührern zwar eine Falle gestellt, doch da sie gewarnt wurden, sind sie nicht hineingetappt."

„Wie gut für sie", meinte Annis und lächelte ebenfalls. „Natürlich hast du keine Ahnung, wer die Leute rechtzeitig gewarnt hat."

„Nein, das weiß ich wirklich nicht, und auch du bist nicht im Bilde, falls dein Cousin dich dazu befragen sollte. Ich nehme an, er ist bereits auf dem Weg hierher, um herauszufinden, ob mit dir alles in Ordnung ist." Adam setzte sich zu Annis. „Ich habe mit meinem Bruder über das Aufgebot gesprochen. Morgen wird es zum ersten Mal verlesen."

Diese Neuigkeit versetzte Annis in Panik. Hastig stand sie auf, ging zu einem Fenster und blickte in den Park. „Musste das so schnell geschehen?", fragte sie betroffen.

„Ich habe den Eindruck, dass du mich nicht heiraten willst", antwortete Adam und erhob sich ebenfalls. „Dein offenkundiger Widerwille ist nicht gerade schmeichelhaft für mich und nach deinem gestrigen Verhalten erst recht verwunderlich. Kann es sein, dass du Abstand von unserer Hochzeit nehmen willst?"

„Ich habe dir bereits gesagt, dass ich nichts gegen die Ehe mit dir einzuwenden habe, Adam", entgegnete Annis steif. „Ich bin gegen die Ehe als solche eingenommen und fürchte mich nun, weil ich einer zweiten Vermählung nicht entgehen kann."

„Du hast nicht den mindesten Grund, Angst vor mir zu haben", sagte Adam ernst. „Das müsstest du wissen."

Annis rang mit sich. „Für mich ist der Entschluss zu heiraten so bedeutungsvoll, dass ich ihn nicht treffen mag, ohne Gewissheit zu haben, dass die Ehe gut verlaufen wird. Ich weiß jedoch sehr wenig über dich, Adam, über deine Beweggründe und Erwartungen. Ich kenne dich wirklich nicht sehr gut. Insofern macht die zwischen uns bestehende Anziehungskraft mir die Sache nicht leichter. Ich habe dir erzählt, dass meine Ehe nicht glücklich war, was mich veranlasst hat, eine zweite nicht ins Auge zu fassen." Sie sah Adams Miene weicher werden und hielt sich vor, er sei ein besserer Mensch, als sie verdient hatte. Vielleicht würde sie mit der Zeit im Stande sein, ihm ihre Ängste zu erläutern.

Adam ergriff sie bei den Händen und sagte sanft: „Ich kann meine Hoffnungen und Erwartungen mit wenigen Worten beschreiben. Ich möchte dich wirklich zur Frau, nicht nur, um deinen Ruf zu retten oder um der Ehre Genüge zu tun. Falls du einwilligst, meine Gattin zu werden, haben wir viel Zeit, uns besser kennenzulernen, und dann wirst du feststellen, dass du dir grundlos Sorgen gemacht hast."

„Ich weiß nicht recht", murmelte Annis. „Es fällt mir schwer, mich zu überwinden."

„Du bist unbeugsam, meine Liebe. Wahrscheinlich hilft deine Standhaftigkeit dir dabei, deine Schützlinge auf den rechten Weg zu leiten."

„Das mag sein", räumte Annis ein. „Aber ich denke auch an deine Ehe mit Mary." Sie wollte nicht ständig im Schatten seiner verstorbenen Frau stehen.

Adam ließ sie los und äußerte ernst: „Irgendwann werde ich dir von Mary erzählen, und dann kannst du mir von deinem Gatten berichten und mir die Gründe nennen, warum der Gedanke an eine zweite Ehe dir so widerstrebt. Mach kein so niedergeschlagenes Gesicht", setzte er hinzu und küsste Annis auf die Wange. „Ich bin sicher, mit der Zeit wird sich alles regeln. Jetzt sollten wir uns mit den Planungen für unsere Hochzeit befassen."

Schweigend nahm Annis zur Kenntnis, dass Adam ihr angeboten hatte, verständnisvoll und geduldig sein zu wollen. Mehr konnte sie nicht von ihm verlangen.

Das Aufgebot wurde verlesen, und danach hatte Annis das Gefühl, es gäbe kein Zurück für sie. Adam sagte ihr, er würde gern seine engsten Freunde zur Hochzeit bitten, und sie war einverstanden. Von ihrer Seite her würden nur die Cousine mit ihrer Familie, Charles und einige gute Bekannte an der Trauung teilnehmen. Die für das Brautkleid und die Aussteuer notwendigen Ausgaben verschlangen fast das Honorar, das Sir Robert Crossley ihr gezahlt hatte.

Eines Nachmittags fanden Adam und sie endlich die Zeit, nach Starbeck zu fahren. Für Adam war das die erste Gelegenheit, das Gut genau in Augenschein zu nehmen. „So schlimm, wie ich befürchtet habe, ist der Zustand des Hauses nicht. Ein Großteil der Schäden lässt sich rasch beheben. Ich bin überzeugt, dass wir, sobald das Gebäude hergerichtet ist, einen Mieter finden werden", setzte er hinzu und lächelte Annis an. „Oder wir behalten es als Liebesnest für die Gelegenheiten, wenn wir Eynhallow entfliehen wollen."

Errötend lächelte sie, obwohl sie sich ängstigte. Starbeck war ihr Zufluchtsort gewesen. Bei der Vorstellung, dass es durch die Heirat Adam zufallen werde, hatte sie das Gefühl, es zu verlieren und keinen Ort mehr zu haben, an den sie sich zurückziehen konnte.

„Wie ich hörte, wurden gestern Nacht selbst alle alten Leute zusammengerufen, um den Aufwieglern Widerstand zu leisten", äußerte Adam, während er langsam mit ihr an dem Schwefelbrunnen und der schönen Sonnenuhr vorbei in den von einer Mauer umgebenen Garten schlenderte. „Sie waren jedoch so klapprig, dass die Aufrührer sie mühelos entwaffnen und überwältigen konnten. Hörst du mir überhaupt zu, Annis?", fragte er irritiert. „So wenig, wie du auf das eingehst, was ich sage, könnte ich genauso gut chinesisch mit dir reden."

Annis setzte sich auf die im Schatten eines Apfelbaums stehende Bank. Vor der Mauer stand ein altes Sommerhaus, und davor war ein kleiner Teich, den dieselbe Quelle speiste, aus der auch der Brunnen das Wasser bekam. Überall in dem sehr verwilderten Garten blühten Blumen, deren Duft in der Luft hing. Die Stimmung war sehr friedlich. „Entschuldige", erwiderte Annis. „Ich habe nachgedacht."

„Über Starbeck?", fragte Adam und setzte sich zu ihr. „Du wirst es nicht verlieren, Annis."

Sein Scharfsinn beeindruckte und beunruhigte sie. „Ich weiß. Dennoch wird es hier nicht mehr so wie früher sein."

Adam ergriff ihre Hand. „Du bist besorgt, weil du glaubst, keinen Zufluchtsort mehr zu haben. Was veranlasst dich zu der Annahme, du könntest Grund haben, dich hierher zurückziehen zu müssen?"

Sie schaute ihn an. Sein Blick war prüfend und machte sie unsicher. Sie konnte ihm nicht erzählen, dass sie noch nicht bereit war, sich ihm anzuvertrauen. Das zu hören würde ihn schmerzen, da er bisher so viel Geduld mit ihr gehabt hatte. Im Übrigen musste sie mit diesem Problem fertig werden, nicht er, und außerdem war das nicht ihr einziges. „Ich weiß, dass du deine Gattin geliebt hast", antwortete sie bedächtig. „Ich befürchte, dich zu enttäuschen. Ich könnte es nicht ertragen, wenn unsere Ehe nicht so glücklich würde wie deine erste." Sie verschränkte die zitternden Finger. „Vielleicht bin ich dumm, weil ich nicht die zweite Wahl sein will, aber es wäre mir lieber, gar nicht zu heiraten, statt ständig mit deinen Erinnerungen leben zu müssen." Innerlich zitternd wartete sie darauf, was Adam erwidern würde.

Schweigend stand er auf und entfernte sich einige Schritte

von ihr. „Wenn du gestattest, erzähle ich dir von Mary, und danach wirst du mich verstehen. Es ist mir sehr wichtig, dass es kein Missverständnis gibt. Sie war siebzehn und ich ein Jahr älter, als wir miteinander durchbrannten. Ich wusste, mein Vater würde die Verbindung nie billigen. Auch Marys Eltern wären nicht einverstanden gewesen. Beide Parteien fanden, wir seien noch viel zu jung und würden außerdem nicht zueinander passen." Adam zuckte mit den Schultern. „Wir wussten jedoch genau, was wir wollten. Also sind wir nach Gretna Green gefahren, und danach mussten unsere Eltern sich mit der vollendeten Tatsache abfinden. Natürlich war das zunächst eine äußerst gespannte Situation, die sich jedoch mit der Zeit besserte. Fünf Jahre lang waren Mary und ich sehr glücklich. Wir hatten keine Kinder, fanden jedoch, dafür sei noch Zeit genug. Dann bekam Mary Scharlach und starb zwei Wochen später. Zunächst konnte ich mich nicht mit ihrem Tod abfinden. Sie war noch so jung gewesen. Außerdem war unsere Ehe nie auf die Probe gestellt worden. Abgesehen von dem für uns romantischen Abenteuer der heimlichen Reise nach Gretna Green hatten wir nie irgendwelche Schwierigkeiten zu lösen gehabt. Plötzlich stand ich jedoch allein da."

Mitfühlend schaute sie ihn an. Seine Stimme hatte ausdruckslos geklungen. Annis ahnte jedoch, dass er sehr bewegt war. Sie wäre gern zu ihm gegangen und hätte ihn getröstet, wagte es indes nicht. Irgendwie war er innerlich sehr weit von ihr entfernt. Sie befürchtete, dass er, wenn sie zu ihm ging, ungehalten reagieren könne.

„Aber das Herzweh dauert nicht ewig", fuhr er fort. „Der anfängliche Schmerz lässt nach, obwohl er nie ganz aufhört." Er zuckte mit den Schultern. „Ich bin in den Krieg gezogen und habe gegen die Franzosen gekämpft. Dann bin ich heimgekehrt und habe, wie ich gestehen muss, ausgiebig die Freuden des Lebens genossen. In dieser Zeit habe ich auch festgestellt, dass man sehr wohl allein leben kann. Aber man fühlt sich irgendwie leer. Die Jahre verstrichen, und ich hatte nie das Glück, eine Frau zu treffen, die ich hätte heiraten wollen. Bis ich dann dich kennenlernte." Er ging zu Annis zurück, setzte sich wieder zu ihr und ergriff ein weiteres Mal ihre Hände. „Ich liebe dich, Annis. Ich habe mich von Anfang an zu dir hingezogen gefühlt und schnell erkannt, dass ich mich mit dir vermählen möchte. Man kann sehr wohl mehrmals im Leben jemanden von ganzem Herzen lieben. Was ich für Mary empfand, war eine stürmische Jugendliebe, die sich, dessen bin ich mir sicher, mit der Zeit in eine tiefere Beziehung verwandelt hätte. Das, was ich für dich fühle, kann ich nicht damit vergleichen. Ich bin jetzt ein gestandener Mann, kein achtzehnjähriger Jüngling mehr."

Er umarmte sie, und Annis schmiegte sich an ihn. Er bot ihr alles, was sie sich je hätte wünschen können, und das erschien ihr beinahe unglaublich. Vor Rührung kamen ihr die Tränen.

„Warum weinst du?", wunderte er sich.

„Es tut mir leid", flüsterte sie, schüttelte leicht den Kopf und löste sich aus Adams Armen. „Du bist so großzügig, und ich …" Sie hielt inne, weil sie ihm nicht sagen konnte, dass sie ihn liebte. Aber dennoch hing dieses Geständnis unausgesprochen in der Luft. Sie wollte ihm ihre Zuneigung gestehen, wollte an die Wahrheit ihrer Worte glauben, die ihr auf der Zunge lagen. Trotzdem sprach sie nicht aus, was sie bewegte, sondern erwiderte: „Ich glaube, ich bin neidisch, und das ist kein schöner Charakterzug. Im Vergleich zu deiner Ehe war meine sehr unglücklich."

„Das ist ganz bedeutungslos, Annis", entgegnete Adam und schaute sie zärtlich an.

Fast wäre sie wieder in Tränen ausgebrochen.

„Das heißt nicht, dass wir nicht miteinander glücklich werden können", fuhr er zuversichtlich fort. „Ich bin bereit, zu warten, bis du dich entschließt, mir zu erzählen, was geschehen ist."

11. KAPITEL

Die Trauung sollte in einer Woche stattfinden. Annis hatte ihr Eigentum aus dem Haus in der Church Row entfernen und nach Eynhallow bringen lassen. Bis auf Mrs. Hardcastle, die jetzt in Starbeck ihren Dienst versah, war das Personal entlassen worden. Plötzlich hatte Annis das Gefühl, nichts mehr zu tun zu haben. „Ich bin so daran gewöhnt, beschäftigt zu sein, dass ich mir jetzt vollkommen nutzlos vorkomme“, vertraute sie der zukünftigen Schwägerin an.

„Das kann ich gut verstehen“, erwiderte Della. „Aber diesen Eindruck wirst du nur bis zur Hochzeit haben. Du befindest dich jetzt in einem Übergangszustand und wartest darauf, dass etwas geschieht. Nach der Trauung wirst du viele neue Aufgaben haben.“

„Ich weiß“, räumte Annis ein. „Es fällt mir jedoch schwer, mich damit abzufinden, dass ich mich mit den üblichen Beschäftigungen einer Dame aus guter Familie zufriedengeben soll.“

„Oh, Adam wird dich gewiss sehr auf Trab halten“, sagte Della schmunzelnd.

„Im Moment habe ich nicht diesen Eindruck“, entgegnete Annis düster. Er und sein Bruder waren morgens zur Jagd aufgebrochen und würden vermutlich erst gegen Abend zurückkehren.

„Wahrscheinlich will er sich vor der Hochzeit nicht dauernd der Versuchung aussetzen, die du zweifellos für ihn bist“, meinte Della auflachend. „Gestern Abend beim Essen konnte er jedenfalls die Augen nicht von dir lassen. Ich musste ihm dreimal dieselbe Frage stellen, bis er endlich merkte, dass ich mit ihm redete. Er ist bis über die Ohren in dich verliebt, Annis. Herein!“, setzte Della hinzu, weil jemand an die Tür geklopft hatte.

Der Butler betrat das Boudoir, verbeugte sich und sagte höflich: „Entschuldigen Sie die Störung, meine Damen. Mrs. Hardcastle möchte Lady Wycherley sprechen. Sie wirkt etwas verstört, Madam. Ich habe ihr gesagt, sie möge im Empfangssalon auf Sie warten. Sie hat jedoch darauf bestanden, in der Halle zu bleiben."

Überrascht stand Annis auf. „Entschuldige mich bitte, Della", sagte sie irritiert, verließ den Salon und begab sich ins Entree. „Guten Morgen, Mrs. Hardcastle", begrüßte sie die tatsächlich etwas verstört wirkende Wirtschafterin. „Was haben Sie auf dem Herzen?"

„Gestern habe ich gründlich geputzt und etwas gefunden", antwortete Iris. „Ich habe kaum geschlafen und es für richtig gehalten, es Ihnen sofort zu überbringen. Mr. Shepard hat mich hergefahren."

„Kommen Sie mit, Mrs. Hardcastle", forderte Annis sie auf, ging ihr voran und lud sie in der Bibliothek ein, sich zu setzen. „Was haben Sie gefunden?"

„Dieses Säckchen hier", erklärte Iris, nahm es aus dem Réticule und überreichte es Ihrer Ladyschaft. „Ich habe es durch Zufall im Eckschlafzimmer entdeckt, und zwar unter losen Dielenbrettern, zusammen mit halb vermoderten Papieren", fügte sie hinzu, während sie sich zaghaft in einem Sessel niederließ. „Natürlich habe ich den Beutel aufgemacht und gedacht, ich sehe nicht richtig."

Verwundert zog Annis die Schleife auf, weitete das Säckchen und entnahm ihm ein Stück Papier, das sich zu ihrer Verblüffung als Banknote herausstellte. „Das sind eintausend Pfund", äußerte sie verblüfft.

„Ja", bestätigte Iris erregt. „Und im Beutel ist noch mehr Geld."

„Ich kann mir nicht erklären, wie es in das Zimmer gelangt ist", erwiderte Annis verdutzt und fragte sich, wie sie sich nun verhalten solle. Derjenige, von dem das Geld dort versteckt worden war, hatte es aller Wahrscheinlichkeit nach nicht auf rechtmäßige Weise erworben. Sie ging zum Fenster, blickte in den sonnenhellen Park und sagte sich, das Beste sei, auf Adam zu warten und mit ihm über die Sache zu sprechen. Andererseits drängte es sie, der Frage, was es mit diesem Geld auf sich haben mochte, sofort auf den Grund zu gehen. Sie kehrte zum Schreibtisch zurück, läutete und sagte entschlossen: „Ich werde mit Ihnen nach Starbeck fahren, Mrs. Hardcastle. Mir erscheint es ratsamer, das ganze Haus abzusuchen. Wer weiß, was wir noch finden werden. Und selbstverständlich müssen wir den Konstabler von unserem Fund in Kenntnis setzen."

Rasch nahm sie Platz, schrieb Adam, sie sei in Starbeck, und erklärte kurz den Grund. Dann teilte sie dem eintretenden Butler mit, er möge Lady Tilney ausrichten, sie sei nach Starbeck gefahren.

„Wie Sie wünschen, Madam", erwiderte er und wollte den Raum verlassen.

Im gleichen Moment erschien jedoch Adams Schwester und erkundigte sich, was vorgefallen sei. Annis erläuterte ihr, weshalb Mrs. Hardcastle sie aufgesucht hatte, und war erst nach dem wiederholten Einwand der zukünftigen Schwägerin, es sei nicht klug, allein zu fahren, damit einverstanden, dass Della sie begleitete.

„Ich erlebe nie etwas Aufregendes", sagte Della lächelnd auf dem Weg zur Kutsche. „Außerdem wird mein Bruder sehr ungehalten sein, wenn er erfährt, dass du nach Starbeck gefahren bist. Daher finde ich es besser, wenn du nicht die Einzige bist, an der er seinen Zorn auslässt. Du siehst, ich werde dir eine verlässliche Schwägerin sein. Ich bin sicher, dass wir beide glänzend miteinander auskommen werden."

Nach der Ankunft in Starbeck wurden das Haus und die Nebengebäude gründlich abgesucht. Weiteres Geld wurde jedoch nicht entdeckt. Della verkündete, sie habe selten einen so aufregenden Nachmittag verbracht. Schließlich befand man, es sei an der Zeit, zurückzukehren, und ließ Mr. Shepard in den Salon rufen. Zum Befremden der Damen weigerte er sich jedoch, sie heimzufahren.

Verlegen drehte er die Kappe in den Händen hin und her und sagte höflich, aber entschlossen: „Nein, meine Herrschaften, es wäre viel zu gefährlich, Sie jetzt nach Eynhallow zu bringen. Ich habe gehört, dass es erneut zu einem Aufruhr kommen soll."

Fassungslos schaute Annis den jungen Mann an. „Sie fürchten sich vor den Männern aus Washburn, Mr. Shepard?", fragte sie verblüfft. „Deshalb sträuben Sie sich, uns nach Hause zu fahren?"

„Nein, Madam", antwortete er fest. „Ich habe keine Angst, sondern befolge nur einen Befehl."

„Es ist heller Nachmittag, Mr. Shepard", wandte Annis ein, „und wir würden in einer Stunde in Eynhallow sein. Außerdem erteile ich Ihnen Anweisungen und niemand sonst!"

„Es tut mir leid, Madam, aber ich werde Sie nicht kutschieren, auch auf die Gefahr hin, dass ich mir Ihren Ärger zuziehe", entgegnete er standhaft.

„Soll vielleicht ich kutschieren?", fragte Della spitz. „Wenn es sein muss, bin ich mir dazu wirklich nicht zu schade!"

„Ich bedauere, Madam, doch auch das kann ich nicht zulassen", sagte Thomas beharrlich. „Es sollen bereits an allen Straßen Wachen aufgestellt worden sein, die niemanden durchlassen. Sie werden sich folglich damit abfinden müssen, die Nacht hier zu verbringen. Jedenfalls hat das der Herr so angeordnet."

„Ich würde ihn gern kennenlernen!", warf Annis verärgert ein. „Wer hat die Unverschämtheit, über Lady Tilney und mich in dieser dreisten, arroganten Weise zu verfügen?"

„Das kann ich Ihnen nicht sagen, meine Damen", antwortete Thomas verlegen. „Außerdem muss ich Ihnen nahelegen, nicht auf den Einfall zu kommen, das Haus zu Fuß verlassen zu wollen. Überall auf dem Gelände sind Leute postiert, die gehalten sind, Sie zurückzubringen. Kann ich jetzt gehen, Madam?"

„Ja", äußerte Annis zornig. „Je eher Sie mir aus den Augen gehen, desto besser! Das ist die Höhe!", wandte sie sich entrüstet an Adams Schwester. „Ich denke nicht daran, hier zu bleiben! Wir müssen eine Möglichkeit finden, wie wir uns unbemerkt entfernen können."

„Beruhige dich", sagte Della beschwichtigend. „Wer weiß, wozu es gut ist, dass wir nicht nach Hause zurückkehren. Ich möchte jedenfalls nicht in einen Aufruhr geraten, und was dich betrifft, so kann ich mir nicht vorstellen, dass du noch ein weiteres Mal ein so unangenehmes Erlebnis wie neulich bei der brennenden Zollstation haben möchtest. Sieh die Sache von der positiven Seite. Hier sind wir in Sicherheit. Mrs. Hardcastle soll uns Betten herrichten und uns etwas zu essen bringen."

„Du hast recht", gab Annis nach, läutete und trug der bald darauf eintretenden Wirtschafterin auf, ein Abendessen zu bereiten und zwei Schlafzimmer herzurichten.

„Ich hoffe, Adam hat deine Nachricht bekommen", sagte Della, nachdem die Haushälterin sich zurückgezogen hatte. „Er wird wütend sein und sich schreckliche Sorgen um uns beide machen, weil wir nicht rechtzeitig zum Dinner daheim sind. Ich nehme an, er wird herkommen. Bis dahin müssen wir uns in Geduld fassen."

Annis nickte bedrückt und erwiderte: „Lass uns ins Speisezimmer gehen, Della."

Mittlerweile war die Dunkelheit angebrochen. Durch die Fenster des von Kerzen erleuchteten Salons konnte man den von Sternen übersäten Nachthimmel sehen.

„Ich begreife nicht, warum mein Bruder nicht längst hier ist", äußerte Della beunruhigt. „Ich hätte gedacht, er würde sofort an deine Seite eilen, so verliebt, wie er in dich ist! Wenn du willst, kannst du ihn um den kleinen Finger wickeln."

Annis senkte den Blick und murmelte unbehaglich: „Es wird dich überraschen, wenn ich dir sage, dass ich ihn meiner Ansicht nach nicht verdient habe."

„Wie kommst du auf diesen dummen Gedanken?", fragte Della verwundert.

„Adam liebt mich, aber ich bin nicht im Stande, Vertrauen zu ihm zu haben", erklärte Annis betrübt. „Ich möchte seine Liebe erwidern, doch John, mein verstorbener Gatte, war so herrisch und selbstsüchtig, dass ich Angst vor einer zweiten Ehe habe."

„Hat er dich geschlagen?", warf Della bestürzt ein.

„Nein, aber es gibt andere Mittel und Wege, um jemanden zu unterjochen", antwortete Annis leise. „Beispielsweise hat er mich, bevor er das Haus verließ, wiederholt in meinem Boudoir eingesperrt oder die für mich bestimmte Post geöffnet und gelesen. Ich konnte kein eigenständiges Leben führen und habe oft gedacht, ich müsse verrückt werden. Schließlich konnte ich die Situation nicht mehr ertragen und habe ernsthaft überlegt, ob ich ihn verlassen soll. Wahrscheinlich wirst du jetzt verstehen, Della, warum es mir schwerfällt, Vertrauen zu einem Mann zu haben. Und das kann ich Adam doch nicht erzählen", fügte sie errötend hinzu.

„Ich bin überzeugt, Annis, dass du mit der Zeit Vertrauen zu ihm fassen und ihn lieben wirst", entgegnete Della zuversichtlich. „Meiner Meinung nach liebst du ihn bereits und hast nur Angst, dir das einzugestehen."

„Ich respektiere ihn", erwiderte Annis ernst.

„Nun, das ist doch ein guter Anfang", meinte Della lächelnd. „Ich kann nicht behaupten, dass ich Humphrey geachtet habe. In meinen Augen war er ein Schwächling und Versager. Aber ich schätze deinen Vetter, Annis."

Überrascht schaute Annis die zukünftige Schwägerin an. „Du magst ihn, Della? Ich meine, bist du ihm zugetan?"

„Ich liebe ihn", antwortete Della ehrlich. „Ich habe schon vor Humphreys Tod sehr viel für ihn empfunden. Genauer gesagt, ich hatte eine Affäre mit ihm."

Schockiert starrte Annis sie an.

„Mach kein so entsetztes Gesicht", fuhr Della lächelnd fort. „Irgendwie hat es sich so ergeben, dass Charles und ich uns näherkamen. Wir kannten uns schon lange, und plötzlich wurde ich mir gewahr, dass meine Gefühle für ihn sich verändert hatten. Eines Tages sind wir uns bei einem Ausritt zufällig begegnet, und dann ist es passiert. Natürlich habe ich ihm zu verstehen gegeben, dass es bei diesem einen Mal bleiben muss. Er wollte das nicht einsehen, hat sich aber schließlich meinen inständigen Bitten gefügt. Und jetzt reden wir nur das Nötigste miteinander, wenn wir uns irgendwo …" Irritiert hielt Della inne, weil jemand an die Tür geklopft hatte.

„Herein!", rief Annis unwirsch.

Iris betrat den Salon, knickste und sagte aufgeregt: „Seine Lordschaft, der Earl of Ashwick, und Reverend Ashwick."

Erfreut stand Annis auf und erwiderte eifrig: „Ich lasse bitten!"

Iris zog sich zurück, und einen Moment später betraten Adam und sein Bruder den Raum.

„Hast du meine Nachricht erhalten, Adam?", fragte Annis und reichte ihm die Hand.

Er hob ihre Hand zum Kuss an die Lippen, begrüßte die Schwester und antwortete dann: „Ja, ich habe dein Schreiben gelesen. Du hast indes zu erwähnen unterlassen, dass du beabsichtigst, hier die Nacht zu verbringen, derweil kaum eine Meile entfernt ein weiterer Aufstand stattfindet. Zum Teufel, warum seid ihr nicht nach Hause gekommen? Was macht ihr hier?“

„Ich bin so froh, dass du da bist“, antwortete Annis ausweichend.

„Versuch nicht, mich abzulenken“, erwiderte er ungehalten. „Bei meiner Rückkehr habe ich deiner Nachricht entnommen, du würdest hier nach Geld suchen, aber bis zum Anbruch der Dunkelheit zurück sein. Da ihr nicht gekommen seid, bin ich unverzüglich mit Edward hergeritten.“

„Mr. Shepard hat uns ziemlich unverschämt erklärt, er dächte nicht daran, uns nach Eynhallow zu bringen“, warf Della ein. „Er hat gesagt, er handele ihm Auftrag seines Herrn.“

„Ja“, bestätigte Annis. „Wie seid ihr beide an den angeblich die Straßen bewachenden Leuten vorbeigekommen?“

„Wir haben auf sie eingeredet und wurden durchgelassen“, antwortete Adam grinsend. „Ihr habt doch nicht angenommen, Edward und ich würden euch schutzlos hierlassen?“

„Gut, dann können wir jetzt nach Eynhallow zurückkehren“, schaltete Della sich wieder ein.

„Nein“, widersprach Adam und schüttelte den Kopf. „Das wäre zu gefährlich. Die Aufrührer sind nur eine halbe Meile von Starbeck entfernt. Sie reißen die Absperrungen nieder, die auf Mr. Ingrams Anweisung hin um die Dorfweiden von Linforth Common errichtet wurden.“

„Weißt du, ob Mr. Ingram die Miliz angefordert hat?“, fragte Annis.

„Genau kann ich das nicht sagen, aber es heißt, dass sie im Anmarsch sein soll.“

„Hast du die Aufrührer gewarnt?“, wollte sie wissen.

„Sei nicht so neugierig“, antwortete er schmunzelnd. „Berichte mir lieber von dem Geld, das hier entdeckt wurde.“

Im gleichen Moment hörte man einen Reiter sich in scharfem Trab dem Haus nähern. Edward lief ins Vestibül.

Ehe Adam es verhindern konnte, waren Annis und Della seinem Bruder gefolgt. Rasch ging er hinter ihnen her, gesellte sich bei der offenen Haustür zu ihnen und erblickte einen Rotfuchs, an dessen Reiter sich ein anderer Mann klammerte.

„Charles!“, rief Annis bestürzt aus, während ihr Cousin das Pferd zum Stehen brachte und sich sichtlich erschöpft aus dem Sattel schwang.

„Mr. Lafoy!“, sagte Della betroffen und hastete zu ihm. „Sind Sie verletzt?“

„Nein“, antwortete Charles knapp, half Mr. Benson zu Boden und stützte ihn. „Mr. Benson wurde von einer Kugel an der Schulter getroffen und hat viel Blut verloren. Einer der Milizionäre hat ihn angeschossen. Ich habe nicht damit gerechnet, hier jemanden anzutreffen. Ihr Diener, Mylord, Sir, meine Damen. Ich bin Ihnen sehr für die Warnung verbunden, Mylord“, fügte er hastig hinzu. „Kann mir jemand helfen?“

Adam ging zu Mr. Benson und hielt ihn an der anderen Seite unter der Achsel fest. „Müssen wir damit rechnen, Mr. Lafoy, dass die Miliz uns hier überrascht?“

„Ich glaube nicht, dass jemand uns verfolgt hat“, antwortete Charles, „bin mir indes nicht sicher.“

„Dann müssen wir Ihr Pferd gut verstecken“, erwiderte Adam, „damit nicht zwei Rotfüchse mit weißer Blesse hier angetroffen werden. Würdest du dich bitte darum kümmern, Edward? Was Sie betrifft, so sind Sie hier ebenso bei Ihrer Cousine zu Besuch wie meine Geschwister und ich. Mr. Benson müssen wir irgendwo unterbringen, wo man ihn nicht sofort findet. Und ihr beide“, wandte er sich an Della und Annis, „sorgt bitte dafür, dass alles zum Entfernen der Kugel und Verbinden der Wunde bereitsteht.“

Mit Mr. Lafoys Unterstützung half er Mr. Benson ins Haus und in ein Schlafzimmer, das zum Glück schon von der Wirtschafterin für eine Übernachtung hergerichtet worden war.

Annis und Della beschafften alles für die Operation Erforderliche, brachten es in das Zimmer und beschäftigten sich dann damit, ein altes Bettlaken in Streifen zu schneiden.

Geschickt entfernte Adam die Kugel aus Mr. Bensons Schulter, säuberte die Wunde und ließ sie anschließend von Della verbinden.

Hin und wieder blickte Annis zu Charles und bemerkte, dass er Lady Tilney aufmerksam beobachtete.

Adam entging nicht, wie gespannt Mr. Lafoy Della betrachtete. Er fing einen Blick von Annis auf und hob fragend eine Augenbraue.

Annis lächelte verhalten und schüttelte leicht den Kopf.

„Draußen ist alles ruhig", verkündete Edward beim Betreten des Raums. „Wie geht es Mr. Benson?"

„Falls die Wunde sich nicht entzündet, ist nicht mit Komplikationen zu rechnen", antwortete Adam.

„Konnten Sie nicht besser auf ihn Acht geben, Mr. Lafoy?", schaltete Iris sich vorwurfsvoll ein.

„Ich habe nicht verhindern können, dass er angeschossen wurde, ihn jedoch sofort hergebracht", verteidigte sich Charles.

Sogleich hatte Annis den Eindruck, dass Mrs. Hardcastle mit den Aufrührern gemeinsame Sache machte. „Ich meine, wir sollten Mr. Benson jetzt in Ruhe schlafen lassen", schlug sie vor. „Gehen wir in den Salon. Ich finde, Charles, du bist uns allen eine Erklärung schuldig."

Adam ließ Della mit dem Bruder und Mr. Lafoy vorausgehen und raunte, während er sich ihnen anschloss, Annis zu: „Wusstest du, dass dein Vetter und Mr. Benson auf der Seite der Aufwiegler stehen?"

„Nein, natürlich nicht", antwortete sie leise. „Ich war der Ansicht, du seist darüber im Bilde."

„Was Mr. Benson angeht, so hatte ich einen Verdacht", erwiderte Adam gedämpft. „Es ist jedoch eine Überraschung für mich, dass dein Cousin sich gegen seinen Mandanten gestellt hat. Ich bewundere seine Kaltblütigkeit! Irre ich mich, oder empfindet er etwas für Della?"

„Nein, du täuschst dich nicht", sagte Annis gedämpft. „Das weiß ich jedoch auch erst seit Kurzem."

Adam blieb stehen, hielt Annis am Arm fest und fragte: „Und was hat Della dir erzählt?"

„Nicht sehr viel. Sie hat mir gesagt, du würdest mich lieben."

„Das ist kein Geheimnis", erwiderte Adam trocken. „Rede weiter!"

„Sie glaubt, auch ich würde dich lieben, hätte jedoch Angst, mir das einzugestehen."

„Stimmt das?", fragte Adam. Da Annis schwieg, fuhr er ungeduldig fort: „Antworte mir!"

„Nein", flüsterte sie und sah seinem Blick an, dass er verletzt war.

„Ich verstehe", murmelte er enttäuscht.

„Ich habe keine Angst", fuhr sie fort und wusste, das war eine Lüge, da sie sich schrecklich davor fürchtete, Adam zu sagen, dass sie ihn liebte. „Ich liebe dich, Adam. Ich liebe dich sogar sehr."

Im Nu hatte er sie in die Arme geschlossen, drückte sie fest an sich und küsste sie leidenschaftlich.

Sie schmiegte sich an ihn und erwiderte begierig seine Zärtlichkeiten. Nach einer Weile löste sie sich von ihm und sagte leise: „Ich möchte dir erklären, warum ich …"

„Ein andermal", unterbrach er sie. „Ich möchte jetzt nicht mit dir darüber reden."

„Wo bleibt ihr denn?", rief Edward.

„Wir kommen schon", antwortete Adam und ging mit Annis in den Salon. Mr. Lafoy und Della hatten sich in zwei nebeneinanderstehende Sessel gesetzt und hielten sich an den

Händen. Della wirkte aufgeregt und glücklich zugleich. Adam nahm mit Annis auf dem Sofa Platz und legte ihr den Arm um die Schultern.

„Bist du der Anführer der Aufrührer, Charles, oder ist das Mr. Benson?“, wollte Annis wissen.

„Er ist einer der Rädelsführer, genau so wie Mr. Shepard“, antwortete Charles gelassen. „Alle Aufständischen sind bekanntlich maskiert und wechseln sich in der Rolle des Anführers ab, damit sie nicht so schnell identifiziert werden können.“

„Sie haben Annis' Frage nicht beantwortet, Sir“, warf Adam ein.

„Der Rotfuchs gehört dir“, schaltete Annis sich ein. „Ich habe ihn einmal hier im Stall gesehen und weiß, dass die Shepards sich kein solches Pferd leisten können.“

„Du bist sehr scharfsinnig“, stellte Charles fest. „Ich hatte befürchtet, es könne dir aufgefallen sein. Mr. Shepard hat jedoch geschworen, du hättest es nicht gesehen.“

„Als Mr. Pullen erwähnte, dass der Anführer einen Rotfuchs mit weißer Blesse reitet, habe ich sogleich dich verdächtigt“, gestand Annis.

„Ich versichere dir, dass ich das Pferd nicht geritten habe“, entgegnete Charles. „Ich war lediglich an den Planungen für die Aufstände beteiligt, die dann von Mr. Benson durchgeführt wurden.“

„Eine schwierige Aufgabe, wenn man bedenkt, dass er vierzig wütende Männer unter Kontrolle halten soll“, sagte Adam trocken.

„Ja“, stimmte Charles zu. „Da niemand erfahren darf, dass ich gegen Mr. Ingrams Interessen handele, musste der Zorn der Leute sich auch unweigerlich gegen mich richten. Und was deine Sicherheit und die Unversehrtheit meines Eigentums betraf, Annis, hatte Mr. Benson tatsächlich einige Mühe, seine Männer im Zaum zu halten. Er wusste zwar, dass du an dem Abend, als die Zollstation in Flammen aufging, nicht mehr in der Kutsche warst, hatte jedoch keine Ahnung, wo du dich befandest. Daher war er sehr in Sorge um dich, bis er schließlich von Lord Ashwick die Nachricht erhielt, du seist in Sicherheit."

„Ich weiß nicht, was ich von all dem halten soll", warf Annis kopfschüttelnd ein. „Bisher habe ich dich und Mr. Benson stets für Mr. Ingrams getreueste Helfershelfer gehalten."

„Genau dieser Eindruck sollte erweckt werden", erwiderte Charles trocken. „Geh nicht zu hart mit Mr. Benson ins Gericht, Annis. Er und Mr. Ingrams Frau lieben sich. Das hat Mr. Ingram herausgefunden und ihm das Leben zur Hölle gemacht, sodass er sich verständlicherweise gegen ihn gewandt hat."

Zuneigungsvoll drückte Della Charles die Hand.

„Und welche Gründe haben dich bewogen, Charles, dich gegen Mr. Ingram zu stellen?", fragte Annis.

„Ich weiß seit geraumer Zeit, dass er in äußerst fragwürdige Geschäfte verwickelt ist. Er ist jedoch so gerissen, dass es sehr schwierig sein wird, ihn illegaler Machenschaften zu überführen. Daher habe ich beschlossen, ihm, statt nicht mehr für ihn tätig zu sein, auf meine Weise Einhalt zu gebieten."

Annis sah Adams Schwester in einer Weise lächeln, die bei ihr den Eindruck entstehen ließ, ihr Cousin habe Della in einer Annahme bestätigt. Auf sie traf das jedenfalls zu, da sie ihn für integer gehalten und nicht begriffen hatte, wieso er jemanden wie Mr. Ingram vertreten konnte.

„Es tut mir leid, Annis, dass ich dich täuschen musste, besonders im Hinblick auf Starbeck", fuhr er stirnrunzelnd fort. „Ich wollte dir helfen, aber für mich stand zu viel auf dem Spiel. An dem Tag, als du im Kontor warst und mir zu verstehen gabst, wie wütend du auf mich bist, hätte ich mich fast verplaudert. Ich musste mich zwingen, den Mund zu halten, denn hätte ich dich ins Vertrauen gezogen, wäre das sehr gefährlich für uns beide gewesen. Manchmal habe ich mir gewünscht,

Mylord, Sie zum Verbündeten zu haben, aber auch in Ihrem Fall konnte ich das Risiko nicht eingehen, dass Mr. Ingram mir auf die Schliche kommt. Bitte, entschuldigen Sie, dass ich so hart mit Ihnen umspringen musste."

Della dachte an die Verhandlungen über die Schulden ihres Mannes, und plötzlich fiel ihr der Grund ein, weshalb sie mit Annis hergekommen war. „Wissen Sie etwas über Geld, das hier versteckt wurde, Mr. Lafoy?", fragte sie. „Könnte Mr. Ingram etwas damit zu tun haben?"

„Geld?", wiederholte Charles erstaunt.

„Ja", bestätigte Annis, stand auf und holte den auf dem Konsoltisch liegenden Leinenbeutel. Sie öffnete ihn und hielt ihn dem Vetter hin.

Er nahm ihn entgegen, blickte hinein und äußerte verblüfft: „Du meine Güte! Das ist der Beweis, der mir gefehlt hat!"

„Was meinen Sie damit?", wollte Adam wissen.

„Ich hege seit Langem den Verdacht, dass die ‚Northern Prince' nicht gesunken ist", erklärte Charles. „Mr. Benson, der zum Zeitpunkt des angeblichen Untergangs des Schiffs noch loyal zu Mr. Ingram stand, und ich vermuten, dass mein Mandant zumindest einen Teil der an Bord befindlichen Wertsachen beiseitegeschafft hat. Wir wissen jedoch nicht, wohin, und haben an allen möglichen Orten nach den Goldbarren, Silbermünzen, Banknoten und den anderen Wertgegenständen gesucht. Mr. Benson hat deinen gesamten Besitz hier einer genauen Überprüfung unterzogen, Annis, und weil wir nicht wollten, dass er dabei gestört wird, habe ich dafür gesorgt, dass sich kein Mieter findet."

„Wieso hat Mr. Ingram Starbeck als Versteck ausgewählt?", wunderte sich Annis.

„Das Haus ist abgelegen", antwortete Charles.

„Warum hat Mr. Ingram das hier verborgene Geld nicht an sich genommen?", schaltete Edward sich ein.

„Möglicherweise hat er mehrmals bestimmte Mengen geholt“, meinte Charles. „Oder er wollte, dass sich erst die Aufregung über den vermeintlichen Untergang der ‚Northern Prince‘ legt, bis er alle entwendeten Wertsachen an sich bringt.“

„Habt ihr noch mehr als dieses Geld gefunden, Annis?“, fragte Adam.

„Nein.“

„Sie erlauben?“, wandte er sich an Mr. Lafoy und streckte die Hand aus.

„Selbstverständlich“, antwortete Charles und gab ihm den Lederbeutel.

Adam zog eine der Banknoten heraus und sagte nachdenklich: „Die Bank von England müsste eigentlich im Stande sein, herauszufinden, ob dieses Geld Teil der Ladung der ‚Northern Prince‘ war. Sollte sich diese Vermutung bewahrheiten, dann dürfte das die Versicherer des Schiffs sehr interessieren.“

„Wo ist es, wenn es nicht auf dem Meeresgrund liegt?“, warf Annis ein.

„Ich habe viel Zeit damit verbracht, das herauszubekommen“, antwortete Charles. „Es ist von Whitby aus in See gestochen und wurde bald darauf als vermisst gemeldet. In der Gegend, wo es verschwunden ist, gibt es zahlreiche Felseninseln, wo man unbemerkt ein Schiff entladen und die Beute verbergen kann. Es wird dann in einer anderen Farbe gestrichen und fährt unter anderem Namen weiter.“

„Jemand von der Besatzung muss geplaudert haben“, meinte Adam. „Mr. Woodhouse wusste offenbar Bescheid. Vielleicht hat er sogar versucht, Mr. Ingram zu erpressen, und wurde deshalb ermordet.“

„Ich bin nicht sicher, ob diese Annahme zutrifft“, erwiderte Charles seufzend. „Mr. Ingram persönlich hat die Mannschaft ausgesucht und ihr eine sehr gute Heuer gezahlt.“

„Hm, soll er mit dem Versicherungsbetrug davonkommen

und obendrein Beute und Schiff behalten?", fragte Adam unwirsch.

„Außerdem hat er die dreißigtausend Pfund, die du ihm gezahlt hast", bemerkte Edward. „Nun weiß ich, dass unser Schwager niemals Schulden in dieser Höhe hatte. Er wurde hintergangen."

„Ich könnte es nicht ertragen, wenn Mr. Ingram ungestraft davonkommt!", schaltete Della sich aufgeregt ein. „Können wir nichts gegen ihn unternehmen?"

„Das auf der ‚Northern Prince' transportierte Gold muss irgendwo sein", meinte Charles. „Es sei denn, Mr. Ingram hat es bereits fortschaffen lassen."

„Wie hat Mr. Woodhouse sich dir gegenüber ausgedrückt?", wandte Annis sich an Adam. „‚Ich bin sicher'", hat er gesagt, ‚Sie werden fündig und auf ein vergrabenes Vermögen stoßen, das man eigentlich auf dem Meeresgrund wähnt'. Vielleicht sind die Goldbarren hier vergraben, zum Beispiel im Keller."

„Nein", warf Charles ein. „Mr. Benson hat dort mehrfach alles abgeklopft und keinen Hohlraum gefunden."

„Meeresgrund", murmelte Adam und schaute Annis an. „Hier ist doch ein Brunnen, nicht wahr?"

„Ja, der Schwefelbrunnen", bestätigte sie.

„An den haben weder Mr. Benson noch ich gedacht", äußerte Charles verdutzt.

„Gut, sehen wir morgen dort nach", schlug Adam vor. „Für heute ist es bereits zu spät. Vielleicht können wir uns dann immer noch gegen Mr. Ingram verbünden. Wir müssen nur einen Weg finden, wie wir ihn herlocken können."

12. KAPITEL

Zwei Tage nachdem Mr. Benson angeschossen nach Starbeck gebracht worden war, hielten Annis und Della sich wieder auf dem Gut auf. Es war Nacht, und sie befanden sich im Sommerhaus. „Ich fange an, Gewissensbisse zu bekommen“, sagte Della reumütig. „Adam und Charles haben darauf bestanden, dass wir das Haus nicht verlassen. Sie hatten bestimmt einen Grund, warum sie uns das geraten haben. Niemand kann wissen, ob Mr. Ingram wirklich herkommt. Möglicherweise müssen wir die ganze Nacht hier verbringen, ohne dass irgendetwas geschieht. Nein, ich überlege, ob wir nicht ins Haus zurückkehren sollten.“

„Ich bleibe hier!“, erwiderte Annis entschlossen. Sie hatte sich Adams Anweisungen nicht grundlos widersetzt. Schließlich war Starbeck noch immer ihr Eigentum. Falls Mr. Ingram tatsächlich so dreist gewesen sein sollte, es als Versteck für geraubtes Geld zu benutzen, dann wollte sie auch dabei sein, wenn er seiner verbrecherischen Machenschaften überführt wurde. Gespannt schaute sie durchs Fenster in den dunklen Garten und fuhr fort: „Ich bin froh, dass du und Charles euch wieder nähergekommen seid. Ich hoffe, ihr werdet sehr glücklich.“

„Die schreckliche Vorstellung, er könne verwundet sein, hat mich vieles klarer sehen lassen“, gestand Della. „Plötzlich war mir bewusst geworden, wie viel Zeit wir verschwendet hatten. Ich leide immer noch an Schuldgefühlen, weil ich Humphrey mit ihm betrogen habe. Andererseits kann ich mir nicht mein Leben lang deswegen Vorwürfe machen. In zwei Tagen wirst du getraut“, fügte sie lächelnd hinzu. „Bilde ich es mir nur ein, oder sind die Probleme zwischen dir und meinem Bruder ebenfalls gelöst?“

„So gut wie“, sagte Annis und lächelte. „Ich muss ihm nur noch erklären, warum ich von Anfang an so zurückhaltend war. Das bin ich ihm schuldig. Oh, Della! Komm her und sieh! Da ist ein Licht, da hinten auf dem Weg!“

Della eilte zu Annis und starrte ebenfalls aus dem Fenster. Auf dem Weg vor dem Haus war ein schwankendes Licht zu sehen, das langsam näher kam. Nach einer Weile war ein Mann zu erkennen, der eine Laterne trug. Er stellte sie neben dem Brunnen ab, und dann hörte man die Kette rasseln und das Aufspritzen von Wasser.

„Ich habe nicht gedacht, dass er wirklich herkommen würde“, murmelte Della.

„Adam war davon überzeugt“, flüsterte Annis. „Er hat gesagt, dass Mr. Ingram, wenn er erfährt, ein Teil des Geldes sei entdeckt worden, bestimmt den Rest holen werde. Charles hat dann seinem Klienten gegenüber eine diesbezügliche Bemerkung gemacht. Da Mr. Ingram ihm vertraut, ist er natürlich nicht auf den Gedanken gekommen, ihm könne eine Falle gestellt werden.“

„Da hinten!“, rief Della gedämpft aus. „Siehst du die Lichter? Die Männer kommen.“

Unvermittelt empfand Annis Angst. Ein seltsames Grollen war zu vernehmen, das äußerst bedrohlich klang.

Auch Mr. Ingram musste es gehört haben, denn er richtete sich jäh auf und starrte zum Ausgang des ummauerten Gartens. Er hatte keine andere Möglichkeit zur Flucht, konnte sie jedoch nicht mehr nutzen, denn es strömten bereits dunkel gekleidete Maskierte mit brennenden Fackeln durch das Tor, die ihm den Weg versperrten.

Annis hielt die Luft an und hörte Della scharf einatmen. Sie versuchte, Charles, Adam, Edward oder Mr. Shepard in der Schar der Männer zu erkennen, vermochte es jedoch nicht.

Unversehens war Hufschlag zu vernehmen, und die Leute bahnten dem Reiter eine Gasse. Er ließ den Rotfuchs im Schritt auf den vor ihm zurückweichenden Kaufmann zugehen und rief plötzlich laut und deutlich: „Ich habe Ihnen gesagt, Mr. Ingram, dass wir Sie erwischen würden!“

Im Nu waren zwei Vermummte bei Mr. Ingram und nahmen ihn in die Mitte, ohne ihn indes zu berühren.

„Warum holen Sie sich nicht den Rest des von Ihnen gestohlenen Geldes?“, fragte Adam und ließ den Hengst näher an den Kaufmann heranrücken. „Gehen Sie! Ziehen Sie es aus dem Brunnen!“

Mr. Ingram torkelte gegen den Brunnenrand, stützte sich ab und drehte sich hastig um. Dann ergriff er die Winde und begann, die Kette einzuholen. Keiner der Zuschauer regte sich. Schließlich hatte er den Eimer hochgezogen und auf die Brüstung gestellt. Er kippte ihn um, und mit dem Schwefelwasser fiel mit dumpfem Aufprall ein in Segeltuch gehülltes Bündel ins Gras.

„Öffnen Sie es!“, herrschte Adam ihn an.

Sichtlich unwillig zerrte der Kaufmann an dem Strick, mit dem es verschlossen war. Nach einer Weile hatte er die Knoten gelöst, und plötzlich kullerten Geldstücke auf die Erde.

„Heben Sie den Sack an, und schütten Sie ihn aus!“, befahl Adam.

Einen unflätigen Fluch ausstoßend, gehorchte Mr. Ingram, und unzählige Münzen ergossen sich ihm vor die Füße. Einen Moment lang herrschte Totenstille. Wüste Verwünschungen von sich gebend, hockte Mr. Ingram sich dann hin, griff in den Münzhaufen, hob die gefüllten Hände und ließ die glanzlosen, vom Schwefel angegriffenen Geldstücke zurückfallen.

„Sie können getrost Ihre Beute einsammeln!“, sagte Adam hart. „Nehmen Sie jede einzelne Münze an sich, und machen Sie sich damit aus dem Staub! Aber schnell, denn sonst kann ich nicht mehr für Ihr Leben garantieren!“

Fahrig griff Mr. Ingram nach dem Geld und stopfte sich so viel davon in die Taschen seines Gehrocks, wie hineinpasste. Dann richtete er sich schwankend auf und torkelte auf das Gartentor zu. Niemand hielt ihn auf. Beim Tor angelangt, warf er einen kurzen Blick auf die schweigenden Maskierten zurück, rannte los und war einen Moment später in der Dunkelheit verschwunden.

Aufjohlend stürmten die Vermummten hinter ihm her, und plötzlich befanden sich nur noch zwei Personen im Garten. Beide nahmen die Masken ab, und Annis erkannte den Vetter und Adam.

„Charles!“, rief Della lachend aus, riss die Tür des Sommerhauses auf und rannte zu ihm.

Adam sah Annis ihr folgen, lenkte den Hengst zu ihr und hielt ihn neben ihr an. Schmunzelnd beugte er sich weit zu ihr vor, reichte ihr die Hand und zog sie sich schwungvoll auf den Schoß.

Sie lehnte sich an ihn, schlang die Arme um ihn und sagte atemlos: „Schwöre mir, Adam, dass du jetzt zum ersten Mal die Aufrührer angeführt hast!“

„Was hast du gedacht?“, fragte er auflachend.

Man hatte sich im Salon versammelt. „Ursprünglich war in den Säcken Schießpulver“, erklärte Charles. „Mr. Benson hat mir erzählt, er habe solche Beutel auf der Jagd in Linforth verwendet. Ich bin kein Chemiker, nehme jedoch an, dass die Münzen durch das Schießpulver und Schwefelwasser angegriffen und zersetzt wurden.“

„Was für ein Pech für Mr. Ingram!“, äußerte Della boshaft. „Was hat er jetzt von seinem geraubten Geld? So gerissen, wie er als Geschäftsmann ist, so achtlos ist er als Verbrecher.“

Lautes Gelächter folgte ihren Worten. Nachdem man sich einigermaßen beruhigt hatte, fragte Annis: „Ob er wohl mit heiler Haut davongekommen ist? Ich verachte ihn zwar von Herzen, wünsche ihm jedoch keineswegs den Tod durch eine gegen ihn aufgebrachte Menschenmenge.“

„Er hat sich bestimmt gerettet“, antwortete Adam beschwichtigend. „Dafür haben Charles und ich gesorgt. Die Männer hatten Anweisung, ihn nur zu jagen, ihm aber kein Haar zu krümmen.“

„Womit muss er jetzt rechnen?“, warf Annis ein. „Wird ihm der Prozess gemacht?“

„Ja“, sagte Charles nickend. „Es gibt genügend Beweise, durch die er des Diebstahls und des Versicherungsbetruges überführt werden kann, beispielsweise die Banknoten und die nicht von ihm mitgenommenen Münzen. Die Admiralität wird aller Wahrscheinlichkeit nach Order erteilen, nach einem Schiff Ausschau zu halten, das der Beschreibung der ‚Northern Prince‘ entspricht. Selbst wenn es nicht gefunden werden sollte, ist er finanziell und gesellschaftlich ruiniert. Vermutlich wird er den Rest seines Lebens hinter Gittern verbringen.“

„Es sei denn, er setzt sich rechtzeitig ins Ausland ab“, schaltete Edward sich ein.

„Die ganze Sache ist sehr demütigend für ihn“, meinte Annis. „In Harrogate wird alle Welt sich köstlich über ihn amüsieren.“

„Und zu Recht“, sagte Adam hart. „Ihn so gierig nach den vom Schwefel angefressenen Münzen greifen zu sehen, hat mich angewidert!“

„Ich verstehe nicht, Annis, warum du offenbar Mitgefühl für ihn aufbringst“, äußerte Charles kopfschüttelnd. „Vergiss nicht, dass er dir damit gedroht hat, Starbeck an sich zu reißen. Denk lieber an all die Menschen, die er ins Unglück gestürzt hat.“

„Werden die Aufstände jetzt aufhören?“, wollte sie wissen.

„Das ist anzunehmen“, antwortete Charles. „Nachdem Ingram nun ausgeschaltet ist, wird Mr. Benson keinen weiteren Aufruhr anzetteln. Ganz abgesehen davon, dass niemand die Bauern mehr schröpft und ihnen zu hohe Abgaben abpresst. Es tut mir leid, Adam, dass du vermutlich das Nachsehen haben wirst. Ich bin nicht sicher, ob es eine Möglichkeit geben wird, die von dir an Mr. Ingram gezahlten dreißigtausend Pfund für dich zurückzuholen, obwohl die Schulden deines Schwagers auf Grund des Versicherungsbetruges null und nichtig sind."

„Mir genügt es, zu wissen, dass Mr. Ingram erledigt ist", erwiderte Adam ruhig. „Aber natürlich hätte ich nichts dagegen, das Geld zurückzubekommen."

„Ich werde mich jetzt zu Bett begeben", verkündete Charles, stand auf und wünschte den anderen Anwesenden eine gute Nacht.

Auch Della und Edward erhoben sich. „Angenehme Ruhe", sagten sie und folgten Mr. Lafoy.

„Gute Nacht", äußerte Edward lächelnd und zog sich ebenfalls zurück.

„Du wirst leider mit dem Sofa vorliebnehmen müssen, Adam", wandte Annis sich in entschuldigendem Ton an ihn. „Sehr bequem ist es nicht."

Er stand auf, ging zu ihr und zog sie aus dem Sessel. Sie an sich drückend, erwiderte er seufzend: „Ich werde mich wohl damit abfinden müssen. Vermutlich werde ich kein Auge zutun können, weil ich weiß, dass du mir in dem Zimmer, das du mit Della teilst, so nah und dennoch für mich unerreichbar bist. Ich hoffe nur, dass meine Schwester wirklich bei dir schläft, da es mir äußerst unangenehm wäre, deinen Cousin zum Duell fordern zu müssen."

„Ich freue mich darüber, dass ihr beide euch nunmehr so gut versteht", sagte Annis zufrieden. „Ich glaube, Della und er werden sehr glücklich miteinander. Und was den Anstand betrifft, so würde ich mir an deiner Stelle keine Sorgen machen. Schließlich haben wir einen Geistlichen im Haus!"

„Ja, den aufrührerischen Vikar von Eynhallow!", bestätigte Adam lachend. „Manchmal denke ich, dass er im falschen Jahrhundert lebt!"

Durch die Ankunft und Begrüßung der Hochzeitsgäste waren Adam und Annis sehr beschäftigt gewesen. Müde hatte Annis sich in ihr Boudoir zurückgezogen, stellte jedoch bald fest, dass sie viel zu aufgeregt war, um schlafen zu können.

Sie liebte Adam und wusste jetzt, dass sie vor nichts mehr Angst haben musste. Er würde der richtige Mann an ihrer Seite sein und ihr keine Vorschriften machen. Er hatte ihr die Zeit gelassen, zu sich zu finden, um ihm im rechten Augenblick zu erzählen, was sie belastet hatte.

Sie verließ den Salon, um in den Park zu gehen, und begegnete überraschend Adam, der ihr auf der Treppe entgegenkam. Angesichts seines fragenden Blicks äußerte sie rasch: „Ich kann nicht schlafen und möchte die Gelegenheit nutzen, um mit dir zu reden. Hast du etwas dagegen, wenn wir in den Park gehen?"

„Nein", antwortete Adam, reichte ihr den Arm und schlenderte mit ihr ins Freie. Schweigend begleitete er sie zu einer Marmorbank, half Annis, sich zu setzen, und nahm dann neben ihr Platz.

„An dem Abend, als wir in Starbeck waren, wollte ich dir anvertrauen, wovor ich mich fürchtete", begann sie entschlossen. „Ich meine die Gründe, die mich bewogen hatten, dich zunächst zurückzuweisen. Du hast sehr viel Geduld gehabt, Adam, doch nun bin ich bereit, dir mein Herz auszuschütten. Du weißt, ich wollte mich nicht mehr vermählen, nicht nur, weil ich in intimer Hinsicht schlechte Erfahrungen in meiner Ehe gemacht habe, sondern weil mir vor allem davor grauste, mich erneut eingeengt zu sehen. Das muss ich dir erläutern", fügte Annis hinzu und berichtete Adam von ihrer sorglos verbrachten Jugend, dem plötzlichen Tod ihrer Eltern und dem schrecklichen Gefühl der Verlassenheit, das sie danach empfunden hatte, weil sie mittellos und auf sich gestellt gewesen war. Sie erzählte, wie sie den viel älteren Baron Wycherley kennengelernt und ihn mit siebzehn Jahren geheiratet hatte, weil er ihr Sicherheit und Geborgenheit vermittelte. Bedrückt erläuterte sie Adam, dass die Realität nicht ihren Vorstellungen von der Ehe entsprochen hatte, weil sie von ihrem Mann ständig bevormundet worden war.

„Kein Wunder, dass du nicht den Wunsch hattest, dich wieder zu vermählen", warf Adam verständnisvoll ein.

„Ich habe versucht, meine Ängste zu beherrschen, doch das ist mir nicht gelungen", gestand sie. „Indes war ich nur gegen die Ehe eingenommen, Adam, nicht gegen dich. Ich hatte mir meine Freiheit hart erkämpft und wollte sie mir bewahren. Deshalb mochte ich mich auch nicht von Starbeck trennen, obwohl ich mir den Unterhalt nicht leisten konnte. Mittlerweile habe ich jedoch begriffen, dass ich mir nicht wie in einem Käfig vorkommen werde, wenn ich deine Gattin bin."

Adam zog Annis an sich und küsste sie bewegt. „Ich gelobe dir, dich nie unter Druck zu setzen", versprach er. „Ich liebe dich, Annis. Ich liebe dich so, wie du bist, und möchte dich nicht verändern."

„Auch ich liebe dich", bekannte sie gerührt. „Allerdings muss ich dir etwas sagen, das dich gewiss überraschen wird." Sie hielt inne, atmete tief durch und äußerte dann tapfer: „Ich bin noch unberührt, weil John nicht an Frauen interessiert war. Er hat sich zwar immer den Anschein gegeben, Gefallen am weiblichen Geschlecht zu finden, doch in Wahrheit waren es junge Männer, die ihn faszinierten."

„Du meine Güte!", äußerte Adam betroffen. „Hast du dich nie nach einem Liebhaber gesehnt?"

„Nein, bis jetzt nicht. Und nun ist es dafür zu spät, denn den Mann, den ich gern zum Liebhaber hätte, werde ich heiraten."

Erneut küsste er Annis. „Ich liebe dich", flüsterte er dann glücklich.

„Da wir soeben von Liebe reden, wüsste ich gern, ob du gemerkt hast, wie dein Bruder heute Abend Lady Juliana angesehen hast. Ich glaube, er hat ein Faible für sie."

„Der Ärmste! Er ist seit einiger Ewigkeit in sie verliebt. Ich befürchtete jedoch, er bemüht sich vergeblich um sie."

„Das täte mir für ihn leid", erwiderte Annis. „Glaubst du, dass aus Mr. Benson und Mrs. Ingram ein Paar werden wird?"

„Ich habe keine Ahnung", antwortete Adam trocken. „Eines weiß ich jedoch genau. Sebastian hat Miss Mardyn verloren. Er hat mir vorhin erzählt, sie habe sich mit Sir Everard Doble verlobt."

„Mit wem?", fragte Annis erschüttert.

„Du hast richtig gehört."

„Aber er wollte doch Miss Fanny heiraten!"

„Nun, er hat sich gegen sie und für die schöne Tänzerin entschieden", stellte Adam schmunzelnd fest. „Das bedeutet, dass Sir Robert Crossley dich wieder …"

„Nein, für seine launische Tochter muss er sich eine andere Patronesse suchen", unterbrach Annis ihn auflachend. „Von nun an stehe ich nur noch dir zur Verfügung!"

„Bist du dir sicher?", fragte Adam und zwinkerte Annis schelmisch zu. „Du hast einmal geäußert, bei Tageslicht sähe vieles anders aus."

Annis schmiegte sich an ihn und erwiderte glücklich: „Ich bin ganz sicher, dass morgen, wenn ich mit dir die Ringe getauscht habe, alles noch viel schöner für dich und mich sein wird!"

– ENDE –

Georgette Heyer
Die Jungfernfalle
Band-Nr. 25435
7,95 € (D)
ISBN: 978-3-89941-714-2
464 Seiten

Georgette Heyer
Venetia und der Wüstling
Band-Nr. 25449
7,95 € (D)
ISBN: 978-3-89941-735-7
432 Seiten

Georgette Heyer
Heiratsmarkt
Band-Nr. 25464
7,95 € (D)
ISBN: 978-3-89941-755-5
480 Seiten

Ann E. Cree /
Louise Allen
Landsitz
Band-Nr. 25450
7,95 € (D)
ISBN: 978-3-89941-736-4
400 Seiten

Paula Marshall /
Mary Nichols
Ballsaison
Band-Nr. 25436
7,95 € (D)
ISBN: 978-3-89941-715-9
496 Seiten

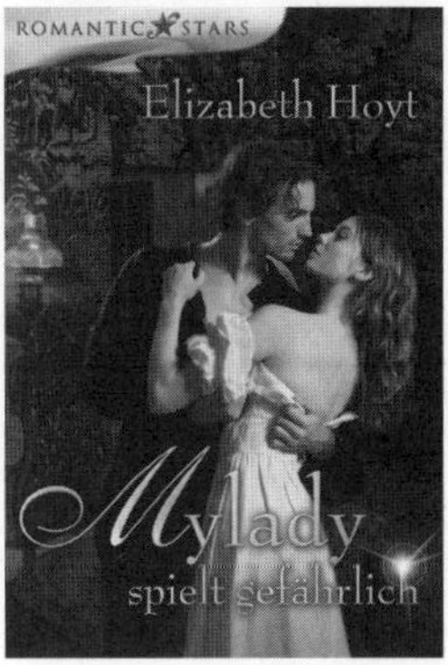

Elizabeth Hoyt
Mylady spielt gefährlich
Band-Nr. 25456
6,95 € (D)
ISBN: 978-3-89941-744-9
400 Seiten

Candice Hern
Verwegene Leidenschaft
Band-Nr. 25444
6,95 € (D)
ISBN: 978-3-89941-727-2
320 Seiten

Lisa Kleypas
Verbotene Früchte im Frühling
Band-Nr. 25432
6,95 € (D)
ISBN: 978-3-89941-709-8
320 Seiten